KNAUR

Über die Autorin:
Heike Fröhling war jahrelang als Journalistin für Frauenzeitschriften tätig. Sie veröffentlicht seit 1999 als Verlagsautorin, seit 2012 auch sehr erfolgreich als Selfpublisherin. Ihre Romane handeln meist vom Aufbrechen, Entdecken und Reisen, um zu sich selbst zu finden. Den größten Teil des Jahres ist Heike Fröhling unterwegs, um für eines ihrer nächsten Bücher zu recherchieren.

HEIKE
FRÖHLING

Claras Traum

Die Schwestern
vom Rosenhof

Roman

Besuchen Sie uns im Internet:
www.knaur.de

Aus Verantwortung für die Umwelt hat sich die Verlagsgruppe Droemer Knaur zu einer nachhaltigen Buchproduktion verpflichtet. Der bewusste Umgang mit unseren Ressourcen, der Schutz unseres Klimas und der Natur gehören zu unseren obersten Unternehmenszielen. Gemeinsam mit unseren Partnern und Lieferanten setzen wir uns für eine klimaneutrale Buchproduktion ein, die den Erwerb von Klimazertifikaten zur Kompensation des CO_2-Ausstoßes einschließt. Weitere Informationen finden Sie unter: www.klimaneutralerverlag.de

Originalausgabe Juli 2022
Knaur Taschenbuch
Ein Imprint der Verlagsgruppe
Droemer Knaur GmbH & Co. KG, München

Redaktion: Marketa Görgen
Covergestaltung: Alexandra Dohse/grafikkiosk.de
Coverabbildung: Collage von Alexandra Dohse
unter Verwendung von privaten Motiven und Shutterstock.com
Illustration im Innenteil: Analgin/Shutterstock.com
Satz: Adobe InDesign im Verlag
Druck und Bindung: GGP Media GmbH, Pößneck
ISBN 978-3-426-52781-8

2 4 5 3 1

1.

Clara schloss die Augen und lauschte dem Motorengeräusch und den dicken Tropfen, die auf das Autodach prasselten. Kühle wehte durch die Lüftung herein, obwohl es Anfang Juli war. Was für ein Kontrast zu der Hitze in Angola, wo sie gerade herkam. Sie sehnte sich nach der Wolldecke, die sich früher immer im Kofferraum befunden hatte, aber anstatt nach einem Halt zu fragen, um nachzusehen, ob die Decke noch immer dort lag, rieb sie sich die Gänsehaut von den Unterarmen. Es würde etwas dauern, bis sich ihr Körper akklimatisiert hatte.

Louisa, Claras ein Jahr ältere Schwester, saß am Steuer, ihr Verlobter Anton auf dem Beifahrersitz. Die beiden schien die feuchte Kühle nicht zu stören, sonst hätte wohl einer von ihnen die Heizung angeschaltet. Doch Clara wollte nicht darum bitten. Die Stimmung war so angespannt, dass sie das Gefühl hatte, jedes falsche Wort könnte zu einem Streit führen, selbst wenn es so etwas Beiläufiges war wie das unterschiedliche Empfinden der Temperatur. So sagte sie stattdessen: »Danke, dass ihr mich vom Flughafen abgeholt habt.«

Sie zog den Seesack, der neben ihr lag, auf ihren Schoß und umklammerte ihn. Das war alles, was ihr von der zweijährigen Tour mit ihrer Freundin Jennifer im selbst ausgebauten Van geblieben war. Sie hatten nicht viel gebraucht auf ihrer Reise.

»Ist doch eine Selbstverständlichkeit.«

Die Blicke der Schwestern begegneten sich im Rückspiegel. Louisas Lächeln erreichte nur ihre Mundwinkel, es war mehr ein kurzes Zucken als ein Ausdruck von Freude. In diesem Blickwechsel, der nur einen Sekundenbruchteil gedauert hatte, lag so viel Distanz, dass es schmerzte. Clara konnte schon seit der ersten Begegnung am Flughafen nicht einschätzen, was Louisa empfand. War es Enttäuschung? Trauer? Ihr Leben lang waren Clara und Louisa sich so nah gewesen und hatten sich so ähnlich gesehen, dass sie sich manchmal vorgestellt hatten, sie wären trotz ihres Altersunterschiedes Zwillinge. Dann hatten sie die gleichen Jeans getragen, die gleichen bunten T-Shirts und die gleichen Sandalen. Doch nun hatten sie sich beide optisch verändert. Clara trug seit Monaten nur noch Cargo-Wanderhosen mit verstärkten Knien, nachdem sie auch ihre letzte Jeans bei der Arbeit zerrissen hatte, dazu einfarbige T-Shirts und Sneakers. Ihre braunen Haare hatte sie sich schon vor über einem Jahr zum Pixie Cut geschnitten, weil es so kompliziert gewesen war, die langen Haare im Freien zu waschen. Wehmut erfasste Clara, wenn sie dagegen Louisas Haare betrachtete, die über die Schultern gewachsen, perfekt geföhnt und mit hellen Strähnchen versehen waren, sodass sie blond schimmerten. Mit ihrer Bluse, dem mehrlagigen Chiffonrock und den Schuhen mit Absätzen wirkte Louisa, die sich noch vor zwei Jahren überwiegend praktisch gekleidet hatte, viel fraulicher. Als Zwillinge würden sie nun gewiss nicht mehr durchgehen.

Ein entgegenkommender Laster spritzte den Kleinwagen mit Wasser voll. Vom Fahrtwind gab es einen Stoß, sodass Louisa fast von der Fahrbahn abkam, blind gegenlenken musste und laut fluchte. Doch der Scheibenwischer schob zügig die Sicht frei, und die Fahrt verlief nach dem allseitigen Schreck wieder ruhig und langsam. Die Welt schien wie erstarrt, so tief hingen die Regenwolken. Von den Maaren, an denen sie vorbeifuhren, war in dem Dunst nichts zu erkennen, der Blick reichte nicht einmal hundert Meter weit.

»Es tut mir wirklich leid, dass ich mich die letzten drei Monate gar nicht gemeldet habe«, begann Clara. »Es war irre viel Arbeit, die Hütten einzurichten. Abends waren wir dann so fertig, dass gar nichts mehr ging. Und dann, in Luanda selbst …« Clara schwieg. Darüber wollte sie nicht sprechen, nicht jetzt und auch nicht später. Es gab Dinge, die waren geschehen, und man musste irgendwie weiterleben, auch wenn man nicht wusste, wie das möglich sein sollte.

»Schon gut. Du hast dich so auf die Reise gefreut. Und mir war es auch wichtig, dass du die Zeit genießt. Du hast deine ganze Kraft in die Meisterausbildung gesteckt. Die Reise war wirklich verdient nach dem tollen Abschluss. Wenn du erst deine eigene Schreinerwerkstatt hast, kannst du nicht mehr einfach eine Pause einlegen.« Trotz Louisas versöhnlicher Worte klang wieder etwas Unterdrücktes in ihrer Stimme mit. Oder interpretierte Clara zu viel hinein, und Louisa war einfach nur müde?

Anton presste die Lippen aufeinander und rümpfte die Nase, doch er schwieg.

Dass ihre Schwester sich gerade mit Anton verloben würde! Sie hätte alles erwartet, aber das nicht.

»Wann wollt ihr denn heiraten?«, fragte Clara.

»In fünf Monaten. Kurz vor Weihnachten«, sagte Anton. Clara beobachtete die beiden vom Rücksitz aus. Würde man nicht erwarten, dass sie sich ein Lächeln zuwarfen? Dass Anton vielleicht seine Hand auf Louisas Oberschenkel legte? Dass sie sich auf andere Weise berührten? Clara konnte die seltsame Stimmung im Wagen nicht einordnen. Sicher, auch sie trug mit ihrer Schweigsamkeit dazu bei, weil sie sich nach nichts mehr sehnte als nach einem warmen, weichen Bett, in das sie sich verkriechen konnte. Und doch war sie die Einzige, die sich immer wieder krampfhaft bemühte, ein Gespräch in Gang zu bringen.

»Mistwetter«, startete sie einen weiteren Versuch.

»Mistwetter für wen?«, fragte Anton.

»Hört auf, ihr beiden«, mischte sich Louisa ein.

»Stimmt doch«, setzte Anton nach, »es ist immer eine Sache des Betrachters. Nach der Trockenheit der letzten Wochen kann man wohl nicht von schlechtem Wetter sprechen. Ohne Regen gibt es kein Heu. Bei der Dürre wächst kein Grashalm, da kann ich ja schon mitten im Sommer mit dem Zufüttern anfangen. Jede Wetterlage hat für den einen etwas Positives, und jemand anderes stört sich dran. Wenn man auch noch die Natur und die anderen Geschöpfe einbezieht …«

»Du klingst wie ein Politiker. Oder eher wie ein Prediger«, sagte Clara.

»Deshalb habe ich mich im letzten Jahr auch zum Bürgermeister wählen lassen. Immer nur Pferdepension und Wanderreisende, das ist auf Dauer doch zu eintönig.«

Clara öffnete den Mund und schloss ihn wieder.

»Da staunst du.« Anton lächelte.

»Na dann, herzlichen Glückwunsch.« Eine eintreffende Nachricht auf ihrem Handy ließ Clara zusammenzucken. So war es schon seit ein paar Wochen: Jedes Geräusch brachte sie aus der Fassung, und wenn es nur der ungewohnte Signalton ihres Handys war, das sie sich kurz vor ihrem Abflug für wenig Geld in einem Gebrauchtwarenshop gekauft hatte.

Klar kannst du erst mal bei mir unterkommen, kein Problem. Ich freue mich. Aber dafür musst du mir ausführlich erzählen, was du in den letzten zwei Jahren getrieben hast. Ich bin gespannt, welche Abenteuer du erlebt hast. Lena

Clara atmete erleichtert auf. Das war bisher die beste Nachricht des Tages: Sie konnte erst einmal bei Lena wohnen. Denn sie hatte noch längst keine eigene Wohnung, war doch ihre Rückkehr von der eigentlich auf drei Jahre geplanten Reise völlig überstürzt und unerwartet gewesen, sodass sie keine Möglichkeit gehabt hatte, irgendetwas zu organisieren.

In ihrem alten Kinderzimmer bei den Großeltern wollte sie nicht leben. Ihre Großmutter würde sofort merken, dass es ihr nicht gut ging, und versuchen, sie auszufragen. Aber Clara konnte keine Antworten und Erklärungen geben, jedenfalls nicht in absehbarer Zeit. Allein wenn sie daran dachte, über die letzten Wochen zu reden, begann sie zu zittern, und es war, als würde ihr jemand die Luft abschnüren.

»Ich kann übrigens erst mal bei Lena wohnen. Da könnt ihr mich rauslassen.« Sie betrachtete Louisa und Anton, die noch immer distanziert wirkten, wenn sie auch freundlich zueinander waren – eher wie Geschwister als wie ein Liebespaar. »Wohnt ihr eigentlich zusammen?«, fragte Clara.

»Ich habe die Lehrerwohnung im Schulhaus, die kostet mich kaum etwas. Jetzt sind ja noch Ferien, da wohne ich selbstverständlich bei Anton. Wir haben auch gemeinsam umgebaut. Aber wenn die Schule beginnt, bin ich wieder überwiegend in der Lehrerwohnung, dort habe ich für die Korrekturen und Vorbereitungen meine Ruhe. Bei Anton in der Pferdepension ist besonders an den Wochenenden einfach zu viel los.«

»Nach der Heirat bauen wir uns etwas Neues«, ergänzte Anton. »Wir gehen das zusammen an. Dabei will ich auch die Pension erweitern oder eine zweite eröffnen.«

Erleichtert registrierte Clara, dass der Wagen langsamer wurde und in die geschotterte Seitenstraße einbog. Die Wolkendecke brach auf, der Regen ließ nach, und als sie vor Lenas Haus standen, war das Unwetter vollständig vorüber, auch wenn sich in der Ferne erneut dunkle, fast schwarze Wolken zusammenballten. Die früher schmutzig weiße Fassade des kleinen Häuschens war nun gelb gestrichen, auch die Beete im Vorgarten waren neu bepflanzt worden: Blumen und Stauden, darüber Büsche, so dicht, dass das Unkraut gar keinen Raum mehr hatte, um zu wuchern.

Clara stieg aus. Unter ihren Schuhen quoll Matsch hervor, jeder Schritt verursachte ein schmatzendes Geräusch, aber wenn sie nach oben sah, wirkte der Himmel direkt über ihr sommerlich blau. Sie kannte dieses Hin und Her zwischen Sonnenschein und Weltuntergang noch von früher. Schon in ihrer Kindheit waren sie oft von den plötzlich auftretenden Sommergewittern überrascht worden, wenn sie mit den Dorfhunden über die Wiesen getollt waren oder in dem kleinen Wäldchen am Dorfrand Verstecken gespielt hatten.

Auch für den nächsten Tag war wechselhaftes Wetter angesagt. Daher hatte sich Clara vorgenommen, wenn sie sich ausgeruht hatte, als Erstes eine große Wanderung durch die Natur zu unternehmen, um hier im Dorf und hoffentlich auch bei sich selbst anzukommen. Dann, wenn sie ein wenig ihre innere Ruhe wiedergefunden hätte, würde sie zu den Großeltern auf den Rosenhof gehen und den beiden ihre Geschenke überreichen. Schnell noch hatte sie am Flughafen in Luanda eingekauft: für Oma einen Küchenvorhang mit einer Giraffe und einem Elefanten vor der untergehenden Sonne darauf und für Opa eine handgeschnitzte Maske aus Holz.

Die Haustür öffnete sich, und erst kam Jimmy, der Wolfsspitz, dann Lena selbst herausgestürmt. Jimmy konnte sich anscheinend nicht an Clara erinnern, mit gesträubtem Fell blieb er stehen und zeigte seine Zähne, bis Lena ihn zurückrief. Der Hund sprang aufgeregt um sie herum, während Clara und Lena sich in die Arme fielen.

»Genial, dass du wieder in unser olles Kaff zurückgefunden hast! Und das noch so überraschend!« Lena umarmte Clara lange. »Und wo ist Jennifer?«

»Jennifer ist noch in Angola. War echt blöd, dass ich alle Papiere verloren habe.« Sie stockte. »Dass man keine Chance hat, in Afrika einen neuen Führerschein zu kriegen, ist schon irre. Aber ohne Führerschein kein Leihwagen … und ohne Leihwagen …« Clara schwieg, weil sie merkte, dass Lena gar nicht richtig zuhörte. So brauchte sie die Geschichte nicht noch einmal wiederholen, die sie schon am Flughafen zum Besten gegeben hatte.

Clara genoss die Wärme, als sie sich gegenseitig die Köpfe auf die Schultern legten. Zum ersten Mal seit ihrer Rückkehr hatte sie das Gefühl, dass sie dort, wo sie war, hingehörte. Die seltsame Fremdheit, die sie in Antons und Louisas Gegenwart gespürt hatte, war verschwunden.

Lena lachte so intensiv, dass ihre Augen wie Sonnen strahlten. Sie zog den Seesack vom Rücksitz, schulterte ihn, legte den anderen Arm um Clara und nahm sie mit ins Haus hinein.

Clara genoss die burschikose Herzlichkeit, mit der Lena sie mit sich zog, doch sie entwand sich Lenas Griff und drehte sich zu Louisa um.

»Ich rufe dich morgen an«, sagte Clara und winkte.

2.

Am nächsten Morgen wachte Clara bereits um halb sechs auf. Es war seit Langem die erste Nacht ohne Albträume gewesen und ohne dass sie vom kleinsten Geräusch hochgeschreckt war. Sie hatte schon fast vergessen, wie es sich anfühlte, ausgeschlafen und erholt zu sein. Sie rekelte sich und stand auf. Im Flur stolperte sie über Jimmy, der mit einem Grummeln protestierte.

Sie streichelte über sein weiches Fell, dann schlich sie leise weiter ins Bad. Da Sonntag war und Lena gern lange im Bett blieb, wenn sie nicht zur Arbeit in der Autowerkstatt an der Tankstelle aufbrechen musste, versuchte Clara, so wenige Geräusche wie möglich zu machen. Weil sich Lenas Schlafzimmer direkt neben der Küche befand, verzichtete sie trotz knurrenden Magens auf ein Frühstück, nahm sich einen Müsliriegel und trank nur ein Glas Wasser aus dem Hahn, anstatt die Kaffeemaschine anzuschalten. Das musste reichen.

Im Flur schlüpfte sie in ihre Wanderschuhe. Dann zog sie sich eine Regenjacke über, nahm einen Stift und einen Zettel vom Block neben dem Telefon und schrieb eine Nachricht für Lena:

Vertrete mir die Beine. Warte mit dem Frühstück nicht auf mich, ich bin zum Mittagessen zurück. Nehme auch Jimmy mit, damit du länger schlafen kannst. Clara

Den Zettel platzierte sie gut sichtbar auf dem Esstisch. Dann schnalzte sie mit der Zunge, um den Hund zu locken. Der zeigte jedoch keine Reaktion, nur aus dem Schlafzimmer war ein Seufzen zu hören. Doch als Clara die Haustür öffnete, rannte Jimmy an ihr vorbei nach draußen, hielt kurz an, senkte den Oberkörper und streckte sein Hinterteil in die Luft. Dann sprang er auf, als hätte ihn eine Wespe gestochen, drehte sich zu ihr um und blieb wieder stehen. Clara musste schmunzeln über den Tanz, den der Hund aufführte.

Anfangs hatte sie Sorge, dass der Hund nur an der Leine ziehen würde, doch er folgte ihr problemlos und hörte so gut, dass sie es wagte, die Leine zu lösen. Er blieb sowohl auf der Dorfstraße als auch auf den Feldern und im Wald immer in einem Umkreis von zehn bis fünfzehn Metern, als hätte sie mit einem Zirkel einen unsichtbaren Kreis um sich herum gezogen. Der Wind wehte ihr durch die Haare, unter die Regenjacke und ließ sie wie eine Fahne im Sturm flattern. Immer wieder regnete es kurz für ein paar Minuten, doch der Wind war so stark, dass er die Regenwolken schnell weitertrieb.

Obwohl es an diesem Tag kühler als bei ihrer Ankunft am Flughafen war, fror Clara nun nicht mehr. Stattdessen stellte sich ein Gefühl ein, das sie aus ihrer Kindheit so gut kannte: Es war, als würde die Natur sie in sich bergen, als gehörte die gesamte Umgebung mit den lichten Birken, Weiden und Buchen ihr allein.

Bald kam in der Ferne ein fast ein Kilometer breites Maar zum Vorschein. Umgeben von Schilf glitzerte das Wasser im Kratersee. Auf der Wasseroberfläche spiegelten sich die Bäume der gegenüberliegenden Seite. An verschiedenen Stellen ragten Stege ins Maar, doch das Wasser war wegen seiner Tiefe von über hundert Metern selbst an den heißesten Tagen eiskalt. Dann klarte der Himmel auf, und der See schimmerte in einem irreal intensiven Blau, als hätte jemand einen Instagram-Filter darübergelegt. Obwohl weit und breit kein Mensch zu sehen war, fühlte sich Clara nicht einsam, im Gegenteil. Umgestürzte Bäume, deren Holz allmählich verfaulte, ragten ins Wasser, neben ihnen sprossen neue Triebe. Leben und Tod bildeten eine friedliche Einheit. Der frische Geruch des nassen Laubs und der erdig-moosige Duft des feuchten Bodens vermischten sich zu einer ganz besonderen Note, die sie niemals vergessen würde – so oft hatte sie diesen Duft schon als Kind um sich gehabt.

Sie nahm den verschlungenen Pfad, der vom Wasser wegführte und den nur Einheimische kannten. Auf den ersten Metern wurde er von Brombeergestrüpp überwuchert. Dann öffnete er sich und führte durch den Wald, vorbei an Blaubeerpflanzen, wo sie zu Grundschulzeiten immer Körbe voller Beeren gesammelt hatten, aus denen Oma dann Marmelade gekocht hatte.

Obwohl ihre Eltern bei einem Autounfall gestorben waren, als Clara erst vier und Louisa fünf Jahre alt gewesen war, hatten sie die Kindheit bei den Großeltern genossen und selten etwas vermisst. Wie damals empfand sie auch jetzt wieder eine Geborgenheit, die alles Leid relativierte. Was auf der Reise geschehen war, war vorbei. Es blieb beim Anblick der Idylle um sie herum zwar präsent, aber es existierte wie das Totholz neben den Trieben, wie die Sonne neben dem Regen, ohne dass es sie in Panik versetzte.

Schon nach einer Stunde war Clara außer Atem und erschöpft. Der Flug und die Klimaumstellung hatten sie wohl doch mehr angestrengt als gedacht, sodass sie umkehren musste. Ein Pfiff genügte, und Jimmy war wieder an ihrer Seite. Eigentlich hatte sie eine längere Wanderung geplant, aber sie fühlte sich ausgeglichen genug, um ihrer Oma gegenüberzutreten, ohne in Tränen auszubrechen. Nein, Oma und Opa sollten nie erfahren, was geschehen war, hatten sie sich doch so für ihre Enkelin gefreut, dass Clara endlich die Afrikareise verwirklichen konnte, von der sie jahrelang geträumt hatte.

Die Aussicht auf das Wiedersehen ließ sie ihre Schritte beschleunigen und die Erschöpfung überwinden. Über sanfte Hügel ging es durch den Wald, am Dorf vorbei.

Um die Weide von Antons Jungbullen machte sie einen großen Bogen. Seine Pferde sicherte er sehr sorgfältig, aber der Zaun zu den Bullen war noch immer der alte: morsch, verwittert, aus Holz und ohne zusätzliche Sicherung mit Strom. Es war ein Wunder, dass die Tiere nicht ausbrachen.

Was eine so kurze Wanderung doch bewirken konnte! Clara fühlte sich wie ein neuer Mensch. Schon von Weitem leuchtete das rote Dach des Rosenhofs, das sich deutlich gegen das Grün des Hangs abhob, im Sonnenlicht wie ein Wegweiser.

Viele Tausende Male hatte Clara sich dem L-förmigen Gehöft mit der Holzfassade und der alten Holzscheune schon genähert, doch statt einem Gefühl von Nähe und Nachhausekommen machte sich immer mehr Verwunderung in ihr breit, je mehr Details sie erkannte: Keine Wäsche flatterte auf der Leine. Bei dem wechselnden Wetter wäre es leicht erklärbar gewesen, aber die gesamte Wäschespindel war aus dem Garten verschwunden. Dazu fehlten die Gartenmöbel. Ein einziger Stuhl war zu sehen, der vom Wind ins Erdbeerbeet geweht worden war und nun von Moos überzogen zwischen den Büschen hing. Clara blieb stehen. Dann hörte sie hinter sich ein Winseln und drehte sich um. Jimmy stand in ungefähr zwanzig Metern Entfernung und starrte auf den Hof, als würde er ihn nicht kennen. Als sie zu ihm sah, richtete er sich auf und lief in die andere Richtung. Kurz blieb er stehen, bellte aufmunternd, senkte den Unterkörper und sprang auf, um sie zum Mitkommen zu bewegen.

Abwechselnd sah Clara zum Hof und zu Jimmy, bis der Hund anscheinend genug von ihrer Unschlüssigkeit hatte und zügig aufs Dorf zulief. Auf ihr Rufen reagierte er nicht. Sie überlegte, ihm zu folgen – nicht, dass er noch überfahren würde –, aber Jimmy war bereits außer Sichtweite. Außerdem kannte er den Weg, und sonntags gab es keinen Pendlerverkehr, selbst die Hauptstraße war an diesem Tag wie ausgestorben.

Dann fiel Claras Blick auf die geschlossenen Fensterläden im ersten Stock. Waren die Großeltern etwa verreist? Warum hatte Louisa nichts davon erzählt?

Je näher sie kam, umso langsamer wurde sie, weil der Hof so anders wirkte als sonst. Vor der Garage fehlte das Auto. Der Zaun war an einer Stelle umgeknickt. Im Vorgarten wucherte Unkraut. Die Gießkanne stand nicht neben dem Beet, und der Rasen war von Wildschweinen zerwühlt.

An der Haustür angekommen, klopfte Clara, anstatt wie sonst direkt einzutreten. Als niemand reagierte, drückte sie die Türklinke herunter. Sie war abgeschlossen.

Langsam umrundete Clara das komplette Gebäude. Auch die Hintertür war verriegelt. Sie klopfte an das große Wohnzimmerfenster. Durch die zugezogenen Gardinen konnte sie nicht erkennen, was im Wohnzimmer vor sich ging. Aber der Zustand der Gardinen wunderte sie: Früher waren sie immer frisch gewaschen und weiß gewesen, nun waren sie dunkel und schmuddelig, als wären sie nass geworden.

Claras Herz raste, ihr Atem beschleunigte sich. Irgendetwas Furchtbares war geschehen. Sie zog ihr Handy hervor, um ihre Schwester anzurufen, doch bei Louisa sprang nur die Mailbox an.

Bin am Rosenhof,

schrieb sie eine Nachricht.

Was ist hier los? Bitte komm sofort oder ruf an. Clara

Von den verschlossenen Türen ließ sie sich nicht abhalten, kannte sie doch den versteckten Zugang durch die Scheune links vom Hauptgebäude, der keinen Riegel besaß.

In der Scheune roch es modrig, die Luft war warm und feucht. Sie erinnerte sich noch gut an das wundervolle goldene und weiche Dämmerlicht, das sich an diesem Ort tagsüber ausgebreitet hatte, wie sie gemeinsam mit Louisa und den anderen Dorfkindern Nachmittage im Stroh getobt und dort auch übernachtet hatte. Nun war das Stroh verschwunden. Die Heuecke war leer, nur noch einzelne Halme befanden sich auf dem Boden. Auch die Scheune war bis auf einen Spaten vollständig leer. Der Spaten in der Ecke hatte Rost angesetzt. Ausgeräumt wirkte die Scheune viel größer, höher und kälter.

Clara drückte den Lichtschalter, doch außer einem Klacken tat sich nichts. Sie kannte diesen Ort so gut, dass sie kein Licht brauchte und sich selbst im dunklen Durchgang zum Haus zurechtfand. So stieg sie über herumliegende Bretter zur gegenüberliegenden Wand, schob ein leeres Regal beiseite, dann öffnete sie die dahinter versteckte Tür zur Küche.

Clara erstarrte. Der Tisch war für eine Person zum Frühstück gedeckt. Langsam näherte sich Clara dem seltsamen Arrangement, strich mit dem Finger über die staubige Tischplatte und hob den Deckel der Zuckerdose an. Der Zucker war hart geworden. Der offen stehende Kühlschrank neben ihr war leer. Irritiert blickte sie sich weiter um. Die Schränke waren halb ausgeräumt. Sie schrie auf, als aus der Vorratskammer eine Maus kam und an ihr vorbeiflitzte.

Als Nächstes eilte sie ins Wohnzimmer, die Treppe hoch in die anderen Räume, um bestätigt zu finden, was sie befürchtete: Die Großeltern waren nicht da. Sie waren nicht zum Einkaufen gefahren oder kurz unterwegs, um eine Erledigung zu machen, sondern sie wohnten gar nicht mehr auf dem Rosenhof.

Unten wurde die Haustür aufgeschlossen. Clara unterdrückte einen Schrei, dann erkannte sie die sich nähernden Schritte als die ihrer Schwester. Louisa war allein gekommen, ohne Anton. Clara war es schwindelig. Sie musste sich am Geländer festhalten, um nicht die Treppe hinunterzustürzen. Bewusst setzte sie einen Schritt vor den anderen.

Louisa blieb im Flur stehen.

»Wo sind sie?«, fragte Clara. »Warum hast du mir nichts gesagt?« Ihre Stimme klang erstickt, ihr Hals kratzte. Tränen lösten sich aus dem Augenwinkel. »Sag was!«, schrie sie, als Louisa nicht antwortete.

Louisa schüttelte den Kopf. »Ich wollte nicht, dass du deine Reise abbrichst. Und plötzlich ging alles so schnell. Ich habe dich angerufen, als es passiert ist, dich aber nicht erreicht. Und gestern am Flughafen, da waren so viele Menschen, dass ich, dass ... Ich wollte es ja sagen. Erst am Flughafen. Dann im Auto. Dann wollte ich warten, bis wir bei mir im Schulhaus sind und Anton weggefahren ist, weil ich mit dir allein reden wollte. Aber du hast deinen Plan spontan über den Haufen geworfen, wolltest bei Lena aussteigen, und es war zu spät, um mit dir in Ruhe zu reden.«

Clara setzte sich auf die Treppe, weil sie merkte, dass ihre Beine nachgaben. Gerade noch gelang es ihr, einen Sturz abzuwenden. »Was ist passiert?«, flüsterte sie.

»Sie sind tot.«

3.

Clara war unfähig zu sprechen. Louisas Worte hallten in ihrem Kopf nach. *Sie sind tot.* Clara wurde es auf einmal kalt, und das Atmen fiel ihr schwer. Sie öffnete den Mund, um etwas zu sagen, schnappte aber nur nach Luft. Louisa half ihr aufzustehen. Hand in Hand gingen sie ins Esszimmer.

Louisa zog einen der Esszimmerstühle heran, um sich zu setzen.

Das kratzende Geräusch der Stuhlbeine auf den Dielen löste Claras Erstarrung. Auch sie setzte sich nun und versuchte, ihre Gedanken zu ordnen. »Was ist passiert?«, fragte sie. »Wann? Warum hast du nichts gesagt? Es ist doch unmöglich, dass ich …« Sie wurde immer leiser, bis sie verstummte. Unzählige Fragen tauchten auf.

»Vor rund einem Monat. Im Abstand von nur wenigen Tagen.«

»Warum hast du mir nichts …« Clara vergrub das Gesicht in den Händen. Die Antwort kannte sie nur zu gut. Zuerst hatte sie mitgeholfen, neue Unterkünfte für Besucher des Nationalparks zu bauen. An dem abgelegenen Ort hatte es keinen Internet- oder Mobilfunkempfang gegeben. Abends war sie von der harten körperlichen Arbeit zu erschöpft gewesen, noch in die nächste Ortschaft zu fahren, um zu telefonieren und ins Internet zu gehen. Und dann, in Luanda, war sie zwar in einer Großstadt am Meer gewesen, aber nachdem … – sie zwang sich, ihre Gedanken umzulenken, weil ihr übel wurde, wenn sie sich der Erinnerung nur näherte. »Du hättest es mir sagen müssen!« Mit einer Hand umklammerte sie die andere und drückte fest zu, damit der Schmerz sie zur Besinnung und ins Hier und Jetzt zurückbrachte. »Aber es kann doch nicht so einfach, so plötzlich, so …«, sagte Clara verzweifelt.

»Opas zweiter Schlaganfall kam … Und dann direkt so heftig!«

»Zweiter?«, rief Clara. Sie wusste weder etwas von einem ersten noch von einem zweiten Schlaganfall.

»Der erste ist schon vor zwei Jahren passiert, ungefähr zwei Monate nach deiner Abfahrt. Wir alle haben uns dagegen entschieden, dich zu informieren, weil du dir die Reise so sehr gewünscht hattest. Du solltest sie unbeschwert genießen. Wir wollten dich nicht belasten. Die Ärzte haben auch immer wieder betont, was für ein Glück er hatte, dass die Behandlung so positiv verlief, dass der Schlaganfall nur ein kleiner war. Aber Opa war danach nicht mehr derselbe.«

Clara erstarrte. Sie versuchte, sich ihre Telefonate mit den Großeltern zu vergegenwärtigen. Das war also der Grund gewesen, warum Opa zu Beginn der Reise nicht ans Telefon gekommen war, warum er anschließend bei einem der Gespräche so schleppend gesprochen hatte. Damals hatte sie sich erkundigt, ob sie im Dorf gefeiert hätten, und konnte sich noch genau an seine Antwort erinnern: »Meine Zunge klemmt einfach etwas.«

»Wie das?« Ja, sie hatte sich gewundert, aber dann hatte ihr Opa nach Jennifer gefragt, ihrer Reisebegleiterin, sie waren ins Plaudern gekommen, und so hatte sich das ursprüngliche Thema verloren. Während der folgenden Telefonate hatte sie mehrfach nur mit ihrer Oma gesprochen und gar nicht mehr an diese Situation gedacht.

Clara rieb sich über das Gesicht, um sich aus ihrer inneren Erstarrung zu lösen. »Nicht belasten«, wiederholte sie die Worte ihrer Schwester und schüttelte den Kopf.

»Nach dem ersten Schlaganfall hat er sich auch recht gut erholt, zumindest, was das Sprechen betraf. Zweimal am Tag kam der Pflegedienst. Ich habe geholfen, wo ich konnte.«

Kurz spürte Clara den Impuls, ihrer Schwester über den Rücken zu streichen, doch bevor ihre Hand Louisa erreichte, rückte diese von ihr ab. Unsicher zog Clara ihre Hand zurück.

»Aber Opa hat abgebaut, auch wenn die Ärzte nichts finden konnten und immer gelobt haben, wie gut er doch wieder spricht, wie unauffällig seine Blutwerte sind«, sagte Louisa. »Schnell wurde klar, dass nichts mehr so sein würde wie bisher. Ich habe mich dann kurzfristig ohne Bezüge beurlauben lassen, um Oma zu unterstützen. Wir wollten Opa nicht in ein Heim geben, um keinen Preis. In diesem Haus ist er geboren, hier wollte er auch bleiben. Sicher habe ich überlegt, ob es reicht, auf eine halbe Stelle zu reduzieren. Aber eine halbe Stelle als Anfängerin – wenn trotzdem die Konferenzen, Elterngespräche und Klassenfahrten bleiben, ist keine wirkliche Option.«

Clara schwieg. Sie hatte sich während der Reise ein Bild vom Rosenhof bewahrt, sich vorgestellt, wie die Großeltern glücklich waren, wie Louisa sich in ihre Rolle als Lehrerin einfand – nun bekam das Bild Risse und bröselte auseinander. Sie wünschte sich, es festhalten zu können, sich diese alte, vergangene Idylle vom Rosenhof noch einmal vergegenwärtigen zu können, aber es war zu spät. Den Rosenhof, der ihr ein Leben lang eine Zuflucht gewesen war, gab es nicht mehr.

»Du hast gar nicht als Lehrerin gearbeitet?«, fragte sie.

»Nein. Im letzten Jahr nicht.«

Clara starrte auf die dunklen Ringe, die die Augen ihrer Schwester umrandeten, bemerkte die zittrigen Finger, die eingefallenen Wangen, die Louisa geschickt mit Make-up zu überdecken versuchte, was ihr so gut gelungen war, dass Clara am Vortag am Flughafen und auf der Rückfahrt nichts aufgefallen war.

»Aber Oma? Sie war doch so fit! Warum ist sie tot?« Clara begriff immer noch nicht genau, was geschehen war.

»Ich weiß es nicht.« Louisa schloss für einen Moment die Augen. »Nach Opas Tod hat sie jeden Lebenswillen verloren. Er war ihr Ein und Alles.«

»Warum hast du mich denn nicht angerufen? Ich wäre sofort zurückgekommen!«

»Erst vor ein paar Wochen ist alles zusammengebrochen. Opa ging es schlechter, er ist mit seinem zweiten Schlaganfall ins Krankenhaus gekommen. Eine Woche nach seinem Tod ist Oma dann einfach das Herz stehen geblieben. Ich habe versucht, dich anzurufen, direkt nach Opas Tod. Vorher haben Oma und Opa es mir verboten. Sie wollten, dass du deine Reise machst, die du dir schon immer gewünscht hattest. Wir haben auch alle gedacht, dass Opa sich vom zweiten Schlaganfall wieder genauso wie vom ersten erholt, dass er noch Jahre zu leben hat. Wie wir uns doch geirrt haben! Als ich es dir endlich sagen wollte, habe ich dich nicht erreicht. Erst ging immer die Mailbox an. Dann nicht mal mehr das.« Louisa weinte.

Auch Clara konnte die Tränen nicht zurückhalten. Sie umfasste Louisas Hand und drückte sie fest, erleichtert darüber, dass diese ihre Hand nicht mehr zurückzog.

Louisa schüttelte den Kopf. Sie löste sich aus der Berührung, stand ruckartig auf und nahm zwei Gläser aus dem Schrank, um sie in der Küche mit Wasser zu füllen.

»Jetzt bleib doch mal sitzen«, sagte Clara. Sie richtete sich auf und versuchte vergeblich, Louisa wieder dazu zu bringen, sich zu setzen.

»Kann ich nicht. Bin zu nervös. Wenn ich nichts tue, drehe ich völlig durch.« Louisa stellte die gefüllten Gläser auf dem Esstisch ab, verschüttete dabei etwas Wasser, holte Küchenkrepp, begann erst, das Wasser vom Tisch zu putzen, dann wischte sie die gesamte Tischplatte ab. Nach dem Wegwerfen des nassen Krepps räumte sie den Küchentisch ab und sortierte Gewürze.

»Louisa. Stopp!« Clara trat von hinten an ihre Schwester heran und umarmte sie.

Louisa brach in Tränen aus. »Es ist so viel zu tun. Guck dir das doch alles mal an. Seit Opa nicht mehr mit anpacken konnte, ist hier das Chaos ausgebrochen. Und ich habe nicht einmal den Tisch abgeräumt. Seit Wochen steht das Frühstücksgeschirr da.«

»Jetzt musst du gar nichts tun. Komm mit zum Sofa. Wir setzen uns.«

Louisa ließ sich von Clara ins Wohnzimmer auf die Couch führen. Von dort aus hatten sie einen guten Blick in den Garten. Stundenlang hatten Oma und Opa auf diesem Sofa gesessen und im Sommer wie auch im Winter die vielen Spatzen beobachtet, die sich in den Bäumen und auf dem Rasen tummelten.

Clara öffnete die Terrassentür. Sonne brach zwischen den Wolken hindurch. Spatzen badeten in den mit Regenwasser gefüllten Löchern, die die Wildschweine hinterlassen hatten. Frische Sommerluft wehte herein.

Die Schwestern saßen nebeneinander auf dem Sofa und blickten nach draußen, wo Vögel sangen und Spatzen badeten, bis sie von der Nachbarskatze vertrieben wurden. In der Ferne muhten Kühe. Irgendwo tuckerte ein Traktor vorbei. Die Blätter der großen Birke rauschten. Trotzdem schien Clara die Stille und Leere des Hauses von den Wänden entgegenzuschallen.

»Tja«, sagte Louisa, »jetzt gehört der Rosenhof uns beiden. Dieses Riesengebäude! Seit Omas Tod bin ich nur einmal hier gewesen.«

Ein Gedanke tauchte auf, der schnell Gestalt annahm. Selten hatte Clara so genau gespürt, dass das, was sie vorhatte, das einzig Richtige war. »Ich weiß, dass dich das nicht entschädigen kann, dass es auch nichts wiedergutmacht …«, begann Clara. »Aber ich will, dass du den Rosenhof bekommst. Du allein. Deinen und meinen Erbteil zusammen.«

»Das kann ich nicht annehmen.«

»Ich meine das ernst«, sagte Clara entschieden. »Du sollst das Geld vom Rosenhof für dich allein haben. Aber so, wie er jetzt aussieht, lässt er sich kaum verkaufen. Ich setze ihn instand. Wer, wenn nicht ich, kriegt das gut hin? Mit der schnellen Rückkehr habe ich sowieso nicht gerechnet, wollte ja noch ein Jahr bleiben. Jetzt habe ich keinen Job, nichts geplant. Und eine eigene Schreinerei kann ich auch nicht von heute auf morgen eröffnen. Dann kümmere ich mich jetzt um den Rosenhof. Du könntest dir von dem Geld eine Auszeit gönnen und zu Kräften kommen. Dann hast du immer noch ein Polster.«

»Ich will keine Auszeit. Ich will wieder unterrichten und einfach nur den Alltag leben.«

»Es wird schon etwas geben, das du dir wünschst und dir gönnen kannst.«

Ein Schmunzeln umspielte Louisas Lippen – fast unmerklich, aber Clara kannte ihre Schwester zu gut, um nachzufragen. Louisa hatte also doch eine Idee, was sie mit dem Geld anstellen könnte, nur hatte sie nicht vor, darüber zu sprechen. Das war für Clara kein Problem, im Gegenteil. Sie war gespannt, wann sie es erfahren würde.

Trotz der Erleichterung über ihre Idee, dass Louisa den gesamten Hof bekommen sollte, ballten sich Claras Hände immer wieder ohne ihr bewusstes Zutun zu Fäusten. »Du hättest es mir nicht verheimlichen dürfen! Ich wäre gekommen. Sofort«, sagte Clara.

Louisa schwieg.

»Weißt du, was das für mich bedeutet?« Clara zwang sich, ruhig zu bleiben, obwohl sie am liebsten laut aufgeschrien hätte, um all die Anspannung loszuwerden, die sich in ihr aufgestaut hatte.

»Die Vergangenheit lässt sich nicht ändern.«

»Trotzdem.« Sie wollte nicht streiten. Aber sie wusste, dass sie das Geschehene auch nicht einfach stehen lassen und so tun konnte, als wäre alles in Ordnung. Denn das war es nicht, ganz und gar nicht.

»Ich zeige dir das Grab. Gehst du mit mir hin?«, fragte Louisa.

Clara nickte. »Aber erst mal muss ich allein sein. Alles sacken lassen.« Sie schaute sich noch einmal in den Räumen um, die ihr mit einem Mal so fremd vorkamen. »In einer halben Stunde am Friedhof? Ich muss etwas holen.«

Bei Lena angekommen, erwartete Jimmy sie schon. Er lag im Vorgarten auf einem Bett aus Moos und sah aus, als würde er lächeln. Als Clara die Haustür öffnete, folgte er ihr ins Innere. Statt der geplanten halben Stunde brauchte Clara fast eine Stunde, bis sie den Seesack ausgepackt und alles zusammengesucht hatte, was sie für den Besuch auf dem Friedhof mitnehmen wollte. Als sie am Friedhofstor ankam, saß Louisa mit zwei Rosen in der Hand, einer gelben und einer orangefarbenen, auf der Mauer.

All der Ärger, den sie noch auf dem Weg zum Treffpunkt verspürt hatte, weil Louisa ihr die lange Krankheit des Großvaters verheimlicht hatte, verschwand kurzfristig, als Clara die beiden Rosen sah. Welch ähnliche Gedankengänge sie doch hatten!

Clara wartete, bis sie an dem frischen Grab angekommen waren, auf dem noch kein Grabstein stand.

»Ich wollte keinen Nullachtfünfzehn-Grabstein. Die Anfertigung dauert drei Monate«, sagte Louisa. Sie legte die beiden Rosen auf die Erde.

Nun öffnete Clara ihren Rucksack und holte zwei kleine Rosenstöcke heraus, die sie aus Lenas Garten ausgegraben hatte: einen gelben für ihre Oma und einen orangefarbenen für ihren Opa – für jeden in deren Lieblingsfarbe. Die Erde war so weich, dass sie mit bloßen Fingern zwei Löcher grub, um die Rosenstöcke einzupflanzen. Tränen liefen ihr übers Gesicht. Anfangs versuchte Clara noch, sich mit den sauberen Unterarmen das Gesicht trocken zu wischen, dann störte sie sich nicht mehr daran, dass die Tränen von der Nase und dem Kinn auf die Erde tropften, ihr über die Lippen liefen und einen salzigen Geschmack hinterließen.

»Die Löcher müssen doch für die kleinen Pflanzen nicht so groß sein.« Louisa legte eine Hand auf Claras Schulter.

»Doch, das müssen sie.« Clara grub noch weiter, dann nahm sie den Rucksack und holte zuerst den mitgebrachten Küchenvorhang mit der Giraffe und dem Elefanten heraus. »Den ganzen Flug über habe ich mir vorgestellt, wie Oma sich freut, wenn sie morgens aufsteht und dann beim Kaffeekochen den Vorhang sieht«, sagte sie.

Das Loch hatte jetzt genau die richtige Größe. Clara legte den Vorhang hinein, platzierte dann den Rosenstock darauf, schob die Erde von den Seiten wieder zusammen und drückte sie fest. Dann holte sie aus dem Rucksack noch die afrikanische Maske, die so gut ins Bücherregal ihres Opas gepasst hätte, und legte sie in das andere Loch. Der Straßenhändler hatte ihr erzählt, sie bringe Glück und ein langes Leben.

Ihre Fingernägel waren schwarz, die Hände voller Erde und von den Dornen zerstochen.

»Du musst dir die Hände waschen. Sonst entzünden sich die Kratzer«, sagte Louisa. Sie legte ihren Arm um Claras Rücken und führte sie zum Wasserhahn.

Clara wusch die Erde ab. Noch immer spürte sie trotz der Kratzer an der Haut keinen Schmerz, zu intensiv war der Gedanke an den Verlust ihrer Großeltern.

4.

»Was für eine völlig versponnene Idee!«

Clara schreckte hoch. Sanft schaukelte die Hängematte, in der sie eingeschlafen war, im Wind. Versteckt zwischen den Bäumen des Rosenhofs hatte sie so gut geschlafen wie seit Langem nicht. Sie brauchte eine Weile, um sich zu orientieren. Über ihr schimmerten im Sonnenlicht Blätter in den verschiedensten Grüntönen. Vereinzelte Schäfchenwolken zogen über den ansonsten blauen Himmel. Rechts von ihr strahlten Kirschen in einem so intensiven Rot, dass Claras Magen zu knurren begann. Das Obst aus dem Garten würde sie zügig pflücken, anstatt all die Früchte den Vögeln zu überlassen. Es störte sie nicht, dass das Gras inzwischen mehr als kniehoch gewachsen war und dass überall, wo man hinblickte, Reparaturen notwendig waren.

»So ist Clara nun mal, wir kennen sie doch alle. Eine Traumtänzerin. Immer Hirngespinste im Kopf. Sie dreht sich nur um sich selbst, und dann kommt wieder irgendeine neue Idee.« Nun erkannte Clara Antons Stimme.

Sie blickte sich um, konnte Anton aber nicht entdecken. Also schwang sie die Beine über den Rand der Hängematte und setzte sich auf. Nun sah sie durch eine Lücke zwischen Hecken und Bäumen Louisa und Anton, die sich nahe dem Hintereingang aufhielten und den Hof betrachteten. Nervös lief Anton auf und ab. Louisa saß auf einem der großen Findlinge, die ihr Großvater vom Steinbruch eingesammelt und zur Zierde und als Begrenzungssteine an vielen Stellen im Garten verteilt hatte. Louisa wirkte müde, wie sie dort mit gebeugtem Rücken saß und vor sich hin starrte, als wäre sie gar nicht richtig anwesend, als sehnte sie sich nach nichts mehr als nach Ruhe.

»Clara verkündet immer groß ihre tollen Pläne«, fuhr Anton fort, »aber was ist dann? Man sieht es ja an der Afrikareise. Schon die Reise an sich! Etwas Selbstbezogeneres gibt es ja nicht. Egomanisch ist dieses Verhalten, anders kann man es nicht bezeichnen. Ich, ich, ich – etwas anderes geht ihr nicht durch den Kopf. Und als ob das nicht schon reichte: Plötzlich hat sie die Nase voll und taucht hier wieder auf, von einem Tag auf den anderen. Hast du gesehen, wie sie meinem Blick ausgewichen ist am Flughafen, als ich nachgefragt habe wegen der verlorenen Papiere? Wetten, da ist was faul an der Geschichte, die sie uns aufgetischt hat? Warum wegen eines Führerscheins zurückkehren? Wenn der sich nicht beschaffen lässt, wird es ja wohl kein Problem sein, sich einen Fahrer zu mieten – die Löhne dürften in Angola nicht außergewöhnlich hoch sein. Aber was soll's. So sehr interessiert es mich dann auch wieder nicht. Ich bin nur froh, dass sie bei Lena untergekommen ist und nicht bei uns. Aber ist das eine Dauerlösung? Wir hatten das doch abgesprochen und waren uns einig. Der Hof muss abgerissen werden. So lässt sich das Grundstück nicht verkaufen, wenn man erst mal auf diese Ruine blickt, die zu kaputt ist, um sie wieder herzurichten. Da ist jahrelang – ach, was sage ich: jahrzehntelang – zu wenig dran gemacht worden. Bald ist Clara sowieso wieder weg, so sprunghaft wie sie ist. Ihre Zustimmung zum Abriss ist nur eine Formsache, emotional hat sie sich ja wohl schon von hier verabschiedet. Eine Unterschrift, und gut ist.« Er sah Louisa an, als wartete er auf eine Antwort oder ein anderes Zeichen der Bestätigung, doch sie blickte an ihm vorbei, abwesend, in Gedanken versunken, als nähme sie ihn gar nicht wahr. Wieder fragte sich Clara, warum Louisa ihn unbedingt heiraten wollte. Verhielten sich so Liebende? Der eine hielt Monologe und bemerkte nicht einmal, wenn sein Gegenüber nicht zuhörte?

»Ich suche ja schon länger ein zusätzliches Gebäude für die geplante Pensionserweiterung.« Anton hob mit einer großen Geste die Hände und zeigte über das gesamte Dorf, das sich unterhalb des Rosenhofs befand. »Schau dich um: Eine Renovierung lohnt sich nicht. Aber das Grundstück! Das bringt euch Geld. Nur – so wie es jetzt ist, schreckt es jeden ab. Da muss erst einmal Klarschiff gemacht werden.«

Clara musste sich auf die Zunge beißen, um nicht dazwischenzurufen. So ein Blödsinn, den Anton verzapfte! Sie stand aus der Hängematte auf, trat hinter dem Busch hervor. Louisa wandte den Kopf, und die Blicke der Schwestern begegneten sich. Clara dachte, dass Louisa irgendetwas sagen würde, aber sie schwieg weiterhin.

»Wenn du mir eine Vollmacht schreibst und mich machen lässt, löse ich das Problem innerhalb von ein paar Wochen. Versprochen«, sagte Anton.

Es raschelte in den Sträuchern, als Clara weiter auf die beiden zuging, und jetzt bemerkte auch Anton, dass er und Louisa nicht allein waren.

»Schön, dass ich nun weiß, was du von mir hältst«, sagte Clara. »Ich bin also egoistisch und gehe nur meinen Launen nach.«

»Ich stehe zu dem, was ich gesagt habe, es ist kein Geheimnis.« Anton verschränkte die Arme. Obwohl er breitbeinig dastand, zitterte seine Stimme leicht. Es war ihm anscheinend doch unangenehm, dass sie zugehört hatte.

»Es ist nicht dein Hof. Es geht dich also nichts an. Abgesehen davon: Ich kenne mich mit Renovierungs- und Reparaturarbeiten aus. Das ist mein Beruf.«

»So? Dann bist du nicht nur Schreinerin, sondern nun auch Elektrikerin? Dachdeckerin? Dazu noch Installateurin und Maurerin?«

»Hört auf!«, rief Louisa.

Clara stellte sich vor, ihn zu schütteln. »Was mit dem Hof geschieht, entscheiden allein Louisa und ich. Er gehört uns.«

»Er will doch nur helfen«, sagte Louisa. »Er meint es gut.«

Clara stieß schnaubend die Luft aus. Das war ja mal wieder typisch!

Anton wandte sich mit zusammengepressten Lippen und einem Kopfschütteln ab. »Ich warte im Auto.«

»Du kannst schon vorausfahren«, sagte Louisa, »wir haben hier noch einiges zu klären.«

Clara wartete, bis sie Anton wegfahren hörte. Dann setzte sie sich auf einen anderen Findling neben ihre Schwester.

»Versprich mir, dass du das mit dem Abreißen nicht unterstützt«, sagte Clara. »Anton weiß, was er will, und ist es auch gewohnt, seinen Kopf durchzusetzen.«

»Ich habe seit einem Jahr nichts mehr verdient. Musste mir von Anton Geld leihen, um über die Runden zu kommen, Omas und Opas gesamte Ersparnisse sind aufgebraucht. Wir brauchen eine schnelle Lösung.«

»Aber wir bekommen viel mehr dafür, wenn wir den Rosenhof mit verkaufen können. Ich habe mich umgesehen. So schlimm ist es nicht, wie es auf den ersten Blick wirkt. Das Holz ist trocken, dazu die stabilen Eisensäulen. Sie sind zwar außen rostig geworden, durch sie kann dieses Gebäude aber noch mehrere Hundert Jahre halten. Wenn die gereinigt und entrostet sind, wirken die Räume schon ganz anders. So etwas findet man kaum noch, dieses Gebäude ist etwas Besonderes, ein Schmuckstück, für das Käufer auch gern mal tiefer in die Tasche greifen.«

Wieder schwieg Louisa.

»Sag was!«

Louisa betrachtete ihre Schuhe. »Das überzeugt mich nicht.«

»Was überzeugt dich nicht? Dass das Grundstück mit Haus mehr Geld bringt?«

Louisa schüttelte den Kopf.

»Lass mich das Haus auf Vordermann bringen.« Clara stand auf, nahm Louisas Hand und brachte ihre Schwester auch dazu, aufzustehen und ihr in den Rosengarten zu folgen. »Weißt du noch, wie wir hier als Kinder mit Oma immer körbeweise Rosenblüten gepflückt haben? Kannst du dich an den Geschmack des Weingummis mit Rosengeschmack erinnern? Das alles muss doch irgendwie fortleben.«

»Wir brauchen das Geld. Zügig.« Louisa brach eine rote Rosenblüte ab und roch daran. »Sie sind dieses Jahr so kümmerlich. Kaum Blüten. Und wenn, dann so klein. Aber wie sie duften! Nur so, wie es hier aussieht, hat das alles keinen Zweck. Sieh es dir doch nur an.«

Clara betrachtete all die abgestorbenen und überflüssigen Triebe, hinter denen die grünen Stängel manchmal kaum noch zu erkennen waren. Es war schon einige Zeit vergangen, seit die Rosen einen richtigen Frühjahrsschnitt bekommen hatten. Irgendwann war einmal Stroh auf dem Boden ausgestreut worden, um die Wurzeln vor Kälte zu schützen, das war aber längst verrottet und faulig geworden.

Mit dem Fuß schob Louisa das alte Stroh beiseite. Die Erde darunter war so fest, dass es kein Wunder war, dass die Rosen nicht richtig blühten. So kam weder genug Luft noch Wasser an die tiefen Wurzeln. Durch die leichte Hanglage lief das Regenwasser ohne Bodenauflockerung direkt ins Tal, ohne dass die Rosenpflanzen versorgt wurden.

»Wenn ich erst mal mit der Rosenschere die Sträucher freischneide und den Boden jäte, dann wird das schon wieder«, sagte Clara. Dabei würde sie auch direkt das Unkraut entfernen. Anschließend einen guten Dünger ausbringen; noch war es nicht zu spät für diese Arbeiten. »Louisa, bitte. Lass mich machen.«

»Das wird doch alles nichts.«

»Okay, vertagen wir die Entscheidung.« Clara merkte, dass es keinen Zweck hatte, weiter zu diskutieren. Sie würde einen besseren Moment abwarten, um Louisa zu überzeugen. »Lass uns noch gemeinsam durch den Garten gehen«, schlug sie vor, um die Stimmung zu entspannen. »Wie früher.«

Die Sonne ließ das Obst und die Blüten so intensiv strahlen, dass Clara bedauerte, keine Kamera dabeizuhaben. Es boten sich unzählige Möglichkeiten für traumhafte Nahaufnahmen, obwohl der Garten verwildert war. Selbst die Pfade waren so zugewachsen, dass Clara und Louisa hintereinandergehen mussten und nicht nebeneinanderlaufen konnten, wie sie es sonst immer getan hatten.

»Wie bist du mit Anton zusammengekommen?«, fragte Clara. Noch immer konnte sie kaum glauben, dass die beiden ein Paar waren, mehr noch, dass es eine Verlobung gab. Und warum hatte Louisa das bisher verheimlicht? Ihre Schwester hatte dies nicht einmal angedeutet, sodass Clara es erst bei der Abholung am Flughafen erfahren hatte.

»Er war in den schweren Monaten für mich da. Hat mir zugehört und mich aufgebaut.«

»Ich sehe nie, dass er dich berührt oder du seine Hand nimmst.«

»Er ist nicht der Kuscheltyp. Das Leben ist kein Hollywoodfilm.«

»Aber mehr als ein Ehegattensplittingtarif.« Clara lachte laut auf, und Louisa stimmte mit ein. Für einen kurzen Moment war es wie früher: Clara hielt den Kopf in die Sonne, spürte den Wind auf der Stirn und roch die süß-warme Sommerluft, die nach Blüten und Obst duftete.

»Ich muss dann auch«, sagte Louisa unvermittelt und umarmte Clara zum Abschied. »Die Vertretungslehrerin, die im letzten Jahr hier an der Dorfschule war, will mit ihrem Mann vorbeikommen.« Mit einem Winken wandte sich Louisa ab.

»Ich stelle einen Plan für die Renovierungsarbeiten auf, heute noch«, rief Clara ihr nach, »mit allem, was getan werden muss. Dann haben wir einen Überblick. Du wirst sehen, schon bald könnte der Rosenhof in neuem Glanz erstrahlen.«

Die Liste der Renovierungs- und Reparaturarbeiten umfasste elf dicht beschriebene DIN-A4-Seiten. Clara musste sich bei genauer Betrachtung eingestehen, dass sie die Schwierigkeiten unterschätzt hatte. Doch eins hatte sie auf ihrer Reise gelernt: Auch wenn man glaubte, es ginge nicht weiter, gab es trotzdem einen Weg und eine Lösung. Sie würde einfach einen Punkt nach dem anderen abarbeiten.

Zuerst würde sie in den Baumarkt fahren und Material besorgen. Dann könnte sie gleich anfangen. Sie müsste mit der Abdichtung des Daches beginnen und das feuchte, schimmelige Parkett im zweiten Stock entfernen, damit der Boden darunter trocknen konnte.

Die Liste für den Einkauf war schnell geschrieben, bezahlen konnte sie die Materialien vorerst problemlos von dem Geld, das sie von Jennifer für ihren Anteil am Van bekommen hatte. Wenn sie gleichzeitig kleine Restaurierungsaufträge für Möbel annahm wie zur Zeit ihrer Ausbildung, würde das reichen, um auch zukünftig im Baumarkt die nötigen Utensilien für den Hof kaufen zu können.

Mit wachem Blick ging Clara noch einmal durch alle Räume, auf der Suche nach Dingen, die sie gebrauchen konnte. Wie sie gehofft hatte, fand sie einiges an Werkzeug und Baumaterialien. Anscheinend hatte der Großvater selbst die Erneuerung des Parkettbodens geplant, denn in der Garage lagerten Stapel von originalverpacktem Parkett. Zufrieden startete Clara damit, die Pakete von der Garage ins Wohnzimmer zu tragen. Schweiß rann ihr über die Stirn und brannte ihr in den Augen, das T-Shirt klebte am Rücken. Aber wenn sie zu lange innehielt, begann sie zu frieren, denn die Abenddämmerung brachte Wind, Feuchtigkeit und Kühle mit sich.

Erschöpft setzte sie sich – eingewickelt in eine Wolldecke – nach getaner Arbeit auf die Stufen vor der Haustür. Ein kühler Wind wehte vom Dorf herauf, die Sonne hatte sich bereits hinter die Bäume gesenkt. Der Himmel leuchtete im Abendrot. Sie schloss die Augen, bis sie neben sich Schritte auf dem Kies knirschen hörte.

»Hannes!«, rief sie, stand auf, ließ die Decke zu Boden gleiten und ging auf ihren ehemaligen Klassenkameraden zu, neben dem sie in der dritten Klasse gesessen hatte.

»Ich habe gehört, dass du zurück bist, und habe etwas mitgebracht.« Er hielt zwei Bierflaschen in die Höhe.

Sie umarmten sich. Clara genoss Hannes' Umarmung. Dann holte sie für ihn eine weitere Decke aus dem Haus. Gemeinsam rückten sie eine Sitzbank so neben die Eingangstür, dass sie über das Dorf blicken und den Abend genießen konnten. Dann setzten sie sich nebeneinander, jeder in eine Decke eingewickelt. Während die Dunkelheit hereinbrach, erzählte Clara ihm von Afrika, besonders vom Parque Nacional do Quiçama, von den Hütten, die sie gebaut hatten, schwärmte von der Schönheit der Landschaft, von den wieder dort angesiedelten Tieren. Sie log nicht, doch dadurch, dass sie die negativen Seiten, all die Probleme und Schwierigkeiten ausließ, klang es, als wäre sie als Touristin auf einer Fotosafari gewesen.

»Wie ist es dir denn ergangen in den letzten zwei Jahren?«, fragte sie, um das Thema zu wechseln und nicht in Grübelei zu verfallen, wenn sie sich den Unterschied zwischen ihren Erzählungen und dem real Erlebten vor Augen hielt.

»Ich bin endlich mit dem Studium fertig! Jetzt habe ich ein paar Wochen frei, bevor der zweijährige Pastoralkurs beginnt.«

»Gratulation! Du willst also wirklich Priester werden.« Sie wusste nicht, warum es sie innerlich so sehr aufrüttelte, aber noch immer fiel es ihr schwer, sich mit dem Gedanken anzufreunden, dass er fernab von dem, was er als das »Weltliche« bezeichnete, leben wollte.

»Sicher doch!«

Sie musterte ihn, suchte einen Anhaltspunkt für ein Schwanken oder Zweifeln, sah aber nichts als Begeisterung. »Schade irgendwie«, scherzte sie. Dann erzählte sie von ihrem Plan, den Rosenhof für den Verkauf herzurichten.

»Ich helfe dir«, sagte Hannes, ohne lange zu überlegen. »Lena und Manuel packen sicher auch mit an. Hast du sie schon gefragt?«

»Das schaffe ich allein.«

Hannes lachte. »Stur wie immer. Auf den ersten Blick sehe ich von außen, dass du jede helfende Hand gebrauchen kannst. Wenn du Lena und Manuel nicht fragen willst, kann ich es gern tun.«

Clara dachte über das Angebot nach. »Mit Manuel habe ich seit der Grundschule kaum mehr etwas zu tun gehabt.« Selten war Manuel bei den Treffen der Dorfjugend dabei gewesen, weil er immer gelernt hatte. Nur vom Hörensagen wusste sie, dass er ein Medizinstudium begonnen hatte.

»Hier auf dem Dorf hilft man sich, wenn jemand in Schwierigkeiten ist«, sagte er. »Das hast du doch nicht vergessen?«

»Ich bin nicht in Schwierigkeiten«, protestierte Clara und merkte beim Aussprechen, dass sie schon wieder die Wahrheit nicht sehen wollte. Ja, sie hatte so viele Probleme mitgebracht, dass sie über ihr zusammenzubrechen drohten. »Manuel muss doch außerdem sicher viel lernen. Ein Medizinstudium kann man nicht mit links absolvieren«, überlegte sie.

»Er lebt seit einem Jahr wieder bei seinen Eltern, hat sein Studium wegen seiner Krebserkrankung unterbrochen, aber jetzt geht es ihm deutlich besser.«

Clara schwieg betroffen. Sie traute sich nicht, näher nach Manuels Gesundheitszustand zu fragen. Später, wenn es sich ergab, würde sie selbst mit ihm sprechen. So viel hatte sie nicht mitbekommen! Wie lang doch zwei Jahre Abwesenheit waren! Während sie sich vom Dorfleben entfernt hatte, war bei den anderen der Alltag weitergegangen. Sie hatten mit existenziellen Problemen gekämpft, ihre Pläne vorangetrieben. Claras Großeltern waren gestorben.

»Warte kurz«, sagte Hannes. Er stand auf, trat ein paar Schritte beiseite, tippte etwas in sein Handy, dann nahm er wieder neben Clara Platz.

Die Distanz, die sie zwischen sich und ihrem ehemaligen Schulkameraden spürte, war so groß, dass sich ihr Magen zusammenkrampfte. Eigentlich war es genau das, was sie gewollt hatte: unabhängig werden. Distanz schaffen. Eigene Wege finden. Eigene Lösungen suchen. Doch die Einsamkeit, die damit verbunden war, schmerzte. Sie prostete Hannes zu, rückte näher an ihn heran und beobachtete, wie der Mond, der längst am Himmel stand, durch die einsetzende Dunkelheit immer heller strahlte.

»Meinst du denn nicht, dass es für Manuel zu anstrengend wäre, wenn er nicht mal zur Uni gehen konnte?«, fragte sie nach einer Weile vorsichtig.

Hannes nickte in Richtung der Straße, und erst jetzt sah Clara, wer sich näherte: Manuel mit Lena – Lena mit einem Sixpack Bier in der Hand, das sie mit einem Lächeln schwenkte.

»Sag bloß …«, begann Clara.

»Ich habe beiden eine WhatsApp geschrieben.« Er stand auf, ging Lena entgegen und nahm ihr das Sixpack ab.

Clara war so überwältigt, dass ihr die Worte fehlten. Mit einer Umarmung begrüßte sie die beiden und holte eilig noch zwei weitere Stühle und Wolldecken aus dem Haus.

»Clara meinte, es wäre zu anstrengend für dich, mit anzupacken«, sagte Hannes zu Manuel.

»Es ist der perfekte Ersatz fürs Fitnessstudio. Dann brauche ich keine langen Wege mehr zu fahren und habe das Training direkt vor der Haustür.«

Clara musste bei der Vorstellung lachen. Dieser Pragmatismus verband Manuel und Hannes miteinander – etwas, das Clara an den beiden immer bewundert hatte. »Danke«, sagte sie und blickte zu Hannes, zu Manuel und zu Lena. »Danke euch.«

5.

Oft hatte sie ihrem Großvater zugesehen und geholfen, wenn er Dachreparaturen vorgenommen hatte. So wusste sie, was zu tun war: Zuerst hatte sie die kaputte Dachpfanne entfernt, die schadhafte Stelle darunter abgedichtet und dann einen Ersatzziegel aus dem Schuppen eingesetzt. Nun musste sie nur noch testen, ob die reparierte Stelle wirklich dicht war. Sie kletterte durch die Dachluke ins Haus, holte einen Eimer mit Wasser, wuchtete ihn aufs Dach und kippte ihn mit Schwung über der ersetzten Dachpfanne aus.

Nässe rann über ihre Füße und lief weiter abwärts in die Regenrinne. Clara zwängte sich durch die Luke auf den Dachboden und betrachtete ihr Werk: Kein Wasser war durchgesickert.

Dann kletterte sie noch einmal aufs Dach. Sie setzte sich auf den First, um sich von der Anstrengung des Vormittags zu erholen. Ihr Blick verharrte an der schillernden Wasseroberfläche des Junkermaares, das sie vor Kurzem mit Lenas Hund umwandert hatte. Vom Dach des Rosenhofs aus hatte sie eine gigantische Fernsicht. Sie kannte die Umgebung in- und auswendig, war in ihrer Kindheit und Jugend jeden Trampelpfad abgelaufen, wusste, wo sich die besten Kirschbäume befanden, wo die Brombeerhecken mit den dicksten, saftigsten und süßesten Früchten wuchsen. Sie wusste, welche Wege sich bei Regen am ehesten in eine Schlammwüste verwandelten, wo man sich verstecken konnte, um ungestört Hasen und Rehe zu beobachten. Und doch wusste sie diesen Anblick erst jetzt nach ihrer Reise richtig zu schätzen.

Es gab keine Elefanten, keine Giraffen und Löwen, nicht diese extremen Kontraste von Regenwald, schneebedeckten Gipfeln der Hochgebirge und nicht enden wollenden Wüstenlandschaften. An diesem kleinen, friedlichen Ort existierte nichts, was sich für aufregende Erzählungen am Lagerfeuer oder aufsehenerregende Social-Media-Beiträge eignete. Trotzdem war die Landschaft der Vulkaneifel wunderschön, sie veränderte jeden Tag aufs Neue ihre Farben. An diesem Tag war die Wasseroberfläche der Maare spiegelglatt und tiefblau, doch sie konnte auch grünlich oder bei Regen bräunlich schimmern.

Den Speicher müsste man ausbauen, dachte Clara, und dort ein großes Panoramafenster einsetzen, um täglich diese Aussicht aus der Höhe zu genießen! Doch so ein Projekt ginge deutlich über ihre Reparaturpläne hinaus und überstieg ihre finanziellen Möglichkeiten.

Schon die wenigen Minuten, die sie damit verbracht hatte, die Landschaft zu betrachten, reichten, um ihr wieder neue Energie zu geben. Sie kletterte mit dem restlichen Werkzeug ins Hausinnere und verschaffte sich einen Überblick über die für den Nachmittag geplante Aufgabe: Sie würde sich dem feuchten Parkett im Schlafzimmer widmen. Das Parkett war nicht lose verlegt, sondern verklebt, so würde die Arbeit besonders schmutzig und arbeitsintensiv werden. Ohne brachiale Gewalt war es nicht zu entfernen, das war ihr schnell klar.

Clara beschloss, erst einmal eine Pause zu machen. So ging sie in die Küche, um ihr mitgebrachtes Brot zu essen. Gerade hatte sie sich entschlossen, zuerst die Sockelleiste zu entfernen, weil dies einfach und gefahrlos umzusetzen war, als es an der Haustür klopfte. Stimmen mischten sich mit Hundegebell.

Clara legte ihr Brot beiseite, eilte zur Tür und öffnete. Zuerst stürmte Jimmy herein, dann folgten Manuel, Hannes und Lena.

»Da sind wir«, sagte Lena. »Ich hoffe, du hast noch einiges an Arbeit für uns übrig gelassen.« Sie zwinkerte Clara zu.

»Für den Nachmittag habe ich mir das Schlafzimmer vorgenommen.« Clara führte die drei Freunde die Treppe hinauf ins Schlafzimmer.

Lena als Mechatronikerin, die ihr altes Haus selbst restauriert hatte, genügte ein schneller Blick auf den feuchten Boden, um zu entscheiden, wie die Aufgabe ohne Fachfirma erledigt werden konnte. »Wir suchen zuerst einmal die Leitungen unter dem Parkett. Die Gasleitungen können wir demontieren, denn die Heizung läuft ja inzwischen über Öl. Wir brauchen Einwegoveralls, Schuhüberzüge, Schutzbrillen und Atemmasken. Sonst gibt es ein Desaster.« Sie zeigte auf Claras Turnschuhe. »Ohne feste Schuhe will ich hier keinen sehen. Es müssen ja keine Schuhe mit Stahlkappen sein, Gummistiefel tun es auch. Aber denkt an die herumfliegenden Holzsplitter. Davon wird es mehr als genug geben.«

Während Lena mit Hannes die Lage der Leitungen feststellte, liefen Clara und Manuel von oben nach unten durchs Haus und fotografierten alle Räume für eine Verkaufsanzeige im Internet, »um schon mal den Marktwert festzustellen«, wie es Manuel ausdrückte. Doch anstatt die Fotos anschließend per Mail an Clara zu senden, schenkte er ihr nach kurzer Überlegung sein Smartphone.

»Ich nehme das zum Anlass, mir ein neues zu kaufen. Wollte ich seit Monaten schon«, sagte er. »Dein steinzeitliches Teil ohne Kamera solltest du wirklich nicht mehr nutzen. Darauf läuft auch keins der aktuellen Betriebssysteme.«

Clara wusste nicht, wie sie reagieren sollte. Konnte sie das Angebot annehmen?

Doch Manuel drückte ihr einfach das Gerät in die Hand. »Bin gleich wieder da«, sagte er und ging treppauf zu den anderen.

Clara wollte gerade in die Küche zurückgehen, um den Rest ihres Butterbrotes zu essen und sich ein Glas Wasser einzuschenken, als sie das Quietschen der Haustür hörte, dann Schritte, die sich durch den Flur bewegten.

»Hast du sie noch alle?«, fuhr Louisa sie an. »Ich war gerade tanken, wollte kurz eine Lampe am Blinker austauschen lassen, da erfahre ich, dass Lena sich heute in der Werkstatt freigenommen hat. Um mit Manuel und Hannes zu helfen, den Rosenhof zu renovieren.« Louisa hielt inne. »Ich fasse es nicht. Wir haben die Entscheidung bezüglich der Renovierung vertagt, und jetzt sind sie alle schon oben?«

Clara schwieg. Die Stimmen, die durchs Treppenhaus zu hören waren, sprachen für sich. »Ich dachte …«

»So war das nicht abgesprochen! Du kannst mich nicht einfach vor vollendete Tatsachen stellen. Wir hatten es doch diskutiert. Fakt ist: Ich habe ein Jahr lang nichts verdient. Ich brauche das Geld aus dem Verkauf. Zügig. Ich habe auch keine Kraft für eine langwierige Renovierungsaktion, bei der nichts abläuft wie geplant. Das ist ein Projekt, das sich ohne Fachfirmen gar nicht stemmen lässt!«

»Louisa, bitte!« Clara drängte Louisa in die Küche und schloss die Tür hinter sich. Diese Diskussion sollten die anderen nicht mitbekommen.

»Der Rosenhof wird abgerissen«, sagte Louisa.

»Warum bist du so negativ?« So kannte Clara ihre Schwester gar nicht.

»Ich bin realistisch, und wie gesagt: In dem Punkt muss ich Anton recht geben. Wir sollten abreißen.«

»Niemals!« Clara überlegte fieberhaft, wie sie ihre Schwester noch überzeugen konnte. »Das kannst du nicht wirklich meinen!«

»Wir reißen ab. Dann verkaufen wir. Anton hat schon mehrere Angebote eingeholt.«

Clara stemmte die Hände in die Hüften. »Der Hof gehört uns beiden. Dazu braucht es auch meine Zustimmung, und die bekommt ihr niemals. Ich unterschreibe nicht.«

»So stur kannst du nicht sein.«

»Ich unterschreibe den Abriss nicht.«

»Das ist dein letztes Wort?«

Nun war Clara diejenige, die schwieg. Sie wollte keinen Streit, keine verhärteten Fronten. Sie wünschte sich so sehr, etwas Versöhnliches sagen zu können, aber in diesem Punkt konnte sie unmöglich nachgeben. Der Rosenhof durfte nicht abgerissen werden.

»Okay, sechs Monate«, lenkte Louisa ein und reichte Clara die Hand. »Keinen Tag länger gebe ich dir. Und das geht nur, weil Anton angeboten hat, uns den hinteren, verwilderten Acker abzukaufen, als Erweiterung für seine Weiden. Damit ist erst mal ein kleines finanzielles Polster da, das gerade so reicht, um für mich die Zeit bis zum Schulanfang zu überbrücken.«

»Nur ein halbes Jahr? Das ist zu knapp!«

»Sechs Monate. Dann lassen wir es abreißen.«

Clara dachte nach. Wenn sie zu viert arbeiteten, wäre das machbar. Wenn ... »Abgemacht.« Sie nahm Louisas Hand und schlug ein. Es war schwer zu schaffen, aber nicht unmöglich.

6.

Mit einer dampfenden Tasse Tee in der Hand saß Clara auf einem der Findlinge im Garten des Rosenhofs und blickte über das Dorf. Die Sonne senkte sich langsam und tauchte die Dächer und Fassaden in einen warmgelben Schein. Nur einzelne Schäfchenwolken waren zu sehen, der Mond war bereits aufgegangen. In den nächsten Tagen würde es wärmer werden, doch zuerst spürte sie das Aufklaren des Himmels dadurch, dass es an diesem Abend stärker abkühlte. Trotz der Feuchte, die langsam vom Boden aufstieg und die Wiese in einen milden Dunst hüllte, und trotz der Abendkühle fror sie nicht, weil der Findling unter ihr die Wärme des Tages gespeichert hatte und sich wie ein Ofen anfühlte.

Sie trank einen Schluck und roch dabei an den frisch gepflückten Pfefferminzblättern, die nun im aufgebrühten Zustand einen noch intensiveren Duft entwickelten. Dann stellte sie die Tasse neben sich und legte beide Hände auf den warmen Stein. Jahrzehnte lag der Stein bereits an dieser Stelle, und sie wünschte sich so sehr, dass er noch Generationen später dort läge. Sie stellte sich vor, als alte Frau auf diesem Findling zu sitzen und zuzusehen, wie ihre Enkel auf die Steine kletterten, um von ihnen herunterzuspringen. Die Findlinge hatten schon so viele Jahreszeiten vorbeiziehen sehen. Sie hatten dem Sturm, dem Regen, dem Schnee und im Sommer der Hitze und Trockenheit getrotzt. Dieser Gedanke tröstete Clara. Sanft strich sie über das Gestein, das rau und glatt zugleich war. Sie wünschte sich, diese Stabilität tief in sich aufzunehmen und nach allem, was geschehen war, auch wieder diesen Halt zu spüren, den der Stein unter ihr ausstrahlte.

Aus der Ferne waren Schritte zu hören, die im Kies knirschten, gemischt mit Gesprächsfetzen. Clara trank noch etwas vom Tee, dann umklammerte sie die Tasse mit beiden Händen, als könnte sie sich daran festhalten. Zuerst dachte sie, es wären Spaziergänger, Urlauber aus einem der neuen Ferienhäuser, die oberhalb des Rosenhofs in Waldnähe gebaut worden waren. Dann erkannte sie die Stimmen von Louisa und Anton, die sich weiter näherten.

»Hallo, ich hoffe, wir stören nicht«, sagte Louisa. »Wir haben noch eine Abendrunde gemacht.«

Anton blieb am Gebäude neben der Terrasse stehen, lehnte sich an die Wand und ließ sich die letzten Sonnenstrahlen aufs Gesicht scheinen. Louisa kam näher und setzte sich auf einen anderen Findling – so nah, dass Clara und sie sich mit den Füßen berühren, sich die Hände reichen könnten, was sie aber nicht taten.

»Willst du schon nach Hause, die Pferde füttern? Tu es ruhig«, sagte Louisa.

»Nur, wenn du versprichst, heute mal nicht in die Lehrerwohnung zu gehen.« Anton zwinkerte ihr zu.

»Versprochen.« Louisa errötete kurz, dann wandte sie sich wieder Clara zu. »Und? Wie weit seid ihr heute gekommen?«

Clara reichte Louisa die Teetasse. »Willst du einen Schluck?«

Louisa schüttelte den Kopf.

Obwohl der Tee noch heiß war, trank Clara ihn in einem Zug aus und stellte die Tasse vor sich auf den Boden. Louisa saß vorn auf der Kante des Steins, als wollte sie jeden Moment aufspringen. Es kam Clara vor, als hätte sich ihre Schwester längst vom Hof verabschiedet.

»Weißt du noch, wie wir früher für den Winter Pfefferminze gepflückt und getrocknet haben? Wie unsere Zimmer dufteten, wenn die kleinen Bündel kopfüber zum Trocknen aufgehängt waren?«, fragte Clara.

»Wie weit seid ihr denn heute gekommen?«

»Das Dach ist wieder dicht. Vorerst. Aber im Grunde müssen wir es neu eindecken, später. Erst mal sind wir in Omas und Opas Schlafzimmer beschäftigt. Der alte Holzboden ist raus. Die Leitungen auch. Das war schwierig, weil wir den gesamten Estrich aufreißen mussten. Jetzt soll erst die Feuchtigkeit aus dem Boden, deswegen hat Hannes ein Trocknungsgerät im Baumarkt besorgt. Dann muss ein neuer Estrich drauf, später nach dem Trocknen kommt der Bodenbelag. Aber die Zeit lasse ich nicht ungenutzt verstreichen, ich kümmere mich um die Eisensäulen im Erdgeschoss, werde sie entrosten. Ab morgen dann.« Clara ärgerte sich, dass es klang, als müsste sie sich rechtfertigen, dass sie noch nicht weiter gekommen waren. Alles dauerte länger als geplant. Doch wenn sie eins gelernt hatte auf ihrer Reise: Es half nicht, Zeitpläne aufzustellen und daran zu verzweifeln. Am Ende fügte sich alles immer irgendwie, auch wenn sie zwischendurch im Chaos versank.

»Aha.« Louisa zog die Augenbrauen hoch, ihre Stirn runzelte sich.

»Was heißt ›Aha‹?«

»Du musst das nicht tun. Dich aus Schuldgefühlen an diesem Haus abarbeiten. Das ändert nichts. Man kann auch durch einen Regentanz ums Feuer keinen Wetterumschwung herbeizaubern.«

»Was ist denn nur los mit dir?« Clara sehnte sich danach, Louisa zu umarmen, sie ganz dicht zu sich zu ziehen, aber sie blieb sitzen. Ihre Schultern verspannten sich so stark, dass es sich anfühlte, als würde jemand sie dort fest packen und seine Finger in ihre Muskeln bohren.

»Das frage ich dich«, sagte Louisa. »Was ist denn nur los mit dir?«

»Was soll mit mir los sein?«

»Du wirkst so …«

Clara wartete, dass ihre Schwester weitersprach, doch sie schwieg. »Wie? Wie wirke ich denn?«, fragte Clara und ärgerte sich, dass sie Louisa jedes Wort aus der Nase ziehen musste. Obwohl sie nicht einmal einen Meter voneinander entfernt saßen, war es, als befänden sich Welten zwischen ihnen.

»Ich will keinen Streit vom Zaun brechen«, sagte Louisa.

»Wie denn? Wie bin ich denn?«

»Zögerlicher. Ängstlicher. Nicht mehr so fröhlich. Nicht mehr so offen.«

»Aha.« Clara verbot sich, zu antworten. Was erwartete Louisa von ihr?

»Ich habe auch mit Anton darüber gesprochen. Was du von ihm hältst, hast du ja schon deutlich gemacht. Aber wenn du dir gegenüber ehrlich bist, musst du dir eingestehen, dass er recht hat. Du bist ein unverbesserlicher Dickschädel. Immer mit dem Kopf durch die Wand!«

»So, das ist also eure Meinung.« Clara musste sich zwingen, nicht zu schreien. Sie unterdrückte den Impuls, Louisa zu packen und zu schütteln. »Hast du dir mal überlegt, warum Anton all diesen Mist verzapft, warum er gegen mich hetzt? Wir waren immer so eng wie Zwillinge. Nichts und niemand konnte zwischen uns kommen oder uns aus der Bahn werfen, weil wir uns gegenseitig hatten. Er ist eifersüchtig, das ist alles. Er hat Angst, dass er bei dir nicht mehr die erste Geige spielt. Er weiß ja, wie wir unser Leben lang zusammengehalten haben.«

»Du solltest dir mal zuhören, was für einen Mist du da redest.« Louisa stand auf. Dabei stieß sie mit dem Fuß die Tasse um. Pfefferminzblätter und ein kleiner Rest Tee flossen ins Gras. Louisa bückte sich nicht, um die Tasse aufzuheben, sondern ging einfach weiter.

Alles in Clara drängte danach, ihrer Schwester nachzulaufen, sie zu packen, festzuhalten und zu umarmen. Clara wünschte sich so sehr, Louisas Wärme zu spüren und sich an ihr festzuklammern – froh, endlich wieder vereint zu sein. Stattdessen wandte sie den Blick ab, um nicht sehen zu müssen, wie Louisa vom Garten auf die Straße ging und sich weiter entfernte.

Wie betäubt blieb Clara sitzen. Langsam bückte sie sich, hob die Tasse auf, wischte mit den Fingern die restlichen Pfefferminzblätter ins Gras und blickte auf das Dorf, über das sich nun Dunkelheit senkte.

Clara saß wie versteinert da, bis der Stein keine Wärme mehr abstrahlte. Nun war der Himmel über ihr vollständig wolkenlos. Die Sternbilder leuchteten nicht so intensiv wie über dem abgelegenen Camp in Angola, wo sie zuletzt längere Zeit gelebt hatte, auch waren die Sterne hier nicht so zahlreich zu sehen. Und doch merkte sie, dass es dieser Blick auf den Himmel war, der ihr zeigte, dass sie zu Hause war. Die Sichel des zunehmenden Mondes stand aufrecht wie ein umgedrehtes C, anstatt wie über Afrika sowohl bei abnehmendem wie auch zunehmendem Mond in einer liegenden Position zu sein.

Inzwischen war eine kühle Brise aufgekommen. Noch einmal blickte Clara über das Dorf bis hin zu Antons Hof, in dem Louisa nun wohnte. Hinter allen Fenstern des Pferdehofs brannte Licht, ebenso hinter den Fenstern von Lenas Haus. Der Rosenhof hingegen lag dunkel und verlassen hinter ihr. Kurz zögerte Clara, dann nahm sie das Handy, das Manuel ihr geschenkt hatte, und schrieb Lena eine Nachricht.

> Heute übernachte ich im Rosenhof, warte nicht auf mich. Willst du morgen zum Frühstück kommen? Ich besorge uns Brötchen, Croissants und springe auch noch mal kurz in den Supermarkt, damit nichts fehlt. Clara

Ihr Daumen schwebte über dem Display, dann sandte sie die Nachricht ab.

Clara stand auf, wischte sich aus Gewohnheit über Gesäß und Oberschenkel, auch wenn sie keinen Staub oder Sand mehr von ihrer Kleidung abstreifen musste, nahm die Tasse und ging langsam auf das dunkle Gemäuer zu. Dann beschleunigte sie ihre Schritte. Sie konnte und wollte nicht für den Rest des Jahres und noch länger bei Lena wohnen, sondern musste beginnen, sich an diesem Ort, der immer ihre Heimat gewesen war, wieder ein eigenes, neues Leben aufzubauen.

Mit einem Quietschen öffnete sich die Terrassentür. Clara trat ein, schloss die Glastür hinter sich und schaltete das Licht an.

Am Tag konnte sie den Erinnerungen ausweichen, das Gebäude unter dem Aspekt all der Aufgaben betrachten, die noch anstanden, doch nun war es, als befänden sich geisterhafte Schatten auf dem Sofa und im Sessel – auf den Plätzen, an denen ihre Großeltern immer gesessen und nach draußen in den Garten geschaut hatten. Es war, als könnte sie zwei kleine Mädchen durchs Wohnzimmer toben hören.

Clara lehnte sich mit dem Rücken an das kühle Glas der Terrassentür und starrte weiter in den dunklen Raum, bis die Erinnerungen schwächer wurden und verblassten. Auch der Anflug von Lavendelgeruch, den sie wahrzunehmen geglaubt hatte, war nun verschwunden.

Ihre Schritte kamen ihr überlaut vor, als sie die Treppe zum ersten Stock hochging. Fast stolperte sie über die Rolle mit schwarzen Schwerlastmüllsäcken, die einer ihrer Helfer dort liegen gelassen hatte. Sie bückte sich, riss einen Sack ab und ging damit ins Bad. Auf der Ablage standen noch vier Zahnbürsten, obwohl Louisa den Lockenstab und ihre Schminkutensilien längst mitgenommen hatte. In der Schublade entdeckte Clara neue Zahnbürsten in Originalverpackung, auch zwei unbenutzte Tuben Zahnpasta. Das war das Einzige, was sie behielt, alle anderen Gegenstände von der Ablage und aus den Schränken wischte sie mit schnellen Handbewegungen in den Sack, knotete ihn zu und stellte ihn in den Flur. Es war nicht der beste, aber ein gangbarer Weg. Damit gab sie sich zufrieden, weil sie wusste, dass sie auch in den nächsten Tagen nicht die Kraft hätte, alle Cremes und Packungen auf das Mindesthaltbarkeitsdatum und ihren eventuellen Nutzen zu prüfen. Zu viele Erinnerungen an die Großeltern und das Zusammenleben mit Louisa kämen dabei hoch und damit verbunden eine zu große Melancholie.

Clara duschte, ohne Seife und Duschgel zu benutzen, das sich bereits im Müllsack befand. Sie trocknete sich ab, putzte sich die Zähne, wickelte sich in ein Badetuch ein und ging dann in ihr ehemaliges Zimmer. Der Geruch war nach der langen Abwesenheit fremd und unpersönlich. Nachdem Clara das Licht angeschaltet hatte, zog sie die Fensterläden vor und kippte die Fenster, sodass ein leichter Luftzug ins Innere wehte. Alles in ihrem Zimmer war äußerlich unverändert, als wäre sie nur wenige Tage weg gewesen: Die Bücher, die sie zum Großteil mehrere Male gelesen hatte, reihten sich im Regal dem Alphabet nach geordnet aneinander. Die Gitarre wartete in ihrem Ständer darauf, von ihr gespielt zu werden. Clara pustete den Staub vom Corpus und musste niesen. Sie fuhr mit dem Finger über die Saiten, die verstimmt, aber nicht gerissen waren. Sie blickte sich um, betrachtete den Mahagonischreibtisch, den sie vor Jahren bei eBay für einen Euro ersteigert hatte, das braune Ledersofa, das sie bekommen hatte, als unten eine neue Garnitur ins Wohnzimmer eingezogen war. Diese Umgebung war ihr so bekannt wie keine andere auf der Welt, sie kannte jeden Kratzer auf dem Tisch und dem Sofa. Es war schmerzhaft schön, wieder in diesem Raum zu sein.

Clara öffnete den Kleiderschrank. Er schloss so fest, dass sich innen kein Staub abgesetzt hatte. Sie nahm Sportunterwäsche heraus, zog sie an, darüber kam ihr dunkelblauer Hausanzug für die Nacht. Für den nächsten Tag legte sie sich eine Jeans und eine weiße Rüschenbluse zurecht, auch wenn sie wusste, dass die Bluse für den arbeitsreichen Tag, der vor ihr lag, alles andere als ideal war. Doch darauf kam es ihr nun nicht an. Diese altertümlich wirkende Bluse war immer eins ihrer Lieblingsstücke gewesen. Und nun erschien sie ihr wie ein Schutzpanzer, der sie wieder die alte, unversehrte Clara sein ließ, ihr die Sicherheit zurückgab, die sie so schmerzlich verloren hatte.

Clara nahm einen Roman von Hermann Hesse aus dem Regal, den sie zuletzt zu Schulzeiten gelesen hatte, legte ihn kurz beiseite, bezog dann ihr Hochbett mit frischer Bettwäsche und krabbelte anschließend mit dem Roman in der Hand die Leiter hoch. Wie unzählige Male in der Vergangenheit schloss sie die Lichterkette an den verlängerten USB-Anschluss an, den sie selbst gebastelt hatte, knipste das Leselicht an, knautschte das Kissen zusammen und vertiefte sich in das Buch.

Alle Zweifel, ob das, was sie tat, richtig war, waren mit einem Mal verschwunden. Jedes der Geräusche, das von draußen hereinkam, konnte sie zuordnen: den Ruf des Käuzchens, den Wind in den Lamellen der Fensterläden, die sich prügelnden Kater aus der Nachbarschaft, das Rauschen der Blätter in den Bäumen, die Mischung aus Zischen und tieffrequentem Brummen, wenn auf der entfernten Hauptstraße ein Wagen durch den Ort fuhr. Hier gehörte sie hin, auf diesen Hof am Rande des Dorfes, in dieses Zimmer, in dieses Hochbett.

7.

Im Halbschlaf wälzte sich Clara während eines Albtraums so unruhig von einer Seite auf die andere, dass ihr Hochbett schwankte. Langsam drangen mehr und mehr reale Eindrücke in ihr Bewusstsein: die warme Decke über ihren nackten Füßen, die weiche Matratze … die Türglocke.

Clara blickte auf ihre Armbanduhr. Es war schon nach zehn. So lange hatte sie geschlafen! Und irgendjemand stand an der Haustür und läutete Sturm.

Benommen vom Schlaf klammerte sie sich fest an die Leiter, um aus dem Bett zu steigen, das sich nun wieder hin und her bewegte. Noch an diesem Tag würde sie es neu mit Dübeln in der Wand verankern – ein weiterer Punkt auf ihrer To-do-Liste. Schnell zog sie die bereitgelegte Hose und die Bluse über und lief barfuß treppab, um zu öffnen.

»Überraschung«, sagte Lena und reichte Clara eine gefüllte Papiertüte von der Bäckerei. Sie kicherte. »Ich habe deine geschlossenen Fensterläden gesehen. Übrigens: Ich habe jemanden mitgebracht.«

Clara musste lachen, wie der große Manuel versuchte, sich hinter der kleinen Lena zu verstecken. Er bückte sich zwar, so gut es ging, doch sein blonder Schopf lugte trotzdem hervor.

»Hier bin ich«, sagte er und trat neben Lena. »Auf Hannes müssen wir leider verzichten, er hat einen Termin. Heute sind wir dementsprechend nur zu dritt. Vor der Arbeit sollten wir uns aber erst einmal stärken, ich habe auch Aufschnitt und Marmelade mitgebracht.« Er reichte ihr eine gefüllte Jutetasche.

»Wir kommen bestimmt einen Riesenschritt weiter. Ich habe mir noch mal den ganzen Tag freigenommen«, sagte Lena.

Clara ging voran, ihre beiden Freunde folgten ihr. Zehn Minuten später war der Frühstückstisch hergerichtet, und die Räume im Erdgeschoss dufteten nach warmem Backwerk und frisch aufgebrühtem Kaffee. Bald saßen sie plaudernd am Tisch. *Es ist fast wie früher,* überlegte Clara und erinnerte sich an all die Wochenenden, die morgens mit einem gemeinsamen Frühstück in diesem Esszimmer begonnen hatten.

»Können wir den Plan für heute abändern?«, fragte Clara. »Den Boden im Schlafzimmer oben erst einmal außen vor lassen und stattdessen den Inhalt der Schränke aus Wohn- und Esszimmer in die Scheune räumen? Allerdings fehlen noch Umzugskartons …« Sie blickte sich um. Besonders die Zimmer im Erdgeschoss waren voller schmerzhafter Erinnerungen. Jedes Mal, wenn sie auf die Porzellanfiguren ihrer Großmutter im Regal und die Sammlung von Bierkrügen ihres Großvaters blickte, war es, als könnten beide jeden Moment zur Tür hereinkommen.

Clara trank einen großen Schluck Kaffee, weil sie das Gefühl hatte, ihr Hals würde immer trockener. »Ich habe es mir einfacher vorgestellt. Hier zu sein«, flüsterte Clara.

»Das wird auch der Grund sein, warum Louisa abwechselnd in der Lehrerwohnung und bei Anton wohnt und seit dem Tod deiner Großeltern nichts verändert hat.« Manuel klang mit einem Mal nachdenklich. »Ich will dir nicht reinreden, du entscheidest. Keiner von uns möchte sich vor der Arbeit drücken. Wenn es dir wichtig ist, räumen wir die Schränke noch heute aus. Nur glaube ich, dass das Leben so nicht funktioniert. Wir können Häuser ausräumen, neue Möbel kaufen, aber die Vergangenheit mit ihren Erinnerungen bleibt trotzdem hängen. Die Traurigkeit wird nicht weniger, je mehr wir sie bekämpfen. Wenn wir sie dagegen zulassen, ist sie gar nicht so schlimm, wie wir anfangs dachten. Sie kommt in Wellen, die immer wieder mal pausieren und dabei langsam abflachen. Ich finde, Abschiede sind das Schwerste im Leben überhaupt, aber wenn wir sie wegschieben wollen, machen wir es uns nur schwerer, weil wir dann nicht nur gegen die Trauer kämpfen, sondern auch noch gegen uns selbst.«

Clara nahm Manuels Hand und drückte sie fest. Sie merkte, dass er gar nicht mehr vom Rosenhof sprach und nicht von ihrem Verlust der Großeltern, sondern von sich selbst, wie er sich durch seine Krankheit erst mal von seinem Traum vom Medizinstudium hatte verabschieden müssen. Trotzdem wirkte er nicht resigniert oder traurig, im Gegenteil.

Er erwiderte den Händedruck, dann schaute er aus dem Fenster und aß weiter, erzählte von dem Smartphone, das er online bestellt hatte und das heute mit der Post geliefert werden würde. Sie musterte ihn genau, doch seine Zufriedenheit und Gelassenheit waren keine Fassade. Sie erkannte den damaligen Jahrgangsbesten aus Schulzeiten kaum wieder, der sich selbst über ein »Gut« unter einer Klassenarbeit aufgeregt hatte, für den es nie schnell genug gegangen war und für den Ruhe und Entspannung nur Nebensächlichkeiten gewesen waren.

»Wie machst du das, dass du so glücklich sein kannst?«, fragte Clara. »Du bist ein richtiger Lebenskünstler geworden.«

»Das bist du«, bestätigte Lena. »Wirklich.«

Manuel errötete, dann lachte er. »Ich habe mir das Grübeln abgewöhnt. Zwangsweise. Sonst wäre ich längst durchgedreht und in der Psychiatrie gelandet. Abgesehen davon: Wer kann bei so guten Croissants am Leben zweifeln?«

Clara und Lena stimmten in sein Lachen ein.

»Okay«, überlegte Clara laut. »Bleiben wir doch beim ursprünglichen Plan und arbeiten gleich im Schlafzimmer am Boden weiter. Das Ausmisten übernehme ich dann später selbst, nach und nach.«

»Du weißt, dass du immer mit mir reden kannst«, sagte Manuel. »Wenn dir etwas auf der Seele liegt – egal, was es ist.«

»Mit mir auch.« Lena sah sie so intensiv an, dass Clara den Blick abwenden musste.

»Wie konnte es eigentlich passieren, dass Anton zum Bürgermeister gewählt wurde?«, fragte Clara, um das Thema zu wechseln. »Wenn er es nicht einmal schafft, seine Kuh- und Pferdeweiden richtig abzusichern, wie will er sich dann um den gesamten Ort kümmern?«

Anton und seine schlecht gesicherten Kuhweiden. Anton, der bei Streitigkeiten wieder hervorkramte, was jemand vor Jahren zu ihm gesagt hatte, der jede Ungerechtigkeit, die sich gegen ihn richtete, in Erinnerung behielt. Anton, der immer wusste, was richtig war – Clara genoss es, in den neuesten Dorfklatsch einzutauchen. Sie lachte so laut, dass sie sich fast verschluckte, als sie hörte, wie ein jahrhundertealter Streit zwischen dem Ober- und dem Unterdorf wieder ausgebrochen war. Je tiefer sie in die Erzählungen eintauchte, die nur diejenigen nachvollziehen konnten, die an diesem Ort aufgewachsen waren, umso mehr löste sich ihre innere Anspannung. Erst jetzt fiel ihr auf, wie sie sich seit dem Vorfall in Luanda angewöhnt hatte, immer wieder über die Schulter zu blicken oder kurz innezuhalten und ganz leise zu sein, um die Umgebungsgeräusche genau zu analysieren. *Es ist vorbei,* sagte sie sich und atmete tief durch.

Der Tag war wieder so arbeitsreich, dass Clara kaum dazu kam, innezuhalten. Zum Mittagessen gab es Pizza vom Lieferservice, zum Abendessen gönnten sie sich die restlichen Croissants vom Frühstück und jeder ein Glas Weißwein aus einer staubigen, noch verschlossenen Flasche, die sie im Keller gefunden hatte.

Eigentlich hatte sie sich beim Aufstehen vorgenommen, den Tag nach dem Abendessen bis zum Sonnenuntergang im Garten in der Hängematte ausklingen zu lassen. Nun, da die anderen gegangen waren, registrierte sie, dass die Helligkeit in den Räumen nicht von draußen kam, dass die Sonne gar nicht mehr schien, sondern dass sich der Himmel verfinstert hatte und in allen Zimmern die Lampen angeschaltet waren. Sie hörte das Geräusch der dicken Tropfen, die an der Wetterseite gegen die Fensterscheiben klatschten. Draußen war es so dunkel, als würde sich bereits die Dämmerung über das Dorf senken.

Clara ging zum Fenster. Auf der Straße, die am Morgen noch im Sonnenschein gestrahlt hatte, bahnte sich nun ein Wasserlauf den Weg. Kein Mensch war draußen zu sehen, die anderen Häuser in der Ferne verschwanden im Dunst, sodass es schien, als würde sich der Rosenhof auf dem Hügel auf einer abgelegenen Insel befinden, während die Welt um sie herum gar nicht mehr existierte. Mit einem Mal wurde Clara bewusst, dass sie ganz allein in dem riesigen Gemäuer war, was sie noch nie so intensiv registriert hatte. Trotzdem fühlte sie sich nicht einsam. Clara blickte weiter nach draußen in den Dunst, der sich langsam lichtete, je weniger es regnete. Nach und nach tauchte auch die Umgebung aus den tief liegenden Wolken wieder auf. Die Häuser unten im Dorf mit ihren noch immer verwaschenen Farben wirkten nun wie in einen Dornröschenschlaf gefallen, als wären sie verzaubert worden. Schon als Kind hatte sie die Bedächtigkeit gemocht, die sich bei schlechtem Wetter auf dem Rosenhof ausbreitete. Ohne ihr Zutun floss auch ihr Atem langsamer.

Ein Tagesausklang im Garten war bei den Wetterverhältnissen utopisch, so legte sich Clara auf das Ledersofa in ihrem Zimmer, schaltete zusätzlich zur Deckenleuchte noch die Standleuchte ein, hob die Beine und ließ sie auf die dicken Rückenlehnen sinken. Ihre Füße prickelten, und ihre Beine fühlten sich von der Arbeit am neuen Bodenbelag wie Gummi an. Außerdem war sie so oft die Treppen rauf- und wieder runtergegangen, dass sie es nicht hätte zählen können.

Während ihre Augen schwer wurden, betrachtete Clara, wie sich die Tropfen außen an der Scheibe miteinander verbanden und in kleinen Rinnsalen hinunterliefen, wie die Bäume im Hintergrund unter der Last des Wassers ihre Äste neigten.

Fast war sie eingeschlafen, als ein Läuten an der Haustür sie aufschreckte. Beim Aufrichten wurde ihr vor Erschöpfung schwindelig. Clara öffnete das Fenster und sah zur Haustür. Noch bevor sie erkennen konnte, wer an der Tür stand, war ihr Oberkörper durchnässt, und die Haare klebten ihr an der Stirn.

»Ich bin es, mach auf!«

Sie konnte nicht erkennen, wer sich unter dem Regenschirm verbarg, sah nur schwarze Schuhe und eine schwarze Jeans hervorlugen, doch Hannes' Stimme war unverkennbar.

»Komme!«, rief sie, schloss das Fenster und ging treppab.

Noch bevor sie die Tür vollständig geöffnet hatte, drängte Hannes sich herein. Unter seinen Füßen breitete sich innerhalb weniger Sekunden eine Wasserlache aus.

»Mistwetter«, sagte er, stellte seinen Schirm in das WC neben der Tür, zog seine Regenjacke aus und umarmte Clara. »Wenn ich heute schon nicht mithelfen konnte, muss ich doch wenigstens mal sehen, wie weit ihr vorangekommen seid.« Er musterte sie intensiv. »Alles gut bei dir? Du siehst so … melancholisch aus.«

»Du brauchst dir um mich keine Sorgen zu machen.«

»Nicht?«

»Aber wenn du schon da bist: Kann ich dir einen Wein anbieten? Weißwein? Die Flasche ist frisch geöffnet und steht im Kühlschrank. Oder lieber einen Tee?«

»Wein wäre toll.«

Er folgte ihr ins Wohnzimmer. Clara holte zwei Gläser aus der Vitrine und schenkte nicht nur Hannes, sondern auch sich selbst noch etwas ein.

»Danke, dass du gekommen bist.« Nun war sie doch froh, nicht allein zu sein, dass jemand sie ablenkte von den Erinnerungen, die immer dann auftauchten, wenn sie müde wurde und eigentlich schlafen wollte, wenn sie im Halbschlaf die Kontrolle über ihre Gedanken verlor.

Sie überlegte, sich Hannes gegenüberzusetzen, um Abstand zu wahren. Noch immer war die Vorstellung ungewohnt, dass der bei allen Mädchen so beliebte Hannes Priester werden wollte, dass er damit nicht nur auf Sex, sondern auch auf die Nähe zu Frauen generell verzichten wollte. So sehr sie ihn mochte, war sie doch unsicher, wie sie sich ihm gegenüber verhalten sollte. Erwartete er, dass sie auf Distanz ging? Doch dann schob sie alle Überlegungen beiseite und nahm wie früher zu Schulzeiten direkt neben ihm auf dem Sofa Platz. Hannes trank einen Schluck, lobte den Wein und lehnte sich zurück.

»Es ist ein Jammer, dass du Priester werden willst«, sagte sie und grinste. Mit seiner schlanken, aber doch muskulösen Figur, den feingliedrigen Händen und seinen frisch geschnittenen und perfekt gestylten Haaren wirkte er auf den ersten Blick wie ein Filmschauspieler. Nur sein in sich gekehrter und immer etwas melancholischer Gesichtsausdruck passte nicht wirklich dazu. Als Fünfzehnjährige war sie mehrere Monate lang in ihn verliebt gewesen, was er aber nicht hatte ahnen können. Schon damals hatte er verkündet, dass er Priester werden wolle, und sich dabei nicht um die Lästereien und dummen Kommentare geschert, die zwangsläufig darauf gefolgt waren. Es war ihm schon immer gleichgültig gewesen, was andere von ihm dachten. Mit seiner stoischen Ruhe hatte er allen Lästerern den Wind aus den Segeln genommen und sie zum Schweigen gebracht.

»Wenn du reden willst – ich bin da«, sagte Hannes.

»Es gibt nichts zu reden. Ich weiß gar nicht, was ihr alle habt! Lena hat schon so was gesagt und Manuel genauso.« Clara erschrak, wie barsch sie klang.

»Es muss ja nicht jetzt sein.«

»Ich brauche kein Beichtgespräch. Abgesehen davon …« Sie schwieg, fuhr sich mit der Hand durch die Haare. Auch nach mehreren Monaten war es noch ungewohnt, wie kurz und strubbelig sich ihre Frisur anfühlte. All die Jahre hatte sie die Haare immer mindestens schulterlang getragen, wie ihre Schwester auch. »Mir geht es gut«, sagte sie und merkte, wie sich eine Träne aus ihrem linken Augenwinkel löste, kalt über die Wange weiter zum Kinn lief, dann hinuntertropfte und einen dunklen Fleck auf ihrer Jeans hinterließ. »Ich bin nur übersentimental. Vielleicht etwas müde von den Renovierungsarbeiten. Ignorier es einfach. Ich weiß auch nicht, was in mich gefahren ist.«

Hannes legte sanft eine Hand auf ihren Rücken, berührte sie so warm und zärtlich, dass sie von einer Sekunde zur anderen die Fassung verlor. Es war, als hätte jemand eine Schleuse geöffnet. In ihrem Kopf hämmerte es, als hätten sich dort unzählige Tränen angestaut, die nun ihren Weg nach draußen fanden.

»Nichts ist in Ordnung«, sagte sie und verbarg ihr Gesicht hinter den Händen. »Gar nichts.« Wenn sie jetzt zu erzählen begänne, wenn sie sich gestattete, die Selbstkontrolle zu lockern, könnte sie nie mehr aufhören zu weinen. Sie rang um Fassung, verbot sich zu schluchzen, unterdrückte das Zittern ihrer Hände. Trotzdem liefen die Tränen weiter über ihr Gesicht.

Sie hatte Angst, Hannes zu erschrecken mit ihrem Kontrollverlust. Sie wollte nicht, dass jemand sie in einem solchen Zustand sah. Doch er saß weiterhin gelassen neben ihr, seine Hand ruhte auf ihrem Rücken, als würde er sich nicht einmal wundern. »Du musst bestimmt los«, sagte sie. »Es wird besser sein. Bitte geh.«

Er blieb sitzen.

Clara beugte sich vor, nahm ihr Glas und trank den Wein in einem Zug aus. Dann holte sie eine weitere Flasche aus dem Keller, schenkte sich nach und versuchte, mit noch einem Glas Wein ihr inneres Chaos zu besänftigen. Doch die erhoffte Ruhe und Entspannung traten nicht ein, im Gegenteil. Der Wein erschwerte es, die Fassung zu wahren.

»Ich bin kaputt«, sagte sie. »Ein völliges Wrack.« Sie hoffte, dass er widersprach, ihr versicherte, dass sie doch an diesem Tag und auch gestern viel an Arbeit geschafft hatte. Stattdessen schwieg er, ließ seine Hand weiterhin auf ihrem Rücken ruhen.

»Es ist etwas passiert«, flüsterte sie. »Etwas Unvorstellbares.«

8.

Ihr Körper wurde geschüttelt wie von einem Krampf, dann waren von einer Sekunde auf die nächste alle Emotionen verschwunden, als stünde sie neben sich. Sie dachte an das Hotelzimmer in Luanda, und diesmal war es während der Erinnerung nicht mehr wie in den Wochen zuvor, als sie mit jedem Erinnern in die Vergangenheit katapultiert wurde.

»Es sollte eine Pause werden vom Leben in der Natur, von der anstrengenden körperlichen Arbeit. Ein paar Tage nichts schleppen, nichts bauen, weder in irgendwelchen Hütten auf provisorischen Betten oder auf dem Boden übernachten noch in der Enge des Vans schwitzen. Wir sehnten uns nach Zivilisation. Städten. Strandpromenaden. Cafés und Einkaufsmöglichkeiten. Nach fließendem Wasser. Strom. Gutem Internetzugang. Eine Toilette mit Spülung hatten wir schon lange nicht mehr gesehen. In einem Restaurant essen zu gehen, erschien nach all der Zeit in der Wildnis wie ein Traum. So hatten Jennifer und ich es geplant, und der Plan hörte sich für uns an wie ein Ausflug ins Paradies. Wir wussten ja, dass uns mit Luanda eine Großstadt erwartete. Aber was wir dann zu sehen bekamen – es war einfach unglaublich. All die Lichter, die Menschen auf den Straßen, Fahrräder, Motorräder, Autos, Busse und mittelalterlich anmutende Karren quer durcheinander. Du glaubst gar nicht, was die Menschen dort alles auf Motorrädern transportieren, wie die Karren überladen sind! Wir hatten den Van schon am Stadtrand auf einen bewachten Parkplatz gestellt und sind mit einem Taxi weiter in die Innenstadt hineingefahren, weil wir uns nicht in das Gewimmel hineingetraut haben. Die Hotelpreise waren nicht ohne: Es gab viele Angebote für zweihundert oder dreihundert Euro pro Nacht, absoluter Luxus mit allem Schnickschnack, der sich mit jeder europäischen Großstadt messen kann. Ein Wahnsinn im Vergleich zu der Armut im Umland. Nach einiger Suche haben wir eine kleine Pension in einer Nebenstraße gefunden, mit Zimmern, die es mit jedem Dreisternehotel hier aufnehmen könnten. Zahlen mussten wir nur knapp über dreißig Euro pro Nacht, das Frühstück war in dem Preis enthalten. Sogar eine Kaffeemaschine stand in den Zimmern, dazu ein Kühlschrank, Fernseher, freies Internet. Ich war schon bei der Ankunft im Hotel völlig platt von alledem, was mich umgab. Eigentlich hatten wir geplant, vorerst nur unser Gepäck abzulegen und dann durch die Stadt zu streifen, aber als ich das große Doppelbett gesehen habe – allein so ein weiches, sauberes Kopfkissen – und eine Dusche direkt nebenan! Dieser Geruch nach frisch gewaschener Wäsche und den Blumen im Zimmer!

Ich wollte nur noch dort bleiben nach all den Anstrengungen der vorangegangenen Monate, mich ausruhen, ankommen, um dann am folgenden Morgen frisch zu starten. Mein Kopf dröhnte von all den Geräuschen und Gerüchen und dem Trubel, durch den wir uns in der Innenstadt hin zu diesem Zimmer gekämpft hatten. Mir war alles zu viel. Der Kontrast zu der Stille und Abgeschiedenheit der Monate davor war enorm. Ich war das Stadtleben nicht mehr gewöhnt und brauchte erst mal Zeit, um runterzukommen. Es war, als würde mein Kopf von all der Fülle platzen.

Jennifer dagegen – meine Güte, sie war so aufgekratzt, als hätte sie irgendetwas genommen. Sie wollte sofort losziehen, erst eine Besichtigungstour starten, sich anschließend ins Nachtleben stürzen. Sie hat sich dann nach einer längeren Diskussion allein auf den Weg gemacht, wollte drei bis vier Stunden unterwegs sein und dann zurückkommen. Sie versprach, Abendessen für uns mitzubringen.

Als sie raus war, habe ich die Tür abgeschlossen und zuerst einmal meinen Laptop ausgepackt, meine Mails gecheckt und beantwortet, Bilder gepostet, aus den Fotos vom Naturschutzgebiet einen kleinen Film zusammengestellt und auf YouTube hochgeladen. Dann habe ich geduscht, so lange und ausführlich wie noch nie in meinem Leben. Du glaubst nicht, wie fantastisch das sein kann: warmes Wasser auf den Schultern, am Nacken – es war besser als jede Massage.

Hinterher waren das Bad und das Zimmer voller Wasserdampf wie in einer Sauna. Zwar gab es im Bad einen Ventilator, aber es war zu viel Feuchtigkeit im Raum, der Abzug hat nicht wirklich funktioniert. Deshalb habe ich das Fenster gekippt, dabei kurz nach draußen gesehen zum Hof. Von außen sah das Hotel perfekt aus, der Hinterhof zeigte dann die Realität. Überall lag Abfall herum, große Müllcontainer standen direkt vor dem Fenster. Gestunken hat es nicht, daher habe ich das Fenster gekippt gelassen, die Gardine vorgezogen und mich aufs Bett gelegt.

Dann kam eine Nachricht von Jennifer. Sie hatte jemanden kennengelernt, schickte mir ein Foto von ihm und sich: ein Franzose auf Weltreise, der aussah wie ein Surfer, genau Jennifers Typ.

Es wird etwas später,

schrieb sie.

Eine Stunde nach der ersten kam eine zweite Nachricht:

Warte nicht auf mich, Baptiste kennt sich hier aus, wir ziehen noch durch die Clubs und dann … drück mir die Daumen, er ist wirklich süß.

So ist sie nun mal. Ich habe angerufen, wollte sie überzeugen, doch zurück ins Hotel zu kommen, aber sie hat nicht mal abgenommen, nur die Mailbox ging an. Typisch Jennifer eben. Wenn sie einmal Feuer und Flamme ist, gibt es nichts, was sie bremsen kann. Während sie vor Begeisterung platzte, habe ich mir Sorgen gemacht. Was wusste sie schon über den Typen, außer dass er extrem gut aussah? Was, wenn ihr etwas passierte?

Manchmal prallten bei uns Welten aufeinander. Jennifer war die Abenteurerin, ich die Bodenständige.

Weil ich müde war, habe ich mir Essen aufs Zimmer kommen lassen und mich anschließend schlafen gelegt. Es war erst halb zehn, aber ich war so müde, dass ich direkt eingeschlafen bin.

Einmal bin ich aufgewacht, weil ich dachte, irgendwo ein helles Licht gesehen, etwas gehört zu haben. Ich rief: ›Hallo?‹, aber da war nichts. Es hätte ja sein können, dass aus Jennifers Date doch nichts geworden war.

Dann bin ich wieder eingenickt, aber kurz danach wieder hochgeschreckt. Noch immer war alles dunkel, wobei es mehr eine Dämmerung war, die über der Stadt lag, denn sie war eingetaucht in eine Glocke aus diffusem Licht, wie man es häufig in Städten erlebt. So konnte ich sehen, dass das Fenster vollständig offen war. Die Gardine bauschte sich vom Wind ins Zimmer hinein.

Ich setzte mich auf, dachte erst, ich würde träumen. War ich eine Schlafwandlerin? Oder hatte ich das Fenster geöffnet und es dann vor lauter Müdigkeit vergessen?

Im Alltag nehmen wir es ja kaum mehr wahr, aber in jedem von uns ist dieser Radar verankert, der auf Gefahr reagiert. Mir war kalt, und ich habe gespürt, wie sich alle Härchen an meinem Körper aufgerichtet haben. Irgendetwas stimmte nicht.

Ich habe die Luft angehalten und in die Dunkelheit gelauscht. Da war nichts. Von der Logik her gab es keine Gefahr, der Hof war rundherum abgeschlossen. Es gab nur einen Zugang vom Haus aus, die Eingangstür war nachts auch verriegelt. Noch dazu gab es einen Pförtner. Wie sollte also jemand in den Hof kommen?

Trotzdem habe ich mich gefühlt wie in einem Horrorfilm, habe mich kaum getraut, die Füße auf den Boden zu setzen oder Licht anzuschalten. In Gedanken habe ich überlegt, wo überall Verstecke waren: unter dem Bett, im Bad, hinter dem Schrank.

Aber es war wirklich absolut still. Ich habe meinen Mut zusammengenommen, die Nachttischlampe angeschaltet, unters Bett gesehen, durchs Zimmer geblickt. Da war nichts. Dann bin ich aufgestanden, habe das Fenster gekippt, bin kurz ins Bad und habe mich wieder hingelegt. Es war definitiv niemand im Raum.

Aber das Gefühl, dass jemand in der Nähe war, blieb – jemand, der mir nichts Gutes wollte. Ich habe über meine Angst gelacht, für die es keine Begründung gab. Dann habe ich das Licht wieder ausgeschaltet und mich so gedreht, dass ich zum Fenster sehen konnte.

Vielleicht zehn Minuten habe ich auf das Fenster gestarrt, bis eine Hand aufgetaucht ist wie ein Schatten. Jemand griff von außen durch das gekippte Fenster. Dann ging alles so schnell, dass ich gar nicht begriff, was passierte. Ich lag da wie gelähmt.

Das Fenster krachte auf, hing nur noch an einem Punkt verankert. Ein Mann kletterte über das Fensterbrett nach innen. Er hatte einen blauen oder dunkelgrünen Kapuzenpullover an, Jeans, Turnschuhe. Seine Haare waren abrasiert. Er hat sich auf mich geworfen. Ich fing an zu schreien, doch er hat mir den Mund zugehalten und ein Messer an die Kehle gedrückt. Die Klinge war gezackt, es fühlte sich an meinem Hals an wie eine Reihe aus Nadeln, wie viele kleine Stiche.

Er hat nichts gesagt, kein einziges Wort, aber es war klar: Wenn ich schreie, wenn ich mich wehre, schneidet er mir die Kehle durch. So fest hat er mit dem Messer zugedrückt, dass ich den Kopf nicht mehr bewegen konnte, ohne mich zu verletzen. Er zog mein Top hoch, quetschte den Busen mit einer Hand. Meine Shorts hat er einfach zur Seite gezogen. Wie er seine Hose geöffnet hat, habe ich nicht gesehen, habe aber das Geräusch vom Reißverschluss gehört, und wie er gestöhnt hat. Da war mir klar, dass ich keine Chance mehr hatte.

Seltsamerweise tat es gar nicht weh, auch die Angst vor dem Messer war plötzlich weg. Ich war gar nicht mehr da, alles an mir wurde so schlaff, dass ich nicht einmal mehr den Arm heben konnte.

Dann, als es vorbei war, hat er das Messer weggenommen, seine Hose geschlossen und ist durchs Fenster geflüchtet.

Ich war wie gelähmt, blieb regungslos liegen. Irgendwann schaffte ich es, mich zu bewegen, wollte Jennifer anrufen. Da ist mir aufgefallen, dass das Handy weg ist. Dass mein Geld weg ist, die Papiere. Er hatte meine große Ledertasche mitgenommen, in der auch der Laptop war. Den Seesack mit der Kleidung unter dem Bett hat er anscheinend nicht gesehen. Das Zimmertelefon hat nicht funktioniert.

Zuerst habe ich geduscht, wollte alles von mir abwaschen. Dann dachte ich an das Fenster, das noch immer nur an einem Scharnier hing. Was, wenn ich das jetzt bezahlen müsste? Wie sollte ich das machen ohne Geld? Das war mein einziger Gedanke, der mich verrückt gemacht hat. Panisch habe ich versucht, das Fenster wieder einzuhängen, aber es hat nicht funktioniert. Es ließ sich nicht mehr schließen.

Jennifer kam noch vor Sonnenaufgang zurück. Sie war so schockiert, als ich ihr erzählt habe, was passiert war, dass sie anfangs kein Wort gesagt hat. Dann hat sie sich Vorwürfe gemacht, weil wir uns getrennt hatten. Jennifer wollte die Polizei rufen. Aber was sollte ich ihnen sagen? Alle Spuren waren im Abguss der Dusche gelandet. Eine vernünftige Personenbeschreibung konnte ich auch nicht abgeben. Und ich wollte nicht über das reden, was passiert war. Die Verletzung am Hals war viel geringer, als ich gedacht hatte, die Zacken des Messers hatten nur an zwei Stellen kleine Kratzer hinterlassen – nichts, was jemandem auf den ersten Blick auffiele.

Jennifer hat das Fenster repariert. Mir tat alles weh. Der Unterleib von der Vergewaltigung. Der Hals dort, wo er das Messer dagegengedrückt hatte. Die Arme vom Versuch, das Fenster zu richten. Der Kopf von all den Tränen. Ich kam mir vor, als wäre ich kein Mensch mehr, konnte nicht denken, nicht planen, hatte völlig die Kontrolle verloren.

Am nächsten Vormittag hat mir Jennifer die Pille danach besorgt. Die Kredit- und Bankkarten sperren lassen. Die SIM-Karte gesperrt. Am nächsten Tag haben wir bei der Botschaft zu Protokoll gegeben, dass ich neue Papiere brauche, weil die alten gestohlen wurden.

Es hat nicht einmal eine Woche gedauert, bis ich einen Ersatzpass hatte. An einen Führerschein war nicht heranzukommen, aber ich wollte sowieso nur noch zurück – nach Hause, zum Rosenhof, zurück zu Louisa, Oma und Opa. Nicht mehr dran denken. Einfach weiterleben und vergessen.«

Hannes schwieg lange. Dann sagte er: »Du solltest mit Louisa sprechen.«

»Das kann ich nicht. Niemals.«

»Kannst du heute Nacht hierbleiben? Können wir einfach hier auf dem Sofa sitzen bleiben und warten, bis die Nacht vorbei ist?«, fragte Clara. Noch immer spürte sie seine Hand beruhigend auf ihrem Rücken.

Ihr Körper zitterte. Jedes Mal, wenn ihre Lider schwer wurden und nach unten sanken, sah sie wieder die Situation im Hotelzimmer vor sich, deutlicher als zuvor. Damals hatte sie geglaubt, den Mann gar nicht richtig gesehen zu haben, nun erinnerte sie sich zum ersten Mal genauer – an seine bebenden Nasenflügel, an den Schneidezahn, der aus Gold gewesen war. Sein Geruch war wieder so präsent, als befände er sich mit ihnen im Raum. An einem Ohr hatte er einen Ohrring getragen, am anderen Ohr war das Ohrloch ausgerissen gewesen. Die Beschreibung, die sie nun geben konnte, war so genau, dass die Polizei ihn wahrscheinlich sogar identifizieren könnte. Doch zurückzugehen und eine Anzeige zu erstatten oder überhaupt noch einmal darüber zu reden – allein bei der Vorstellung krampfte sich ihr Körper zusammen. Sie rang nach Luft, sprang auf, stürzte zur Toilette und übergab sich.

Langsam richtete sie sich wieder auf.

Hannes stand im Türrahmen und betrachtete sie besorgt. »Bist du bei einem Arzt gewesen?«, fragte er.

»Mir geht es gut.«

»Das sieht aber nicht so aus.«

»Mir geht es gut!« Sie schob ihn beiseite und drängte sich an ihm vorbei, um zurück zum Wohnzimmer zu gelangen. »Ich habe dir doch gesagt, dass Jennifer mir die Pille danach besorgt hat. Ich kann nicht schwanger sein.« Sie legte sich aufs Sofa und lagerte die Beine hoch, damit der Schwindel nachließ.

Hannes setzte sich neben sie.

»Bitte bleib«, sagte sie. »Geh nicht weg. Nicht heute Nacht.«

»Natürlich bleibe ich.«

»Kannst du bitte meine Füße halten?«

Mit je einer Hand umfasste er ihre Füße und drückte sie. Sie spürte seine Wärme, wie sie sich langsam von den Füßen ausgehend in ihrem gesamten Körper ausbreitete, und damit verbunden ein Gefühl von Halt und Stabilität.

»Es geht schon wieder.« Clara bemühte sich, langsam und tief zu atmen. »Können wir einfach so sitzen bleiben, genauso, wie wir jetzt sitzen?«

»Kann ich dir irgendetwas bringen? Einen heißen Kakao?«

»Einfach so sitzen bleiben.« Sie schloss die Augen. Es war das erste Mal, dass sie es wieder ertrug, berührt zu werden. Bei den Sicherheitskontrollen am Flughafen war ihr übel geworden, und sie hatte all ihre Kraft aufwenden müssen, um nicht um sich zu schlagen oder laut aufzuschreien.

Mit einem Mal spürte sie eine enorme Müdigkeit, als hätte sie mehrere Schlaftabletten auf einmal genommen und dazu noch Alkohol getrunken. Sie musste sich zwingen, die Augen offen zu halten, die ihr immer wieder zufielen. Seit dem »Vorfall« in Luanda, wie sie das Geschehen für sich innerlich bezeichnete, war sie nachts oft aufgeschreckt. Manchmal hatte sie nur minutenweise geschlafen, trotzdem die Tage irgendwie hinter sich gebracht und dabei getan, was getan werden musste.

»Danke, dass du da bist«, sagte sie, und ihre Stimme klang ganz weit weg. Sie ermahnte sich, ihre Augen offen zu halten, nicht einzuschlafen, doch dann erlaubte sie sich, zu entspannen.

Vom Licht, das kräftig und rötlich durch ihre Lider schien, wachte sie auf. Hell strahlte die Sonne durch die Gardinen, durch die geschlossene Terrassentür war das Getrappel von Vögeln auf der Metallaufhängung der Markise zu hören. Dazu erklang ein Gezwitscher so laut und durcheinander wie in einer Voliere, obwohl sich all die Singvögel draußen befanden.

Erst jetzt bemerkte Clara den warmen Körper neben sich. Hannes. Seine braunen Haare standen wirr ab und kitzelten ihre Wange, als sie den Kopf drehte. Gleichmäßig hob und senkte sich sein

Brustkorb. Seine Nähe hatte etwas so Beruhigendes, so Selbstverständliches, als wären sie schon unzählige Male zuvor so dicht aneinandergekuschelt aufgewacht. Als sie den Kopf noch weiter drehte, kitzelten seine spitzen Bartstoppeln an ihrem Kinn. Vorsichtig rückte sie ein paar Zentimeter von ihm weg, um ihn besser betrachten zu können. Wenn er schlief, wirkte er viel jünger, sein Gesicht hatte wieder etwas kindlich Weiches. Die Ernsthaftigkeit, das Grüblerische und auch der melancholische Zug, den sie manchmal an ihm entdeckt hatte, waren nun verschwunden.

Mit den Fingerkuppen fuhr sie sanft über sein Gesicht, um ihn zu wecken. »Hannes«, sagte sie.

Er seufzte und drehte sich auf die andere Seite, sodass sie fast vom Sofa geschoben wurde. Clara setzte sich auf, um nicht zu fallen. Sein hochgerutschtes T-Shirt gab ein Stück seines Rückens frei, gebräunte Haut lugte hervor.

Mit einem Kichern kitzelte Clara Hannes am Rücken, wie sie es früher in der Grundschule immer getan hatten. Ob er sich auch daran erinnerte, wie sie an warmen Tagen auf dem Hof im Gras gelegen hatten während der Lesezeit und diejenigen geneckt hatten, deren Shirts und Tops verrutscht waren?

Er seufzte wieder, rollte sich wie ein Embryo zusammen, fuhr sich kurz mit einer Hand über das Gesicht und schlief weiter. Clara betrachtete ihn lang, seine so vertrauten Gesichtszüge, seine Hände. Doch es war nicht sein Anblick, der sie gefangen hielt, sondern dass ihre Reaktionen seit dem Gespräch mit ihm verändert waren: Sie dachte an das kurze, kaum merkliche Zurückzucken, wenn sich ihr ein Mann schnell und unerwartet näherte. Daran, wie sie immer zügig weggeschaut hatte, ihren Blick dieser Tage nicht einmal auf Hannes hatte lang ruhen lassen, obwohl sie vor ihm ja nun wirklich keine Angst haben musste. Tief atmete sie seinen Geruch ein, der sie an den Wald im Frühling erinnerte, an frisches Moos und nasse Rinde, was sie an ihm noch nie vorher wahrgenommen hatte.

»Was machst du?« Hannes schreckte hoch, setzte sich auf. Von einer Sekunde auf die andere war er hellwach.

»Nichts.«

»Clara!«

»Ich wollte dich nur wecken.« Clara nahm all ihren Mut zusammen, aber bevor sie weitersprechen konnte, legte er einen Finger auf ihre Lippen. »Sprich jetzt nicht weiter.«

»Da ist etwas zwischen uns. Du musst das doch merken. Ja, ich habe dich gern, als Mensch, und ich weiß, dass ich dir auch nicht egal bin. Aber da ist noch mehr.« Sie suchte nach den richtigen Worten für das, was sie empfand.

Hannes seufzte. »Nach allem, was passiert ist, ist es kein Wunder, dass du vielleicht denkst, du hättest Gefühle für mich. Es ist wie ein Probelauf. Ungefährlich. Du weißt, dass eine Frau für mich niemals an erster Stelle steht, dass ich nie heiraten kann und auch nicht will. Ich habe ein Gelübde abgelegt. Du weißt, dass ich dich zurückweisen muss. Es ist nach einem solchen Trauma ganz normal, sich in jemanden zu verlieben, der unerreichbar ist. Das ist Selbstschutz.« Er stand auf, strich sein T-Shirt und seine Hose gerade, als versuchte er gleichzeitig, ihre Berührungen abzustreifen. Das Shirt steckte er tief unter den Bund.

Sie überlegte, ob es stimmte, was er dachte.

»Ich denke, ich gehe jetzt besser«, sagte er. Üblicherweise verabschiedeten sie sich mit einer Umarmung, aber diesmal gab ihr Hannes nicht einmal die Hand. Er drehte sich um und ging.

»Warte!«, rief Clara ihm nach, doch er reagierte nicht mehr.

9.

Clara rannte ohne Schuhe in den Garten. Sie ignorierte das Piksen unter ihren Fußsohlen von all dem Unkraut, das zwischen dem Gras wuchs, beschränkte sich darauf, Disteln, Brennnesseln und Brombeerranken auszuweichen.

»Hannes!«, rief sie.

Er ging mit zügigen Schritten weiter bergab, schon bald hätte er die Hauptstraße erreicht. Sie war sicher, dass er sie hörte, doch er ließ sich nichts anmerken. Mit einem Fluchen drehte Clara um und kehrte ins Haus zurück. Sie wusch sich die staubigen Füße unter dem Wasserhahn ab, schlüpfte in ihre Schuhe, dann richtete sie sich im Bad auf die Schnelle her. Noch immer hatte sie sich keine neuen Schminkutensilien gekauft, nicht einmal eine Bodylotion gab es. Die Ablagen und Schränke waren so leer, dass es schmerzte – mehr, als es vorher der Anblick all der Cremes und Tuben ihrer Großeltern getan hatte.

Eine plötzliche Wut übermannte sie beim Gedanken an Louisa und deren Wegzug, der mehr eine Flucht vom Rosenhof gewesen war. Hatte sie nicht allen Grund, auf ihre Schwester wütend zu sein, die ihr so viel verheimlicht hatte?

Doch Clara schob ihre Enttäuschung beiseite. Was geschehen war, war geschehen, es ließ sich nicht mehr ändern, so schmerzlich es auch an ihr nagte. Nun in Grübeleien zu versinken, machte alles nur schlimmer.

Sie zwang sich, ihre Gedanken auf die Arbeiten zu lenken, die sie sich noch vorgenommen hatte, verscheuchte die kurz auftauchende Sorge, dass sie bald ein Problem hätte: Ihr Geld würde niemals reichen, um all die Umbauarbeiten zu finanzieren. Neben all den düsteren und grüblerischen Gefühlen tauchte gleichzeitig die Erinnerung an Hannes' Berührung auf. Ihre Gedanken waren wie Wildpferde, die wild durcheinanderstoben und nicht einzufangen waren.

Von ihrem Zimmer aus sah sie, dass sich Manuel näherte.

»Ich komme gleich«, rief sie, winkte und eilte treppab, um ihm zu öffnen.

»Guck mal, was ich besorgt habe«, sagte er und hielt ihr etwas in der Größe einer Bohrmaschine entgegen. »Eine elektrische Schleifmaschine. Für die Metallsäulen im Erdgeschoss, damit uns bei der Entrostung nicht die Hände abfallen. Wir haben zwar nur eine Maschine, aber wir können uns ja abwechseln. Lange hält man es wahrscheinlich sowieso nicht aus, wenn man mit erhobenen Armen arbeiten muss. Das sind wir beide nicht gewohnt.« Manuel blickt sich suchend um. »Ist Hannes schon da?«

»Ich weiß gar nicht, ob er überhaupt heute noch kommt.« Clara zwang sich zu lächeln. »Lena wird auf jeden Fall in der Autowerkstatt gebraucht und kann sich nicht loseisen. So sind wir erst einmal zu zweit.«

Sie bot ihm einen Kaffee an, den er gern annahm. Anstelle eines Frühstücks begnügte sich Clara an diesem Tag auch mit einem Kaffee, weil ihr nichts anderes übrig blieb. Die Brötchen und Croissants vom Vortag waren aufgegessen, und sie hatte es noch nicht geschafft, die Vorräte aufzufüllen.

Beim Kaffeetrinken saßen sie sich am Esstisch gegenüber. Manuel blickte ihr so intensiv in die Augen, dass sie errötete.

»Habe ich dir schon gesagt, dass du heute wirklich toll aussiehst?«, fragte er.

Sie lachte. »Das T-Shirt ist alt, die Trekkinghose hatte ich gestern auch an. Willst du noch einen Kaffee?«

Ohne eine Antwort abzuwarten, nahm sie ihre und seine Tasse und ging in die Küche zur Kaffeemaschine. Sie spürte, wie sein Blick weiterhin auf ihr ruhte. »Jetzt starr mich nicht so an«, sagte sie und lachte, während sie die Kaffeemaschine bediente.

Er antwortete etwas, das sie wegen des lauten Mahlwerks nicht hörte.

»Redest du jetzt nicht mehr mit mir?«, fragte er, als nach dem Zischen des heraustretenden Wassers Ruhe einkehrte.

»Was meinst du?«

Manuel rutschte unruhig auf seinem Stuhl herum. »Es war als Kompliment gemeint. Ich finde es wirklich bewundernswert, wie du die Renovierung angehst. Abgesehen davon bin ich einfach nur froh, dass du noch eine Zeit lang hierbleibst und nicht direkt wieder aufbrichst, auch wenn es für dich mit Louisa nicht immer ganz leicht ist.«

»Flirtest du mit mir?«, fragte sie.

»Was wäre, wenn ich es täte?«

»Du würdest deine Kraft und Energie verschwenden.«

»Findest du, dass Flirten immer ergebnisorientiert sein muss? Blumen sind ja auch schön, wenn sie einfach nur wachsen, ohne dass man sie pflückt.« Wieder musterte er sie so intensiv, dass sie errötete.

Sie trank im Gehen einen Schluck und stellte anschließend die Kaffeetasse in der Küche ab.

»Dann mal los. Wie funktioniert denn dieser Schleifer, den du mitgebracht hast?«, fragte Clara. Mit einer Hand fuhr sie über die Säule, die dem Tisch am nächsten stand. Rotbraune Krümel blieben an ihren Fingern kleben. Zwölf Säulen gab es insgesamt. Sie schätzte, dass sie mindestens drei Tage mit dem Abschleifen beschäftigt wären.

Manuel schloss das Metallschleifgerät an den Strom an und hob es hoch. Mit dem Druck auf den Startknopf begann sich das

Schleifpapier zu drehen. Es gab keine unterschiedlichen Geschwindigkeitsstufen wie bei den hochwertigeren Geräten, mit denen sie in ihrer Ausbildung gearbeitet hatte, und sie befürchtete, dass es bereits nach einer Viertelstunde so heiß gelaufen wäre, dass sie eine Pause einlegen müssten.

Abwechselnd bearbeiteten sie die erste Säule. Durch Manuels Körpergröße, die es mit jedem Profibasketballer aufnehmen konnte, brauchten sie nicht einmal eine Leiter. Mit gestreckten Armen kam er bis an die Decke, doch um entspannter arbeiten zu können, holte er einen Stuhl heran. Alle paar Minuten wechselten sie sich ab. Clara bearbeitete den unteren und Manuel den oberen Teil. Nach einer halben Stunde gönnten sie sich eine Pause. Das Gerät war entgegen Claras Befürchtungen noch nicht überhitzt. Es war deutlich stabiler gebaut, als es auf den ersten Blick wirkte.

Schwer atmend setzten sie sich auf die Terrasse und hielten ihre Gesichter der Sonne entgegen. Angenehm kühlte der Wind Claras verschwitzte Stirn. Sie schloss die Augen und merkte, wie Manuel näher an sie heranrückte, so nah, dass sie seine Körperwärme spüren konnte.

»Im Keller müsste noch Holundersirup sein«, sagte sie und stand wieder auf, um etwas zu trinken vorzubereiten. Manuels Nähe machte sie nervös.

Beim Hinausgehen spürte sie förmlich seinen Blick auf sich.

Wenig später kam sie mit einem Krug voll Holundersaft und zwei Gläsern zurück, die sie auf den Boden zwischen den Stühlen stellte. Manuel lächelte sie an.

»Du weißt, dass ich dich mag«, sagte Clara. Wie sie Grundsatzgespräche hasste! Trotzdem musste sie es aussprechen. »Dass ich dich als Freund schätze. Aber ich will nicht, dass du denkst … Vielleicht brauche ich auch einfach nur Zeit.«

»Ich denke gar nichts.« Er grinste.

»Lachst du über mich? Ist irgendetwas lustig an dem, was ich sage?«

»Du machst dir zu viele Gedanken. Ich kenne das nur zu gut, noch vor einem Jahr war ich genauso. Aber es hilft nichts, Situationen zu interpretieren und zu deuten, anstatt sie einfach auf sich zukommen zu lassen. Oder sich sogar Gedanken über die Gedanken zu machen oder sich über seine Gedanken zu ärgern und sich dann über den Ärger wegen der Gedanken noch weiter zu ärgern. Das gibt Schleifen, aus denen du schlussendlich nicht mehr aussteigen kannst. Jetzt, gerade jetzt, bin ich da, um dir zu helfen. Diese Woche werden die Säulen im Erdgeschoss fertig. Das ist doch ungeheuer viel.« Er berührte ihren Unterarm, drückte ihn sanft.

Clara ließ seine Nähe zu. »Im Grunde stimmt ja, was du sagst. Aber das Denken lässt sich nicht einfach abstellen. Und das Grübeln erst recht nicht.«

»Du musst es auch gar nicht abstellen. Gedanken und Grübeleien kommen und gehen, solange du sie nicht festhältst.«

»So kenne ich dich gar nicht. Du klingst ja fast schon philosophisch.« Clara musterte ihn. Seine blonden Haare waren inzwischen nachgewachsen, aber noch immer deutlich kürzer als früher. An den Schläfen hatten sich bereits Geheimratsecken gebildet, was ihm sogar gut stand. Sie kannte ihn als jemanden, der gern Partys machte, der schneller handelte, als er nachdachte. Doch sie alle hatten sich geändert in der Zeit, in der Clara unterwegs gewesen war: Louisa, Manuel, Hannes, Lena und auch sie selbst. Sie alle hatten ihr Päckchen zu tragen.

»Lass uns weitermachen«, sagte sie, um die Spannung, die noch immer zwischen ihnen bestand, aufzulösen. »Jetzt bin ich an der Reihe.« Sie nahm die Schleifmaschine, streifte die Schutzmaske über und schaltete das Gerät ein.

Durch den Lärm beim Abschleifen der Metallsäulen hörten sie nicht, wie Lena sich näherte. Clara fiel vor Schreck fast das Schleifgerät aus der Hand, als sie hinter sich einen Schatten wahrnahm. Sie schaltete den Strom ab, legte das Gerät vor sich auf den Boden, wischte sich mit dem Ärmel über die Stirn und streifte die Schutzmaske ab. Trotz der geöffneten Tür war das gesamte Erdgeschoss so staubig, dass überall kleine Partikel herumflogen, die aufblitzten, wenn sie ins Sonnenlicht gerieten – wie unzählige Sternschnuppen. Über den Boden verteilt waren Schrittspuren zu sehen, der dunkle Holzboden hatte durch den abgeschliffenen Rost einen rötlichen Überzug bekommen.

»Gehen wir raus«, sagte Clara und bedeutete Lena, ihr zu folgen. Draußen holte sie erst einmal tief Luft. Sie spürte die verschwitzte Druckstelle, wo sich der Metallbügel der Maske auf der Nasenwurzel in ihre Haut eingegraben hatte. Sie dachte an all die arbeitsreichen Tage, die in den nächsten Wochen und Monaten noch vor ihr lagen. Nun war es gerade erst Mittag, und sie war bereits so erschöpft, dass sie kaum noch die Arme heben konnte.

»Hey, wir haben es schon zur Hälfte geschafft.« Manuel gesellte sich zu ihnen und stellte die Flasche mit der Schutzimprägnierung ab, die er auf die abgeschliffenen Säulen aufgepinselt hatte. »Es ist anstrengend, tut aber gut. Es baut auf, zu sehen, wie schnell sich die Erfolge zeigen.«

»Ich habe eine Überraschung!« Begeistert umarmte Lena Clara. »Rate.«

»Du hast den reparierten Porsche dem Kunden in der Stadt zurückgebracht. Ich habe dich beim Ausparken aus der Halle gesehen«, sagte Manuel. »Dann hattest du noch Zeit zum Einkaufen und hast uns etwas zum Mittagessen mitgebracht.«

»Kalt.«

»Du hast Anton überzeugt, richtig in die Politik einzusteigen, und er plant schon seinen Umzug nach Berlin – ohne Louisa.«

Clara malte sich die Situation genau aus und prustete los. »Das war jetzt gemein von mir. Entschuldigt.«

»Auch kalt. Okay, ich will euch nicht länger auf die Folter spannen.« Lena blickte von einem zum anderen und lächelte. »Ich habe den reparierten Wagen in der Stadt dem Kunden zurückgebracht, das stimmt. Auf dem Weg zum Bus bin ich am Antiquitätengeschäft Weber vorbeigekommen. Könnt ihr euch noch an Annemarie erinnern? Sie hat jahrelang neben der Bäckerei gewohnt, sich dann aber scheiden lassen und ist mit ihren beiden Kids in die Stadt gezogen.«

Clara kramte in ihrer Erinnerung, doch vor ihrem inneren Auge tauchte kein deutliches Bild auf. Sie zuckte mit den Schultern.

»Ihr Geschäft ist direkt an der Bushaltestelle, die Kinder sind inzwischen längst aus dem Haus. Neu geheiratet hat sie nicht, sie wollte unabhängig bleiben. Aber ich will nicht abschweifen. Wir sind ins Plaudern gekommen, sie hat mir von sich erzählt. Bei mir gibt es ja nichts Neues oder Spannendes, da kam ich auf den Rosenhof zu sprechen, dass wir ihn renovieren und verkaufen wollen, dass du zurück bist. Annemarie war ganz begeistert. Sie sucht schon seit über einem Jahr eine Hilfskraft. Anfangs hat sie nur Möbel verkauft, inzwischen hat sich ihr Geschäft zu einer Restaurationswerkstatt entwickelt. Annemarie hat über all die Jahre regelmäßig Fortbildungen besucht, aber sie hält schon lange Ausschau nach jemandem wie dir, Clara. Ich will nicht um den heißen Brei herumreden: Du brauchst doch Geld. Du könntest direkt bei ihr anfangen. Am liebsten Vollzeit. Drei Tage in der Woche wären auch gut. Sie bezahlt bestimmt gut. Damit wären all deine Probleme gelöst.«

»Finanziell«, sagte Clara. Sie zog ihr Handy heraus und öffnete die Onlinebanking-App. Noch knapp zweihundert Euro konnte sie abheben, dann wäre ihr Überziehungskredit vollständig ausgeschöpft. Sie holte tief Luft. »Wobei ich ja auch auf das Geld von Jennifer warte. Das für meinen Anteil am Van. Sie wollte schon längst überwiesen haben. Wenn die Zahlung da ist, bin ich erst mal aus dem Schneider.«

»Und wie weit kommst du mit dieser einen Finanzspritze?« Lena zog sich einen Stuhl vom Tisch und setzte sich auf die Terrasse.

Clara und Manuel taten es ihr nach.

»Sag du doch auch mal was«, sagte Lena an Manuel gewandt.

»Dazu kann ich nichts sagen. Das muss Clara entscheiden.«

Lena zog eine Augenbraue hoch. »Annemaries Angebot kannst du doch nicht ablehnen!« Sie nahm Claras Hand. »Es reicht ein Anruf, und du hast den Job.«

»Selbst bei drei Tagen wäre ich dann ja mehr als die halbe Woche beschäftigt. Dabei wird die Zeit für die Renovierung jetzt schon knapp. Ein halbes Jahr ist nicht viel.«

»Es sind drei von sieben Tagen, das ist weniger als die Hälfte. Und was hilft dir Zeit, wenn du kein Geld hast, Baumaterialien zu kaufen?«, fragte Lena. »Eine solche Chance bietet sich dir nicht noch einmal. Annemarie kennt dich, sie weiß von deiner Meisterprüfung, hat gesehen, wie du schon als Kind die Möbel vom Sperrmüll geklaubt und sie umgearbeitet hast, wenn andere mit Legos oder Barbies gespielt haben.«

Clara teilte Lenas Euphorie nicht. Hinter ihrer Stirn hämmerte es. Während sie bei der Arbeit an den Säulen noch geschwitzt hatte, begann sie nun zu frieren. Ja, dieses Angebot klang fantastisch, das stimmte, aber bei genauerem Durchdenken wurden dadurch mehr Probleme aufgeworfen als gelöst. Sie massierte sich die Stirn, stand auf, ging weiter in den Garten hinein und ließ ihren Blick über das Dorf schweifen. Eine feste Arbeitsstelle mit Arbeitsvertrag bedeutete auch gleichzeitig einen Zwang, von dem sich Clara gemeinsam mit Jennifer hatte befreien wollen. Sie brauchte nicht diese Menge an Besitz und Verpflichtungen, die andere Menschen anhäuften. Keine mit viel Zubehör ausgestattete Küche. Ein Gaskocher, ein Topf, zwei Teller, Löffel, Gabel und Messer reichten, dazu ein transportabler Wasserkanister. Sie wollte auch in Zukunft die Möglichkeit haben, ihren Träumen zu folgen, einfach aufzubrechen und das zu genießen, was es für alle kostenlos gab: die Natur mitsamt ihren Wundern. Fremde Länder entdecken, sich treiben lassen. Ein Arbeitsvertrag wäre gleichzeitig wie eine Fessel.

Andererseits: Hatte sie nicht bereits durch den Einzug in den Rosenhof begonnen, Bindungen aufzubauen? Wollte sie all das überhaupt wieder abstreifen, was sich gerade zu entwickeln begann?

»Du hast recht«, sagte Clara. »Ich brauche einen Job, da geht kein Weg dran vorbei. Aber es funktioniert nur, wenn wir mehr Zeit für die Renovierung des Rosenhofs haben. Ein Jahr ist das Minimum.«

10.

Beim Schleifen der Metallsäulen rutschte Clara zum zweiten Mal ab. Sie stolperte über einen herumliegenden Sack Lehmpulver, fing sich gerade noch, während der Stecker des laufenden Geräts aus der Steckdose gerissen wurde. Erschrocken legte Clara das Schleifgerät auf den Boden, wischte sich mit dem Ärmel über das staubige Gesicht und beschloss, sich erst mal einen Kaffee zu gönnen, um wieder konzentrierter zu werden.

Von der Küche aus beobachtete sie Manuel, der weiterhin Lehmputz an der Wand verteilte. Obwohl auch er bereits stundenlang arbeitete – und trotz seiner vor Kurzem überstandenen Krebserkrankung –, hatte er mehr Kraft als sie.

»Du starrst auf die Kaffeemaschine, als wäre sie die Schlange und du der Schlangenbeschwörer.« Manuel lachte.

Erst durch seine Worte fiel ihr auf, dass sie noch immer wartend die Maschine fixierte, obwohl der Kaffee längst eingelaufen war. Sie kippte Zucker und Milch in die Tasse, trank sie in einem Zug aus und stellte sie in die Spüle. Der Durchzug, der sich zwischen den gekippten Fenstern bildete, ließ die Küchentür halb zuschwingen. Clara umfasste die Türklinke, blieb davor stehen und wusste nicht mehr, was sie eigentlich tun wollte.

»Lass uns für heute Schluss machen«, sagte Clara. »Ich kann mich einfach nicht länger konzentrieren. Die ganze Zeit denke ich an den Job in der Restaurationswerkstatt, ob ich ihn überhaupt kriegen würde …«

»Natürlich stellt Annemarie dich ein.« Manuel umarmte Clara. »Du machst dir zu viele Gedanken und vor allem Sorgen.«

»Auf ein Probearbeiten muss ich mich schon einstellen.«

»Das ist doch keine Hürde für dich. Wer, wenn nicht du, wird Annemarie überzeugen?«

Clara blieb nachdenklich. Wie sie es auch drehte und wendete, das Hauptproblem mit der Zeitnot würde sich eher verschärfen.

»Wenn ich den Job annehme, werden wir dieses Jahr garantiert nicht mehr fertig. Auf der anderen Seite hat Lena recht: Wenn ich kein zusätzliches Geld verdiene, wie soll ich dann all die Baumaterialien bezahlen? Von meinem Lebensunterhalt ganz zu schweigen … Wie man es dreht und wendet – die Katze beißt sich in den Schwanz. Ich regle das. Jetzt. Sofort. Ansonsten schlage ich mir noch eine Nacht mit sinnlosen Grübeleien um die Ohren.«

»Es ist doch nur ein Anruf bei der Restaurationswerkstatt. Eine Terminvereinbarung, nicht mehr.«

Clara schüttelte den Kopf. »Schön wäre es. Ich muss auch noch mit Louisa reden.« Sie bedankte sich bei Manuel für seine Hilfe und bat ihn, sie allein zu lassen. Bei diesem Schritt konnte ihr keiner helfen.

Das Telefonat mit Annemarie Weber verlief unkompliziert und deutlich positiver, als Clara es erhofft hatte. Schon nach wenigen Minuten hatte Annemarie Clara das Du angeboten, nicht einmal ein Probearbeiten verlangte sie. Sie war im Gegenteil überglücklich, eine Fachkraft mit abgeschlossener Meisterprüfung zu haben, die bereit war, ihr unter die Arme zu greifen.

»Das ist mein persönlicher Sechser im Lotto«, sagte Annemarie. Der Stundenlohn, den sie versprach, lag weit über dem, was Clara gehofft hatte.

Doch das positive Telefonat nahm Clara nicht die Sorgen, vielmehr verstärkte es noch ihre Ängste, wenn sie an das bevorstehende Treffen mit Louisa dachte. Am Telefon wollte sie es mit ihrer Schwester nicht besprechen. Bei einer persönlichen Begegnung würde es Louisa viel schwerer fallen, die Bitte abzulehnen.

So duschte Clara, zog sich frische Kleidung an und war wieder einmal begeistert von all den wunderschönen Kleidungsstücken, die sie noch besaß und an die sie sich gar nicht mehr erinnern konnte. Sie wählte eine weiße Jeans, dazu ein am Rücken tief ausgeschnittenes Top. In der hintersten Ecke des Schranks entdeckte sie Sandalen mit schmalen, silbernen Riemchen, die sie noch nie getragen hatte.

Mit einer Hand strubbelte Clara vor dem Badezimmerspiegel durch ihre Haare, die bereits getrocknet waren. Auch wenn sie sich manchmal nach ihren langen Haaren sehnte, genoss sie es, dass sie weder mit Föhn noch mit irgendwelchen Stylingprodukten hantieren musste. Ihre Frisur saß immer.

Vor dem Spiegel straffte sie die Schultern, zog sie hoch und löste sie wieder, dann versuchte sie es mit einem Lächeln.

Zügig brach sie auf, auch wenn ihr der Gang zum Schulhaus so schwerfiel, dass sie stattdessen liebend gern sogar die Küche gründlich aufgeräumt und geputzt, dabei alle Schränke von innen ausgewischt und noch das alte Silberbesteck poliert hätte. Selbst die unliebsamsten Tätigkeiten erschienen im Vergleich zu dem bevorstehenden Gespräch wie eine Verlockung. Doch sie wusste, dass es nicht half, die Angelegenheit weiter aufzuschieben. Ohne Klärung würde sie keine innere Ruhe finden.

Zügig ging sie nach draußen, während sie halblaut Sätze formulierte, mit denen sie ihren Wunsch nach einem Aufschub der Frist am besten begründen konnte.

Zehn Minuten später läutete sie an der Lehrerwohnung des Schulhauses. Ihre Grundschulzeit lag nun fast zwanzig Jahre zurück, trotzdem kam es ihr vor, als wäre es erst gestern gewesen, als sie zusammen mit Clara, Lena, Hannes und Manuel über den Pausenhof getobt war, an dem sich so wenig verändert hatte. Noch immer gab es in der Mitte des Hofs zwei Tischtennisplatten, die Weitsprunggrube befand sich neben den Fahrradständern.

Auch nach dem dritten Klingeln regte sich nichts. Clara blickte die Fassade empor zu den Fenstern der Wohnung im zweiten Stock. Keine Bewegung war zu entdecken. Je länger sie wartete, umso verlassener wirkte der in den Ferien leere Schulhof. Immer wieder drehte sich Clara um, doch nirgends tauchte ein Kind auf.

Sie fuhr sich durch die Haare, rieb sich nervös über das Gesicht, dann wandte sie sich vom Schulhaus ab und schlug den Weg zu Antons Hof ein.

Erleichtert grüßte sie die Wanderer, die ihr von dort entgegenkamen. Sie führten ihre Pferde am Halfter, sicher, um später abseits der Ortschaft aufzusteigen, was Clara zeigte, dass sie auf dem Pferdehof jemanden antreffen würde. Wahrscheinlich waren es Anton und Louisa selbst, die sich darum kümmerten, dass die Wanderer die Tiere gesattelt und gezäumt entgegennehmen konnten.

Zuerst entdeckte Clara Anton, der von einer Schülergruppe umringt war und erklärte, wie ein Pferd gebürstet wurde. Jedes Kind hielt eine der bunten Kunststoffbürsten in der Hand, die so weich waren, dass auch Ungeübte dem Pferd keine Schmerzen an den empfindlichen Stellen zufügen konnten, wo die Haut dicht über den Knochen lag. Während Louisa immer gern geritten war, hatte Clara es nie wirklich probiert; sie hatte Respekt vor den großen Tieren, die eine solch enorme Kraft entwickeln konnten.

Clara winkte zum Gruß, dann rief sie: »Wo ist Louisa?«

Anton zeigte auf das Wohnhaus. »Irgendwo drinnen. Keine Ahnung. Kann ich dir helfen?« Er band das Pferd an einem Pflock fest, bahnte sich einen Weg durch die Kinder, die sich nun dichter um das Pferd drängten.

»Lass dich nicht aufhalten, ich suche nur Louisa und komme schon zurecht.«

Er nickte, antwortete etwas, das sie nicht verstand, da die Kinder nun immer lauter wurden und sich stritten, wer das Pferd an welcher Stelle bürsten durfte.

Sie beschleunigte ihre Schritte auf das Wohnhaus zu, um zu vermeiden, dass Anton ihr folgte. Kurz blickte sie über die Schulter und sah, dass er sich wieder dem Pferd und den Kindern zuwandte und dort erst einmal für Ruhe sorgte.

Clara atmete auf. Schnell schlüpfte sie ins Innere des Hauses, das eins der ältesten Gebäude des Dorfes war. Die Mauern waren dick und massiv aus Stein gebaut, die Fenster klein, sodass Antons Hof an ein mittelalterliches Kloster erinnerte. Selbst im heißesten Sommer blieb es innen kühl, der Geruch erdig.

»Louisa?«, rief Clara.

Niemand antwortete. Unsicher schaute sie sich um. Nie zuvor war sie in diesem Haus gewesen. Die Einrichtung war altertümlich, aber edel. Alles war aufgeräumt und übersichtlich, ganz im Gegensatz zum Innern des Rosenhofs, in dem zurzeit ein einziges Chaos herrschte.

Langsam durchquerte Clara erst den großen Eingangsbereich, dann das Esszimmer, als sie sah, dass auf der gegenüberliegenden Hausseite die Terrassentür offen stand. Louisa lag draußen auf der Terrasse auf einem ergonomisch geformten Liegestuhl mit einer aufgeschlagenen Frauenzeitschrift über dem Gesicht. Ihr Bauch hob und senkte sich langsam und gleichmäßig.

»Louisa?«, sagte Clara.

Louisa schreckte zusammen und richtete sich so ruckartig auf, dass die Zeitschrift von ihrem Gesicht auf den Boden rutschte. »Warum schleichst du dich so an?«

Clara verbot sich die Antwort, die ihr auf der Zunge lag, nämlich dass sie sich alles andere als angeschlichen hatte, die Terrassentür beim Öffnen sogar laut geklackt hatte. »Gemütlich habt ihr es euch hier eingerichtet«, sagte sie stattdessen und wies auf all die Blumenkübel, die neu bepflanzt waren. Die leeren Plastiktöpfe standen aufgestapelt in der Ecke, in der sich auch der Wasserschlauch befand. Ein Bastzaun bot Sichtschutz zum Stall, sodass niemand, der von dort kam, die Terrasse einsehen konnte.

»Du glaubst nicht, was das für eine Mühe war, den Außenbereich neu herzurichten. Mindestens fünfmal sind wir dafür in den Baumarkt gefahren«, sagte Louisa. »Aber es stimmt, die Arbeit hat sich gelohnt.« Sie klang nun versöhnlicher und lächelte, während sie sich die verschwitzten Haare aus der Stirn strich.

Clara setzte sich auf einen Liegestuhl, klappte die Lehne aufrecht und nahm all ihren Mut zusammen. »Hast du kurz Zeit? Oder soll ich lieber später wiederkommen?«, fragte sie.

»Weswegen bist du denn gekommen?«

Claras Hals wurde eng. Sie kam sich vor wie eine Bittstellerin, doch noch mehr störten sie all die Kleinigkeiten, die ihr zeigten, wie sehr sich Louisa verändert hatte. Niemals hätte es früher einen Grund gebraucht, um sich zu treffen, um miteinander zu reden. Nun klang Louisa so geschäftig, als ginge es darum, bei einem offiziellen Meeting einen Punkt nach dem anderen abzuhaken. Reichte es nicht als Anlass, sich zu treffen, dass sie Schwestern waren? Dass sie ihr Leben lang die wichtigsten Bezugspersonen füreinander gewesen waren?

Clara schob ihre Trauer und Nachdenklichkeit beiseite. Auf ihrer Reise hatte sie aufgrund ihrer häufigen sprachlichen Verständigungsprobleme gelernt, wie wichtig es war, gerade die kleinen Zwischentöne, die Gesichtsausdrücke und die Körperhaltung wahrzunehmen. Denn all das zusammen war oft viel aussagekräftiger als das, was gesprochen wurde. Und Louisa blickte trotz ihrer scheinbar schnippischen Reaktion interessiert und zugewandt, ihre Gesichtszüge waren entspannt.

»Ich habe noch einmal über den Rosenhof und die Renovierungsarbeiten nachgedacht«, begann Clara und räusperte sich.

»Hast du jetzt gemerkt, dass es nicht lohnt, überhaupt noch so viel Arbeit reinzustecken?«

»Sagt wer? Bestimmt Anton, oder?« Clara biss sich auf die Zunge. Diese Bemerkung war ihr rausgerutscht, ohne dass sie sie hatte unterdrücken können.

»Es ist die reine Logik. Was meinst du, was so eine Renovierung an Geld frisst, selbst wenn ihr zu viert arbeitet? Geld, das du nicht hast und ich auch nicht.«

»Deswegen habe ich mir eine zusätzliche Arbeitsstelle gesucht. Nächste Woche kann ich bei Annemarie Weber anfangen, die in der Stadt überwiegend Antiquitäten restauriert und inzwischen auch überregional sehr bekannt und geschätzt ist.«

»Ich weiß, wer Annemarie Weber ist. Das brauchst du mir nicht zu erklären.«

Clara ignorierte die Spitze und fuhr fort: »Auf jeden Fall kann ich schon nach dem Wochenende anfangen, drei Tage die Woche sind vereinbart. Damit ist das finanzielle Problem gelöst. Sie zahlt gut, mehr als …«

»Herzlichen Glückwunsch.«

Clara stellte sich vor, Louisa zu packen und zu schütteln oder einfach den Liegestuhl umzukippen, auf dem sie lag. Stattdessen atmete sie tief durch, zwang sich, die angespannten Schultern zu senken, ignorierte den ironischen Tonfall, mit dem Louisa den Glückwunsch ausgesprochen hatte. Sie ermahnte sich, sachlich zu bleiben. Wenn sie ein Zugeständnis erreichen wollte, musste sie alles dransetzen, einen Streit zu verhindern.

Louisa stellte das Kopfteil ihrer Liege höher, nahm die Zeitschrift, die auf den Boden gerutscht war, auf ihren Schoß und blätterte Modeseiten durch.

»Leg die doch weg«, sagte Clara. »Bitte.« Sie wollte die Unterhaltung nicht weiterführen, während Louisa in Gedanken längst abwesend war, dafür war ihr das Anliegen zu wichtig.

»Ich höre dir doch zu.«

»Na, ihr beiden?«, rief Anton, der mit schwingendem Schritt angelaufen kam. Er blieb vor Clara stehen. »Welche Ehre, dass du uns so viele Tage nach deiner Rückkehr auch einmal beehrst. Hat Louisa dir schon gezeigt, wie gemütlich wir es uns im Haus gemacht haben? Der gesamte erste Stock ist frisch renoviert, mit einem zusätzlichen Badezimmer.« Er blickte zu Louisa und dann zu Clara. »Wenn du willst, zeige ich dir alles. Eine Haustour, nur für dich.«

»Ich bin nur kurz gekommen, um mit Louisa etwas zu besprechen.« Clara hoffte, dass Anton sich wieder verabschiedete, stattdessen verkündete er, Kaffee für alle holen zu wollen. Er ließ sich auch von Claras Protest nicht davon abhalten und verschwand in Richtung Küche.

Wenig später kehrte er mit einem Tablett zurück, gefüllt mit drei Tassen Kaffee und einer Gebäckschale. Zuerst hielt er Louisa das Tablett entgegen.

»Worum geht es denn jetzt?«, fragte Louisa. Sie nahm sich eine Tasse, pustete erst auf den Kaffee, dann trank sie vorsichtig.

Anton reichte Clara auch eine Tasse, legte zwei Gebäckstücke auf den Unterteller. Er holte sich einen weiteren Liegestuhl heran und nahm mit einem Seufzen darauf Platz.

»Das betrifft nur Louisa und mich«, sagte Clara in Antons Richtung und fügte hinzu, als er keine Anstalten machte, aufzustehen: »Wir können das auch nach dem Kaffeetrinken besprechen. Oder morgen. Oder du kommst später kurz zum Rosenhof?«

»Ich habe keine Geheimnisse vor Anton.« Louisa lächelte ihm zu. Dann wandte sie sich wieder an Clara. »Worum geht es denn? Du hast eine neue Stelle. Willst du jetzt keine eigene Werkstatt mehr eröffnen? Davon hast du doch immer geträumt.«

»Vorerst ist das bei Annemarie nur ein Job, um Geld zu verdienen«, sagte Clara. »Natürlich macht es mir Spaß, aber es ist erst einmal nicht langfristig gedacht. Es ist nur so … das ist auch der Grund, warum ich mit dir sprechen möchte: Wenn ich drei Tage in der Woche auswärts arbeite, werden wir mit dem Rosenhof nicht so schnell vorwärtskommen wie geplant. Die Umbauarbeiten werden sich länger hinziehen … ich schätze, bis zum Sommer. Positiv gerechnet.«

»Hattet ihr nicht sechs Monate ausgemacht?«, fragte Anton.

Louisa zuckte mit den Schultern und seufzte. »Das hatten wir. Aber ich habe noch einmal nachgedacht. Der Gedanke, den Rosenhof zu verkaufen – das kann es doch auch nicht sein.«

»Ist das ein Ja zur Verlängerung der Frist?«, fragte Clara.

»Stopp.« Anton stand kurz auf, dann setzte er sich wieder. »Absprachen hast du ja noch nie so genau genommen, oder, Clara? Das geht so einfach nicht. Wir haben das Geld aus dem Verkauf für Anfang nächsten Jahres eingeplant, für die Erweiterung unseres Pferdehofs. Wir haben so viele Anfragen von Gästen, die wir gar nicht alle bedienen können. Jetzt können wir nicht wegen irgendwelcher Launen unsere Überlegungen vollständig über den Haufen werfen.«

Clara ballte ihre Hände zu Fäusten.

»Es geht um Louisas Geld, nicht um deins«, sagte Clara.

»So funktioniert das nicht, Clara. Und zu deiner Frage nach der Verlängerung: nein. Absprachen sind dafür da, um eingehalten zu werden. Wir brauchen Verlässlichkeit. Dem gibt es nichts hinzuzufügen.«

Louisa blätterte weiter in der Frauenzeitschrift, als ginge sie die Problematik gar nichts an.

Wütend nahm Clara ihrer Schwester die Zeitschrift aus der Hand und legte sie auf den Tisch, wo sie auch ihre Kaffeetasse abgestellt hatte.

»Louisa!«, sagte Clara.

»Es tut mir leid.« Louisa wich dem Blickkontakt aus. »Aber ich kann nicht anders, als Anton zuzustimmen, auch wenn es mir nicht leichtfällt. Er hat recht. Die Gefühle sind das eine, aber die bringen uns hier nicht weiter. Abgesprochen ist abgesprochen. Ich will die Angelegenheit auch erledigt haben und den Verkauf des Rosenhofs nicht endlos vor mir herschieben.«

»Endlos?«, fragte Clara. »Ich rede vom nächsten Sommer.«

»Erst von sechs Monaten, dann vom Sommer nächsten Jahres, bald vom übernächsten Jahr und so weiter.« Anton schüttelte den Kopf. Er trank seinen Kaffee in einem Zug aus und stellte die Tasse so heftig auf den Unterteller, dass es schepperte.

»Tu mir einen Gefallen.« Clara musste sich zwingen, ruhig zu bleiben. »Der Rosenhof ist eine Sache, die betrifft nur Louisa und mich. Würdest du uns bitte allein lassen, damit wir die Angelegenheit klären können?«

Anton prustete auf. »Du willst mir also verbieten, mich auf meiner eigenen Terrasse aufzuhalten?«

»Ich möchte mit meiner Schwester allein und in Ruhe reden. Oder ist sie schon deine Leibeigene, die du pausenlos bewachen musst, damit sie auch tut, was du willst?«

»Es reicht.« Louisa stand auf, ging zu Anton, nahm seine Hand und küsste ihn. »Tu mir einen Gefallen und lass Clara und mich allein. Wobei das nichts an den Tatsachen ändert: Ein halbes Jahr war abgesprochen, und dabei bleibt es«, sagte sie in einem belehrenden Tonfall, als stünde sie vor einer Klasse mit begriffsstutzigen Schülern.

»Gut, dass wir einer Meinung sind.« Anton stand auf und ging mit einem Kopfschütteln ins Haus. »Bin im Arbeitszimmer, wenn du mich brauchst, Louisa.«

Clara wartete, bis Anton außer Sichtweite war. Gerade hatte sie sich die Argumente noch einmal vergegenwärtigt, als direkt über ihnen ein Fenster gekippt wurde. Hinter den inneren Sichtschutzlamellen war kurz Anton zu sehen.

»Da hat er sich also sein Arbeitszimmer eingerichtet«, sagte Clara.

Louisa winkte nach oben. »Nebenan ist das Schlafzimmer. Das Bad haben wir gegenüber der Treppe einbauen lassen, leider ohne Tageslicht. Aber man kann nicht alles haben.«

Nun begriff Clara, dass sie kaum eine Möglichkeit hatte zu verhindern, dass Anton jedes Wort, das gesprochen wurde, mithören konnte. Sein scheinbar entgegenkommender Rückzug hatte sie schon gewundert.

»Ich möchte, dass du für all die Zeit, die du Oma und Opa gewidmet hast, entschädigt wirst«, begann Clara. »Du sollst den ganzen Rosenhof bekommen. Aber wenn wir zu früh verkaufen, ohne Renovierung, kriegen wir möglicherweise nicht mal die Hälfte des Preises. Es ist doch verrückt, den Verkauf so zu überstürzen. Abgesehen davon – wenn im Sommer alles blüht, wenn der Garten wieder in Schuss gebracht ist, wirkt der Rosenhof ganz anders als im Winter, dann ist es dort bunt, voller Leben. Das wird sich noch einmal zusätzlich auf den Verkaufspreis auswirken.«

»Sechs Monate.«

»Was sagst du denn zu meinen Argumenten?«

»Nichts, weil wir das längst ausdiskutiert haben.« Louisa nahm sich die Zeitschrift vom Tisch und begann demonstrativ zu lesen. »Genau diese Auseinandersetzung hatten wir schon. Es gibt auch keine neuen Aspekte. Du willst eine Arbeitsstelle annehmen. Ja, gut, mach das. Morgen willst du wieder aufbrechen und doch weiterreisen. Du änderst ständig deine Meinung.«

»Du weißt, dass das so nicht stimmt.«

»So? Weiß ich das?«

Clara blickte aufwärts zum Fenster. Von Anton war nichts zu sehen, aber sie war sich sicher, dass er das Gespräch verfolgte und bestimmt zufrieden war, weil Louisa schon so sehr unter seiner Fuchtel stand, dass sie ihm auch in seiner Abwesenheit nach dem Mund redete. Doch Clara wusste, dass alle Versuche, sich zwischen die beiden zu stellen und Louisa ins Gewissen zu reden, nur gegen sie ausgelegt werden würden.

»Ein halbes Jahr. Wie abgesprochen«, sagte Louisa. »Und jetzt möchte ich weiterlesen.«

»Das ist dein letztes Wort?«

»Ja.«

11.

Anstelle der Deckenlampen zündete Clara an diesem Abend nach Einbruch der Nacht nur Teelichter an, die sie auf den Esstisch und den Wohnzimmertisch stellte. Mit einem Glas Wein setzte sie sich aufs Sofa. Durch die Kerzenbeleuchtung warfen die Möbel lange Schatten, in den Nischen herrschte Dunkelheit. Kurz fielen Clara die Augen zu, und als sie sie wieder öffnete, war es für einen Moment, als könnte sie die Großeltern neben sich sehen, die Großmutter im Lehnsessel mit der Fußstütze davor, ihr Strickzeug in der Hand, den Großvater auf dem Sofa. Doch schnell begriff sie: Was sie wahrgenommen hatte, waren nur die Helligkeitsveränderungen, die das flackernde Kerzenlicht mit sich brachte. Trotz der logischen Erklärung, dass sich dort nichts Ungewöhnliches befand, spürte sie die Nähe der Großeltern deutlicher als zuvor, als könnte jederzeit die Tür aufgehen und sie würden hereinkommen.

»Was soll ich nur tun, Oma?«, fragte Clara und blickte in Richtung des Lehnsessels. »Immer wenn ich ein Problem gelöst habe, kommt ein Neues. Was hilft es, wenn die Geldsorgen weg sind, dafür aber der Zeitdruck enorm ist? Wenn ich zusätzlich bei Annemarie arbeite, schaffe ich den Umbau nie.«

»Du machst dir zu viele Sorgen, Kindchen«, hörte sie ihre Oma aus der Erinnerung sagen. »Außerdem gibt es kein ›Immer‹ und auch kein ›Nie‹. Wenn du mit diesen Worten deine Zweifel erklärst, kannst du dir sicher sein, dass du den Weitblick verloren hast.«

Clara schmunzelte. So oft hatte sie diesen Rat gehört, so aktuell war er jedes Mal aufs Neue gewesen. Auch nun wusste sie, dass ihre Oma das »jedes Mal« mit einem Kopfschütteln bedacht hätte. So waren viele Streitereien in der Familie schon zu Beginn entschärft worden – durch die Gelassenheit ihrer Oma, die sie nur haben konnte, weil sie sich selbst nicht so wichtig genommen hatte.

»Was soll ich denn tun?«, fragte Clara laut.

Sie horchte in die Stille.

»Natürlich spielt es im Endergebnis für mich keine Rolle«, fuhr Clara fort, »ob ich den Rosenhof jetzt oder später für mehr Geld verkaufe. Was rege ich mich auf? Es könnte mir egal sein, weil es im Grunde nur Louisa betrifft. Aber das ist es nicht. Weißt du, wenn ich mir vorstelle, ich müsste jetzt das Haus verlassen und dürfte es nie wieder betreten …« Vorsichtig strich sie mit den Händen über den Samtstoff des Sofas, der sich in eine Bewegungsrichtung so weich, in die andere hart und kratzig anfühlte. Wie oft mochte sie in der Vergangenheit über den Samt gefühlt haben? Es waren all diese Kleinigkeiten, die zum Rosenhof gehörten, mit deren Verlust sie sich nicht abfinden konnte, und sei es nur das Streichen über den Sofabezug.

»Ich kann mir einfach nicht vorstellen, jetzt schon zu verkaufen«, sagte Clara. »Meinst du, ich sollte mir einen Ruck geben und mich fügen? Anton alles regeln lassen und auf die Schnelle eine Unterschrift leisten? Denkst du, ich tue Anton unrecht und bin zu voreingenommen?«

Clara massierte sich den Kopf, um die aufkommende Müdigkeit abzumildern. Wieder ließ das Flackern des Kerzenlichts im Luftzug, der durch die alten Fenster hereinzog, den Raum lebendig wirken.

Erinnerungsbilder tauchten auf, die sie schon fast vergessen hatte:

Wie in ihrer Kindheit die Scheune ein kleiner Hofladen gewesen war.

Wie ihre Großmutter dort gestanden und Spezialitäten aus Rosenblüten verkauft hatte: Marmeladen, Süßigkeiten in durchsichtigem Knisterpapier mit Geschenkband verziert.

Wie ihr Großvater die frisch hergestellten Marmeladengläser nicht schnell genug von der Küche in die Scheune hatte transportieren können, trotz der Verbindungstür und des kurzen Weges. Viele Kunden hatten fünf oder zehn Gläser auf Vorrat gekauft. Die Leckereien der Großmutter waren so beliebt gewesen im gesamten Umland, dass sie mit der Produktion nie nachgekommen war. Einmal war sogar eine Journalistin mit einem Fotografen gekommen, um über die Spezialitäten des Rosenhofs zu berichten.

Clara beugte sich vor, nippte am Weinglas und hing weiter ihren Gedanken und Erinnerungen nach, die nun alles Aufgeregte und Problembeladene verloren hatten.

Ob im Keller noch immer einige Marmeladengläser oder Süßigkeiten lagerten?

Clara stand auf. Sie schaltete die Standleuchte im Wohnzimmer ein, woraufhin nicht nur die Schatten entflohen, sondern auch die Luftbewegung durch die zugigen Fenster verschwunden schien. Zuerst musste sie die Augen zusammenkneifen, bis sie sich an die Helligkeit gewöhnt hatten. Sie drückte auf jeden Lichtschalter, an dem sie vorbeikam, so wurde erst das Wohnzimmer hell beleuchtet, dann das Esszimmer, der Flur, der Kellerabgang, der untere Kellerbereich, schließlich die drei Kellerräume.

Fast ihr gesamtes Leben hatte sie auf diesem Hof verbracht, doch der Keller war ihr fremd geblieben. Selten hatte sie ihn betreten. Als Kind hatte sie sich vor dem seltsamen Geruch gefürchtet, vor den Spinnen, die sie dort vermutet hatte, die es aber, wie sie nun bei genauerem Hinsehen bemerkte, gar nicht gab.

Der Keller mit dem Öltank war so übersichtlich, dass sie sofort erkannte, dass es dort nichts Spannendes zu entdecken gab. Der Tank und die Heizungsanlage mit den Bedienungsanleitungen darauf füllten den gesamten Raum.

Im Waschkeller bot sich ein ähnliches Bild. Die Waschmaschine stand offen, eine dicke Staubschicht hatte sich auf dem weißen Metall der Maschine gebildet, sodass sie grau und schmutzig wirkte. Die Wäscheständer waren leer, auch die Leine, die von einer Wand zur nächsten führte und an der im Winter die Bettwäsche gehangen hatte, war ungenutzt. Das Fehlen der üblichen Lebenszeichen hatte etwas Unheimliches. Ohne die Schmutzwäsche in der Ecke und die noch feuchte, duftende Wäsche auf den Leinen entwickelte dieser Raum einen fremden Geruch, als würde er gar nicht mehr zum Haus gehören.

Der Lagerkeller, der mit dem großen Tisch in der Mitte zugleich als Werkzeug- und Bastelkeller diente, wirkte durch seine vollgestopften Regale wie eine Schatzkammer. Hier war der ihr so bekannte Geruch über all die Monate erhalten geblieben: süßer Rosenduft vermischt mit dem Geruch von Mechaniköl und Sägespänen. Auf dem Tisch in der Ecke lag ein Segelflugzeug aus Holz, dessen Tragflächen darauf warteten, dass jemand den danebenstehenden Leimtopf öffnete, die fehlenden Teile anklebte und das Flugzeug fertigstellte. Sauber sortiert hingen die Werkzeuge an der Wand, nach Größe geordnet.

Beim Blick auf das an der Wand stehende Regal blinzelte Clara, kurz gepackt von der Angst, nur zu träumen, als könnten sich all die Marmeladengläser mit dem rosafarbenen Inhalt in Luft auflösen, wenn sie genauer hinsah. Doch es gab keinen Zweifel: Mehrere Gläser der Rosenmarmelade existierten noch, daneben standen sauber in Reihen geordnet Bonbons in durchsichtigem Geschenkpapier, Zuckerstangen und in Weckgläsern die gummibärchenartigen Würfel, die sie als kleines Mädchen am liebsten gegessen hatte. Auch lagerten dort einige Flaschen Rosenwasser aus dem Vorjahr, abgefüllt in dunklen Apothekerflaschen. Ein Wunder, dass ihre Oma dazu gekommen war, ein Destillat aus den Rosenblüten herzustellen, wo es ihr kaum gelungen war, sich um den Rosengarten zu kümmern. Doch die Ernte hatte sie sich offenbar nicht nehmen lassen. Den Blick auf das Rosenwasser gerichtet, wuchs in ihr die Idee, sich einmal selbst, ohne die Hilfe ihrer Großmutter, an der Produktion der Süßigkeiten zu versuchen.

Clara packte einen Teil der Marmeladen und Süßigkeiten in einen Karton, den sie anschließend in die Küche trug.

Das Chaos in den Schränken oberhalb des Herdes hatte sie bisher nicht gestört, doch nun brauchte sie Ordnung und eine Übersicht, um ihre Idee umzusetzen.

Es war fast Mitternacht, als Clara sich in der aufgeräumten und geputzten Küche umsah. Ein Karton mit Nahrungsmitteln über dem Verfallsdatum und mit altem Geschirr und Besteck, das sie nicht brauchte, stand nun in einer Ecke. Ein letztes Mal, bevor er in den Müll wandern würde, nahm sie den altertümlichen Mixer aus dem Karton. Der Mixer war angerostet, bestand vollständig aus Metall und funktionierte ohne Strom, wenn man an einer Kurbel drehte. Einige der aussortierten Gegenstände waren so ungewöhnlich, dass sie schon fast einen historischen Wert hatten. Trotzdem legte Clara den Mixer zurück und verschloss die Kiste, um sie irgendwann an einem der nächsten Tage auf dem Weg in die Stadt zur Deponie zu fahren.

Zufrieden betrachtete sie ihr Werk. Die Schränke und Schubladen waren alle von innen geputzt, der Inhalt gesichtet und sortiert. Die Ablagen und die Spüle glänzten vor Sauberkeit und rochen nach Zitrone. Die Spülmaschine wirkte nach einem Reinigungsgang innen wie neu.

Zur Belohnung gönnte sich Clara ein paar der Rosenwürfel. Sie setzte sich an den kleinen Küchentisch und schloss die Augen. Die Würfel waren genauso, wie sie sie in Erinnerung hatte: in der Konsistenz weicher als Gummibärchen, oben mit einer Puderzuckerschicht bedeckt, sodass sie erst die Süße schmeckte, dann das Rosenaroma immer intensiver wurde und hinterher als Nachgeschmack übrig blieb.

Der Gedanke an die Süßigkeitenherstellung ließ Clara keine Ruhe und vertrieb ihre Müdigkeit. So holte sie einen großen, beschichteten Topf hervor, stellte ihn auf den Herd und suchte die Zutaten heraus: Zucker, Mandelaroma und getrocknete und gemahlene Hagebutten. Rosenblüten gab es im Garten genügend, trotz der Dunkelheit brauchte sie nur ein paar Minuten, um einen Korb zu füllen.

Ihre Großmutter hatte ohne Waage gearbeitet, sich am Duft, an der Konsistenz und an Geschmacksproben orientiert. So wichtig seien die konkreten Mengen nicht, hatte ihre Großmutter immer wieder betont, da das Ergebnis in erster Linie von der Temperatur beim Kochen abhängig sei.

»Ist es nicht langweilig, wenn die Süßigkeiten jedes Mal gleich schmecken wie im Supermarkt?«, hatte ihre Oma gefragt und gelacht, wenn Clara genauer nachgefragt hatte. Zwar gab es Claras Erinnerung nach ein altes Rezeptbuch, in dem ihre Großmutter vor Jahrzehnten alle Rezepte notiert hatte, aber das war längst verschollen.

Doch Clara sah vor ihrem inneren Auge glasklar vor sich, wie sie als Grundschulkind auf einem Hocker vor dem Herd gestanden und gerührt hatte, während ihre Großmutter eine Zutat nach der anderen hinzufügte.

Zuerst kochte sie die Rosenblüten mit wenig Wasser aus. Die komplizierte Destillation ersparte sie sich, um schneller zu einem

Ergebnis zu kommen. Durch die Zugabe der getrockneten Hagebutten färbte sich der Topfinhalt rot. Dann ließ sie die Flüssigkeit zusammen mit dem Zucker aufwallen, bis der Brei fest genug war, um ihn auf eine gekühlte und mit Backpapier ausgelegte Glasplatte zu gießen. Problemlos schnitt sie die Bonbonmasse in kleine Teile.

In Gedanken versunken, leckte sie das Messer ab. Der Geschmack nach Rose war weniger kräftig, als sie es erwartet hatte. Deutlicher schmeckte sie die Hagebutten heraus, daneben war der Zuckergeschmack intensiver als das Aroma der Rosen. Die Bonbons waren nicht schlecht, doch wenn sie ehrlich war, konnte sie von den Rosen nur mit viel Fantasie eine feine Note herausschmecken. Auch kühlten die Bonbons zwar zügig aus, blieben aber klebrig. Clara lief zwischen Spülmaschine und Tür hin und her, dabei versuchte sie, sich zu erinnern, wo ihr Fehler lag. Die Enttäuschung war genauso groß wie die Begeisterung, mit der sie gestartet war.

Nun musste sie sich eingestehen: Damals beim Kochen mit der Großmutter hatte sie nicht auf die Details geachtet, ihr Hauptinteresse war auf das Naschen und Abschlecken der verwendeten Löffel und Mixeraufsätze gerichtet gewesen. Möglicherweise war an dem intensiven Karamellgeschmack im Abgang ja gar nichts Ungewöhnliches, sondern sie musste nur geduldig warten, bis die Masse vollständig erkaltete.

Um den Prozess zu beschleunigen, lagerte Clara die Bonbons von der Glasplatte auf ein Blech um, das sie in ein weiteres, mit Wasser und Eiswürfeln gefülltes Blech stellte. Auch diesen Trick kannte sie von ihrer Großmutter. Sie hatte ihn genutzt, wenn Kunden eine große Bonbonmenge vorbestellt hatten.

Bald war das Eis im Wasserbad geschmolzen. Die Bonbons waren vollständig abgekühlt, trotzdem hatten sie noch längst nicht die Festigkeit gewonnen, die Clara erwartete. Die Masse blieb zäh und klebrig an ihrem Finger kleben.

Ratlos betrachtete sie das Blech. Das Klebrige würde sich auch mit Puderzucker nicht verringern lassen, zu ausgeprägt war die falsche Konsistenz. Irgendetwas musste bei der Kristallisation des Zuckers beim Aushärten falschgelaufen sein.

Ob sie einfach nur warten musste und zu ungeduldig war? Doch ihrer Erinnerung nach war das Erkalten kein längerer Prozess, sondern der problemloseste Teil der gesamten Aktion. Sie leckte ihren Finger ab und schüttelte sich. Wo kam mit einem Mal der leicht verbrannte Zuckergeschmack her? Er war so intensiv, dass das Rosenaroma nicht einmal mehr mit gutem Willen feststellbar war.

Clara steckte sich einen der älteren, fertigen Rosenwürfel aus dem Keller in den Mund. Es half nichts, sich Illusionen zu machen: Der Versuch der Süßigkeitenherstellung war vorerst gescheitert.

Inzwischen zeigte die Uhr kurz nach zwei. Die Küche sah chaotisch aus.

Obwohl sie müde war, entschloss sich Clara, die Küche zum zweiten Mal aufzuräumen, um nicht am Morgen nach dem Aufwachen mit diesem Chaos konfrontiert zu werden.

Bald war die klebrige Masse in der Mülltüte, die Töpfe, Löffel und Kellen waren in der Spülmaschine gelandet, der Herd und die Oberflächen gereinigt. Die Uhr zeigte kurz nach vier.

Clara nahm ihr Handy und schrieb eine Sammelnachricht an Lena, Hannes und Manuel, dass am folgenden Tag die Renovierung pausieren musste. Wenn sie nun ins Bett ging, würde sie niemals um acht Uhr wieder aufstehen können, um einen vollständigen Arbeitstag zu überstehen.

Doch obwohl die Kochaktion schiefgegangen war, stellte sich bei Clara keine Enttäuschung ein, im Gegenteil. Beim Kochen waren so viele Erinnerungen aufgetaucht, dass sie nun deutlicher als zuvor ein Ziel vor sich sah: Der Rosenhof durfte nicht gegen geringes Geld abgestoßen und erst recht nicht abgerissen werden. Auch wenn es durch die zusätzliche Arbeit in der Restaurationswerkstatt sehr schwer sein würde, den Zeitplan einzuhalten, wollte sie das Gebäude in seiner ehemaligen Pracht erstrahlen lassen. Der Rosenhof sollte wieder zu dem Schmuckstück werden, das er einmal gewesen war, zu dem Hof, der vom gesamten Dorf aus zu sehen war und Durchreisende dazu brachte, anzuhalten. Der Hof war früher in verschiedenen Reiseführern als besondere Sehenswürdigkeit im Herzen der Vulkaneifel erwähnt worden, bis er langsam und stetig begonnen hatte, zu zerfallen. Der zukünftige Besitzer sollte nach der Renovierung schon beim Kauf sehen, welch ein Kleinod der Rosenhof doch war.

12.

Der erste Eindruck beim Betreten von Annemaries Räumen bewirkte, dass Claras Zweifel von einer Minute auf die nächste verschwanden. Durch die großen seitlichen Ausstellungsfenster war die Werkstatt hinter dem Verkaufsraum lichtdurchflutet, ein zusätzliches Oberlicht verscheuchte auch die kleinsten Schatten. Trotzdem war es nicht heiß, weil das Gebäude von hohen Buchen und Birken umgeben war, die dem Sonnenlicht die größte Intensität nahmen.

Es roch nach verschiedenen Hölzern, alten und neuen, doch am intensivsten war der Geruch nach Leinöl und den Schnittblumen, die auf Säulen, kleinen Beistelltischchen und am Boden standen.

Annemarie führte Clara nach dem Werkstattbesuch durch den Verkaufsraum, dabei ließ sie sich Zeit, weil gerade keine Kundschaft im Laden wartete.

»Dass du anfangen möchtest, hier zu arbeiten, ist ein Riesengeschenk«, sagte Annemarie. »Ich habe vor ungefähr fünfzehn Jahren deine Ausstellung im großen Saal des Pfarrhauses besucht. Wie du ohne Ausbildung, ohne jede fachliche Anleitung die zusammengesammelten Möbel vom Sperrmüll überarbeitet hast! Du warst gerade erst vierzehn und hast den Profis in nichts nachgestanden.«

»Dass du dich daran noch erinnerst!«

Annemarie zuckte mit den Schultern. »Wie könnte ich so etwas vergessen? Schon auf der Ausstellung habe ich deinen Großeltern gesagt: Aus ihr wird einmal eine Schreinerin. Dass du Archäologie studieren wolltest, das habe ich dir nicht abgenommen. Bei einem solchen Talent!«

Clara merkte, wie ihr die Hitze ins Gesicht stieg, wie ihre Ohren und Wangen prickelten. Wie sie es hasste, vor anderen zu erröten! Sie wandte sich ab und betrachtete die Ausstellungsstücke im Verkaufsraum und die Ausstattung der Werkstatt mit allen Gerätschaften genauer. »Du arbeitest wenig mit Maschinen«, sagte Clara und blickte sich noch einmal um.

»Sicher erleichtert zum Beispiel eine elektrische Schleifmaschine die Arbeit, aber wenn ich das Sandpapier in der Hand halte, kann ich viel besser spüren, was die verschiedenen Körnungen auf der Oberfläche bewirken. Gerade bei Antiquitäten lässt sich im Vorhinein kaum abschätzen, wie das Material reagiert. Holz kann austrocknen und schwer zu bearbeiten sein, aber es kann mit den Jahren auch anfälliger werden. Sieh mal diese Kommode.« Sie zeigte auf eine Nussbaumkommode mit unzähligen Intarsien aus der Biedermeierzeit. »Wie soll ich an so einem Schmuckstück mit Geräten arbeiten? Sicher, es dauert länger, bis die Restauration abgeschlossen ist, aber ich habe noch keinen Kunden erlebt, der die Mühe nicht zu schätzen wusste. Die meisten Möbelstücke, die ich aufarbeite, sind seit Jahrzehnten oder manchmal auch Jahrhunderten in Familienbesitz. Nach der Überarbeitung werden sie wieder weitervererbt werden. Es ist ein Geschenk, dass es hier nicht um schneller, weiter, höher geht.«

Clara nickte. Sie wusste genau, was Annemarie meinte, und hoffte, dass die Kaufinteressenten für den Rosenhof ähnlich dachten.

Eine halbe Stunde später unterschrieb Clara den Arbeitsvertrag, der drei Tage die Woche umfasste, wobei Clara die konkreten Wochentage frei bestimmen konnte. Es war egal, ob sie jeden zweiten Tag kam, von Freitag bis Sonntag arbeitete oder von Montag bis Mittwoch. Annemarie gab Clara einen Schlüssel, sodass sie auch am Wochenende allein arbeiten konnte.

»Du vertraust mir, ohne mich richtig zu kennen«, sagte Clara. Zögerlich nahm sie den Schlüsselbund entgegen, mit dem sie sowohl den Verkaufsraum als auch die dahinter liegende Werkstatt betreten konnte.

»Es hilft nicht, wenn wir den anderen im Vorhinein mit Misstrauen begegnen. Außerdem bist du ja keine Fremde. Mein erstes Gefühl hat mich noch nie getäuscht.«

Clara nickte. In diesem Punkt hatte sie einmal wie Annemarie empfunden, doch seit dem Überfall im Hotelzimmer in Luanda war sie skeptischer geworden. Wenn jemand in der Stadt zu dicht hinter ihr ging, wurde es ihr mulmig, obwohl ihr Verstand ihr sagte, dass der andere nur den gleichen Weg hatte wie sie. Auch auf Wanderungen war es ihr unangenehm, wenn sie nicht allein war, sondern ihr jemand in einem bestimmten Abstand folgte. Meistens versteckte sie sich in solchen Fällen nach einer Kurve hinter den Bäumen und wartete, bis niemand mehr zu sehen oder zu hören war.

»Clara?«, fragte Annemarie. »Geht es dir nicht gut?«

Ein Zittern lief durch Claras Körper, das die Anspannung löste. »Ich habe mich nur … Es spielt keine Rolle, war nur eine Erinnerung. Wichtig ist noch: Wann genau fange ich mit der Arbeit an?«

»Ich melde dich offiziell an, dann bist du abgesichert, falls du einmal krank werden solltest. Dazu brauche ich deine Steueridentifikations- und Sozialversicherungsnummer. Die kannst du beim nächsten Mal mitbringen. Wann anfangen?« Sie massierte sich das Kinn. »Wie wäre es mit – jetzt?«

Clara lachte. Sie war zwar überrumpelt, ließ sich aber schnell von Annemaries Tatendrang und Begeisterung anstecken.

Da noch immer kein Kunde in den Laden gekommen war, gingen die Frauen gemeinsam in die Werkstatt. Annemarie gab Clara einen Kittel, Handschuhe und die weitere Schutzausrüstung, dann erklärte sie das aktuelle Projekt: ein Louis-Philippe-Sofa aus dem neunzehnten Jahrhundert musste neu bezogen und das Holz aufgearbeitet werden.

Erschöpft, aber glücklich schloss Clara am späten Nachmittag die Eingangstür des Rosenhofs auf. Sie hatte einen Bärenhunger. Zuerst würde sie sich eine große Portion Nudeln mit viel Soße kochen. Ihre Hände und Arme zitterten von der ungewohnten Anstrengung. Die Arbeit in der Restaurationswerkstatt war kräftezehrender als die Renovierung des Rosenhofs, denn Annemarie achtete auf jedes noch so kleine Detail und ließ Clara auch fünfmal nachbessern, bis das Ergebnis perfekt war. Während der Arbeiten in der Werkstatt war Clara von ihrem Tun so gefangen gewesen, dass sie keine Müdigkeit, keinen Hunger und keinen Durst gespürt hatte. Sie liebte es, wenn es war, als würde sie mit den Möbelstücken eins werden, als wären die Werkzeuge eine Erweiterung des eigenen Körpers. In solchen intensiven Arbeitsstunden gab es kein Gestern und kein Morgen, keine Sorgen und keine Zweifel. Alles verschmolz zu einer großen Einheit, in der sie aufging und sich selbst verlor. Doch hinterher spürte sie die körperlichen Bedürfnisse mit einer solchen Wucht, dass sie sich nicht mehr dagegen wehren konnte.

Clara wusch sich die Hände, cremte sie ein und setzte einen großen Topf mit Wasser auf, um darin Nudeln zu kochen. *Wie verrückt,* dachte sie. *Tausende von Kilometern bin ich gefahren, habe mich auf die Suche begeben. Und heute bei der Arbeit in Annemaries Werkstatt habe ich das gespürt, wonach ich mich in den letzten zwei Jahren gesehnt habe. Gemeinschaft, ein Ziel. Sich im Tun verlieren.*

Der Eindruck von dem intensiven Arbeitstag und die Erinnerung an den vergeblichen Versuch, Rosensüßigkeiten herzustellen, ließen eine ungewohnte Melancholie aufkommen, wenn sie an die vergangenen zwei Jahre dachte. Sie war so weit gereist. Trotzdem hatte Clara das, was sie gesucht hatte, nicht gefunden, auch wenn das Leben voller Abwechslung und kein Tag wie der andere gewesen war.

Langsam füllte sich die Küche mit dem Dunst von kochendem Wasser, mit dem intensiven Geruch von zerlassener Butter, gebratenen Zwiebeln und Tomaten. Schon bevor sie die Soße kostete und den Löffel an die Lippen führte, lief ihr das Wasser im Mund zusammen.

Mit einem großen Teller voller Nudeln mit Tomatensoße setzte sie sich an den kleinen Tisch in der Küche. Clara zündete das Teelicht im Kerzenhalter an und holte Parmesankäse aus dem Kühlschrank. Gerade als sie begann, den Käse zu reiben, klingelte es an der Haustür.

Kurz zögerte sie, ob sie überhaupt öffnen sollte, doch als es wenig später am Küchenfenster klopfte, stand Clara auf und eilte zur Tür.

»Hallo«, sagte Hannes. »Kann ich kurz reinkommen?«

Clara lachte. »Sag bloß, du hast ein schlechtes Gewissen, weil du zwischendurch abgetaucht warst? Natürlich kannst du das. Und nicht nur kurz. Du kannst auch gern lange reinkommen.«

Er zögerte.

»Wegen unserem letzten Zusammensein …« Clara räusperte sich. »Du hast recht, es war einfach die Stimmung an diesem Tag … in dieser Nacht … ich habe nicht nachgedacht. Es war eine Mischung aus der Erinnerung … wir früher als Kinder … dann warst du so nah … Ich habe mir etwas eingeredet und will nicht, dass das zwischen uns steht oder unsere Freundschaft kaputt macht. Die bedeutet mir wirklich viel.« Im Nachhinein kam ihr die Situation so idiotisch vor!

»Vergessen wir es einfach, okay?« Er trat ein. »Wie geht es dir denn?«

Es gab so viel, was sie ihm zu erzählen hatte, von dieser idiotischen Begegnung mit Anton auf dem Pferdehof, und wie Louisa so getan hatte, als wären die Schwierigkeiten bei der Planung der Umbauarbeiten allein ihr Problem. Und natürlich wollte sie von der festen Stelle berichten, die sie in Annemaries Werkstatt ergattert hatte. Sie zeigte in einer Handbewegung zur Küche. »Ich habe gerade gekocht, Nudeln mit Tomatensoße. Kann ich dir auch einen Teller anbieten? Dazu einen Wein?«

»Gern! Das letzte Mal habe ich zum Frühstück eine Schüssel Cornflakes gegessen.« Wie zur Bestätigung knurrte sein Magen laut.

»Setz dich schon und warte kurz.« Clara ging in den Keller, um eine Flasche Wein zu suchen. Eigentlich trank sie Wein immer erst später, doch an diesem Tag würde sie sich eine Ausnahme zugestehen, zur Feier des Arbeitsvertrags.

Mit einem Riesling von der Mosel kehrte sie an den Tisch zurück. Er war eigentlich für zwei Personen zu klein, die Teller fanden kaum darauf Platz. Doch die Enge störte Clara nicht. »Guten Appetit«, sagte sie, lehnte sich über die Tischplatte und drückte Hannes' Hand. Unter dem Tisch berührten sich ihre Knie, und ihre Füße stießen gegeneinander. Clara begann zu erzählen, was sich seit ihrer letzten Begegnung alles ereignet hatte.

Sie zwang sich, am Wein zu nippen, obwohl sie das Glas am liebsten in einem Zug geleert hätte. Auch aß sie langsamer, als sie es ohne Besuch getan hätte.

»Es schmeckt wirklich fantastisch.« Hannes rieb sich noch zusätzlichen Parmesan über die Soße.

»Du klingst so …«, Clara suchte nach dem richtigen Wort, »… so förmlich.«

»Nach dem Essen muss ich etwas beichten.«

»Mich erst neugierig machen und dann auf die Folter spannen? Das gilt nicht.«

Er lächelte, doch seine Augen lachten nicht mit.

»Jetzt sag schon.« Clara legte das Besteck aus der Hand.

Hannes nahm noch einen Löffel Nudeln in den Mund und kaute langsam. »Es geht um den Pastoralkurs.« Er drehte die Gabel in die Nudeln und wickelte die Spaghetti zu einem viel zu großen Haufen, um sie mit dem Löffel anzuheben. »Eigentlich war geplant, dass ich erst einmal meine Sommerpause genieße, aber in der Nachbargemeinde ist der Pastor ins Krankenhaus gekommen. Gerade in den Ferien gibt es für die Schüler viele Angebote: Jugendfreizeiten, Wald-Entdeckercamps, Pfadfinderausflüge. Das sind keine reinen Spaßveranstaltungen, die einfach ausfallen können. Die Eltern verlassen sich darauf, dass sie stattfinden. Kein Arbeitnehmer kann es sich leisten, im Sommer sechs Wochen am Stück freizunehmen. Die Eltern können nicht mal eben einen Ersatz für diese Betreuungsmöglichkeit auftreiben. Und die Kids unbeaufsichtigt zu Hause lassen, das geht auch nicht.« Er räusperte sich. »Sie haben eindringlich auf mich eingeredet und mich gebeten, kurzfristig auszuhelfen – der Pastor, die Pfarrsekretärin. Sie hätten noch mit dem Bischof persönlich aufgewartet, wenn ich nicht zugesagt hätte.« Er sah sie an, legte das Besteck beiseite und wollte ihre Hand nehmen.

Doch Clara zog ihre Hand weg. »Was ist mit dem Rosenhof? Mit der Renovierung? Wie sollen wir das ohne dich schaffen?«

»Es gibt freie Tage. An denen komme ich natürlich vorbei und helfe gern.«

»Wann fängst du denn an?«

»Morgen.«

Ihr wurde es abwechselnd heiß und kalt. Sie blickte aus dem seitlichen Fenster in den Rosengarten, wo die Brombeerranken so schnell wuchsen, als würde sie jemand heimlich düngen. »Es ist so eine unendliche Menge zu tun! Wie soll das alles denn noch funktionieren?«, fragte Clara.

»Du sorgst dich zu viel.«

»Wann konkret kannst du wieder mithelfen?«

»Zuerst steht die Wald-Erlebniswoche an. Anschließend … lass es mich noch einmal genau durchgehen.« Er kaute an seiner Unterlippe. »Nächsten Montag. Da stehe ich zur Verfügung.«

Clara hob eine Gabel mit Nudeln hoch und ließ sie wieder sinken. Ihr war der Appetit vergangen. Stattdessen leerte sie nun ihr Glas in einem Zug und spürte, wie die Flüssigkeit in ihrem Bauch gluckerte, wie sich ihr Magen aufgrund der Kälte des Weins kurz zusammenzog.

»Wir schaffen das, alle zusammen«, sagte Hannes.

»Klar doch.« Sie versuchte erst gar nicht, ihre schlechte Laune zu verbergen. Dann seufzte sie. »Weißt du … mir wächst das hier alles über den Kopf. Es ist alles einfach nur ein absolutes Chaos.« Sie begann wieder zu essen und goss sich noch ein Glas Wein ein.

»Ich weiß ja, dass du eher spontan bist. Und ich unterstütze dich auch. Aber wenn ich mir das alles hier betrachte, denke ich, wir brauchen erst einmal eine genaue Aufstellung der Arbeiten, die anstehen. Eine Gesamtübersicht. Dann eine Liste mit allen Materialien, die noch fehlen. Vieles lässt sich bestimmt auch günstiger beschaffen, wenn wir uns umhören, als wenn du auf die Schnelle zum Baumarkt fährst. Auf der Basis geht es dann darum, Monatspläne zu erstellen, Wochenpläne, Tagespläne. So bekommst du einen Überblick, und die Anspannung fällt weg, weil du sicher sein kannst, dass du in einem halben Jahr fertig wirst.«

Clara schüttelte den Kopf. »Es geht hier nicht darum, tolle Pläne aufzustellen und herumzureden. Ich brauche Hände, die mit anpacken.«

»Wenn du meinst.«

»Ja, das meine ich.« Sie stand auf und kippte den Wein aus dem Glas in die Spüle, weil sie wusste, dass sie knapp davor war, sich heillos zu betrinken. So verlockend die Vorstellung auch war, dadurch würde die Situation nicht besser werden.

»Du bist wütend«, sagte Hannes.

»Ach nee.«

»Lass uns später in Ruhe alles analysieren. Wir finden eine Lösung, garantiert. Du bist auch nicht allein.«

Clara reichte ihm die halb volle Weinflasche. »Nimm die gern mit zu dir. Und du hast recht, wir sollten irgendwann anders weiterreden. Ich bin müde.«

Nachdem sie Hannes an der Tür verabschiedet hatte, kehrte sie in die Küche zurück. Beim Abräumen der Teller kamen ihr Tränen, die sie sich mit dem Ärmel aus dem Gesicht wischte. Es war, als hätten sich alle gegen sie und ihr Projekt verschworen.

Sie füllte das restliche Essen in Dosen, die sie zur Aufbewahrung in den Kühlschrank stellte. Nie hatte sie sich so sehr danach gesehnt, aufzugeben. *Nein,* sagte sie sich. *Nein!* Sie würde weiterkämpfen, jetzt erst recht.

Clara suchte in den Schubladen des Esszimmers und fand schnell, was sie gesucht hatte: ein leeres, kariertes Schulheft.

Auch wenn sie es ihm gegenüber nicht eingestanden hatte, war Hannes' Vorschlag richtig: Sie brauchte eine Gesamtübersicht über die notwendigen Arbeiten und die fehlenden Materialien, anschließend musste sie Monatspläne und daraus Wochen- und Tagespläne erstellen.

13.

Anfangs kam es Clara während der vier Renovierungstage, die ihr wegen der Anstellung bei Annemarie für den Rosenhof geblieben waren, vor, als käme sie nicht vorwärts. An diesem Gefühl änderte auch die Tatsache nichts, dass sie täglich mindestens zehn Stunden arbeitete, bis sie ihre Arme kaum noch heben konnte. Ihre Beine fühlten sich an, als wären sie aus Pudding, ihr Kopf hämmerte vom langen Tragen der Staubmaske. Wenn sie ihr Notizheft mit der riesigen To-do-Liste betrachtete, war es anfangs, als würde sie nur Arbeitspunkte von der monatlichen in die wöchentliche und die tägliche Planung verschieben, um sie anschließend von Tag zu Tag weiter in die Zukunft zu rücken, ohne irgendetwas abhaken zu können.

Doch dann begann sie, die Oberpunkte in einzelne Arbeitsschritte zu zerlegen. Das Resultat war, dass ihre To-do-Liste von einer auf vierzehn Seiten anwuchs, die Materialliste umfasste fünf A4-Seiten.

Beim ersten Durchblättern der neuen, ausführlichen Übersicht schnappte Clara nach Luft und verschluckte sich an ihrem eigenen Atem. Sie musste noch ein Schulheft an das bestehende kleben, um überhaupt genügend Seiten für die weitere Planung zu haben.

Zwei Wochen, nachdem sie mit der detaillierten Liste begonnen hatte, mal mit zwei, mal mit drei Helfern, war die Liste noch immer vierzehn Seiten lang. Nicht einmal eine halbe Seite hatte sie abgearbeitet. Diese Erkenntnis ließ Clara abends nach getaner Arbeit auf ihrem Stuhl zusammensinken, wenn sie daran dachte, dass sie am folgenden Tag wieder bei Annemarie sein musste. Sie kam sich vor, als wäre ihr Körper ein Luftballon mit einem Loch, aus dem zügig die Luft entweicht. Zum ersten Mal ließ sie den Gedanken zu, dass Aufgeben auch eine Option wäre. Möglicherweise hatten Anton und Louisa recht: Sie war eine Traumtänzerin.

Doch da für die folgende Woche bereits ihre genauen Arbeitszeiten und die von Hannes, Manuel und Lena vereinbart worden waren, wollte Clara noch diese eine Woche abwarten, um dann endgültig über das weitere Vorgehen zu entscheiden.

Erleichternd kam hinzu, dass nun drei Arbeitstage in Annemaries Werkstatt folgten. So hielt sie sich nur zum Schlafen im Rosenhof auf und konnte innerlich Abstand gewinnen.

Am Donnerstag sollte die Arbeit am Hof wieder starten. Clara übertrug den Punkt »feuchte Stelle im Esszimmer« von der Monats- in die Wochenübersicht. In der Tagesübersicht landeten nicht alle notwendigen Arbeiten, sondern nur:

~ *Wand öffnen*
~ *schadhafte Stelle in der Leitung suchen*
~ *Ersatzrohr in der entsprechenden Länge verbauen*
~ *Reversklappe in der Wand einbauen, Loch schließen*

Schon das Verputzen musste wegen der nötigen Trocknungszeiten warten, das anschließende Tapezieren würde noch deutlich später folgen. Dann wurde ihr klar, dass die übrige Raufasertapete im Wohnzimmer so verfärbt und oft überstrichen war, dass es keine Lösung war, die einzelne Stelle auszubessern. Sie würde das gesamte Wohnzimmer tapezieren müssen.

So entstanden neue Punkte auf ihrer Liste:

- *Möbel im Wohnzimmer in die Raummitte schieben, alles mit Plane abdecken*
- *Tapete lösen und in Säcke füllen*
- *neue Tapete anbringen*
- *1. Anstrich*
- *2. Anstrich*
- *putzen*
- *Abdeckung beseitigen*
- *Möbel zurückstellen*

Dann fiel ihr ein, dass für diese Aktion Material besorgt werden musste, denn wenn sie nicht nur den Teil einer Wand, sondern das gesamte Zimmer renovierte, reichten die vorhandenen zwei Tapetenrollen nicht. So erweiterte sie auch die Materialliste.

Zusätzlich plante sie für den ersten Arbeitstag der kommenden Woche noch das Abschleifen des Holzbodens in den anderen Zimmern neben dem Schlafzimmer ein, damit die Unterschiede zwischen altem und neuem Bodenbelag ausgeglichen wurden. Hinzu kam das Abnehmen der gesamten Vorhänge und Gardinen, einschließlich der Demontage der viel zu wuchtigen Stangen, die mit ihrem Gewicht an mehreren Stellen die Dübel halb aus der Wand gezogen hatten.

Am Donnerstagabend wurde sich Clara bewusst, dass der Tag der Entscheidung über die Zukunft des Rosenhofs näher rückte: weitermachen oder aufgeben? Nur noch drei Arbeitstage blieben ihr bis dahin. Mit Hannes, Lena und Manuel hatte sie über ihre Zweifel nicht gesprochen, obwohl an diesem Tag alle zur Unterstützung da gewesen waren und kräftig mitgeholfen hatten. Mit schlechtem Gewissen verabschiedete Clara am Abend ihre drei Freunde zügig, ohne sie wie sonst zu einem gemeinsamen Ausklang einzuladen. Sie war so erschöpft wie noch nie in ihrem Leben, doch diesmal waren es nicht ihre Arme und Hände, die vor Überlastung den Dienst versagten und zitterten, sondern die Müdigkeit kam tief aus ihrem Innern und verstärkte sich jedes Mal, wenn sie die Arbeits- und Materialliste betrachtete.

Alle Punkte, die sie sich für diesen Tag vorgenommen hatte, konnte sie abhaken, doch im Hinblick auf den Gesamtumfang der Liste war es keine wirkliche Erleichterung. Trotz ihrer Frustration zwang sie sich, die Augen vor der Realität nicht zu verschließen. So ging sie abschließend noch einmal Raum für Raum durch den Rosenhof, kontrollierte ihre Notizen, ergänzte sie und arbeitete sie aus. Aus den vierzehn wurden zweiundzwanzig mit Arbeitspunkten gefüllte Seiten.

Als sie das gesamte Haus und den Garten mit Heft und Stift in der Hand ein weiteres Mal durchquerte, erweiterten sich die zweiundzwanzig Seiten auf vierundzwanzig.

Bei einem letzten Durchgang fiel ihr nichts mehr auf, was sie vergessen oder übersehen hatte.

Clara kehrte ins Wohnzimmer zurück, legte sich auf die Couch und warf ihr Notizbuch neben sich auf den Boden.

Vier Wochen hatten sie bereits ohne Plan gearbeitet. Wenn sie die vierundzwanzig Seiten auf die noch verbliebenen fünf Monate verteilte, waren es pro Monat knapp fünf Seiten, die sie abarbeiten musste, pro Woche mehr als eine Seite.

Clara hielt inne. *Eine Seite pro Woche.* Sie hielt inne, betrachtete die Aufgaben noch einmal genau und stutzte. *Das war machbar.* Ihre vorher kalten Finger wärmten sich auf, und sie beschloss, beim Anblick des Notizbuchs nicht mehr zu verzweifeln, sondern sich nur auf die Aufgaben der kommenden drei Arbeitstage zu fokussieren und alles andere außen vor zu lassen. Für diese Tage erstellte sie detaillierte Arbeitspläne, wodurch sie sogar eineinhalb Seiten aus der Gesamtliste streichen konnte.

Immer hatte sie in ihrem Leben kreativ arbeiten wollen, das waren ihre Leidenschaft und ihr Ziel. Sie liebte es, sich auf ein einzelnes Möbelstück mit seinen Formen und dem konkreten Holz einzulassen, nun kam sie sich wie eine Buchhalterin vor. Doch nur so hatte sie die Chance, am großen Ganzen nicht zu verzweifeln.

Zur Feier des Tages gönnte es sich Clara, den Lieferservice anzurufen und eine Pizza Calzone nur für sich selbst zu bestellen, dazu eine kleine Flasche Sekt und ein Tiramisu zum Nachtisch. Zum ersten Mal gewann die Planung der Umbauarbeiten Kontur.

Die folgenden zwei Arbeitstage liefen so gut, dass sie zu viert bereits am Samstag die Arbeit vom Sonntag miterledigen konnten.

So verkündete Clara am Samstagabend: »Der Sonntag ist für uns alle frei. Wir haben es geschafft für diese Woche!« Sie zeigte den dreien ihr Arbeitsbuch, die Gesamtplanung, die Monatsplanung, die Wochenplanung und die Tagesplanung. Die Menge an durchgestrichenen Punkten überwältigte sie. »Wir können uns auf die Schultern klopfen und uns sagen: Alles, was getan werden musste, ist getan. Jetzt ist Zeit, wir können uns zurücklehnen und entspannen.« Sie dachte nach. »Hat jemand von euch Lust, mit mir den Eifelsteig zu wandern? Zur Feier dieses tollen Ergebnisses?«

»Du hast wirklich Lust, dich nach den anstrengenden Arbeitstagen auf dem Rosenhof auch noch beim Wandern zu verausgaben?« Manuel runzelte die Stirn.

»Hast du mal den Wetterbericht aufgerufen? Es ist Regen angesagt. Und es soll kälter werden.« Lena schüttelte sich, als würde sie mit Wasser übergossen.

Clara fand keines der beiden Argumente überzeugend. »Dann wandert es sich doch viel besser als in der Hitze.«

Hannes lachte. »Ich weiß nicht, woher du die ganze Energie nimmst.«

Anstatt auf Begeisterung stieß Clara auf Unverständnis.

»Kommt doch mit!« Clara sah von einem zum anderen, aber alle Überzeugungsversuche scheiterten. So beschloss sie, am Sonntag in der Früh allein aufzubrechen.

Es war bereits hell, die Sonne aber noch nicht hinter den Bergen aufgetaucht. Clara verließ den Rosenhof und schloss die Tür hinter sich. Ihr Rucksack war schwer, weil der Proviant den gesamten Tag reichen musste. Allein die zwei großen Wasserflaschen wogen drei Kilogramm. Doch daran war nichts zu ändern, denn sie wusste, dass sich auf der Strecke am Maar vorbei zu den Höhlen und anschließend durch die Schlucht nirgendwo eine Trinkwasserquelle befand.

Auf Wanderungen erging es ihr heute wie damals auf Klassenfahrten. Kurz nach dem Aufbruch verspürte sie Hunger. Als Schülerin hatte sie immer schon ihre Brote ausgepackt, bevor sich der Bus in Bewegung gesetzt hatte. Doch nun wollte sie erst einmal das Maar erreichen.

Die Luft am Morgen war angenehm kühl, die Gräser mit Tau bedeckt. Vögel zwitscherten, über ihr bewegten sich sanft die Blätter im Wind. Sie mochte dieses diffuse Licht, wenn die Luft voller Feuchtigkeit war und sich die Sonnenstrahlen noch nicht ihren Weg durch die Äste gebahnt hatten. Wenn sie sich umblickte, war es, als würde sie auf ein Gemälde mit Pastellkreiden blicken.

Am Maar angekommen, wurde sie für ihr frühes Aufstehen entschädigt. Die silbrig blaue Wasseroberfläche färbte sich mit der aufgehenden Sonne erst rötlich, dann gleißend gelb, bis die Sonne zügig weiter aufstieg und die gesamte Umgebung in ein warmes, weiches Licht tauchte.

Noch wollte sich Clara keine Pause gönnen, auch weil sie wusste, dass sie bei einer Rast mit ihrem leicht verschwitzten Rücken schnell frieren würde. Doch der Hauptgrund für ihre Eile war, dass sie bei ihrer geplanten Wegstrecke von rund dreißig Kilometern versuchen musste, zu Tagesbeginn so zügig wie möglich voranzukommen, um dann beim Einsetzen der Mittagshitze die kühle Schlucht zu erreichen. An den angekündigten Temperatursturz und den Regen glaubte sie nicht mehr, denn der Himmel war wolkenlos und strahlend blau.

Clara umrundete das Maar zur Hälfte und tauchte auf der anderen Seite wieder in den Wald ein, wo es steil bergauf ging. Nun kam sie nur langsam vorwärts, musste bei jedem Schritt auf hochstehende Wurzeln und auf Äste achten, die mitten in den Weg hineinragten und schnell zu Stolperfallen wurden. Sie kraxelte über einen Haufen großer Steine, doch auch dahinter wurde der Weg nicht ebener. Clara stutzte. Diese Strecke führte über keine befestigten Wege, sondern nur über Trampelpfade, die nicht zu den offiziellen Wanderwegen gehörten. Als Kind war sie diese Tour mit ihrem Großvater öfter gegangen, aus diesem Grund wunderte sie sich, wie wenig bekannt ihr die Landschaft vorkam. Anfangs hatte sie die Runde nicht an einem Stück bewältigen können, so hatten sie zu dritt im Zelt übernachtet – der Großvater, Louisa und Clara. Sie konnte sich genau daran erinnern, dass der Weg leicht zu finden gewesen war: Man musste immer der Markierung mit dem roten Viereck an den Bäumen folgen. In ihrer Erinnerung war der Weg breiter und weniger zugewachsen. Clara hielt kurz inne, dann ging sie weiter, denn nirgendwo hatte es eine Abzweigung gegeben, wo sie sich hätte verlaufen können. Die Streckenmarkierungen waren so verwaschen, dass sie kaum noch als Orientierungspunkte dienten.

Baumstämme lagen quer vor ihr, sodass sie sich Umwege suchen musste, um überhaupt voranzukommen. Doch genau diese Unebenheiten, die Steine und Wurzeln auf dem Weg waren das, was sie am Wandern in dieser Umgebung mochte. All die Zerklüftungen auf dem Weg kamen ihr vor wie ein Spiegel ihrer Seele. Ihre Leidenschaft für das Draußensein und Unterwegssein war keine Flucht, wie Louisa mehrfach spekuliert hatte. Im Gegenteil. Es war wie ein Ankommen, etwas, ohne das sie nicht leben konnte. Sie merkte, wie sie zwischen all den To-do-Listen und vollgefüllten Tagen eine solche Auszeit vermisst hatte.

Clara hielt inne und betrachtete das Lichtspiel der Blätter, die sich über ihr im Sonnenlicht bewegten. Sie schulterte den Rucksack von hinten nach vorn, um die Belastung auf ihrem Oberkörper abzuwechseln, wollte sich dabei eigentlich nur ein paar Schlucke aus einer Wasserflasche gönnen. Dann trank sie in ihrem Durst die erste Flasche zur Hälfte aus.

Langsam kämpfte sie sich weiter bergauf. Überall um sie herum waren Blaubeeren und kleine Walderdbeeren zu finden. So legte sie eine zweite Rast ein, um ein paar Handvoll der Beeren zu sammeln, sie kurz unter dem Wasser abzuspülen und dann zu essen. Die Blaubeeren schmeckten sauer, aber die Erdbeeren hatten ein süßes und intensives Aroma, wie es gekaufte Früchte aus dem Supermarkt nie haben konnten. Clara schloss beim Essen die Augen.

Noch stundenlang hätte sie Erdbeeren pflücken können, einen ganzen Korb voll. Allein an dieser einen Stelle wuchsen sie so zahlreich, dass sie daraus mehrere Gläser Marmelade hätte herstellen können.

Der Weg wurde noch steiler, sodass sich Clara einen breiten, geraden Ast suchte und die kleinen Nebenäste entfernte. So hatte sie einen Wanderstock, um sich damit abstützen zu können, denn der Weg führte sie weiterhin über umgestürzte Bäume und Unebenheiten.

Endlich hatte sie die Anhöhe erreicht, und nun konnte sie sich auch wieder genau erinnern: an die kleine Feldkapelle, die vor ihr lag, mit der Marienstatue, den brennenden Kerzen und den Blumengestecken. Innen befand sich eine Sitzbank, der Boden war sauber und glänzte wie frisch gewischt. Doch Clara wollte nicht bis zur Kapelle gehen und sich ausruhen, sondern von der Anhöhe aus die Aussicht über all die Dörfer genießen, die in der Landschaft verstreut waren.

Das Maar war nun so weit entfernt, dass sie dort keine Menschen mehr erkennen konnte. Die weißen Ruderboote, die unterwegs waren, sahen auf die Distanz wie kleine Farbtupfer aus.

Clara setzte den Rucksack ab und lehnte sich mit dem Rücken an einen kühlen Baumstamm, während die Sonne von vorn warm auf ihren Körper schien. Noch immer war der Himmel wolkenlos, und sie schwitzte unter der Regenjacke, die sie um die Hüfte zusammengebunden trug. Für einen Moment verharrte sie ganz still, schloss die Augen und genoss die Bewegungen des Windes, der ihr über Stirn und Wangen strich. Von der menschlichen Zivilisation war nichts zu hören. Kein Flugzeug flog über ihr, kein Motorengeräusch drang zu ihr, keine Stimmen, nichts war dort außer dem Rauschen des Windes, dem Knistern der Blätter, dem Rascheln im Unterholz und dem Zwitschern der Vögel.

Sie suchte in ihrem Rucksack nach dem Handy, um die Kapelle und die Aussicht zu fotografieren, weil an diesem Tag die Farben um sie herum besonders intensiv schienen: das Rot des Kapellendachs, das strahlende Weiß der Kapellenwände, das Azurblau der Wasseroberfläche des Maares, das Weiß der Boote, das hellere Grün der Laubbäume und das dunklere Grün der Nadelbäume. Doch auch als sie den Inhalt des Rucksacks vollständig ausgeräumt und vor sich aufgereiht hatte, konnte sie das Handy nicht finden. *Wahrscheinlich steckt es noch immer am Ladekabel in der Küche.*

Clara fluchte laut, räumte ihren Proviant wieder ein, zog sich dann ein sauberes, trockenes T-Shirt an, um sich beim Abstieg, wenn sie sich nicht mehr so sehr anstrengen musste, nicht zu erkälten. Das nass geschwitzte Shirt band sie außen am Rucksack fest, damit es trocknen konnte.

Schließlich warf sie noch einen Blick auf all die Dörfer in der Umgebung, nahm ihr Umfeld mit allen Sinnen wahr und sog alles tief in sich auf, bis sie wieder zwischen die Bäume eintauchte und sich auf die roten Vierecke konzentrierte, die sich in unregelmäßigen Abständen an den Stämmen befanden.

14.

So sehr sie sich auf den Abstieg in die Teufelsschlucht gefreut hatte – langsam musste sie sich eingestehen, dass ihre Erinnerung sie getäuscht hatte. Ihre Erwartung war ein breiterer Weg gewesen, der Boden gut befestigt von den Forstfahrzeugen, die regelmäßig dort entlangfuhren. Doch der Weg schlängelte sich nicht langsam abwärts, sondern er wurde immer enger und endete auf einer Felskuppe. Unter ihr ging es bestimmt fünfzig Meter in die Tiefe.

Claras Herz raste. Der Abhang war so plötzlich gekommen, dass sie gerade noch hatte anhalten können. Direkt unter sich erkannte sie den breiten Hauptweg, den sie eigentlich hatte gehen wollen, doch durch den Höhenunterschied war er unerreichbar.

An die Karte dieser Umgebung konnte sie sich so genau erinnern, als läge sie vor ihr. Irgendwann musste sie eine falsche Abzweigung genommen haben, hatte möglicherweise durch die erst vor Kurzem abgeschlossenen Baumfällarbeiten den festgefahrenen Boden mit den Reifenspuren mit einem Weg verwechselt. So frustrierend es auch war, es gab keine andere Möglichkeit, als umzukehren.

Immer wieder suchte sie auf dem Weg zurück nach begehbaren Verbindungen zwischen ihrem Standort und dem unten verlaufenden Weg, doch jeder Versuch, sich durchs Dickicht zu schlagen, scheiterte. Zum dritten Mal stand sie nun vor einem Steilhang. Der Stoff ihrer Jeans war inzwischen an den Unterschenkeln von Dornen aufgerissen.

Eine halbe Stunde lief sie schon, ohne auf befestigten Untergrund getroffen zu sein. Clara blickte sich um. Nichts als Bäume um sie herum waren zu sehen, die Wildpfade nicht von Trampelpfaden zu unterscheiden, die Menschen einmal gegangen waren. Sie musste sich eingestehen, dass geschehen war, was sie nie für möglich gehalten hatte: Sie hatte sich verlaufen, obwohl sie immer sicher gewesen war, sich in diesem Gebiet perfekt auszukennen.

Die Sonne war inzwischen vollständig hinter Wolken verschwunden. Clara hatte nicht daran gedacht, sich die Sonnenposition zu merken, so fiel auch diese Orientierungsmöglichkeit aus.

Sie hielt inne, trank und aß etwas, setzte sich dabei auf einen Baumstumpf und lauschte in die Stille, um möglicherweise Schritte oder Gespräche von Wanderern zu hören, die irgendwo in der Nähe waren. Am Wochenende war dies ein beliebtes Ausflugsgebiet, unten an der Schlucht parkten dann so viele Wagen und Camper, dass alle Parkplätze bereits vor der Mittagszeit belegt waren.

Doch niemand war an diesem Tag unterwegs. Stattdessen kam eine Rotte Wildschweine vorbei, die bei ihrem Anblick erschrocken auseinanderstob. In etwas weiterer Entfernung entdeckte sie ein Reh. Mäuse streckten die Köpfe aus ihren Löchern und rannten vorwitzig in ihre Nähe, wahrscheinlich angelockt von dem Duft des Avocado-Käse-Sandwiches und der Schokolade. Über ihr in den Ästen raschelte es, wenn Vögel landeten und wieder losflogen, die Flügel hörten sich an wie kleine Propeller. Obwohl es länger nicht geregnet hatte, war der Waldboden feucht und weich mit einem würzigen Duft nach Tannennadeln und Waldblumen.

Nachdem sie das Wachspapier und die leere Flasche wieder verstaut hatte, entschied sie, was die beste Lösung war: Sie würde versuchen, eine Stelle zu finden, an der der Abhang nicht ganz so steil war und sich eine Möglichkeit bot, auf den unteren Weg zu gelangen. Die Jeans hatte sowieso gelitten, da spielte es auch keine

Rolle mehr, wenn sie sich auf dem Hosenboden hinunterrutschen ließ.

Nun, da sie nicht mehr nach einer Wegverbindung suchen musste, sondern sich nur noch auf das Höhenprofil der Landschaft konzentrierte, fand sie schon nach wenigen Minuten eine passende Stelle. Die steilen Abschnitte waren immer wieder von Plateaus unterbrochen, so konnte sie sich an den Bäumen hinunterhangeln und ihr Tempo auf den geraderen Wiesenstücken ausbremsen. Manchmal ließ sie sich einfach auf dem Moos hinunterrutschen.

Eine Viertelstunde später hatte sie den Weg erreicht. Ihre Beine und Arme zitterten von der Anstrengung. Sie schwitzte, obwohl die Temperatur zügig abnahm, je tiefer sie sich zwischen die Felsen begab. Selbst im Hochsommer war es in der Schlucht immer kühl und feucht. Die Zunge klebte ihr am Mund. Sie trank eine halbe Flasche Wasser, sodass von den insgesamt zwei nur noch eine halbe Flasche übrig blieb. Früher hatte sie solche Wanderungen nicht als Strapaze empfunden, doch nun, da sie aus der Übung war, erschwerte das dauernde Auf und Ab der Wege das Vorwärtskommen. Es war, als versuchte sie, nach einem Jahr Pause im Fitnessstudio die alten Übungen auf den Geräten mit den gleichen Gewichten wieder auszuführen.

Doch dass sie nun einem befestigten Weg folgen konnte, gab ihr erneute Kraft und Motivation. Sie kam schneller voran und musste sich nicht sorgen, noch einmal die Route zu verlieren. Nun folgte sie dem Weg mit dem gelben Fisch, von dem sie wusste, dass er die Klamm durchquerte.

Nach rund einer Stunde hörte sie zum ersten Mal das Gurgeln von Wasser, das sich durch die Stromschnellen anhörte, als würde jemand singen. Zuerst war das Wassergeräusch noch leise. Es verschwand wieder, als sie eine Biegung nahm und einen Felsen umrunden musste, doch dann war es deutlicher als zuvor zu hören. Der Bachlauf befand sich in direkter Nähe.

Der Weg wurde schmaler, führte über Felsen, auf einem Pfad am Abhang vorbei. Im Gestein war als Kletterhilfe ein glänzendes Metallband mit Ösen befestigt, an dem sie sich festhalten konnte. Trotzdem wurden ihre Knie weich, als sie die schmale Stelle passierte und tief unter sich das Wasser rauschen und zischen hörte. Sie war noch nie schwindelfrei gewesen, doch ihre Unsicherheit hatte sich noch gesteigert.

Am Ende dieser Passage musste sie kurz das Seil loslassen, um mit einem großen Schritt wieder auf ein Plateau zu gelangen. Es war eine Mutprobe. Sie hielt die Luft an, dann wagte sie den Sprung.

Erschöpft sank sie mit vor Anstrengung und Aufregung rasendem Herzen auf den Boden und lehnte sich mit dem Rücken gegen den Fels. Der Weg war an dieser Stelle breiter, bis zum Abhang blieb rund ein Meter Platz. So war das Weitergehen nicht mehr gefährlich, trotzdem brauchte sie eine Weile, um sich nach der vorhergehenden Anspannung zu sammeln.

Im Zickzack führte der Pfad abwärts und verengte sich wieder, dabei wurde das Wasserrauschen lauter. Dass ihr nun noch immer kein Wanderer entgegenkam, war einerseits erschreckend, weil sie sich die Ausgestorbenheit dieses beliebten Urlaubsgebiets nicht erklären konnte. Andererseits erleichterte es sie, denn an dieser Stelle war es kaum möglich, gefahrlos aneinander vorbeizugehen.

Als sie am Bach angekommen und noch immer niemand zu sehen war, wurde es Clara mehr als mulmig. War für diesen Tag eine Unwetterwarnung angekündigt, von der sie nichts wusste? Fast zwei Stunden war sie bereits unterwegs und keinem Menschen begegnet. Anfangs hatte sie noch nach beruhigenden Erklärungen gesucht: Gerade Familien mit Kindern starteten später, sie gönnten sich zur Ferienzeit erst einmal ein ausgiebiges Frühstück.

Doch nun war die beste Wanderzeit des Tages. Auch irritierte sie der Zustand der Holzstege, die über die kleinen Wasserzuläufe führten. Sie waren vermodert und brüchig, das Holz roch feucht und war grün von Moos. Üblicherweise wurden die Holzkonstruktionen mindestens zweimal im Jahr kontrolliert und schadhafte Stellen ausgebessert. Wie hatte all dies so verfallen können?

Doch die Einsamkeit störte Clara nicht, im Gegenteil. Eher merkte sie, wie sich bei ihrer Wanderung am Bachlauf entlang ihre Pulsfrequenz senkte und sich eine Entspannung einstellte, die mit dem Gefühl verbunden war, mit der Umwelt zu verschmelzen. Die Beine bewegten sich wie automatisch ohne ihr Zutun vorwärts. Es war, als würde sie schweben. All die Mühe und Anstrengung vom Beginn der Tour waren verschwunden. Es war, als hätte sich ihr Körper an die früheren Wanderungen erinnert, wie bei jemandem, der nach vielen Jahren wieder auf ein Fahrrad steigt und erst unsicher startet.

Kurz kam die Sonne hervor, ließ die feuchten Felsen rechts und links von ihr glänzen, dann zogen Wolken auf, und der Himmel verfinsterte sich. In der Schlucht zwischen den steilen Abhängen neben dem Bachlauf wurde es so dunkel, als wäre bereits die Abenddämmerung angebrochen. Für ein paar Minuten wurde es über ihr grauschwarz wie bei einer Sonnenfinsternis. Doch schon wenig später brach die Sonne wieder zwischen den Wolken hervor.

In der engen Schlucht waren die Lichtverhältnisse extremer als in der freien Landschaft, denn durch das Wasser und die nassen Felsen glitzerte die Umgebung im Sonnenlicht hell, während bei starker Bewölkung die hohen Felswände kaum Licht hindurchließen.

Die nächste halbe Stunde war ein ständiges Wechselspiel zwischen Dunkelheit und Lichtüberflutung, was auch daran lag, dass sich die Mittagszeit näherte und die Sonne, wenn sie hervorkam, von oben direkt auf den Bach schien.

Mehr und mehr bestärkte sich Claras Eindruck, dass seit längerer Zeit niemand diesen Weg gegangen war, denn der Boden unter ihr war ein farbenprächtiger Teppich aus dem Grün der Moose, dem Blau der Preiselbeeren, dem Braun von Flechten und alten Farnen und dem Weiß und Gelb der kleinen Blumen, die in dieser Schlucht überall zu sehen waren. Die Schönheit war so intensiv, dass sie sich niemals daran sattsehen könnte.

Bei der Bachüberquerung sprang sie von Stein zu Stein, während das Wasser von allen Seiten an ihre Hosenbeine spritzte. Gerade, als sie bemerkte, dass die Felsen doch nasser waren als gedacht, dass sie glitschiger und gefährlicher waren, als sie sich zur Langsamkeit ermahnte, verlor sie den Halt und rutschte ab. Sie stürzte rückwärts, während sich ihr Fuß im Fels verkeilte. Ihr gefüllter Rucksack verhinderte es gerade noch, dass sie mit dem Hinterkopf auf einen Felsbrocken aufprallte. Beim Sturz war der Rucksack aufwärts gerutscht, sodass er als Puffer zwischen Kopf und Stein wirkte. Dabei zersprang die Plastikflasche im Innern mit einem Knall.

Zitternd und völlig durchnässt, versuchte Clara, sich aufzurichten. Der schwere Rucksack zog sie nach hinten, und ihr Fuß klemmte noch immer fest. Mit einem Ruck zog sie ihn heraus und schrie vor Schmerz. Es pulsierte und hämmerte in ihrem Fuß und am Knöchel so stark, dass ihr Tränen in die Augen traten. Bei dem Versuch, aufzutreten, verlor sie wieder das Gleichgewicht. Vorsichtig tastete sie durch das Leder des Schuhs nach dem Fuß, doch bereits diese indirekte Berührung tat so weh, dass sie den Fuß kein zweites Mal belasten wollte.

Mit beiden Händen stützte sie sich auf herausragenden Felsen ab, um sich auf einem Bein weiter vorwärtszukämpfen. Wenn es sich nicht vermeiden ließ, dass irgendetwas den verletzten Fuß berührte, gleichgültig, ob an der Sohle, an der Seite oder oben, überwältigte sie wieder der Schmerz, der sich bis zur Übelkeit steigerte. Ihr Magen rebellierte, und sie befürchtete, sich übergeben zu müssen. Galle stieg ihr in den Mund.

Endlich am Ufer angekommen, sank sie in sich zusammen. Sie wollte etwas trinken und hatte schon vergessen, was bei dem Sturz geschehen war, doch die gerissene und ausgelaufene Wasserflasche erinnerte sie wieder daran. Ihre Brote waren zu einem einzigen nassen Brei geworden, so besaß sie nur noch einen Apfel. Der war zwar durch den Sturz eingedellt, aber essbar. Sie steckte ihn in die Jackentasche, um ihn sich für später aufzuheben.

Zuerst musste sie den Wanderschuh vom verletzten Fuß ziehen, denn das Pochen nahm schnell zu. Sie löste die Schnürsenkel und spreizte die Laschen so weit wie möglich auseinander. All ihre Willenskraft musste sie aufbringen, um den Schuh gegen den Schmerz zu packen und abzuziehen. Er saß durch die Schwellung des Gelenks so fest, als wäre er nicht mit Wasser, sondern mit Kleber vollgelaufen.

Wieder schrie sie laut auf. Es ploppte, und der Wanderschuh glitt ab. Als sie die Socke auszog, erkannte Clara das gesamte Desaster. In der Mitte des Fußes und am Knöchel hatte sich eine riesige Schwellung entwickelt, die Haut verfärbte sich bläulich weiß. Jede Berührung tat so weh, dass es aussichtslos war, auch nur an ein Weitergehen zu denken.

Clara rückte so weit wie möglich an den Fels, um sich mit dem Rücken anzulehnen. Sie zwang sich, langsam zu atmen, um die aufsteigende Panik zu bekämpfen. Sie hatte kein Handy dabei. Aus irgendeinem Grund kamen keine Wanderer in die Schlucht. Ihre Lage war erschreckend, vor allem hatte sie keine trockene Wechselkleidung eingepackt. Doch auch das hätte ihr bei genauerer Betrachtung nicht geholfen, denn durch den Sturz wäre die Kleidung im Rucksack genauso nass geworden wie die, die sie am Körper trug.

Sie versuchte, sich mit der Tatsache zu beruhigen, dass es wenigstens nicht Herbst oder Winter war. Hätte sie verletzt und völlig durchnässt im Schnee oder bei Frost in der Schlucht gesessen, wäre sie innerhalb kürzester Zeit erfroren.

15.

Mit dem Rücken am Fels, der mit Moos bewachsen war, konnte sie bequem sitzen, aber es wurde im Schatten schnell kalt, und die Feuchtigkeit verstärkte ihr Frieren. Die Sonne war wieder hervorgekommen, so robbte Clara ein paar Meter weiter, um sich in die Wärme zu setzen. Von diesem Platz aus überblickte sie den Weg durch die Schlucht in beide Richtungen. Jeder Wanderer, der unterwegs war, würde so von ihr entdeckt werden.

Nach einer halben Stunde Rast, beschienen von der Sonne, war ihre Kleidung fast wieder getrocknet, doch noch immer war niemand vorbeigekommen. Langsam wurde ihr klar, dass sich irgendetwas grundsätzlich verändert hatte während ihrer Reise im Van: Es konnte kein Zufall sein, dass sie vollständig allein blieb. Nun fiel ihr auf, dass das Laub vom vergangenen Herbst, das sonst mit dem Beginn eines jeden Frühlings von unzähligen Füßen zerbröselt wurde, noch immer auf den Wegen lag.

Ihr Herzschlag beschleunigte sich, als sie begriff, was das bedeutete: Die Klamm war verlassen, schon seit Langem. Ihr Fuß war noch weiter angeschwollen und sowohl am Mittelfuß als auch am Knöchel blaurot angelaufen, sodass er nicht mehr in den Wanderschuh passte. Mit dem Schuh hätte sie den Fuß zumindest ein bisschen stabilisieren können, das dicke Leder bot Halt. Ein Auftreten ohne Schuh war beim besten Willen nicht möglich. Clara zwang sich, nicht in Panik zu verfallen und alle Alternativen abzuwägen, die ihr blieben. Die nächste Ortschaft war schätzungsweise drei oder vier Kilometer entfernt, viel zu weit, um sie in ihrem Zustand zu erreichen. Kurz hielt sie inne und lauschte. Waren da Stimmen? Vor Anspannung stockte ihr Atem. Das Gurgeln und Rauschen des Baches war so laut, dass alle anderen Umgebungsgeräusche in den Hintergrund traten.

»Hilfe!« Ihr Rufen klang zwischen den Felsen hallig und wurde von weit her in einem Echo zurückgerufen.

»Hilfe! Ich brauche Hilfe!«

Wieder lauschte sie. Dann stob ein Wildschwein hinter einem Busch hervor, nur wenige Meter entfernt von ihr. Es quiekte auf, rannte so dicht an Clara vorbei, dass sie den Windzug spürte und den typischen Wildschweingeruch nach Brühwürfeln wahrnahm. Panisch rollte sie sich zu einer Kugel zusammen, um nicht überrannt zu werden, doch das Wildschwein wollte nur flüchten. Es durchquerte den Bach und verschwand hinter einer Biegung.

Ihr Herz raste. Sie blickte sich um, ob sich irgendwo noch weitere Wildschweine versteckten. Dass sie keine Tiere entdecken konnte, beruhigte sie nicht wirklich, denn die Büsche am Rand wuchsen so dicht, dass es unmöglich war, zu sehen, was sich dahinter befand.

Eine Weile wartete sie ab, aber nichts geschah.

Nun rief Clara noch lauter. Irgendjemand musste doch in der Nähe sein und sie hören!

Sie schrie, bis sie heiser wurde. Dann kauerte sie sich eng zusammen und umklammerte ihre Knie.

Langsam senkte sich die Sonne, dadurch wurde es in der Schlucht dunkler, obwohl es noch mitten am Nachmittag war. Doch nur um die Mittagszeit herum fiel direktes Licht zwischen die Felsen. Wenn die Sonne in einem schrägeren Winkel auf die Erde strahlte, wurde die Klamm nur indirekt beleuchtet. Sofort sank die Temperatur, und die Luft wurde feuchter. Es war, als würden die Felsen an beiden Seiten des Bachlaufs näher zusammenrücken und Feuchtigkeit atmen. Die Schatten breiteten sich aus und schufen ein Gefühl von klaustrophobischer Enge. Das Rauschen des Baches, das sie bisher als etwas Idyllisches wahrgenommen hatte, schien seinen Klang verändert zu haben. Nun war es, als würde der Bach röcheln wie ein sterbendes Tier.

Auf Claras Unterarmen bildete sich eine Gänsehaut. Sie zitterte und versuchte, sich die Haut an den Armen warm zu reiben, doch das Grundproblem blieb bestehen und würde sich in den nächsten Stunden noch verstärken: Sie hatte zu wenig Kleidung dabei. Nicht einmal ein Feuerzeug besaß sie, das ihr nun gute Dienste hätte leisten können. Auch wäre ein Feuer später nach Einbruch der Dunkelheit gut auf weite Entfernung zu sehen und könnte andere Menschen zu ihr führen.

Ob schon jemand nach ihr suchte?

Sie fluchte laut, dass sie Lena, Manuel und Hannes gesagt hatte, den Nachmittag und Abend lieber allein verbringen zu wollen. Ansonsten wäre bestimmt mindestens einer von ihnen zum Kaffee vorbeigekommen und hätte sie vermisst.

Clara versuchte, sich von der aufsteigenden Panik abzulenken, indem sie ihre Atemzüge zählte. Manchmal half es ihr beim Einschlafen, nun beruhigte es sie nicht – im Gegenteil.

Noch einmal rief sie so laut und anhaltend wie möglich um Hilfe, bis sie heiser wurde und ihr Hals schmerzte. Wenigstens war ihr durch das Rufen warm geworden. Doch sie musste sich eingestehen, dass es sinnlos war. Niemand hörte sie. Niemand würde zufällig vorbeikommen. Die nächsten Menschen waren mehrere Kilometer von ihr entfernt und damit unerreichbar.

Dann kam ihr eine Idee: Sie hatte einen Notizblock und einen Bleistift dabei. Zwar war das Papier durchweicht, trotzdem konnte sie darauf schreiben, es in die unversehrte Plastikflasche werfen und so durch eine Flaschenpost einen Hilferuf absetzen.

Ihre Finger zitterten, als sie die Nachricht schrieb. Sie begann mit Datum und Uhrzeit, dann notierte sie:

Ich befinde mich in der Teufelsschlucht, im oberen Bereich, habe mir den Fuß gebrochen und brauche dringend Hilfe. Wenn Sie diese Flaschenpost finden, rufen Sie bitte einen Krankenwagen.

Sie unterschrieb mit ihrem Namen, rollte das Papier zusammen, schob es durch den Flaschenhals und schleuderte die zugeschraubte Flasche mit Schwung in den Bach. Kurz tauchte sie unter, dann schwamm sie obenauf, sprang über Felsen, schlug krachend auf Felsen auf und wurde von der schnellen Strömung des nahen Wasserfalls eingesogen.

Nie zuvor war ihr ein Nachmittag so lang erschienen. Es war, als würde innerhalb der Schlucht die Zeit gar nicht mehr existieren. Sie wusste nicht, ob Minuten oder Stunden vergangen waren.

Die Schatten wurden länger, flossen zusammen und bildeten seltsame Konturen. Die Nässe an den Felswänden reflektierte kein Licht mehr, alles verschmolz in verschiedenen Grautönen, die sich immer weniger voneinander unterschieden. Wind setzte ein und heulte zwischen den Felsen, als befände sich ein Rudel Wölfe in der Nähe.

Dann wurde es Nacht. Die Dunkelheit, die sie hier umgab, war eine andere als die, die sie aus dem Dorf kannte. Dort gab es durch das Licht der Häuser immer irgendwelche Lichtreflexionen; in der Teufelsschlucht dagegen war die Schwärze so undurchdringlich, als wäre Clara erblindet.

Sie wünschte sich, dass sie wenigstens einen Vorsprung unter einem der Felsen, weiter weg vom Wasser aufgesucht hätte. Doch sie hatte erst zu spät, als es schon fast dunkel war, daran gedacht, den Platz zu wechseln. Jede Bewegung konnte sie in den Bach stürzen lassen. Fest presste sie ihre Hände gegen den Fels, um das Gefühl von oben und unten zu bewahren. Wollte sie sich nicht in Lebensgefahr bringen, gab es keine andere Möglichkeit, als genau an dieser Stelle auf diesem Fels auszuharren, bis die Wolkendecke aufklarte und sich zumindest ein paar Sterne am Himmel zeigten.

Vorsichtig tastete Clara den Untergrund um sich herum ab. Die ebene Fläche umfasste ungefähr einen Quadratmeter, was ausreichend war. Sie prägte sich genau ein, wo der Fels abfiel, nahm ihren Rucksack als Kopfkissen und kauerte sich wie ein Embryo zusammen. Wenigstens regnete es nicht, versuchte sie sich aufzumuntern. Nur vom Bach wehte mit jedem Windzug ein feiner Sprühnebel herüber, der sich kalt über ihr Gesicht legte. Am liebsten wäre sie aufgesprungen und weggelaufen – vor der Dunkelheit, der Kälte und den Geräuschen des Baches, der nun, da sie nichts mehr sehen konnte, zunehmend lauter erschien. Sie wusste, dass das nicht sein konnte, dass es reine Einbildung war, trotzdem konnte sie das Gefühl nicht abschütteln. Der Bach war wie ein Lebewesen, das sich immer mehr ausbreitete.

Doch ihre Erschöpfung war so groß, dass sie sogar den Schmerz überlagerte, der vom Fuß ausging.

Den Ruf einer Eule und das Piepsen einer Maus ganz in ihrer Nähe hörte Clara nur noch wie aus der Ferne. Sie schlief ein, um wenige Minuten später wieder hochzuschrecken. Von ihrer Reise her kannte sie harte Untergründe und kalte Nächte. Doch sie hatte immer nach Einbruch der Dunkelheit einen Schutzraum gehabt, in dem sie sich trotz aller Unbequemlichkeit sicher gefühlt hatte. Nun, ohne Decke, ohne eine sichtbare Orientierung, kam sie sich schutzloser vor denn je, auch wenn sie wusste, dass ihr weder von Menschen noch von größeren oder kleineren Tieren Gefahr drohte. Doch die Einsamkeit war so intensiv, dass es ihr schien, als wäre die Luft um sie herum zähflüssig geworden. Bei jedem Atemzug krampfte sich ihre Lunge stärker zusammen. Sie atmete schneller, bis ihr übel und schwindelig wurde, dann zwang sie sich, tiefer zu atmen und die Pausen zwischen den Atemzügen bewusst wahrzunehmen.

Sie versuchte, um sich herum Konturen zu entdecken. Es funktionierte besser als erhofft, weil sich ihre Augen an die Dunkelheit gewöhnt hatten und die Wolkendecke über ihr etwas aufbrach.

Dann stutzte sie. Aus der Ferne waren Stimmen zu hören. Zuerst war sie sich nicht sicher, ob das nur ein Ausdruck ihrer Wünsche war, dann hörte sie – überlagert vom Plätschern des Baches und vom Rauschen des Windes – ein Rufen: »Clara!«

Sie verschluckte sich vor Aufregung. »Hier bin ich. Hilfe!« Sie rief, so laut sie konnte, schrie weiter, bis ihr Hals schmerzte und die Stimme versagte. Dann hielt sie inne und lauschte wieder in die Dunkelheit.

Wurden die Stimmen leiser? Clara zwang sich, an etwas anderes zu denken als an die Möglichkeit, dass sie unentdeckt geblieben war. So laut und anhaltend sie konnte, rief sie weiter um Hilfe, immer mit Unterbrechungen, um zu hören, ob diejenigen, die nach ihr suchten, näher kamen.

Doch es hörte sich eher so an, als entfernte sich der Suchtrupp wieder. Das Rufen nach ihr war so leise, dass es mit dem Gurgeln des Wassers verschmolz und kaum noch zu hören war.

Dann erklang eine einzelne Stimme. »Clara!«

»Hier bin ich! In der Schlucht!«

»Ich höre dich. Ich komme.«

Sie erkannte Manuels Stimme. Sein Rufen klang so nah, als befände er sich direkt über ihr.

»Ist jemand bei dir?«, fragte Clara.

»Wir haben acht Suchtrupps gebildet. Ich habe die anderen verloren. Sie müssen ganz in der Nähe sein, antworten aber nicht mehr.«

Als er kurz schwieg, begann sofort ihr Herz zu rasen. »Manuel?«, fragte sie.

»Bist du die Abbruchkante runtergefallen? Bist du verletzt?«

»Ich bin am Bach. In der Teufelsschlucht. Mein Fuß ist umgeknickt.«

»Wie bist du denn in die gesperrte Schlucht gekommen?«, fragte er.

Nun sah sie, wie weit über und seitlich von ihr immer wieder eine Taschenlampe aufblitzte und die Blätter über ihr leuchten ließ. Anhand des Lichtes konnte sie seinen Standort abschätzen, er befand sich wahrscheinlich genau dort, wo sie den Weg verloren hatte.

»Du musst den Abhang runter«, rief sie.

Geröll rutschte von oben in die Schlucht, Steine donnerten knapp neben ihr in den Bach.

»Warte! Ein Steinschlag!« Panisch versuchte sie, sich zu orientieren. »Ich muss mich in Sicherheit bringen.«

Nun war der Himmel so weit aufgeklart, dass immer mehr Sterne aufblitzten, trotzdem war das Licht zu schwach. Sie konnte ihre Umgebung nicht richtig abschätzen. Es war unmöglich zu erkennen, wo die Felsen nass und rutschig waren, wo sie sicher auftreten konnte und wo sie Gefahr lief, abzustürzen. Aber ihr blieb keine andere Wahl, sie musste diesen Ort verlassen, um nicht von Steinen erschlagen zu werden, wenn Manuel einen weiteren Erdrutsch auslöste. Also tastete sie sich zentimeterweise vorwärts, erreichte die Felswand und kroch unter einen breiteren Felsvorsprung. Mit angehaltenem Atem vergewisserte sie sich durch Abtasten, dass das Gestein über ihr stabil war.

»Du kannst weiter«, rief sie.

Wieder flogen Steine von oben herab, doch sie donnerten an ihr vorbei in die Tiefe, wo sie mit einem lauten Platschen und Krachen im Wasser landeten. Es grollte wie bei einem Donner, als sich ein größerer Felsbrocken löste.

Clara zitterte am ganzen Körper.

Ein paar Minuten später stoppte das Abrutschen der Steine. Nun war das Aufblitzen einer Taschenlampe von oben auf dem Weg neben dem Bach unverkennbar. Das Licht der Taschenlampe erhellte ihre Umgebung, sodass sie sich gefahrlos vorwärtsbewegen konnte.

Sie robbte zum Weg zurück, riss sich dabei die Hose an den Knien auf.

»Clara!«

»Hier bin ich«, flüsterte sie noch einmal, obwohl Manuel seine Lampe bereits auf sie hielt.

Er kam auf sie zu, half ihr, aufzustehen, und drückte sie an sich. Dann zog er seine Jacke aus und legte sie um ihren Oberkörper. »Du bist ja völlig durchgefroren.«

Clara wollte etwas antworten, aber ihre Stimme versagte. Aus ihrem Mund kam nur ein Laut, der an ein verletztes Tier denken ließ. Tränen füllten ihre Augen, doch sie lösten sich nicht aus den Augenwinkeln.

»Kannst du auftreten?«, fragte er.

Sie schüttelte den Kopf, bis ihr einfiel, dass er es gar nicht sehen konnte, weil er auf ihren Fuß leuchtete, der deutlich angeschwollen war. »Nein«, sagte sie.

»Wo ist der Schuh?«

»Ich weiß nicht. Irgendwo in der Nähe. Oder auch nicht. Vielleicht in den Bach gefallen und längst weggeschwemmt. Aber das ist egal. In den komme ich nicht mehr rein, der ist zu eng.«

»Versuch, so viel Gewicht wie möglich auf mich zu legen. Oder warte kurz.« Er half ihr, sich hinzusetzen. Dann zog er sein Handy hervor, rief Anton an, um ihre Position durchzugeben.

»Die Teufelsschlucht«, hörte sie durchs Telefon. »Das ist ja mal wieder typisch. Als ob nicht klar ersichtlich wäre, dass das gesamte Gebiet abgesperrt ist.«

Manuel beendete zügig das Gespräch, dann wandte er sich Clara zu, richtete sie auf und zog ihren Arm um seine Schulter. »Versuch mitzuhelfen, so gut du kannst. Klammere dich an mir fest«, sagte er.

Meterweise kämpften sie sich voran. Schon nach wenigen Minuten musste Clara um eine Pause bitten. Obwohl sie den verletzten Fuß nicht aufsetzte, schmerzte er so sehr, dass sie glaubte, sich übergeben zu müssen. Ihr Rücken war nass geschwitzt, sie keuchte. Jeder Schritt führte dazu, dass der verletzte Fuß mit in Bewegung geriet. Es tat so weh! »Pause«, sagte sie. »Ich kann nicht mehr.«

Langsam ließ Manuel sie hinunter. Nebeneinander setzten sie sich auf den Fels.

»Warum hast du Anton angerufen?«, fragte Clara. »Warum gerade ihn?«

»Er ist der Bürgermeister. Er koordiniert die Suchaktion, hat die Telefonnummern der anderen und muss durchgeben, dass wir dich gefunden haben.«

»Ich verstehe nicht, warum ihr ihn gewählt habt.« Sie hielt inne.

»Ich habe ihn nicht gewählt, wenn du das meinst. Aber ich akzeptiere die Meinung der Mehrheit. Alles andere wäre unfair.«

Sie schwieg, vergegenwärtigte sich noch einmal das Telefongespräch und stutzte. »Was ist denn das für eine Sperrung?«, fragte Clara. »Ich habe nirgends einen Hinweis entdeckt.«

»Am Eingang von der Bundesstraße aus stehen Verbotsschilder. Niemand darf die Schlucht betreten, es ist zu gefährlich. Zusätzlich gibt es Absperrbänder zwischen den Bäumen. Am oberen Eingang zur Klamm ist ein Warnschild. Abgesehen davon existiert der Weg von oben zum Bach ja gar nicht mehr. Er ist bei einem Gewitter in einem riesigen Steinrutsch mit weggebrochen. Es war wie eine Sprengung. Niemand weiß, ob der Hang noch weiter wegbricht.«

»Deswegen habe ich den Zugang zur Schlucht nicht finden können. Er existiert gar nicht mehr …« Claras Stimme wurde immer leiser. Es fiel ihr schwer, zu begreifen, was das bedeutete, zu erschöpft war sie, um klare Gedankenketten zu bilden. Sie hatte sich gar nicht verlaufen, sondern das Warnschild übersehen.

»Ich halte dich.« Manuel strich ihr sanft über den Arm. »Wir müssen aus der Schlucht raus. Hier ist es zu kalt. Und so eng, dass wir auch keine Trage einsetzen können, selbst wenn wir eine hätten.« Er bückte sich vor ihr. »Komm auf meinen Rücken. Das ist die einzige Möglichkeit.« Er holte tief Luft. »Also los. Huckepack.«

Sie klammerte sich an seine Schultern und versuchte, kein Gewicht auf Hals oder Kehlkopf zu legen, dann nahm sie mit dem unverletzten Bein Schwung. Er packte zügig von unten zu, sodass sie fest auf seiner Hüfte saß.

»Schaffst du das denn?«, fragte sie.

Sein Atem beschleunigte sich. Sie dachte an seine vor wenigen Monaten abgeschlossene Chemotherapie. Wie dünn er geworden war! Unter ihren Oberschenkeln spürte sie seine Hüftknochen spitz hervorstechen, auch an den Schultern war jeder Knochen zu spüren. Auf den ersten Blick mit der weiten Kleidung, die er immer trug, war seine Gewichtsabnahme kaum zu sehen, doch nun konnte sie die Tatsachen nicht ignorieren.

»Lass uns auf die anderen warten. Halt an. Du musst das nicht tun«, sagte Clara.

»Mehr Helfer machen die Sache nicht leichter. Wir können ja nicht mal nebeneinander gehen. Der Pfad ist zu eng. Irgendjemand muss dich tragen.«

»Wenn die anderen kommen, könntet ihr euch abwechseln.«

»Ich kann das. Ich will uns hier rausbringen. Jetzt und nicht später. Und ich schaffe das auch.«

Sie wusste, dass es zwecklos war, Widerspruch einzulegen. Manuel konnte so stur sein!

»Dann weiß ich jetzt wenigstens, dass das Geld im Fitnessstudio gut angelegt war«, sagte er und lachte. »Wir kommen vorwärts! Du darfst nur nicht loslassen.«

16.

»Soll ich dir die Treppe hochhelfen?«, fragte Manuel.

Der Gips an ihrem Fuß kam ihr so schwer und unförmig vor! Probehalber stellte Clara ihre Krücken auf die erste Stufe, merkte dann aber gleich, dass der Versuch, den Körper mit den Gehhilfen hochzuwuchten, aussichtslos wäre. Ohne Krücken funktionierte es auch nicht. Hinunter wär es noch komplizierter und gefährlicher, zudem würde sie dann nicht auf die vor ihr liegenden Stufen fallen, sondern wahrscheinlich die gesamte Treppe hinabstürzen.

»Ich bleibe unten«, entschied sie. »Im kleinen Bad kann ich mich notdürftig waschen, die Küche ist erreichbar. Es ist besser, ich schlafe auf dem Sofa im Wohnzimmer.«

»Dann hole ich dir Decke und Kissen runter.«

»Bettlaken sind im Bad, in dem weißen Seitenschrank.«

Langsam humpelte Clara ins Wohnzimmer, wo sie sich in einen der Sessel setzte. Inzwischen senkte sich die Sonne über das Dorf und verlor bereits an Intensität. Fast den gesamten Tag hatte sie im Krankenhaus verbracht und auf dem Gang gesessen, um auf die nächste Untersuchung zu warten. Immer wieder sagte sie sich, dass sie Glück gehabt hatte – dass Manuel sie so schnell gefunden hatte und dass sie in der Notaufnahme nur einen Gips bekommen hatte und nicht operiert werden musste. Doch der Bruch am Mittelfußknochen gepaart mit dem verstauchten Knöchel war trotzdem frustrierend. Sechs Wochen lang einen eingegipsten Fuß! Das warf wieder einmal alle ihre Pläne über den Haufen.

Manuel kehrte aus dem ersten Stock zurück, bezog das Sofa mit einem Laken, drapierte dann Decke und Kissen darüber.

»Was soll ich denn jetzt nur tun? Was wird aus der Renovierung des Rosenhofs?«, fragte Clara. Sie dachte an all die Listen, in denen sie die anstehenden Arbeiten so perfekt aufgeteilt hatte.

»Dich etwas waschen. Umziehen. Schlafen gehen.«

Bei so viel Pragmatismus musste Clara schmunzeln. »Kannst du noch mal hochgehen und mir aus meinem Kleiderschrank eine Unterhose, eine der Shorts aus Sweatshirtstoff, ein T-Shirt und eine Strickjacke holen, bitte?«

Manuel nickte und begab sich wieder auf den Weg nach oben, kehrte wenig später mit den Kleidungsstücken zurück. Anschließend wandte er sich in Richtung Eingangstür. »Lena schaut morgen früh, bevor sie in die Werkstatt fährt, noch mal nach dir und kann für dich dann auch einkaufen, wenn du etwas brauchst. Ich habe es schon mit ihr abgeklärt.«

»Setz dich doch noch. Wenigstens kurz.« Clara deutete auf das Sofa.

Die tief stehende Sonne ließ das Wohnzimmer in einem warmen Licht erstrahlen. Kleine Staubpartikel flogen silbern leuchtend durch die Luft, wie unzählige Mini-Glühwürmchen.

»Manuel …« Claras Hals fühlte sich trocken an.

»Brauchst du noch etwas?«

»Was ich dir sagen wollte …« Sie streckte den Arm aus und ergriff seine Hand. Über Gefühle zu sprechen, war ihr schon immer schwergefallen, nun kam sie sich unbeholfen vor wie damals als Sechstklässlerin, als sie ihrem Schwarm in der Englischstunde ein Zettelchen geschrieben hatte mit der Botschaft: *Willst du mit mir nach der Schule zusammen zum Bus gehen?* Darunter hatte sie zwei Kästchen zum Ankreuzen gezeichnet mit den vorformulierten Antworten *Ja* und *Nein.*

Sie erinnerte sich an das Glück, das sie durchströmt hatte wie ein warmes Prickeln, als sie den Zettel mit dem Ja-Kreuzchen zurückerhalten hatte. Diese Situation war noch vollständig präsent, obwohl sie den Namen des Jungen inzwischen vergessen hatte.

»Ja?«, fragte Manuel.

Sie drückte seine Hand fester, ließ sie dann los und richtete ihren Oberkörper auf. »Danke, dass du in der Schlucht gesucht hast.«

Er stand auf, beugte sich zu ihr, umarmte sie, dann nickte er ihr zum Abschied zu. »Du schaffst das schon«, sagte er und verabschiedete sich. Im Flur drehte er sich um und erkundigte sich, ob ihr für die Nacht noch etwas fehle.

»Nein«, sagte sie und dachte: *Du fehlst mir.* Dabei ärgerte sie sich, dass es ihr nicht gelang, ihm zu sagen, wie viel er ihr bedeutete.

Sie blickte ihm nach, wie er die Tür hinter sich zuzog. Kurz darauf erklang das Geräusch des startenden und abfahrenden Wagens.

Nachdenklich betrachtete sie noch eine Weile die glitzernden Staubkörnchen, bis sich die Sonne hinter die Bergkuppe senkte. Ihr Müdigkeit nahm so sehr zu, dass sie sich am liebsten in ihrer schmutzigen, zerrissenen Kleidung aufs Sofa gelegt hätte, doch als sie sich ihr Shirt an die Nase hielt, überzeugte sie der Geruch, sich zuerst zu waschen.

Um an die Krücken zu gelangen, musste sie sich nach vorn strecken. Die saubere Kleidung klemmte sie sich unter den Arm, dann kämpfte sie sich meterweise voran über den Flur und weiter in das kleine Bad. Noch immer fühlte sie sich wackelig auf den Beinen, wenn sie die Gehstützen benutzte. All die Unebenheiten und Ritzen im alten Holzboden waren ihr nie so deutlich aufgefallen wie jetzt. Die Gummistopfen konnten in den Ritzen hängen bleiben. Nun bereute sie es, dass sie Manuel nicht gebeten hatte, ihr in den ersten Stock ins große Badezimmer zu helfen. Das untere Bad war so eng, dass sie beim Entkleiden abwechselnd ans Waschbecken, den Heizkörper und die zugeklappte Toilette stieß. Die einzige Möglichkeit, das Waschen hinter sich zu bringen, war, die Tür zum Flur offen zu lassen, um so ein wenig Platz in den Flur hinein zu gewinnen. Eines der Handtücher benutzte sie als Waschlappen, das andere zum Abtrocknen. Wenigstens das Waschen der Haare funktionierte problemlos, seit sie sich für den Pixieschnitt entschieden hatte. So reichte es, den Kopf kurz unter den Hahn zu halten, ihn einzuseifen und wieder abzuspülen. Nach so einer Behandlung hätten ihre ehemals langen Haare wirr und verknotet abgestanden und sich wie Stroh angefühlt. Die raspelkurze Frisur dagegen verzieh jeden noch so unsensiblen Umgang.

Das Ankleiden verlagerte sie in den Flur, auch wenn jeder, der nun vor die Haustür trat, sie durch die Glasscheibe nackt sehen konnte. Doch sie war sich sicher, dass niemand vorbeikam.

Ein Klopfen ließ sie zusammenzucken.

Vor Schreck belastete sie ihren eingegipsten Fuß, sodass sie reflexartig aufschrie. Sie hielt sich das Handtuch vor den Oberkörper und entdeckte hinter der Scheibe Louisas Gesicht. Eilig zog sie sich Unterhose und Shorts an.

Dann öffnete sie die Tür. »Was hast du mich erschreckt.« Schnell zog sie sich auch noch Shirt und Strickjacke über und warf das Handtuch in die Ecke. Irgendwann später musste sie schauen, wo sie die Schmutzwäsche sammeln konnte.

Louisa hielt eine Porzellanschüssel in die Höhe, durch deren Glasdeckel Gemüseeintopf zu erkennen war. »Habe ich dir mitgebracht. Du siehst aus wie durch die Mangel gedreht.«

»Danke für das Kompliment.«

»So war es nicht gemeint. Willst du dich erst mal schlafen legen? Ich kann dir das Abendessen auch für später in den Kühlschrank stellen. Wenn du es morgen Mittag aufwärmst, schmeckt es noch besser.«

Das Waschen im Bad war für sie wie ein Sportprogramm gewesen mit all den Verrenkungen, sodass sie ihre Müdigkeit nicht mehr spürte. Noch immer raste ihr Puls von der Anstrengung.

»Schlafen kann ich später.« Obwohl sie das meiste ihres Proviants durch den Sturz in den Bach verloren hatte und im Krankenhaus nur ein Sandwich gegessen hatte, spürte sie keinen Hunger mehr. Doch auf ihrer Reise hatte sie gelernt, dass es trotzdem wichtig war, etwas zu essen, bevor ihr Kreislauf vollständig zusammensackte.

Nun bemerkte Clara, wie müde auch Louisa aussah. Ihr Zopf war zerzaust, der untere Teil ihrer Hose voller Schlamm, obwohl sie saubere Sportschuhe trug.

Louisa sah an sich hinab, als bemerkte sie erst jetzt, dass ihre Hose schmutzig war.

»Nach der Suchaktion haben wir noch ausgebrochene Kühe wieder eingefangen. Sie waren fast bis zum Nachbarort gelaufen. Du weißt ja, wie es um die Einzäunung von Antons Weiden steht. Da müsste so viel getan werden. Aber lassen wir das.« Sie trug die Schüssel mit Essen in die Küche.

Clara fiel es schwer, zuzusehen, wie Louisa vor dem Herd stand, den Eintopf aufwärmte, Tee kochte, das saubere Geschirr und Besteck aus der Spülmaschine ausräumte, die herumliegenden schmutzigen Besteckteile, Teller und Tassen einräumte, dabei noch die Utensilien auf der Anrichte sortierte. Mit welcher Selbstverständlichkeit sie den Tisch deckte, ließ Clara daran denken, wie oft Louisa in den letzten Monaten diese Arbeiten ausgeführt hatte. Wie in den Jahren zuvor befanden sich alle Gegenstände in der Küche an dem Ort, an dem sie seit ihrer Kindheit gestanden hatten. Louisa brauchte nicht einmal hinzusehen, wenn sie nach dem Salztöpfchen griff, das im Schrank über dem

Herd und der Abzugshaube lagerte. Sie ergriff auch Teller und Besteck blind.

Clara setzte sich auf den Stuhl im Esszimmer, auf dem sie während der gemeinsamen Mahlzeiten mit Louisa und ihren Großeltern immer gesessen hatte, und lehnte ihre Krücken an den Nachbarstuhl. Noch immer war es ungewohnt, allein oder zu zweit am großen Esstisch zu sitzen, der Platz für acht Personen bot.

»Was ich über Anton gesagt habe …« Clara stockte. Es fiel ihr so schwer, auszusprechen, was sie sich in den einsamen Stunden in der Schlucht so oft und auf die unterschiedlichsten Weisen zurechtgelegt hatte. Nun war es, als müsste sie nicht nur über ihren eigenen Schatten springen, sondern mit einem Sprung die gesamte Welt umrunden. »Ich habe Anton unrecht getan.« Sie atmete tief durch. Nun war es endlich ausgesprochen. »Ja, du hast recht, ich habe ihm gegenüber persönliche Vorbehalte. Niemals könnte ich mir vorstellen, mit ihm zusammen zu sein. Er ist nicht mein Typ, das weißt du. Aber ich bin nicht du, und du bist nicht ich. Du hast es akzeptiert, dass ich mit Jennifer aufbreche, obwohl du das überhaupt nicht nachvollziehen konntest. Ich will mir an dir ein Beispiel nehmen und aufhören, mich in die Sache zwischen dir und Anton einzumischen.« Clara merkte wieder, wie schwer es ihr fiel, die richtigen Worte zu finden. Warum brachte sie es nicht über die Lippen, »die Beziehung« oder »eure Liebe« zu sagen, sondern umschrieb es mit dem Begriff »die Sache«? Sie räusperte sich und fuhr fort: »Gib mir einfach etwas Zeit, mich an die neue Situation zu gewöhnen. Dass ihr zusammen seid. Ich weiß es zu schätzen, dass er in den letzten Monaten für dich da war, dass er dir Halt gegeben hat. Im Grunde wollen Anton und ich doch das Gleiche: dass du glücklich bist.«

Louisa stellte das Tablett mit dem Aufschnitt und der Marmelade ab, kam auf Clara zu und umarmte sie. »Danke, dass du das sagst.«

Clara spürte die leise ausgesprochenen Worte wie ein Kitzeln am Ohr. Es war ein so bekanntes, vertrautes Gefühl, das sie an all die Abende und Nächte erinnerte, als sie sich zusammen in ein Bett gekuschelt und sich Geschichten erzählt hatten.

»Du bist immer …« Dann verstummte Louisa.

Verwundert sah Clara auf und entdeckte erst jetzt, dass Anton im Türrahmen zwischen Flur und Esszimmer stand. Sie unterdrückte den Kommentar, dass sich neben der Haustür eine Klingel befand und dass Anklopfen eine höfliche Geste war.

»Ihr sprecht über mich?« Anton stieß geräuschvoll die Luft aus und schüttelte den Kopf. »Tut euch keinen Zwang an, ich will euch nicht unterbrechen.«

»Wolltest du nicht den Zaun um die Weide der Jungbullen herum ausbessern?«, fragte Louisa und nahm Platz.

»Es eilt nicht.« Er setzte sich auch, zog den zweiten Teller und das zweite Besteck zu sich heran, das eigentlich für Louisa gedacht war.

»Was gibt es denn nun über mich zu sagen?«, fragte er.

Clara merkte schon jetzt, nur wenige Minuten nachdem sie ihren Vorsatz ausgesprochen hatte, wie schwer es ihr fiel, ihn umzusetzen. Aber sie würde nichts mehr gegen Anton einwenden, das hatte sie sich geschworen. Sie tat es nicht für Anton, sondern aus Wertschätzung ihrer Schwester gegenüber.

Ungefragt holte Louisa noch ein weiteres Gedeck aus der Küche und brachte es zum Tisch, dann setzte auch sie sich wieder. Sie goss dreimal Tee ein, tat sich auch Eintopf auf und umfasste Claras Hand.

»Als du verschwunden warst und wir alle nicht wussten, wo wir dich finden können …« Clara drückte Louisas Hand fester. »Da ist mir erst klar geworden, wie idiotisch unsere Streitereien sind. Seit deiner Ankunft ist zwischen uns … was ich sagen will: Es tut mir leid. Und du hast recht, es ist nicht fair, dir vorzuwerfen, dass du nicht gekommen bist. Oma, Opa und ich hatten gemeinsam entschieden, dass du die Reise fortführen sollst. Klar, es war nicht einfach. Der Alltag ist oft über meine Kräfte gegangen. Aber dir deswegen Vorwürfe zu machen, das ist unfair. Das tut mir leid, und es war ungerecht dir gegen…«

»Jetzt lass mal die Kirche im Dorf«, sagte Anton. »Du brauchst ja nicht gleich zu übertreiben.«

»Anton, bitte.« Louisa brachte ihn mit einer Handbewegung zum Schweigen. »Halt einfach mal den Mund, okay? Das hier geht nur Clara und mich etwas an.«

»Willst du mir etwa den Mund verbieten?« Er funkelte Clara an, als hätte sie den Streit begonnen.

»Bitte, geh jetzt. Von dem Eintopf steht noch genug bei uns in der Küche auf dem Herd.« Louisa stand auf, ging zur Haustür und öffnete sie. »Es ist mir wichtig. Ich muss mit Clara etwas besprechen, was nur uns beide betrifft. Und ich will keinen Streit. Nicht jetzt.«

Anton blieb sitzen und schüttelte den Kopf. »Damit ihr wieder ungestört über mich herziehen könnt? Ich kenne Clara doch.«

»Nein, nicht deswegen. Sondern weil du es nicht schaffst, einfach mal nur zuzuhören. Hier geht es nicht um dich. Was ist denn so schwer daran, das zu begreifen?«

»Ich frage mich, ob ich mich in dir geirrt habe.« Anton richtete sich auf und straffte seinen Oberkörper. »Ob die Verlobung ein Fehler war.«

Louisa antwortete nicht. Unbeirrt hielt sie Antons Blick stand.

»Ich dachte, du wärst eine erwachsene Frau«, sagte er, »die für sich selbst Entscheidungen treffen kann, anstatt ihrer Schwester nach dem Mund zu reden, die noch dazu ein Jahr jünger ist. Wo ist dein Schneid geblieben?«

»Anton, hör auf!« Louisa wurde lauter. Die Wut war ihr anzusehen, wie sie die Hände zu Fäusten ballte und sich mit Schwung die Haare nach hinten strich.

»Wenn man eine Beziehung eingehen will, bedeutet es, dass sich das Leben ändert«, sagte Anton. »Es geht darum, die richtigen Prioritäten zu setzen. Zuallererst kommt der Partner. Für mich bist das du, und für dich bin ich das. Erst dann kommen die anderen, zu denen auch deine Schwester zählt. Bei dir liegen die Prioritäten definitiv falsch.«

»Du irrst dich.« Louisa lachte. »Nicht der Partner ist das Wichtigste, sondern Gerechtigkeit. Das Gute. Es gibt Prinzipien, die über uns stehen. Von denen sollten wir uns beide leiten lassen. Nicht von irgendwelchen albernen Eifersüchteleien.«

»Wenn du mich jetzt ausschließt …« Anton stieß wütend die Luft aus.

»Was dann?«, fragte Louisa.

»… ist es aus zwischen uns.«

17.

Wie bei einem Ringkampf standen sich Anton und Louisa gegenüber, und es war deutlich, dass keiner der beiden gewillt war, nachzugeben.

Louisas Hand, die den Türrahmen umklammerte, zitterte nicht, aber ihre Stimme war brüchig. Clara verfluchte ihre Verletzung am Fuß. Sie wünschte sich, einfach schnell aufstehen zu können, um Louisa zu umarmen.

»Ich gehe«, sagte Anton, »und ich jogge eine Runde, um mich abzuregen. Dabei löse ich übrigens keine Suchaktion aus, bei der das gesamte Dorf in Panik versetzt wird.«

Louisa blinzelte.

Clara wusste, dass ihre Schwester mit den Tränen kämpfte, wie sehr sie dieser Streit verletzte, wie sehr sie innerlich mit ihrer Entscheidung rang. Doch dass Louisa stur sein konnte, das hatte Clara oft genug erlebt. Unbeirrt blieb Louisa an der Tür stehen, wartete, bis Anton durchgegangen war, und schloss sie dann. Anschließend ging sie zum Küchenfenster, um ihm nachzusehen, wie er sich vom Hof entfernte.

Eine Träne löste sich aus Louisas Augenwinkel. »Seit du wieder da bist – es ist wie verhext. Wir streiten uns nur noch, Anton und ich.«

»Es war doch immer so, schon zu Schulzeiten, dass es nicht leicht war für einen Jungen, mit einer von uns befreundet zu sein. Weißt du noch, wie Johannes aus deiner Klasse, der sich Jonny nannte, einmal gewitzelt hat, uns gäbe es nur im Doppelpack?

Wie oft sind wir schon für Zwillinge gehalten worden? Das ist für Anton eine Umstellung, dass wir nun plötzlich wieder beide da sind. Auch wenn wir beide, du und ich, seit meiner Rückkehr viel gestritten haben, ändert das ja nichts daran, dass du für mich der wichtigste Mensch auf der Welt bist.«

»Gleichfalls.« Louisa umarmte Clara.

Sie setzten sich beide wieder an den Tisch und begannen schweigend zu essen. Mehrfach überlegte Clara, wie sie ihre Gedanken aussprechen konnte, ohne missverstanden zu werden.

Dann gab sie sich einen Ruck. »Wenn du willst«, sagte sie und legte ihr angebissenes Brötchen aus der Hand, »kannst du auch gern wieder mit auf den Rosenhof ziehen. Die Wohnung im Schulhaus ist eng, und du bist allein. Hier kann sich jede von uns eine Etage herrichten.« Sie hoffte so sehr, dass ihre Schwester zusagte, auch weil damit das Ultimatum des halben Jahres für die Renovierung automatisch hinfällig würde.

Aufmerksam beobachtete sie Louisa, deren Gesichtsausdruck sich nicht veränderte – weder positiv noch ablehnend.

»Es würde mich wirklich freuen, wenn wir hier wieder zusammen wohnen würden«, sagte Clara.

Louisa ließ sich Zeit mit einer Antwort. Sie nahm sich mit der Kelle noch einen Nachschlag und rührte in ihrem Teller, ohne einen Löffel des Eintopfs zum Mund zu führen. »Ich muss zu Anton zurück«, sagte sie. »So können wir den Streit nicht stehen lassen. Er hat überreagiert, das wird er auch einsehen. Wir müssen reden, es unter uns klären. Dir gegenüber hat er immer Angst, sein Gesicht zu verlieren. Er verrennt sich dann in irgendetwas. Eigentlich ist er gar nicht so. Er hat es nicht so gemeint, das weiß ich. Manchmal reagiert er aus einer bestimmten Situation heraus über. Wenn er erst einmal vom Joggen wiederkommt, sieht die Welt schon ganz anders aus.«

»Warum nimmst du ihn in Schutz?«

»Weil ich ihn liebe.« Louisa schloss kurz die Augen. »Du kannst von ihm denken, was du willst, aber so ist es nun einmal. Anton und ich gehören zusammen.« Sie stützte die Ellbogen auf den Tisch und legte den Kopf in die Hände. »Ich kann nicht zurück, nicht wieder hier einziehen. Niemand kann die Zeit zurückdrehen, auch wenn wir es uns oft so sehr wünschen und alles dafür geben würden. Aber so funktioniert das Leben nicht. Wir beide müssen unabhängig werden. Unsere eigenen Entscheidungen treffen, eigene Wege finden. Das klappt nicht, wenn wir hier aufeinanderhocken. Ja, die Zwillinge vom Rosenhof, das war unser Spitzname, wir waren stolz darauf. Clara und Louisa, das Doppelpack. Trotzdem kann es nicht so weitergehen. Nichts wäre für mich leichter, als hierher zurückzukehren. Aber der leichteste Weg ist nicht immer der beste. Nein. Ich komme nicht zurück. Im Zweifelsfall bleibe ich in der Lehrerwohnung. Auch die kann man nett herrichten.«

Clara nickte. So sehr es schmerzte, sie ahnte, dass es stimmte: Distanz zwischen ihnen würde es erleichtern, eigene Wege auszuprobieren.

»Du kehrst also wirklich zu Anton zurück?«, fragte Clara und hoffte insgeheim, mit der nochmaligen Nachfrage Louisas Entscheidung ins Wanken zu bringen.

»Ich muss. Selbst wenn wir uns trennen, will ich nicht, dass wir im Streit auseinandergehen, dass so viel Unausgesprochenes im Raum stehen bleibt. Beziehungen kann man nicht beenden, indem einer die Tür knallt oder eine Handynachricht schreibt mit einem: *Es ist aus.* Er und ich, wir müssen reden. Unsere Befindlichkeiten beiseiteschieben und zusammen eine Entscheidung treffen, wie es weitergehen soll. Wir sind erwachsene Menschen. Vielleicht kriegen wir ja noch die Kurve. Ich würde es mir wünschen.« Langsam führte sie den Löffel zum Mund und aß, dabei sah sie aus dem Fenster, obwohl es draußen inzwischen dunkel und hinter der Fensterscheibe vollständig schwarz war. Durch die Helligkeit im Esszimmer des Rosenhofs waren nicht einmal die Lichter der anderen Häuser im Dorf zu sehen.

»Du kennst Anton nicht«, fuhr Louisa fort. »Er ist nicht so, wie du denkst, nicht nur der ehrgeizige Unternehmer, der sich etwas auf seinen Posten als Bürgermeister einbildet. Er kann auch einfach nur da sein und zuhören. Manchmal, wenn mir die Worte fehlen und ich sprachlos vor dem ganzen Desaster stehe, können wir zusammen sein, schweigen, ohne dass die Stille uns erschlägt. Weißt du, was ich meine? Er kann da sein, ohne etwas zu sagen oder zu tun. Das klingt so wenig und ist doch viel mehr als alles andere. Dass es jemanden gibt, der dir das Gefühl gibt: Ich bin da. Da für dich. Und es dann auch wirklich ist.«

Clara merkte, wie ernst es Louisa meinte. Das war die schönste Liebeserklärung an einen Mann, die Clara je gehört hatte, und es war auch das, wonach sie sich am meisten sehnte, nach einem solchen Begleiter an ihrer Seite. Während sie sich Louisas Worte vergegenwärtigte, begriff sie immer deutlicher, dass es so jemanden in ihrem Leben bereits gab: Manuel.

Sie hatten noch nicht aufgegessen, als Louisa aufstand und sich verabschiedete. »Ich komme morgen vorbei, um dir in der Küche zu helfen. Aber ich muss das mit Anton regeln. Jetzt. Sonst finde ich keine Ruhe. Ich melde mich.« Louisa umarmte Clara zum Abschied, dann eilte sie hinaus.

Clara lauschte den Schritten, die leiser wurden und schließlich verstummten. Draußen waren nur noch der Ruf einer Eule zu hören und das Geschrei zweier Kater, die sich anbrüllten und dabei klangen wie weinende Kinder.

Clara war erschöpft von der Nacht im Freien und der Zeit im Krankenhaus, während derer sie auch nicht geschlafen hatte. Ihr Fuß und der Knöchel schmerzten wieder, weil die Wirkung der

Schmerztabletten nachließ. Der Fuß fühlte sich heiß an, als würde er gegen den Gips pulsieren.

Doch so müde sie auch war, nach der Unterhaltung mit Louisa war sie innerlich zu aufgewühlt, um zu schlafen. So nahm sie ihre Krücken, hängte sich eine große Einkaufstasche um den Hals und nutzte sie wie einen Kängurubeutel, um den Tisch abzudecken und die Küche aufzuräumen, auch wenn sie mindestens viermal so lang wie gewöhnlich brauchte, bis wieder alles ordentlich war.

Anschließend ließ Clara ihren Blick durch das Erdgeschoss schweifen, betrachtete die Metallsäulen, die bereits abgeschliffen waren, aber noch eine Lackierung brauchten. Die Vorstellung, dass all die Arbeiten liegen bleiben mussten, schmerzte.

Den Anruf beim Antiquitätengeschäft hatte sie hinausgezögert, nun nahm sie ihr Handy und schrieb Annemarie eine ausführliche Nachricht, erzählte von dem Unglück, und dass sie vorerst nicht würde in die Werkstatt kommen können.

Als sie die Nachricht abschickte, war es 2:16 Uhr. Clara war inzwischen so müde, dass sie sich auf die Couch legte und einschlief, obwohl überall das Licht brannte. Noch bevor ihr Kopf das Sofakissen berührt hatte, war sie eingeschlafen.

Als sie wieder aufwachte, war es dunkel. Clara nahm ihr Handy. Es zeigte 22:12 Uhr an. Sie brauchte eine Weile, bis sie begriff, dass sie einen gesamten Tag verschlafen hatte. Zwanzig Stunden waren vergangen. Unzählige Nachrichten waren inzwischen bei ihr eingegangen, die sie nun überflog. Louisa war offenbar sogar vorbeigekommen, um nach ihr zu sehen und sich zu vergewissern, dass es ihr gut ging, was Clara unangenehm war.

Beim Aufstehen wurde es ihr schwindelig vor Hunger. Es fühlte sich an, als wäre sie vom vielen Schlafen nur noch müder geworden. Am liebsten hätte sie sich direkt wieder hingelegt, stattdessen zog sie die Krücken zu sich heran, öffnete die Terrassentür und trat ins Freie. Die Nacht war deutlich wärmer als die vorherige. Grillen zirpten, die Luft roch süß nach Blüten und reifen Beeren. Von irgendwoher rief ein Käuzchen. Wieder brüllten und fauchten die Kater wie schon in der letzten Nacht. In den meisten Häusern war das Licht bereits erloschen, kein menschlicher Laut war zu hören, und die Straßen waren wie ausgestorben. In der Ferne konnte sie Antons Hof erkennen, der sich als dunkle Kontur vor dem Vollmond abhob. Clara humpelte zur Hängematte, weil sie von diesem Standort aus den besten Blick zum Schulhaus hatte. Dort brannte Licht.

Sie hielt den Atem an, weil sie glaubte, Louisa hinter einem der Fenster der Lehrerwohnung zu sehen. Sie wusste aber, dass das nicht sein konnte, denn die Entfernung war zu groß. So zog Clara ihr Handy aus der Hosentasche. Sie trug es jetzt immer bei sich und würde es nach der Erfahrung in der Schlucht auch vorerst nicht mehr freiwillig weglegen. Sie wählte Louisas Nummer.

Die Mailbox sprang an.

»Ruf mich zurück, wenn du das hörst. Ich bin noch wach«, sagte Clara, dann legte sie auf und probierte direkt wieder, ihre Schwester zu erreichen.

Beim achten Anruf nahm Louisa ab. »Ich möchte allein sein«, meldete sich Louisa anstelle einer Begrüßung. Ihre Stimme klang tränenerstickt.

»Das musst du nicht. Wenn du willst, komme ich. Jetzt sofort.«

»Genau deswegen habe ich nicht abgenommen. Weil ich wusste, dass du das sagst. Hör zu, Clara, es ist mir ernst. Ich muss das hier mit mir ausmachen.«

Wind kam auf. Clara fror. Sie zwang sich, Louisa nicht weiter zu bedrängen. »Okay.« Clara hatte sich, als sie vom Tod der Großeltern erfahren hatte, geschworen, Louisa nie mehr allein zu lassen, nie wieder eine solche Distanz zwischen ihnen zuzulassen. Trotzdem musste sie Louisas Entscheidung akzeptieren, so schwer es ihr auch fiel. »Aber du weißt, dass du jederzeit anrufen oder vorbeikommen kannst?«

Louisa schwieg. Nur ein leises Knacken in der Leitung war zu hören. Nach einer Weile räusperte sie sich, als wollte sie etwas sagen, doch sie antwortete nicht.

»Dann legen wir auf«, sagte Clara, »wenn du das willst. Ich denke an dich. Und wie gesagt: Du kannst immer anrufen. Immer vorbeikommen. Ich bin immer da, wenn du mich brauchst.«

Es fühlte sich an, als bekäme sie einen Stromstoß, als sie den roten Button drückte und das Gespräch beendete. Clara starrte weiter zum Schulhaus und versuchte zu erkennen, in welchem der Zimmer sich Louisa aufhielt.

Ein Licht nach dem anderen wurde in der Lehrerwohnung gelöscht, doch Clara blieb noch immer an der Hängematte stehen. Sie schaffte es nicht, sich abzuwenden, und wünschte so sehr, Louisa würde sich nicht allein fühlen. Sie stellte sich vor, Anton zu packen und zu schütteln.

Als sie sich nach einer halben Stunde abwenden wollte, klingelte ihr Telefon.

»Es ist vorbei«, schluchzte Louisa. »Endgültig.«

»Hey! Lou!« Clara fehlten die Worte.

»Ja, du magst ihn nicht besonders, aber du würdest ihn akzeptieren, für mich. Das weiß ich zu schätzen. Aber Anton kann es einfach nicht lassen, gegen dich zu hetzen, immer wieder aufs Neue einen Keil zwischen uns zu treiben. Er kann doch nicht verlangen, dass ich dich aus meinem Leben streiche. Er ist so eifersüchtig. Besitzergreifend. Seit du da bist, ist er wie verwandelt. Wobei …« Sie putzte sich die Nase. »Wahrscheinlich war er schon immer so. Ich wollte es nur nicht sehen. Es war eine Ausnahmesituation, als Anton und ich uns kennengelernt haben. Ich hatte gerade meine Beurlaubung eingereicht, plötzlich war da nichts mehr außer dem Rosenhof und Oma und Opa, um die ich mich kümmern wollte. Ich war so verdammt allein! Weißt du, wie sich das anfühlt? Einsamkeit kann so wehtun. Da ist nichts als Leere, in die man völlig eingesogen wird. Wie ein schwarzes Loch, das sich selbst verschlingt. Alles habe ich aufgegeben: den Chor, das Mädelstreffen einmal im Monat in der Stadt – ich hatte gar nichts mehr. Theoretisch hätte ich ja weiter ausgehen können. Lena hat mich immer wieder eingeladen. Oma und Opa haben mich ermuntert, etwas für mich zu tun. Aber ich war von der ganzen Arbeit einfach zu platt. Und dann war da Anton. Er hat mir zugehört. Mich aus dem Kokon rausgezogen.«

»Meinst du nicht, er kriegt sich wieder ein und bereut es, dass er Schluss gemacht hat? Vielleicht braucht er einfach etwas länger, um zu begreifen, was er an dir hat.«

»Ich war es. Ich habe entschieden, dass es mit uns keinen Zweck mehr hat.«

Clara begriff gar nichts mehr. »Aber du liebst ihn doch. Wie du mir gesagt hast, wie ihr einfach nur füreinander da sein könnt, ohne zu reden, wie …«

»Ja, wir haben viel geschwiegen. Das war einer der Hauptfehler. Es erscheint romantisch, wenn man einfach nur füreinander da ist. Aber ohne Worte muss man sich irgendwann eingestehen, dass jeder sich nur eine Fantasievorstellung vom anderen gemacht hat. Dass das meiste nur reine Interpretation ist, keine Realität. Das ist mir klar geworden: Es ist nicht romantisch, sich anzuschweigen, sich verliebt in die Augen zu schauen. Manchmal ist es besser, den Mut zusammenzunehmen und sich zu streiten, bis die Fetzen fliegen. So weiß man wenigstens, woran man ist.«

Clara brauchte eine Weile, um zu begreifen, was zwischen den beiden vorgefallen war, noch immer fühlte sie sich von dem langen Schlaf wie betäubt. »Es tut mir so leid!«, sagte sie. Das stimmte. Nichts wünschte sie sich mehr, als dass Louisa glücklich war, selbst wenn das bedeutete, Anton an der Seite ihrer Schwester zu akzeptieren.

»Das braucht es nicht. Eine Enttäuschung hat auch einen Vorteil. Dann sitze ich nicht länger einem Irrtum auf. Belüge mich nicht mehr selbst. Versprich mir nur eins. Wenn du jemanden liebst, rede mit ihm. Schweigt euch nicht an.«

18.

Schon als kleines Mädchen hatte Clara gemeinsam mit Louisa auf Geheiß der Großmutter zur Mittagszeit oft Töpfe mit frisch gekochtem Essen zu Familien gebracht, die gerade ein Neugeborenes im Haus hatten. Clara hatte damals geholfen, Wäsche von denjenigen zu waschen, zu trocknen und zu falten, die krank waren. Nun legte sich die Hilfsbereitschaft wie ein schützender Kokon um sie und nahm ihr die alltäglichen Sorgen. Sie musste nichts leisten, sich um nichts kümmern, sondern konnte sich zurücklehnen und sich die Zeit nehmen, die sie brauchte, bis ihr Bein wieder belastbar war. Ihre Freunde kauften für sie ein, brachten ihr Essen, wuschen für sie die Wäsche.

Sogar Louisa hatte verlauten lassen, dass es im Grunde nicht wichtig war, ob sie den Verkauf des Rosenhofs nun nach sechs oder acht Monaten angingen. »Nur keinen Stress«, hatte Louisa gesagt.

Auch Annemarie hatte Verständnis gezeigt und den Arbeitsbeginn einen Monat nach hinten verschoben. Dann wäre der Fuß wahrscheinlich noch nicht vollständig verheilt, aber der Arzt hatte versprochen, dass sie in drei oder vier Wochen wieder stundenweise stehen und gehen könnte, wenn sie sich zwischendurch Pausen gönnte, um den Fuß hochzulagern. Dann würde sie eine Kunststoffschiene bekommen, die sie auch abnehmen konnte. Wie sie sich jetzt schon darauf freute, sich dann zuerst ein ausgiebiges Bad zu gönnen!

Die ersten Tage mit dem Gips genoss Clara es, so viel zu lesen, wie sie wollte, einen Serienmarathon einzulegen oder einfach nur im Garten in der Hängematte zu liegen und sich die Sonne ins Gesicht scheinen zu lassen. Doch schon nach weniger als einer Woche, in der sie umsorgt wurde, begann sie, nervös zu werden. Es störte sie, wie alle anderen um sie herum arbeiteten und beschäftigt waren, während sie tatenlos in diesem großen Gemäuer hockte und nur die Möglichkeit hatte, sich langsam auf Gehstützen zwischen ihrem Zimmer, dem Wohnzimmer und dem Garten zu bewegen. Ihr fehlte es, mit anpacken zu können. Gern hätte sie eine Feier ausgerichtet, Essen für alle Helfer gekocht und all ihre Freunde eingeladen. Doch so lange würde sie es nie schaffen, in der Küche zu stehen, weil schon eine Viertelstunde in aufrechter Position ihren Fuß so stark anschwellen ließ, dass es im Gips hämmerte und juckte. So musste das Fest, mit dem sie sich bei allen bedanken wollte, noch etwas warten.

Doch länger als fünf Tage tatenlos herumsitzen, das konnte sie nicht. Inzwischen schweiften sogar beim Lesen die Gedanken ab, und sie trommelte dabei ungeduldig mit den Fingern auf ihre Oberschenkel. Ihre Beine wippten wild, wenn sie sich am Handy von Webseite zu Webseite klickte.

Endlich fiel ihr eine Beschäftigungsmöglichkeit ein: Sie könnte das Schlafzimmer der Großeltern in Augenschein nehmen und dort aussortieren. In diesem Zimmer befanden sich keine schweren Gegenstände, nichts, was sie nicht in ihren Transportbeutel stecken konnte, den sie sich jeden Morgen um den Hals hängte. Zugleich verbarg sich im Schlafzimmer der Großeltern das größte Chaos im gesamten Haus. Auf den ersten Blick wirkte es dort aufgeräumt und übersichtlich mit dem großen Doppelbett in der Mitte, den beiden Nachttischchen daneben und dem Einbauschrank gegenüber. Alle Blumen und herumstehenden Gegenstände hatte Clara bereits weggeräumt, als sie das feuchte Parkett erneuert hatten. Doch die Schrankwand mit den acht Türen verbarg einen so riesigen Stauraum, dass sie mehrere Tage, wenn nicht eine Woche beschäftigt wäre, den Inhalt zu sichten und zu sortieren.

Sie schrieb Lena eine Nachricht mit dem Handy.

Du hast doch noch Umzugskartons im Keller. Kannst du sie mir bei nächster Gelegenheit vorbeibringen zum Ausmisten? Das wäre super lieb!

Bereits wenige Sekunden später traf mit einem Pling-Ton die Antwort ein:

Bin heute bis 19 Uhr in der Werkstatt, kümmere mich dann darum.

Doch so lang wollte Clara nicht warten. So stieg sie bereits am späten Vormittag die Treppe in den zweiten Stock hoch und betrat den Raum, dessen Zimmertür sie so weit wie möglich geschlossen gehalten hatte, um nicht von Erinnerungen überwältigt zu werden.

Noch hatte die Sonne die Hinterseite des Hauses nicht erreicht. So war es im Schlafzimmer, das einen Blick über den Garten bot, angenehm kühl. Obwohl die Fenster dauerhaft gekippt waren, die Betten abgezogen und der Boden erneuert, roch es hier so intensiv nach den Großeltern, dass Clara nicht anders konnte, als erst das Kopfkissen der Großmutter, dann das des Großvaters an sich zu drücken und zu umarmen. Es war ein Duft, von dem sie wusste, dass sie ihn nie vergessen würde. Bei beiden hatte er etwas Erdiges, gemischt mit dem Geruch von Rose, weil Oma und auch Opa immer die selbst gekochten Rosenseifen verwendet hatten, auch zum Haarewaschen. Am Kissen des Großvaters war zusätzlich der Duft seines Aftershaves zu erahnen, ein milder Geruch nach Zitrone.

Clara legte die Kissen wieder beiseite, dann widmete sie sich den Nachtkästchen, was eine leichte Aufgabe war. Hier befanden sich nur verschiedene Tablettenblister, Taschentücher, ein Fieberthermometer, Cremes und bei ihrer Oma ein Notizblock mit Bleistift.

In dem Block war nichts notiert, stattdessen schon über die Hälfte der Seiten herausgerissen. Auf den ersten Blick gab es dort nichts Interessantes zu sehen, doch die zuletzt beschriebene Seite hatte sich durchgedrückt. Schnell erkannte Clara, dass ihre Oma mit ihrer geschwungenen, verschnörkelten Handschrift eine Einkaufsliste geschrieben hatte. Durch die Alltäglichkeit dieser Liste, bei der Betrachtung der ihr so bekannten Schrift spürte Clara die Nähe ihrer Großmutter so intensiv, dass sie kurz den Atem anhielt. Langsam legte sie den Block beiseite und konzentrierte sich auf das, was sie sich vorgenommen hatte: Sie füllte den Inhalt der Nachtschränke in eine Plastiktüte. Davon könnte sie nichts mehr gebrauchen.

Dann wandte sie sich dem Kleiderschrank zu. Die drei rechten Schranktüren gehörten dem Großvater, die fünf linken der Großmutter. Clara beschloss, sich von links nach rechts vorzuarbeiten, und öffnete die erste Tür.

Doch anstatt wie erwartet auf Kleidung zu stoßen, entdeckte sie Auflagen für Gartenstühle, Fahrradseitentaschen, ein Zelt, Schlafsäcke und verschiedenes Zubehör für einen Campingausflug: einen Gaskocher, Metallheringe, Isomatten, Kompass, Taschenmesser, Trinkflaschen. All diese Gegenstände könnte sie auf dem Herbstflohmarkt verkaufen. Soweit sie sich erinnern konnte, waren sie mit diesem Zelt nur ein einziges Mal draußen unterwegs gewesen und hatten die Abenteuernacht bereits nach wenigen Stunden abgebrochen, weil sie von Ameisen überrannt worden waren, die trotz aller geschlossenen Zugänge auf den unterschiedlichsten Wegen ins Innere gelangt waren. Dann waren auch noch Wildschweine aufgetaucht, um über ihren Proviant herzufallen, den sie draußen im Rucksack gelagert hatten. Nach der Flucht vor kleinen und großen Tieren hatte niemand von ihnen das Bedürfnis verspürt, eine solche Aktion noch einmal zu wiederholen.

Clara musste sich recken, um an die oberen Schuhkartons zu gelangen. Die Kisten waren schwerer als gedacht. Drei Kartons waren es, die sie nebeneinander auf das Bett legte und öffnete. Anstelle der erwarteten Wanderschuhe enthielten zwei der Boxen vergilbte Briefe, einer war mit Fotos gefüllt.

Die Briefe waren mit blauem Geschenkband zusammengebunden. Vorsichtig packte Clara einen Briefstapel an der Schleife, zog ihn heraus und öffnete das Geschenkband. Ein Zettel mit der Aufschrift *Briefe Anna München* glitt auf das neu verlegte Parkett. Clara hob ihn auf, legte ihn in die Schatulle zurück und zog das erste Schriftstück aus dem Umschlag. Schon an der Handschrift erkannte sie, dass es sich um einen Brief ihrer Großmutter an den Großvater handelte.

München, 16. Juli 1959

Lieber Arthur!
Hast du die Nachricht erhalten, die ich dir über den Pfarrer habe ausrichten lassen? Dass du dir keine Sorgen machen musst und alles in Ordnung ist? Dass ich meinen Jahresurlaub habe verlängern können und uns noch genügend Zeit bleibt, die wir gemeinsam auf dem Rosenhof bei deinen Eltern verbringen können?
Der Aufenthalt bei meinen Eltern in München war nur als Wochenendausflug gedacht, nun ist es schon Donnerstag. Es liegt nicht nur an der ungeheuren Hitze, dass ich mich noch nicht auf den Rückweg gemacht habe, auch wenn ich meinen Eltern gegenüber dies als Grund vorschütze.

Keine Krankheiten und kein Unglück halten mich hier fest. Und doch fällt es mir schwer, Abschied zu nehmen von alldem, was mir in den letzten 22 Jahren in der Stadt lieb und teuer geworden ist. Das Eintauchen in den Trubel im Englischen Garten, die Geschäfte, die Theater und Konzerte, all das bedeutet mir so viel, und ich weiß nicht, ob unsere Liebe ausreicht, um die Unterschiede zwischen uns zu überbrücken. Sicher, wir sind noch nicht verheiratet, mein Umzug steht noch nicht an. Vielleicht bin ich auch zu sentimental. Es ist nur ein Urlaub, nur ein Urlaub, sage ich mir, was aber nur teilweise stimmt. Unser beider Leben hat sich grundlegend verändert, weil du deine Lehre abgeschlossen hast, dein Zimmer aufgelöst, weil deine Rückkehr zum Rosenhof endgültig ist. Damit sind Tatsachen geschaffen, in die ich mich nur fügen kann, wenn es für uns eine gemeinsame Zukunft geben soll.

Du könntest nie in der Stadt leben, hast du immer wieder gesagt. Der Trubel, der Lärm, die vielen Menschen und das Durcheinander würden dir nachts wie ein Bienenschwarm im Kopf herumsummen und dich am Einschlafen hindern. Ich selbst habe gespürt, wie sehr dich das Stadtleben belastet, wie bedrängend dir die Enge in deinem Zimmer erscheint. Wobei es nicht nur an den Räumlichkeiten des Mietzimmers liegt. Selbst die zwei Wochen, die wir über Weihnachten im großen Haus meiner Eltern verbrachten, waren für dich eine Überwindung. Du warst ein anderer, hektisch, nervös, unsicher, gereizt. Es ist das Großstadtleben an sich, das dich belastet. Deine Heimat ist und bleibt das Dorf, von Maaren, Weiden und Feldern umgeben, der Hof, den du einmal erben wirst. Dort ruhst du in dir, dort gehörst du hin.

Ich habe dir versprochen, dass ich nach der Heirat im späten Herbst oder frühen Winter dann zu dir ziehen möchte, dass

es reicht, wenn wir mehrmals im Jahr meine Eltern besuchen, es uns ansonsten auf dem Rosenhof einrichten.
Ich weiß nicht, wie ich es dir sagen kann, ohne dich zu verletzen, deswegen habe ich bisher auch nicht über meine Zweifel gesprochen, weil ich gehofft habe, dass ich sie mit mir allein ausmachen kann, dass ich eine Lösung finde. Doch anstatt dass die Bedenken abnehmen, sind sie ein dauerhaftes Nagen geworden, ein Hintergrundrauschen in meinem Innern, das nicht mehr verstummen will.
Aber ich will nicht weiter abschweifen: Ich weiß nicht, ob ich bei dir auf dem Dorf leben kann. Es tut mir leid, es so direkt schreiben zu müssen, doch wenn ich es nicht wage, wird sich die Kluft zwischen uns nur vergrößern, weil du nichts von meinen Zweifeln und Sorgen ahnen kannst.
Sicher haben mich alle Bewohner freundlich aufgenommen, mir immer wieder ihre Hilfe angeboten, doch sie haben mich auch gleichzeitig spüren lassen, dass ich nicht dazugehöre. Ich bin die Fremde. Die aus der Stadt. Die Großstadtpflanze. Ich habe gehört, was sie über mich hinter vorgehaltener Hand sagen: Ich würde mich anziehen wie ein Papagei, meine Röcke seien zu kurz. Wer wisse schon, was ich in der Vergangenheit getrieben hätte.
Du hast dich bemüht, das Geschwätz von mir fernzuhalten und das Gerede zu unterbinden, aber das ist mehr schlecht als recht gelungen.
Was mich vor allem zweifeln lässt, ist der Blick auf die Hartmanns. Seit über zwanzig Jahren leben sie schon im Ort, trotzdem sind sie noch die »Zugezogenen«. Sie haben bei euch einen eigenen Hof gebaut, Kinder bekommen, die Kinder sind in die Dorfschule gegangen und haben nun ihre Ausbildungen begonnen. Wie können diese Menschen nach all den Jahren und der Gemeinsamkeit im Dorf noch fremd erscheinen?

Das Dorf ist so klein, dass es nicht einmal Straßennamen gibt, sondern nur Hausnummern, geordnet nach dem Erbauungsdatum. Es ist eine Welt für sich. Der Hof der Hartmanns mit der Nummer 67 ist das jüngste Gebäude, seitdem wurde kein weiteres Haus mehr errichtet.
Diese Nummerierung ist nicht böse gemeint und auch nicht mit dem Hintergedanken geschaffen worden, die Alteingesessenen von den Hinzugezogenen zu unterscheiden, trotzdem kommt es mir immer vor, als sei es eine völlig andere Welt, deren Regeln ich nicht kenne und die mir dauerhaft fernbleiben werden.
Du sagst, du liebst mich genau deswegen, weil ich mich nicht überwiegend grau oder braun kleide, weil ich auch etwas wage, weil ich über meinen eigenen Horizont blicke.
Aber wie passt das mit Menschen zusammen, die noch immer von einer Fehde zwischen Ober- und Unterdorf reden, die seit Hunderten von Jahren vergangen ist, von zwei Dorfteilen, die durch die Eltz getrennt sind? Wie verrückt ist das denn, dass man den Bach als Grenzlinie annimmt, bei einem so kleinen Ort, der nicht einmal Straßennamen besitzt? Wie kann sich der eine Ortsteil gegen den anderen auflehnen im Kampf darum, wer den Bürgermeister stellt, sodass er abwechselnd bestimmt werden muss?
Ich habe Angst, dass genau das, was du an mir schätzt, zu Schwierigkeiten führen wird. Jetzt gefällt dir mein Kleidungsstil, dass ich mich nicht verstecke, dass ich meine Meinung offen kundtue und für meine Überzeugungen einstehe. Aber wenn wir uns streiten – und das lässt sich gar nicht verhindern –, wie wirst du mich dann betrachten?
Werde ich irgendwann auch für dich diejenige sein, die sich bunt wie ein Papagei anzieht und sich lächerlich macht? Werde ich in deinen Augen die Vorlaute werden, die Unverschämte?

Ich möchte dich nicht verlieren, Arthur, weil ich dich liebe wie niemand anderen auf der Welt. Aber ich weiß auch, dass ich nicht dauerhaft als Fremde und Außenseiterin leben kann. München ist dir zu laut, zu voll, zu hektisch und zu unübersichtlich. Aber was hältst du von der Idee, dass wir in einer Kleinstadt gemeinsam noch einmal neu anfangen, irgendwo, wo sich unsere beiden Welten miteinander verbinden lassen?
In Liebe
Anna

Clara las den Brief ein zweites Mal. Sie wusste, dass ihre Großmutter der Liebe wegen ins Dorf und auf den Rosenhof gezogen war, doch von den anfänglichen Zweifeln hatte sie nie etwas geahnt. Sie kannte ihre Oma nur als bodenständige Frau, die wie ein alter Baum tiefe Wurzeln geschlagen hatte. Der Rosenhof und der Rosengarten mit dem Verkauf der Süßigkeiten und Seifen, das war Annas Lebenswerk. Nichts bedeutete ihr mehr.

Und trotzdem kannte Clara genau diese Gedanken nur zu gut, wenn auch nicht von ihrer Großmutter, sondern von sich selbst. Die Empfindungen hinter den Worten waren so deutlich und kamen dem Gefühl von Enge in vielen ihrer eigenen früheren Tagebucheinträge so nah.

19.

27. Juli 1959

Liebe Anna!
Auch wenn mich dein Brief im ersten Moment sehr getroffen hat, bin ich froh, dass du mir Gelegenheit gibst, etwas zu entgegnen und deine Argumente zu entkräften.
Wenn du wüsstest, wie ich dich vermisse! Fast drei Wochen lang sind wir nun schon getrennt, mir erscheint es wie eine Ewigkeit.
Wenn wir einmal aneinandergeraten und uns streiten sollten, kann ich dir versprechen, dass das, was die anderen reden, für mich keine Rolle spielt. Ich werde dich niemals als Papagei bezeichnen, dir nie deine Eigensinnigkeit vorwerfen, weil es genau das ist, was ich an dir liebe: dass nicht nur deine Kleidung farbenfroh ist, sondern dass du vor Ideen sprühst, dass es mit dir nie langweilig wird.
Meine Sorgen liegen eher dort begründet, dass München eine Stadt ist, die so viel zu bieten hat im Vergleich zum Leben im Dorf.
Ich möchte nicht, dass du in meinem Heimatdorf verkümmerst. Nichts wünsche ich mir mehr, als dass du dich entfalten kannst, dass du deinen eigenen Weg findest und das, was dich glücklich macht. Hier gibt es nur den Blick über die weiten Felder, das Maar, das man vom Dach aus sieht, es gibt Berge und Schluchten, Bäche und Wiesen, viele Tiere und wenige Menschen.

Dass die Traditionen auf den ersten Blick verstörend auf dich wirken, begreife ich, die Trennung des Dorfes in Unter- und Oberdorf, die Diskussionen um den Bürgermeister, die Nummerierung der Häuser, all das wird kein Außenstehender verstehen. Doch die Bräuche lösen sich auf. Nicht nur ich, auch die meisten meiner Freunde sehen diese Eigenheiten mit einem Schulterzucken oder mit einem Lächeln, während sich unsere Eltern und Großeltern deswegen noch bekämpft haben.
Du bist nicht die Einzige, die Neues wagen möchte, die Dinge ändern will, die lieber versteht, als glaubt, die lieber wagt, als verharrt, und mit den Traditionen bricht, anstatt sich zu fügen. Sicher mischen sich im Dorf die Menschen in das Leben ihrer Nachbarn und Bekannten ein, das kann ich nicht leugnen. Es ist schwer, Konflikte im Privaten zu belassen, zu klein und überschaubar ist die Gemeinschaft. Jeder hat zu allem eine Meinung, mit der auch niemand hinter dem Berg hält. Aber gleichzeitig bleibt keiner allein, und wer Hilfe braucht, bekommt sie ungefragt, ohne gleich etwas zurückgeben zu müssen.
Inwieweit wir beide, du und ich, Einmischung zulassen, das obliegt uns. Doch in einem Punkt kannst du dir gewiss sein: Das, was uns beide und unser Privatleben betrifft, wird von mir niemals nach außen getragen werden. Dies verspreche ich unabhängig davon, ob wir nun gemeinsam auf dem Hof, in einer Kleinstadt oder in München leben werden.
Du bist mir das Wichtigste auf der Welt, und wenn es sein muss, verzichte ich für dich auch auf den Hof. Für dich kann ich mir auch in der Stadt mit dir zusammen etwas Neues aufbauen. Ich gebe dir die Hand darauf: Wenn es dir hier wirklich nicht gefällt, ziehen wir in eine Kleinstadt und beginnen beide noch einmal ganz neu, aber gemeinsam.
Sei gegrüßt und geküsst
Dein Arthur

Clara hielt inne. Das Geräusch von knirschenden Reifen ließ sie aufmerken. Sie legte die beiden Briefe wieder in die Schachtel zurück, nahm die Krücken und humpelte zum Fenster, um nach draußen zu blicken. Die Sonne stand inzwischen hoch am Himmel und überstrahlte das gesamte Tal, sodass Clara wegen der Helligkeit blinzelte.

Manuel stieg aus seinem Auto und stieß sich beim Aussteigen den Kopf, so sehr war er mit dem Herausziehen all der Tüten beschäftigt, die er nach und nach neben dem Wagen abstellte. Im Vergleich zu Manuels Körpergröße wirkte sein Polo wie geschrumpft.

Er balancierte mit einer Hand Tüten vor dem Bauch, während gleichzeitig zwei Plastikbeutel an seinen Fingern hingen, die restlichen drei Tüten trug er mit der anderen Hand. Anstatt zu läuten, klopfte er mit dem Fuß an die Tür.

»Komme«, rief Clara. »Es ist offen. Du kannst rein.« Sie glättete ihr T-Shirt und ihre Jeans, dann nahm sie ihre Gehstützen, auch wenn sie vorerst nutzlos waren, weil sie auf dem Hinterteil vorsichtig Stufe für Stufe hinunterglitt, um den Gipsfuß nicht zu belasten. Unten angekommen, war sie erschöpft, als hätte sie einen Marathon hinter sich gebracht. Manuel stand bereits in der Küche und räumte den Inhalt der Einkaufstüten in die Schränke und in den Kühlschrank.

»Ich bin heute extra früh zum Supermarkt gefahren. Schau, was ich dir mitgebracht habe«, sagte Manuel. »Bei der Bäckerei habe ich allerdings nicht angehalten, für ein Frühstück ist es ohnehin zu spät.«

»Danke!« Clara ging in die Küche und umarmte ihn zur Begrüßung.

Manuel wischte sich mit dem Ärmel über die Stirn. Den ganzen Vormittag über hatte die Sonne durchs Küchenfenster geschienen, so war es in diesem Raum deutlich wärmer als im

Schlafzimmer der Großeltern. Es würde einer der heißesten Tage des Jahres werden. »Mit all den Vorräten kann ich eine Woche lang eine Großfamilie versorgen«, scherzte Clara. *Oder einen Teil davon Louisa anbieten,* überlegte sie.

»Du wirkst melancholisch«, sagte Manuel. »Soll ich lieber später noch einmal kommen?«

»Es ist nur wegen Louisa.« Clara wusste nicht, wie viel sie erzählen durfte, ohne Louisa zu verärgern. Doch wie sie die Dorfbewohner kannte, hatte sich die Trennung sowieso bereits herumgesprochen. Geheimnisse ließen sich an diesem Ort nur schwer bewahren. »Louisa und Anton haben sich getrennt.«

»Ich weiß. Auf dem Weg in die Stadt habe ich Anton vor dem Pferdehof gesehen. Er hat Louisas Sachen in Obstkisten gepackt und an den Straßenrand gestellt. Ich habe sofort angehalten, ihn gefragt, was er mit so einer Aktion erreichen will. Aber du kennst ihn ja, er würde niemals eingestehen, dass er einen Fehler macht oder überreagiert. Ich habe Lena angerufen, damit sie mir hilft, dann haben wir gemeinsam die Kisten verladen und zu Louisa gebracht. Was meinst du, wie sie reagiert hätte, wenn sie zufällig gesehen hätte, wie Anton ihre Kleidung wie Müll an den Straßenrand stellt? Das muss nun wirklich nicht sein! Ursprünglich war für heute ja auch noch Regen angesagt.«

»Er hat was?« Clara glaubte, sich verhört zu haben, aber sie konnte sich gut vorstellen, dass Anton so reagierte, wenn er einmal einen Entschluss gefasst hatte. »Ich muss mit Louisa sprechen.« Sie zog ihr Handy aus der Hosentasche.

»Jetzt besser nicht«, sagte Manuel und legte seine Hand auf Claras.

»Ich bin ihre Schwester. Ihr wart bei ihr, um ihr die Kisten zu bringen, und ich soll …«

»Clara.« Manuel strich ihr über die Schulter – so sanft, dass sie sich wünschte, er würde auch die andere Schulter berühren. Wärme durchströmte ihren Körper, gemischt mit einem Prickeln. Sie drehte sich weg, damit er nicht sah, wie sie errötete.

»Sie braucht Zeit für sich«, sagte Manuel. »Es nimmt sie alles sehr mit. Sie hat auch uns direkt wieder weggeschickt, weil sie mit niemandem reden möchte. Das sollten wir akzeptieren. Jeder geht auf seine Weise mit Krisen um. Sie wird kommen, wenn sie nicht mehr allein sein will.«

Clara half Manuel beim Verstauen der Vorräte. Der Gedanke, in einer solchen Situation nicht bei Louisa zu sein, war unerträglich, sie hatte nach dem Tod der Großeltern schon viel zu viel mit sich selbst ausmachen müssen.

»Bring mich zu ihr«, sagte Clara.

»Du kannst ihr nicht wirklich helfen. Und dass du im Zweifelsfall für sie da bist, das weiß sie sowieso. Wenn sie reden will, wird sie zu dir kommen oder zu einem von uns. Es wäre falsch, sie jetzt zu bedrängen … Glaub mir, Lena und ich waren bei ihr. Sie möchte allein sein. Das hat sie definitiv gesagt.«

»Ich bedränge sie doch nicht!«

»Trotzdem braucht sie Zeit für sich.«

Clara nickte. Auch wenn es ihr schwerfiel und sie sich nach nichts mehr sehnte, als Louisa zu besuchen, sie in den Arm zu nehmen und zu trösten, wusste sie, dass das wenig hilfreich war. »Ich wünschte so sehr, Louisa würde wieder hier einziehen.«

Manuel half ihr beim Einräumen, ohne etwas zu antworten.

»Ich vermisse sie so sehr! Die Louisa von früher«, sagte Clara leise. »Nichts wünsche ich mir mehr, als dass es wieder so unbeschwert wird wie vor meinem Aufbruch.« Sie zwang sich, an etwas anderes zu denken, als der Vergangenheit nachzuhängen, um nicht in Tränen auszubrechen.

»Lass mich hier den Rest einräumen und setz dich an den Tisch, ich brühe uns gleich einen Kaffee. Wenn du willst, koche ich uns auch etwas zu Mittag. Es ist für deinen Fuß nicht gut, wenn du hier herumtanzt.« Sanft griff er unter ihre Arme, führte sie zum Stuhl an den kleinen Tisch in der Küche und rückte einen zweiten Stuhl so, dass sie ihr Gipsbein hochlagern konnte.

Clara zwang sich, das Thema zu wechseln. »Ich habe Briefe von meinen Großeltern gefunden. Oma hat damit gehadert, hierherzuziehen. Wusstest du das? In vielen ihrer Gedanken erkenne ich mich wieder. Wenn du dir vorstellst, für immer hierzubleiben, eine Landarztpraxis aufzumachen … fehlt dir dann nichts?«

»Ich vermisse hier nichts, im Gegenteil. Seit Jahren ist die Hausarztpraxis geschlossen. Es ist nicht gut, wenn die Menschen aus den umliegenden Dörfern einen so weiten Weg zum Arzt haben. Wenn wir Jungen hier nicht das Ruder übernehmen, das Bestehende bewahren und Neues aufbauen, wer tut es dann?«

»Würdest du mal mit – mit mir …« Clara stockte und lachte. Sie kam sich vor, als hätte sie es verlernt, zu flirten. »… mit mir gemeinsam etwas unternehmen?«

»Wir kochen doch gerade Kaffee und essen gleich zusammen.«

»Das meine ich nicht. Ins Kino gehen zum Beispiel«, überlegte Clara. »Oder in ein Restaurant. Ein Konzert besuchen. So etwas.«

»Ein Date?«

Claras Ohren kribbelten vor Hitze, und ihre Wangen pulsierten, was sich verstärkte, als er ihren Blick erwiderte. »Ja.«

Er füllte Wasser in der Kaffeemaschine auf und schaltete sie an. Ein gurgelndes Zischen ertönte.

»Also: Würdest du?«, fragte Clara, und ihr fiel auf, dass sie die Hände auf ihrem Schoß wie zum Gebet gefaltet hatte. Ihr Herz raste, ihre Handflächen waren verschwitzt.

»Ja.« Manuel lachte.

Sie wollte aufstehen und ihn umarmen, aber die Krücken waren außerhalb ihrer Reichweite.

20.

In zwei Tagen hatte sie sich mit Manuel verabredet. Nicht zum Restaurieren des Rosenhofs und auch nicht, damit er ihr wegen des eingegipsten Fußes beim Haushalt half – es war ein Treffen, bei dem es nur um sie beide ging. Clara war so begeistert von seiner schnellen Zusage gewesen, dass sie gar nicht daran gedacht hatte, mit ihm zusammen zu überlegen, was sie tun konnten. Doch sie war sich sicher, dass Manuel sich eine perfekte Überraschung ausdenken würde.

Glücklich und mit einer ungewohnten inneren Ruhe hatte sie sich von ihm verabschiedet, aber schon wenige Minuten danach packte sie die Ungeduld. Ziellos lief sie von einem Zimmer ins andere, kämpfte sich die Treppen hoch und wieder runter, wollte weiter in den Briefen der Großeltern lesen und konnte sich doch nicht konzentrieren. Sie ärgerte sich, dass sie sich mit Manuel nicht gleich für diesen Abend oder für den nächsten Tag verabredet hatte, sondern nun noch so lange warten musste. Abgesehen von seinen Arzt- und Reha-Terminen war er in seiner Zeitplanung völlig unabhängig, und auch für sie gab es durch die Verletzung nichts zu tun.

Kurz überlegte sie, ihn noch einmal anzurufen oder ihm eine Nachricht zu schreiben, um das Treffen vorzuverlegen, doch sie wollte ihn nicht bedrängen. Gleichzeitig kamen ihr die Worte ihrer Großmutter in den Sinn: Wenn dich etwas aufregt, du mit einer Situation haderst, sage dir, es ist genau richtig so, wie es ist.

Früher hatte Clara sich über diese Einstellung ihrer Oma aufgeregt, sie erschien ihr zu fatalistisch, zu passiv, doch auf ihrer

Reise hatte sie begriffen, was damit gemeint war: sich innerlich nicht dagegen zu sträuben, was war, sondern die Gegebenheiten als Impuls zu betrachten, der genau zur richtigen Zeit kam.

Clara war jemand, der am liebsten »mit dem Kopf durch die Wand« gehen wollte, wie sie oft zu hören bekommen hatte. Doch nun würde sie den restlichen Nachmittag und Abend nutzen, um Manuel eine Überraschung zu bereiten.

Auch er konnte sich bestimmt noch an die Rosensüßigkeiten erinnern, die früher in der Scheune verkauft worden waren – jeder im Dorf konnte das. Was, wenn sie ihm eine Tüte solcher Bonbons schenkte, hergestellt von ihr selbst? Wenn sie aus dem Fehler beim letzten Kochversuch lernte und sich diesmal Mühe gab, die Rosen richtig zu destillieren, anstatt sie auszukochen?

Sie eilte so schnell in den Garten, wie es ihre Krücken zuließen. Die Körbe, die sie früher immer zur Ernte der Rosenblüten verwendet hatten, befanden sich noch an der ursprünglichen Stelle im Unterstand neben der Terrasse zwischen ungenutzten Gartenmöbeln. Clara nahm einen der Körbe und balancierte ihn mit der rechten Hand, mit der sie gleichzeitig die Krücke umfasste. Auf dem weichen Gras fanden ihre Gehstützen besseren Halt als im Haus, so gelang es ihr problemlos, den verwilderten Rosengarten zu erreichen. Ihr Fuß hämmerte unter dem Gips von der Anstrengung und fühlte sich heiß an, von oben brannte die Sonne. Es war windstill, was die Hitze verstärkte.

Clara näherte sich den Rosenbüschen. Ihre Großmutter hatte immer betont, wie wichtig der richtige Zeitpunkt war, dass die beste Erntezeit der frühe Morgen sei, wenn der Tau auf den Blüten gerade verdunstet war, doch diese Erinnerung ignorierte Clara. Sie war zu ungeduldig, um den gesamten Resttag untätig zu verbringen und bis zum folgenden Morgen zu warten. Sie wollte starten. Jetzt. Abgesehen davon: Rosenblüten waren und blieben Rosenblüten, unabhängig vom Zeitpunkt. An der chemischen

Zusammensetzung würde sich wohl kaum etwas ändern, wenn man sie zu unterschiedlichen Zeiten erntete.

Als sie mit ihren aus dem Gips herausragenden nackten Zehen in einer über dem Boden wuchernden Dornenranke hängen blieb, zog sie mit einem Aufschrei das Bein zurück, wobei Brennnesseln ihre Haut streiften. Nun stach und brannte es zugleich. Es war, als würden sich die Rosen gegen die Ernte wehren. Clara fluchte laut auf und bückte sich, um die zwei Dornen zu entfernen, die sich in ihr Fleisch gebohrt hatten. Von der Berührung der Brennnessel bildete die Haut rote Quaddeln.

Wieder ins Haus zu gehen, um einen Schutz für den Gips zu suchen, dauerte ihr zu lang. So zog sie die Packung Taschentücher aus ihrer Hosentasche, entfernte die Tücher und nutzte die Plastikverpackung, um sie zum Schutz über ihre Zehen zu drapieren.

Dann wandte sie sich wieder den Rosenblüten zu. Sie waren deutlich kleiner als in den Jahren zuvor, in denen sich ihre Großmutter noch um die Rosenstöcke gekümmert hatte. Fast sahen sie von der Hitze der vergangenen Tage verschrumpelt aus. Doch als Clara an der ersten Blüte roch, war sie angenehm überrascht von dem aromatischen Duft, den besonders die roten und rosafarbenen Blüten verströmten. Die gelben und weißen Rosen erinnerten sie vom Duft her eher an Veilchen.

Sie suchte die reifsten roten Blüten mit dem intensivsten Geruch heraus. Je reifer, desto süßer – an dieses Prinzip konnte sich Clara noch genau erinnern. Sie plante das Rezept auf zehn Tassen Wasser, wofür ihre Oma zwanzig Blüten eingeplant hätte. Doch aufgrund der geringeren Größe der Blüten in diesem Jahr beschloss Clara, dreißig Blüten herauszusuchen.

Ihre Auswahl war eingeschränkt, weil sie sich mit den Krücken nicht zu weit in die Beete hineinbegeben konnte. Trotzdem dauerte es nur ein paar Minuten, bis ihr Korb gefüllt war.

Dann humpelte sie in die Küche, reinigte die Rosenblüten mit einem Pinsel und lagerte sie in einer Schüssel. Sie vergegenwärtigte sich alle Arbeitsschritte, an die sie sich erinnerte. Zuerst musste sie Wasser destillieren, daran bestand kein Zweifel. Das geschah in dem gleichen Aufbau, in dem sie später das Rosenwasser herstellen würde. Der große Emailletopf war schnell gefunden, doch dann konnte Clara den Metallständer nicht entdecken, der eigentlich Bestandteil des Schnellkochtopfes war, den ihre Großmutter aber immer als Abstandhalter genutzt hatte. Auch der Schnellkochtopf befand sich nicht an der üblichen Stelle im Schrank gegenüber dem Herd und auch nicht bei den anderen Töpfen.

Clara öffnete alle Schranktüren in der Küche und schloss sie wieder, ohne zu finden, was sie suchte.

So entsann sie sich einer Hilfskonstruktion, von der sie wusste, dass ihre Oma sie auch manchmal verwendet hatte: Sie platzierte eine Müslischüssel mit der Öffnung nach unten im Topf, diese diente als Abstandhalter. Auf die erste Schüssel stellte sie eine zweite – Boden an Boden – als Auffanggefäß.

Neben dem Herd legte sie eine Schale mit Eiswürfeln bereit.

Dann konnte es losgehen. Sie füllte den Topf unter dem Hahn, bis das Wasser die untere Müslischale verschwinden ließ, legte den Deckel umgekehrt auf den Topf und schaltete die Herdplatte an.

Schon bald bildete sich Dampf, sodass Clara die Hitze herunterdrehen konnte. Am Deckel im Innern des Topfes entstand auf diese Weise Kondenswasser, das in die obere Müslischale tropfte. Um den Prozess zu beschleunigen, legte Clara Eiswürfel außen auf den Deckel und musste sich beeilen, um das Wasser vom geschmolzenen Eis zügig mit einem Löffel abzuschöpfen und Eis nachzulegen.

Es dauerte nicht einmal eine Viertelstunde, bis Clara genügend Wasser destilliert hatte.

Sie spülte den Topf kurz aus, trocknete ihn ab, dann baute sie im Innern wieder die zwei Müslischalen auf und füllte den Topf mit dem gerade destillierten Wasser.

Noch einmal betrachtete sie die Rosenblüten genau. Es waren nun doch zu viele, der Topf war zu klein, um sie alle aufzunehmen, daher legte sie einige davon in den Kühlschrank. Die restlichen Blüten füllte sie in den Topf, sodass sie vollständig mit dem destillierten Wasser bedeckt waren.

Diesmal musste sie schneller arbeiten und die Hitze noch besser kontrollieren als bei der Destillation. Nun durfte das Wasser auf keinen Fall kochen, das wusste sie noch genau, vorher musste sie den Topf von der Kochplatte ziehen. Denn wenn die Rosenblüten verbrannten, war alles umsonst.

Sie begann diesmal mit geringer Hitze, ließ sich Zeit, bis der erste Dampf sichtbar wurde. Zügig legte sie Eiswürfel außen auf den Topfdeckel. Nun war die gesamte Küche von einem intensiven Rosengeruch erfüllt. Was für ein extremer Unterschied zu ihrem vorherigen Versuch, Bonbons herzustellen!

Sie benötigte eine Stunde, bis das Wasser komplett verdunstet, innen am Deckel kondensiert und in die Müslischüssel getropft war.

Dick umwickelte sie ihre Hände mit Handtüchern, um die heiße Müslischale voller Rosenwasser aus dem Innern des Topfes zu heben. Ob sich noch irgendwo Apothekerfläschchen für die Abfüllung befanden, wusste Clara nicht, in der Küche hatte sie keine entdeckt. Doch da sie das Rosendestillat nicht monatelang aufheben wollte, reichte es ihr, die Müslischale voller Rosenwasser mit einem Teller abzudecken.

Während das Destillat abkühlte, beschloss sie, sich eine Pause und ein verspätetes Mittagessen zu gönnen. Der Einfachheit halber begnügte sie sich mit einem überbackenen Sandwich.

Beim Essen recherchierte sie im Internet nach Rezepten zur Rosenbonbonherstellung. Auf mehreren Webseiten fand sie Angaben zu den Zutaten: Zucker, Rosenwasser, Malvenblütentee und Mandelaroma. Clara versuchte, sich zu erinnern. Hatte ihre Großmutter nicht Hibiskusblüten verwendet? Oder die Hagebutten, die sich im Herbst sowieso aus den Rosenblüten entwickelten? Worin bestand eigentlich der Unterschied zwischen Malven und Hibiskus? Clara massierte sich die Stirn, zu verwirrend waren die Angaben und Erklärungen.

Rote Lebensmittelfarbe wurde auch in verschiedenen Internetbeiträgen erwähnt, doch in diesem Punkt war sie sich sicher: Niemals hätte ihre Oma künstliche Farbzusätze verwendet. Gleichzeitig hatte sie das Gefühl, dass noch irgendetwas fehlte, aber sie konnte es nicht präzisieren.

Sie ging zum Vorratsschrank, in dem sie die im Keller gefundenen Bonbons aufbewahrte, die ihre Oma hergestellt hatte. Mit geschlossenen Augen nahm sie ein Bonbon heraus und schob es sich in den Mund. Am intensivsten war der Rosengeschmack, daneben glaubte sie, noch eine Zitrusnote wahrzunehmen, die sie an gelbe Rosenblüten denken ließ, wusste aber nicht, ob sie sich irrte.

Mit einem Schulterzucken setzte sich Clara wieder an den Esstisch. Schnell wurde ihr klar, dass ihr in der Küche mehrere Zutaten fehlten, um die Bonbons herzustellen. Da Manuel bereits Besorgungen für sie erledigt hatte, wollte sie ihn nicht bitten, wieder in die Stadt zum Einkaufen zu fahren. So bestellte sie im Internet Hagebuttentee. Die eigenen Hagebutten im Garten würde sie erst in einigen Wochen ernten können. Außerdem klickte sie auf der Produktseite des Internetshops einen Beutel mit getrockneten Hibiskusblüten an und fand mit der Suchfunktion schnell ein Fläschchen Bittermandelaroma. Schließlich entdeckte sie noch hitze- und kältebeständige Silikonbackformen, die für die Herstellung von Hundeleckerli angeboten wurden. Mit dem Durchmesser der Hohlräume von einem Zentimeter würden sie sich auch perfekt für die geplante Süßigkeitenherstellung eignen. Ihre Oma hatte die flüssige Bonbonmasse immer auf einer Glasplatte ausgestrichen, anschließend waren die Bonbons mit einem Messer abgetrennt und mit nassen Fingern gerollt worden. Doch sie konnte sich nur zu gut daran erinnern, wie kompliziert dieser Arbeitsschritt war, dass ihre eigenen und Louisas Bonbons wie schiefe Würste ausgesehen hatten oder an der Haut kleben geblieben waren. Es war schwer gewesen, schnell und geschickt genug zu arbeiten. So waren früher nur die von ihrer Oma geformten Bonbons in den Verkauf gegangen. Die Bonbons, die Clara, Louisa und ihr Opa hergestellt hatten, waren in der Süßigkeitenschale im Wohnzimmer gelandet.

Mit den Backformen hatte sie einen Notanker, falls es mit dem Rollen der Bonbons nicht klappen sollte. Sie überprüfte noch einmal den Warenkorb im Internet und klickte auf »Jetzt kaufen«, auch wenn die angegebene Lieferzeit von drei Tagen sie frustrierte. Am liebsten hätte sie ihr Experiment am gleichen Tag abgeschlossen. Die Vorfreude darauf ließ sie die Frustration über den verletzten Fuß vergessen. Sie fühlte sich so beflügelt und voller Ungeduld, wie sie es zuletzt als Kind an Weihnachten vor der Bescherung erlebt hatte. In ihr wuchs eine Ahnung, dass das Glück nicht immer in der Ferne lag, sondern so nah sein konnte, dass man es auf den ersten Blick schnell übersah.

21.

Die nächsten zwei Tage vergingen wie im Flug. Auf die Internetbestellung wollte Clara nicht warten, so begann sie noch vor dem Eintreffen des Pakets, mit den Zutaten zu experimentieren, die sie hatte. Anstelle des in den Internetrezepten angegebenen Mandelaromas, das auch ihre Großmutter immer verwendet hatte, nutzte sie Vanillearoma, das sich in den Backvorräten in kleinen, geschlossenen Glasfläschchen befand. Vermischt mit etwas Sonnenblumenöl, half es perfekt, um ein Verkleben von Zuckermasse und Messer beim Zerteilen der Bonbons zu verhindern – auch wenn es den Geschmack stark veränderte und so intensiv war, dass die Rosen nur noch eine Hintergrundnote bildeten. Ansonsten schmeckten die Bonbons kaum anders als Vanillezucker.

Clara versuchte, das Messer stattdessen mit Erdnussbutter einzureiben, doch dann waren die Rosen selbst mit einiger Fantasie nicht mehr wahrnehmbar. Trotzdem mochte Clara die Erdnussbonbons gern.

Auch wenn der Geschmack ihrer mit eigenen Händen hergestellten Bonbons nicht an den der Leckereien heranreichte, die sie von früher kannte, und obwohl sie immer noch damit kämpfte, dass die Süßigkeiten nach dem Aushärten zu klebrig blieben, gewann Clara Sicherheit und Geschick im Umgang mit der Zuckermasse. Schnell merkte sie, dass die Bonbons fester wurden, wenn sie sie im Gefrierschrank auskühlen ließ, in Puderzucker wälzte und dann zügig luftdicht verpackte.

Während sie am Tag in der Küche experimentierte, las sie am Abend weiter in den Briefen ihrer Großeltern und begriff mit Verwunderung, dass der Name des Hofes gar nicht so alt war, wie sie ursprünglich gedacht hatte. Der Rosenhof hatte seine Bezeichnung erst durch den von ihrer Oma angelegten Rosengarten erhalten. Kaum konnte sie glauben, was sie über die Zustände auf dem Hof las. Und dass ihre Oma eine Ausbildung in einer Anwaltskanzlei absolviert hatte, konnte Clara noch immer kaum mit dem Bild vereinbaren, das sie von ihrer Großmutter hatte, die vor Kreativität gesprüht hatte.

Der Brief in ihrer Hand war abgegriffen und geknickt, als hätte ihre Großmutter oder ihr Großvater den Bogen Papier über einen längeren Zeitraum mit sich herumgetragen oder immer wieder hervorgezogen, um ihn zu lesen. Datiert war er rund sieben Monate vor dem Brief, den Clara als ersten gelesen hatte.

München, 19. Dezember 1958

Lieber Arthur!
Entschuldige bitte, dass ich dich so lange auf eine Antwort habe warten lassen. In der letzten Woche konnte ich wegen einer Grippe nicht im Büro arbeiten. So hat sich bei meiner Rückkehr so viel an unerledigter Korrespondenz angehäuft, dass ich trotz aller Überstunden den Berg an Post kaum bewältigen konnte. Und doch ist es nur ein Teil der Wahrheit, denn oft habe ich spätabends nach meiner Heimkehr an dich gedacht, mit meinem Briefblock und dem Füller vor mir am Schreibtisch gesessen und habe überlegt, wie ich das, was in mir vorgeht, am besten in Worte fassen kann. Auch wenn wir uns oft sehen, fällt es mir leichter zu schreiben, als mit dir zu sprechen.
Deine Ausbildung zum Zimmermann hier in meiner Heimatstadt München endet schon in ein paar Monaten, im nächsten Sommer, und ich bin mir bewusst, dass dich alles danach

drängt, von der Großstadt in dein Dorf zurückzukehren, dort dein Geld zu verdienen und irgendwann später den elterlichen Hof weiterzuführen. Unser Leben, wie wir es hier führen, ich bei meinen Eltern, du in deinem kleinen Zimmer, mit unserer Unabhängigkeit, dem Ausgehen, all den Unternehmungen, wird, wenn wir wirklich in der Eifel eine gemeinsame Zukunft planen, ein anderes werden. Ob sich je für mich in der Nähe eine Anwaltskanzlei finden lässt, die mir eine Anstellung bietet, das bezweifle ich. Ich müsste mich neu orientieren, noch einmal ganz von vorn anfangen. Mit meiner Ausbildung bin ich auf eurem Hof zu nichts nütze.
Ich weiß, dass deine Mutter mehr als nur Vorbehalte gegen mich hat, dass sie sich eine Beziehung zwischen uns überhaupt nicht vorstellen kann und auch nicht will. Sie hat mit dir ihre eigenen Pläne, wünscht sich eine Frau, die zupackt, die auf dem Hof mitarbeitet, die mit Tieren umgehen kann und sich zum Beispiel nicht scheut, bei der Geburt einer Kuh zu helfen. Ihre Bemerkung, wie ich denn mit diesen knochendürren Armen und Händen je zupacken wolle, ihr Blick auf meinen Körper, wie sie mich gemustert hat, als wäre ich ein Stück Vieh, das hat wehgetan. Mit ihr unter einem Dach leben?
Es tut mir leid, Arthur, das werde ich niemals können. Wir sind zu verschieden. Du möchtest glauben, dass wir uns schon zusammenraufen, doch die Realität ist kein Roman, in dem es nur eine spannende Herausforderung ist, die Gegensätze zu überwinden, und am Ende lieben sich alle.
Deine Mutter hält mich für eine eingebildete Städterin, die es nicht gewohnt ist, zuzupacken. Und ja, damit hat sie möglicherweise recht, auch wenn ich es nicht so überspitzt formulieren würde. Ich bin nicht ansatzweise die, die sie sich für ihren Sohn wünscht.

Ja, ich störe mich an dem Fliegenfänger am Küchenfenster, der selbst im Winter hängen bleibt, an den Misthaufen direkt neben der Eingangstür. Ich kann nicht in einem Haus leben, in dem Hühner bis ins Wohnzimmer flattern.
Die Gegensätze sind unüberbrückbar. So sehr ich dich auch liebe – und ich liebe dich über alles in der Welt –, hilft es nicht, wenn wir vor den Tatsachen die Augen verschließen. Nur wenn wir die Gegebenheiten betrachten und gemeinsam nach einer Lösung suchen, gibt es vielleicht für uns beide doch einen Weg, der es uns ermöglicht, zusammenzubleiben.
Deine Anna

Clara rieb sich die Augen, massierte sich die Schläfen, hinter denen es hämmerte. Sie hatte gewusst, dass auf dem Rosenhof früher Geflügel gezüchtet worden war, dass es einen Stall mit fünf Kühen gegeben hatte. Ihre Großeltern hatten es zu verschiedenen Anlässen immer wieder einmal beiläufig erwähnt. Sicher wusste sie auch, dass der Rosenhof früher den Eltern ihres Großvaters gehört hatte und dass ihre Urgroßeltern nach der Hochzeit ihrer Oma und ihres Opas in ein Haus im Dorf gezogen waren, damit das junge Ehepaar mehr Platz hatte. Doch die Hintergründe und das Ausmaß des damaligen Konfliktes verwunderte sie. Ihr Leben lang hatte sie ihre Großeltern als liebende Einheit erlebt, als zwei alte Menschen, die noch immer zärtlich miteinander umgingen, nie ein böses Wort an den anderen richteten.

Clara legte den Brief wieder zurück zu den anderen und schob die Kiste ganz hinten in den Schrank, um mit dem Sortieren der Kleidungsstücke fortzufahren.

Was hatte sie sich auf diesen Abend gefreut! Viermal hatte sie sich nun umgezogen, mühsam Hosen über den Gipsfuß gezerrt und wieder ausgezogen, um sich dann doch für ein Sommerkleid zu entscheiden. Sie stand vor dem Spiegel und überlegte, noch einmal ein anderes Outfit herauszusuchen, als es an der Tür klingelte.

»Ist offen«, rief Clara, warf einen letzten Blick auf ihr Spiegelbild, wandte sich ab, nahm die Gehstützen und versuchte, so schnell wie möglich treppab zu kommen. Diesmal ließ sie sich sehr vorsichtig auf ihrem Hinterteil von Stufe zu Stufe gleiten, aus Sorge, der dünne Stoff des Kleides könnte sich auf den alten Holzstufen verhaken und reißen.

Als sie das Erdgeschoss unbeschadet erreichte, atmete sie auf.

Manuel half ihr, sich aufzurichten und die Gehstützen zu sortieren.

»Was bin ich froh, wenn endlich der Gips abkommt und ich mich wieder problemlos im Haus bewegen kann.« Clara drückte ihn zur Begrüßung an sich. »Du bist zehn Minuten zu früh.«

»Bin ich?« Er erwiderte ihre Umarmung.

»Wo gehen wir hin?« Sie überlegte, dass sie es zu einer Theater- oder Schauspielaufführung in der Stadt nicht mehr schaffen würden, denn die begannen bereits in einer halben Stunde. Sie stellte sich vor, wie sie beide nebeneinander im Kino säßen. Wie sie im Restaurant etwas bestellten.

»Überraschung.« Manuel ging zur Haustür und öffnete sie, wartete, bis Clara hindurchgegangen war, dann zog er die Tür zu. Sein Wagen parkte direkt in der Einfahrt. Fahrer- und Beifahrertür standen bereits offen.

Sie betrachtete Manuel genauer. Er trug zwar ein weißes Hemd, aber seine dunkelgraue, an den Knien dünn gewordene Jeans und seine Sneakers zeigten, dass er bei der Kleidung in erster Linie auf Bequemlichkeit geachtet hatte.

»Jetzt spann mich nicht auf die Folter! Was hast du dir für uns ausgedacht?« So sehr Clara Überraschungen liebte, nun waren ihre Nerven bis aufs Äußerste gespannt. Sie knetete ihre Finger. Erst beim vierten Versuch gelang es ihr, den Gurt in die Halterung einzustecken, so nervös war sie. Gegen die Unruhe halfen keine logischen Argumente, es spielte keine Rolle, dass sie und Manuel schon so viel Zeit miteinander verbracht hatten, dass sie sich bereits seit Schulzeiten kannten. In seiner Nähe kam sie sich zunehmend unsicher vor. Es war, als könnte sie seinen Atem wie ein Vibrieren in ihrem Innern spüren.

»Los gehts«, sagte er und startete den Motor.

Sie erwartete, dass er bergab fuhr, erst ins Dorf und dann weiter auf die Hauptstraße, stattdessen lenkte er den Wagen bergauf. Als der Asphalt in eine Schotterpiste überging, verlangsamte er, steuerte unbeirrt an den neu gebauten Ferienhäusern vorbei, über den Feldweg in Richtung Wald. Antons Pferde auf der Weide stoben auseinander, erschrocken von dem Fahrzeug in der sonst so stillen Natur.

»Das meinst du nicht ernst«, sagte sie und lachte. »Du denkst nicht wirklich an einen Spaziergang. Oder …« *Will er mich nur verwirren, um die Spannung zu steigern?* Sie erinnerte sich an die Abbiegung, die von diesem Wirtschaftsweg auf die Hauptstraße führte. Mit einem Schmunzeln über sein Manöver wartete sie, dass Manuel dort den Weg in die Stadt nahm, doch er bog in die andere Richtung ab und fuhr weiter auf den Wald zu.

»Du denkst an meinen Fuß, ja?«, fragte sie. Langsam wurde sie ungeduldig.

»Wenn ich dir jetzt verrate, wohin es geht, ist es ja keine Überraschung mehr.«

Der Weg war voller Schlaglöcher, sodass sie nur noch in Schrittgeschwindigkeit vorankamen. Obwohl es bereits Abend wurde und die Sonne an Kraft verlor, erhitzte sich der Wagen zügig. Clara kurbelte die Scheibe herunter. Über dem reifen Getreide auf den Feldern flogen so laut zwitschernd mehrere Lerchen, dass sie die Motorengeräusche übertönten. Doch da die Räder Staub aufwirbelten, der schnell ins Innere drang, schloss Clara die Scheibe wieder. Über eine Viertelstunde wurden sie in ihren Sitzen durchgeschüttelt, bis sie die Felder hinter sich ließen und in den Wald eintauchten.

Durch die Lüftung wehte nun kühlere Waldluft herein, die nach dem Harz abgeschlagener Nadelbäume roch, nach Erde und Moos. Sie sah auf die Uhr.

»Dir ist schon klar, dass es in zweieinhalb Stunden dunkel wird?« Clara versuchte nicht, ihre Enttäuschung zu verbergen. Sie hatte sich vorgestellt, wie sie sich romantisch im Restaurant bei Kerzenschein gegenübersaßen, sich dabei an der Hand hielten, und wie ihre Gespräche immer intensiver wurden.

»Sicher«, sagte er.

»Dir ist schon klar, dass ich mit dem Gipsfuß nicht wandern kann?«

Er lachte. »Das hast du mich jetzt wie oft gefragt? Um das zu wissen, reicht mein Medizinstudium allemal.«

»Machst du dich über mich lustig?«, fragte Clara.

Zwischen den Bäumen wurde es dunkler. Nun bereute sie, nur das dünne Sommerkleid angezogen zu haben. Nicht einmal eine Jeansjacke hatte sie eingepackt. Rehe stoben unerwartet aus einem Gebüsch auf, kreuzten direkt vor ihnen den Weg, und Manuel konnte nur deshalb rechtzeitig anhalten, weil sie so langsam fuhren.

»Wir sind gleich da«, sagte er und gab wieder Gas.

Clara kannte dieses Waldgebiet genau, hatten sie früher doch hier immer ihre Weihnachtsbäume geschlagen. Trotzdem mochte Clara die Umgebung nicht, die überwiegend aus Fichten bestand. Oft waren Forstfahrzeuge unterwegs, die die Ruhe störten, zudem war der Boden so trocken, dass es weder Beeren noch die unzähligen Waldblumen gab, wie sie im Mischwald wuchsen, der zum Maar führte.

»Lass uns umdr…«, sagte Clara und verstummte. Vor ihnen tat sich eine ihr bisher unbekannte Lichtung auf. Sie blickte auf eine große Wiese, auf der eine Hütte stand. »Was ist denn hier passiert?«

»Im letzten Jahr waren die Fichten schon durch die Trockenheit und durch Borkenkäfer angeschlagen, dann kamen die Herbststürme. Sie sind umgeknickt wie Streichhölzer. Eigentlich sollte hier längst wieder aufgeforstet werden. Anton hatte versprochen, sich darum zu kümmern. Aber du weißt, wie eingespannt er mit seinem Pferdehof ist. Sie haben zwar Ordnung geschaffen, die herumliegenden Bäume abtransportiert. Aber das Projekt geriet erst ins Stocken und dann in Vergessenheit.«

Der Wagen hielt, und Clara stieg aus. Sie blickte sich um. Die Kühle, die auf der Fahrt hierher geherrscht hatte, war nun verschwunden. Warm strahlte die Sonne über das hohe Gras. Unzählige Vögel zwitscherten, Grillen zirpten. Es roch süßlich nach Blumen und reifen Beeren. Der Wind strich ihr über die Stirn, ließ den Stoff ihres Kleides flattern, doch sie fror nicht.

»Pass auf, dass du auf dem Trampelpfad bleibst«, sagte Manuel. »Unter dem Gras sind noch die Baumstümpfe, die kaum zu sehen sind. Man kann schnell stolpern.« Er ging voran auf die Hütte zu.

»Wer hat das hier gebaut?«, fragte sie.

»Das Häuschen war erst als Unterstand für die Forstarbeiter gedacht. Dann, als die Arbeiten immer weiter nach hinten verschoben wurden, hat irgendjemand Fenster eingebaut. Wanderer haben es als Schutzhütte genutzt.« Er öffnete die Tür.

Clara verschlug es die Sprache. An einer Seite war ein Büfett aufgebaut. Manuel führte sie um die Hütte herum zu einem mit Porzellangeschirr gedeckten Holztisch.

»Das hast du alles hierhertransportiert?«, fragte sie und wollte sich gar nicht vorstellen, mit wie viel Mühe das verbunden gewesen sein musste. »Was, wenn jemand vorbeigekommen wäre und sich bedient hätte?«

»Unter der Woche kommt hier niemand vorbei.« Er zwinkerte ihr zu.

Clara warf noch einen kurzen Blick ins Innere der Hütte und entdeckte ein Sofa. Das Holzhaus war so perfekt eingerichtet – durch den Bachlauf in der Nähe war sogar die Wasserversorgung gesichert –, dass es problemlos möglich war, mitten im Wald auf der Lichtung ein verlängertes Wochenende zu verbringen, ohne dass irgendetwas fehlte.

»Die Jugendlichen aus den Nachbardörfern haben das alles hergerichtet, um ungestört zu sein«, sagte er. »Noch hat niemand Anstoß daran genommen, auch wenn ich nicht glaube, dass diese Hütte legal ist. Zumal eine Feuerstelle mitten im Wald …« Er zeigte auf die Reste eines Lagerfeuers. Der Feuerplatz war mit Randsteinen gesichert, das Gras rundherum ausgerissen, sodass durch Funkenschlag keine große Gefahr bestand.

»Was, wenn jetzt noch andere kommen und auch den Abend hier verbringen wollen?«

»Ich habe dafür gesorgt, dass wir allein bleiben. Es war kein großes Problem – am Wochenende wäre es anders gewesen.« Er rückte einen der Stühle vom Tisch ab und wartete, bis sie sich gesetzt hatte. Dann fragte er: »Was darf ich dir denn bringen?«

»Von allem etwas.« Sie hatte das Büfett noch gar nicht richtig in Augenschein genommen, so überwältigt war sie von diesem verwunschenen Ort mitten im Nirgendwo. Sie fühlte sich, als wäre sie in eine Märchenwelt eingetaucht.

Wenig später kam Manuel mit zwei gefüllten Tellern zurück. Es gab verschiedene Salate, frisches Baguette, dazu Kräuterbutter und eine Aufschnittplatte.

»Der Nachtisch wartet auch noch«, sagte er, zog ein Feuerzeug aus der Hosentasche und zündete die Kerze im Glas an, die in der Mitte des Tisches stand.

Sie aßen und redeten. Dabei lauschte Clara den Grillen, die mit zunehmender Dunkelheit immer lauter wurden. Das Vogelzwitschern nahm ab, bis irgendwo ganz in der Nähe ein Käuzchen rief. Nur das Gurgeln und Rauschen des Baches im Hintergrund blieb gleich.

Es war eine sternklare Nacht. Als es langsam kühler wurde, zündete Manuel das Lagerfeuer an und reichte Clara eine Wolldecke, in die sie sich hüllen konnte. Obwohl die Temperatur schnell sank, fror sie mit der Decke und durch die Wärme des Feuers nicht. Er rückte die Stühle dicht an die Flammen, aber doch weit genug weg, damit die sprühenden Funken sie nicht erreichten.

Clara schob ihren Stuhl näher an seinen und nahm Manuels Hand. Gemeinsam schauten sie ins Feuer. Manuel erzählte von einem anstehenden Krankenhaustermin am nächsten Tag, von seiner Angst vor den Ergebnissen, von den Querelen um die vergangene Bürgermeisterwahl. Clara berichtete von Afrika, von ihren Abenteuern mit Jennifer. Irgendwann wurden die Pausen in ihren Gesprächen immer länger, und schließlich blickten sie beide stumm in die Flammen. Es kam ihr vor, als würde die Zeit zunehmend langsamer fließen. Um sie herum war nichts als Wärme und seine Berührung. Sanft streichelte er sie am Arm, bis er sie zu sich heranzog und sie intensiv küsste.

Clara dachte daran, wie Louisa gesagt hatte: »Versprich mir nur eins. Wenn du jemanden liebst, rede mit ihm. Schweigt euch nicht an.« Wie sie gemeint hatte: »Es ist nicht romantisch, sich anzuschweigen, sich verliebt in die Augen zu schauen.«

»Warum schüttelst du den Kopf?«, fragte er.

»Es ist alles perfekt, wie es ist«, sagte sie und dachte, dass Louisa unrecht hatte. Schweigen hieß nicht, dass man sich voneinander entfernte, im Gegenteil. Bei Manuel hatte sie das Gefühl, als würden sie auch ohne Worte weiter miteinander reden. Es brauchte keine Erklärungen und erst recht keine langen Ausführungen. Die Berührungen, seine Gesten, seine Augen und die Art, wie er sie ansah – all das sagte doch viel mehr aus als alle Worte in allen Sprachen der Erde zusammen. Sie wünschte, diese Nacht würde niemals enden.

22.

Gespannt öffnete Clara das Päckchen mit den im Internet bestellten Zutaten für die Bonbonherstellung. Nun konnte sie Mandelaroma verwenden, wie es auch ihre Oma benutzt hatte. Die getrockneten Hibiskusblüten rochen trotz ihrer luftdichten Verpackung intensiv.

Dann versuchte sie es noch einmal. Sie produzierte Bonbons mit der Silikonform und ohne, wälzte sie in Puderzucker und ließ sie vollständig auf ausgelegtem Backpapier erkalten. Diesmal konnte sie alle Arbeitsschritte perfekt ausführen, genauso, wie sie sich daran erinnerte.

Mit geschlossenen Augen probierte sie beide Varianten, die Bonbons aus der Form und die handgerollten.

Sie unterschieden sich kaum im Geschmack, aber die Süßigkeiten aus der Silikonform waren viel gleichmäßiger, und es gab beim Lutschen keine störenden Ecken und Kanten. Clara atmete tief durch. Vor allem das Mandelaroma unterstrich den Eigengeschmack der Rosen, ohne ihn zu überdecken. Das war ein großer Fortschritt im Vergleich zu ihrem vorhergehenden Kochversuch.

Dann stutzte sie. Der Nachgeschmack erschien ihr komisch. Sie nahm ein zweites Bonbon in den Mund, spuckte es wieder aus. Um den Geschmack nicht zu verfälschen, trank sie Wasser und spülte damit nach, anschließend probierte sie die Bonbons noch einmal, um der Irritation nachzugehen.

Nun schmeckte sie es deutlich: Die Bonbons hatten im Nachgang etwas Bitteres. Und wenn sie daraufbiss, waren sie klebrig.

Ekelhaft klebrig! Die Masse pappte unangenehm an ihren Zähnen fest. Dieser Kochversuch war doch kein Fortschritt gewesen, sondern ein Rückschritt!

Laut fluchte sie auf. Jetzt war es nicht mehr zu leugnen: Es gab weiterhin einen Fehler in ihrem Rezept. Die Bonbons konnte man nicht ansatzweise mit denen ihrer Oma vergleichen.

Ein Geräusch direkt neben ihr ließ sie zusammenzucken, dann entdeckte sie einen Schatten, der sich über den Boden bewegte. Vor Schreck verschluckte sie das Bonbon, schrie auf und musste husten.

»Sorry, das wollte ich nicht.« Manuel wich einen Schritt zurück.

Sie war zu perplex, um etwas zu antworten. Langsam verschwand der Hustenreiz.

»Heute sind schon alle Ergebnisse der Untersuchungen im Krankenhaus eingetroffen«, sagte Manuel. »Sie haben sich im Labor extra beeilt. Die Aufregung war umsonst, die Werte sind absolut im grünen Bereich – mehr als das. Aber warum ich gekommen bin …«

»Du hast mich erschreckt!« Claras Atem war noch immer beschleunigt, in der Speiseröhre spürte sie ein Fremdkörpergefühl, obwohl sie wusste, dass das Bonbon längst im Magen gelandet war.

»Ich habe an der Haustür geklopft. Geläutet. Am Küchenfenster gewunken. Aber du warst so sehr in Gedanken …«

»Das stimmt, manchmal kriege ich von der Umgebung gar nichts mit.« Sie drückte sich an ihn. »Aber was viel wichtiger ist: Dass du wirklich gesund bist! Ich bin so froh!« Glücklich reichte sie ihm ein Bonbon. »Und jetzt probier mal. Hier. Von meinem nächsten Versuch. Was denkst du?« Sie hoffte so sehr, er würde ihr sagen, dass sie mit sich überkritisch zu Gericht ging.

Er nahm das Bonbon in den Mund und spuckte es wieder aus. »Oh«, sagte er und schüttelte sich. »Deine Suche nach dem Rezeptbuch ist der Grund, warum ich so zügig gekommen bin, weil ich weiß, wie wichtig es dir ist. Also: Ich habe jemanden getroffen.«

»Mach es nicht so spannend!« Sie lachte, um die Enttäuschung zu verbergen, die sich nun in ihr ausbreitete. Die Bonbons waren wirklich misslungen.

»Auf dem Klinikparkplatz bin ich Erna begegnet. Ihre Enkelin hat gerade entbunden.«

»Erna?« Vergeblich versuchte Clara, den Namen zuzuordnen.

»Die Cousine deines Opas.«

»Eher Großcousine.« Nun erinnerte sich Clara an die kleine, zierliche Frau mit den Dauerwellen, die im Alter nicht ergraut war, sondern deren Haare von einem hellen Blondton ausgehend immer dunkler geworden waren, ohne dass sie eine Färbung benutzt hatte.

»Auf jeden Fall habe ich ihr von dir erzählt, dass du zurück bist, von deinem gebrochenen Bein und von deiner Bonbonherstellung. Du solltest sie treffen. Sie hat deiner Großmutter manchmal beim Rosenernten und Kochen der Süßigkeiten geholfen. Bestimmt kann sie dir einige Tipps geben. Sie erinnert sich sogar noch konkret an die Rezepte.«

»Vielleicht weiß sie auch, wo sich Omas Rezeptbuch befindet. Ich habe es schon überall gesucht. Meinst du, Erna könnte es haben?«

Manuel zuckte mit den Schultern. »Du wirst es nie erfahren, wenn du sie nicht fragst.«

Der Tisch auf Ernas Balkon war wie für ein Festmahl gedeckt. Es gab Kaffee und Tee, Kuchen, Plätzchen, dazu Spieße mit Obst. Erna hatte das Geschirr mit dem Goldrand hervorgeholt, die Rüschen ihrer Bluse waren frisch gestärkt.

»Du bist so groß geworden«, sagte Erna zur Begrüßung. »Und du bist der Anna so ähnlich, besonders deine Augen!«

Clara nahm beide Gehstützen in eine Hand. Sie musste sich bücken, damit Erna sie umarmen konnte. Ernas Körper blieb seltsam angespannt, ihre Lippen bei der Berührung zusammengepresst.

»Eigentlich wollte ich dich gar nicht einladen«, sagte Erna.

Clara war so perplex, dass ihr keine Antwort einfiel. Von den regelmäßigen Kaffeekränzchen ihrer Großmutter wusste Clara schon, dass einige der alten Freundinnen ihrer Oma mit der Zeit eigensinnig und etwas seltsam geworden waren, doch mit einer solchen Äußerung hatte sie nicht gerechnet.

»Ich wollte nie wieder zum Rosenhof kommen, das habe ich mir fest vorgenommen«, sagte Erna. »Und mit dir kein Wort mehr wechseln.« Erna sah Clara vorwurfsvoll an. »Wie konntest du deine Schwester so allein lassen und nur an dein Vergnügen denken? Ihr seid früher wie Zwillinge gewesen, und dann – nein, das kann ich nicht gutheißen. Es geht euch jungen Leuten doch nur um Freiheit, Abenteuer und Selbstverwirklichung. Was ist mit der Gemeinschaft? Mit eurer Herkunft? Ihr seid wie entwurzelte Bäume, die durch die Welt hetzen. Das habe ich auch Manuel gesagt. Aber er wollte davon nichts hören, hat dich so sehr in Schutz genommen und verteidigt, dass ich gar nicht anders konnte, als meinen Groll beiseitezulegen und einem Treffen zuzustimmen. Wenn ich ehrlich bin, habe ich mich auch auf dich gefreut. Du verrückte Nudel. Erst die Reise, dann versetzt du das gesamte Dorf in Aufregung, weil du unbedingt in die Teufelsschlucht gehen musst.« Erna trat einen Schritt zurück und musterte Clara ausgiebig. »Lass dich noch einmal anschauen. Braun bist du geworden.«

Clara widerstand dem Drang, zu erklären, warum sie nicht zur Beerdigung gekommen war, warum sie ihrer Schwester nicht bei der Pflege unter die Arme gegriffen hatte, doch für Erna war das Thema anscheinend schon erledigt. Mit einer ausladenden Handbewegung bedeutete Erna ihr, sich zu setzen.

»Er liebt dich«, sagte Erna unvermittelt. »Du darfst ihn nicht verletzen.«

»Von wem sprichst du?«

»Ich rede von Manuel. Er hat viel ertragen müssen mit seiner Krankheit im letzten Jahr. Zwischendurch war er so dünn geworden, dass ich dachte, er würde es nicht schaffen. Er ist ein guter Junge. Strebsam. Fleißig. Er hat ein großes Herz. Er wird es einmal zu etwas bringen. So einen Arzt mögen die Menschen, denn er ist jemand, der auch zuhört, der sich für die Sorgen der anderen interessiert.«

Clara spürte, dass sie errötete.

»Wenn ich es überlege: Ihr wärt ein schönes Paar. Eine so große Frau wie du hat es bestimmt nicht leicht, einen Partner zu finden, denn die Männer wollen ja immer größer sein, daher passt ihr gut zusammen. Manuel ist ja auch so ein Großer.«

»Erna!« Clara lachte laut auf.

»Du hast recht, ich bin zu geschwätzig. Kaffee oder Tee?«

»Kaffee.«

Clara probierte vom Kuchen, von den Plätzchen und vom Obst und lobte das Essen überschwänglich. Es hätte gereicht, um sechs Personen zu verköstigen.

Nach einiger Zeit legte Clara ihre Gabel beiseite. Ihr Hosenbund spannte, und sie war so satt, dass sie sich schwor, an diesem Tag nichts mehr zu essen und am folgenden Morgen das Frühstück ausfallen zu lassen.

»Manuel meint, du kannst dich noch gut daran erinnern, wie du mit Oma Rosenblüten geerntet hast. Du warst auch dabei, als sie ihre Bonbons hergestellt hat«, wechselte Clara das Thema.

»Das stimmt.«

Clara ließ Erna Zeit, ihr Kuchenstück aufzuessen und die Gedanken zu sammeln, bevor sie weitersprach. »Kannst du dich noch genau an das Rezept für die Bonbons erinnern?«, fragte sie schließlich.

»Sie war immer schon sehr eigen, unsere Anna«, sagte Erna. »Hat sich zum Abwiegen der Zutaten extra eine Apothekerwaage kommen lassen. Was meinst du, was eine solche Waage gekostet hat? Damit sie die Rezepte ganz genau in ihrem Rezeptbuch notieren konnte. Da schreibt sie alles auf, und dann? Glaubst du etwa, sie hat sich an ihre eigenen Aufzeichnungen gehalten?« Erna lachte laut. »Sie arbeitete anschließend wieder völlig ohne Waage, kippte die Zutaten nach Gefühl zusammen. So war sie. Aber wehe, ich habe dasselbe gewagt. Nein, ich musste alles bis auf das Gramm genau abmessen. Sicher habe ich darüber gespottet und sie damit aufgezogen, dass bei ihr wohl für verschiedene Menschen unterschiedliche Rechte gelten. Geneckt habe ich sie, obwohl mir klar war: Anna hatte es einfach im Gefühl. Sie wusste immer exakt, wie viel sie in den Topf schüttete. Wenn ich es ohne Waage probierte, ging es jedes Mal schief.« Erna lachte. Ihre Augen strahlten, als sie von ihren Erinnerungen erzählte. »Wir beide können Anna nicht das Wasser reichen, niemand kann das. Das Rezeptbuch ist wichtig, daran musst auch du dich halten.«

»Weißt du, wo Anna es aufbewahrt hat?«

»Das Rezeptbuch?«

»Ja, das mit den Bonbonrezepten.«

»Nichts war der Anna so wichtig wie das Geschäft mit den Rosenspezialitäten. Es war ihr Leben. Sie hatte einen Sinn für das Schöne. Durch sie ist der Rosenhof erst aufgeblüht, vorher war es ein verfallener Hof wie so viele andere hier im Dorf kurz nach dem Krieg. Die Menschen hatten andere Sorgen, als sich um die Fassaden ihrer Häuser zu kümmern. Aber als Anna all die Umbauarbeiten in Auftrag gegeben hat, die alten Ställe abgerissen, den Garten neu angelegt, hat sie uns allen gezeigt, wie viel es doch bedeutet, wenn man um sich schaut und sagen kann: So, wie es ist, ist es wunderschön. Sie hat uns vor Augen geführt, dass es nicht nur um alltägliche Pflichten geht. Ums Funktionieren. Sondern dass es auch noch etwas anderes gibt: die Schönheit. Das Gute. Das Spielerische.

Wenn die jungen Männer sich wieder mal auf dem Dorffest in die Wolle gekriegt hatten und danach bei Anna im Garten saßen, war der Streit schnell beigelegt. Sie brauchte gar nicht viel zu tun, um Streithähne zu versöhnen. In einer schönen Umgebung werden wir andere Menschen – sanfter, zufriedener, kompromissbereiter.

Dann kamen die Städter her zum Rosenhof, haben bei Anna eingekauft und sind anschließend gewandert. Im Grunde hat Anna unser gesamtes Dorf zum Guten verändert, weil sie von außen gekommen ist, uns allen eine neue Sichtweise beigebracht und angepackt hat. Sie hatte eine Begabung, um sich herum Schönes zu schaffen.

Manche Menschen ziehen das Unglück an. Bei Anna war es umgekehrt. Wo sie auftauchte, wandelte sich alles zum Guten.«

Clara wusste genau, was Erna meinte. Sie stellte ihre Kaffeetasse ab, um noch ein Stück von dem Kuchen zu nehmen, obwohl sie pappsatt war.

»Was weißt du denn über das Rezeptbuch?«, fragte Clara, um zum Ursprungsthema zurückzukehren. »Wo hat Anna es aufbewahrt?«

»Anna wollte nicht einfach nur Hausfrau sein. Sie hatte viele Talente. Anfangs wurde über sie geredet, sie würde ihren kleinen Sohn und ihren Mann nicht lieben, sich nicht richtig um ihn kümmern, aber das war nur der Neid. Sie hat keinen Fehler gemacht. Früher hatte man das noch nicht begriffen, da seid ihr jungen Leute uns Alten einen Schritt voraus: Jeder Mensch braucht etwas Eigenes, Unabhängiges, ob Mann oder Frau. Sonst ist man nur das Puzzleteil in einem Bild, das ein anderer entworfen hat.«

»Und was ist jetzt mit dem Rezeptbuch?« So gern sie auch den alten Geschichten lauschte, so war sie doch gekommen, um mit ihren Versuchen bei der Bonbonproduktion weiterzukommen.

Trotz aller Nachfragen ließ sich Erna nicht drängen. Es war, als tauchte die alte Frau von Satz zu Satz weiter in die Vergangenheit ein. Sie erzählte von den Dorffesten am Frühlingsanfang, von den Maibäumen, den Streichen der »Backfische«, wie sie die Jugendlichen nannte, rund um das Dorffest am Ersten Mai. Sie erinnerte sich an die Weihnachtsmärkte und Weihnachtsmessen, an die Menschen, die im Laufe der Jahrzehnte das Dorf verlassen hatten, um in der Stadt ihr Glück zu suchen.

Vergeblich versuchte Clara wieder und wieder, Erna zu unterbrechen und an das Rezeptbuch zu erinnern.

»Ich bin müde«, sagte Erna. Inzwischen waren zwei Stunden vergangen. Die Sonne senkte sich hinter die Kuppen der Hügel, und es wurde kälter, auch wenn der Sonnenuntergang noch weit entfernt war. Doch unten im Dorf am Bach, wo Erna lebte, gab es deutlich weniger Sonnenstunden als oben auf der Höhe am Rosenhof.

Erna nahm ein Tablett, das an einem der Tischbeine lehnte, und begann, darauf das Geschirr und Besteck zusammenzustellen.

»Du kannst das Gebäck mitnehmen, ich packe es dir in eine Dose«, sagte Erna. »Ich bin es gar nicht gewohnt, Besuch zu empfangen. Das Reden strengt doch mehr an, als ich dachte. Du nimmst es mir nicht übel, oder? Ich brauche etwas Ruhe. Lege mich eine Weile hin.«

»Und Omas Rezeptbuch?«, versuchte es Clara noch einmal. »Kannst du dich erinnern, wo sie es aufbewahrt hat? Es ist wirklich wichtig, denn ich brauche es, um den Verkauf in der Scheune wiederzueröffnen.« Clara war sich sicher, dass Erna wusste, wo sich das Buch befand.

»Das Rezeptbuch.« Erna schloss die Augen.

Clara befürchtete schon, die alte Frau wäre im Sitzen eingenickt, als Erna sagte: »Noch im letzten Jahr habe ich Anna mit den Leckereien geholfen. Wir standen zusammen in der Küche. Ich habe mich gewundert, dass sie sich all die Arbeit antut, denn deinem Großvater ging es schon sehr schlecht. Aber Anna hat gemeint, wenn sie auf das verzichtet, was sie am liebsten tut, wäre das Leben sinnlos. Ja, wir standen nebeneinander in der Küche am Herd, die Rosenblüten hatte sie schon allein geerntet, dafür brauchte sie meine Hilfe nicht. Sie hatte die Blüten gesäubert und in der Spüle gelagert. Ich kann mich noch genau erinnern. Da war das Buch nicht da.« Erna schüttelte den Kopf, dann schloss sie die Augen. »Ich sehe es vor mir, als wäre es gestern gewesen.« Sie lachte laut auf. »So sagt man. Eigentlich ein Spruch, der verrückt ist, denn ich vergesse so schnell, was gestern war, aber was weiter in der Vergangenheit liegt, daran erinnere ich mich genau. So ist es mit uns alten Leuten, wir …«

»Du sagtest, das Rezeptbuch sei im letzten Jahr nicht in der Küche gewesen«, wiederholte Clara. »Ich muss es finden.«

»Im Jahr davor habe ich das Rezeptbuch auch nicht in der Küche gesehen. Ich kann mich gar nicht erinnern, wann Anna es zuletzt rausgeholt hat. Im vergangenen Sommer habe ich sie sogar danach gefragt, weil ich die Zutaten abwiegen wollte. Und die Apothekerwaage war nicht mehr da. Die Waage war wohl kaputtgegangen, deswegen hat Anna die Zutaten nach Gefühl zusammengefügt.« Sie tickte sich an den Kopf. »Das Buch. Danach hast du gefragt. Sie hat es in ihrer Kammer aufbewahrt, mit den Fotoalben.«

Clara merkte auf. Ihr wurde es abwechselnd heiß und kalt. Die Fotoalben – an die hatte sie gar nicht mehr gedacht. Es war ihr gar nicht aufgefallen, aber es stimmte, auch sie waren nirgends zu finden.

»Wo ist denn die Kammer?«, fragte Clara. »Meinst du den großen Vorratsschrank in der Küche?«

»Nein, die geheime Kammer. Treppauf musste man. Vom Esszimmer aus treppauf.«

So sehr sich Clara bemühte, genauere Informationen zu bekommen, Erna schweifte erneut ab und erzählte wieder von den Dorffesten, bis sie den Besuch mit dem Hinweis auf ihre Erschöpfung beendete und Clara verabschiedete.

Mit einer großen Dose voller Kuchen und Plätzchen kehrte Clara nach Hause zurück. Ihre Gedanken rasten. Immer wieder ging sie in ihrer Erinnerung den Grundriss des Rosenhofs durch, überlegte, ob es irgendwo die Möglichkeit einer doppelten Wand gab. Existierte ein zusätzlicher Durchgang, der auf den ersten Blick nicht sichtbar war – wie der mit dem Regal getarnte Zugang zwischen Scheune und Wohnhaus? Doch die Raumaufteilung war so offensichtlich, dass die Existenz eines geheimen Raumes oder einer Kammer von der Logik her unmöglich war.

Trotzdem begann Clara, nachdem sie das Gebäck in der Küche gelagert hatte, alle Wände abzuklopfen. Langsam bewegte sie sich von Raum zu Raum. Auf Kopfhöhe kontrollierte sie die Geräusche hinter den Mauern, um Hohlräume zu entdecken.

Doch auch bei einem zweiten Durchgang durch alle drei Etagen und den Keller entdeckte Clara nichts. Das einzige Resultat war, dass sie wegen ihres gebrochenen Fußes und der ungewohnten Anstrengung so sehr außer Atem war, dass sie eine längere Pause einlegen musste.

Beim dritten Rundgang durch den Rosenhof nahm Clara die Vermessungsapp ihres Smartphones zu Hilfe und zeichnete die Maße auf einem Blatt Papier ein, um eventuelle Unstimmigkeiten im Grundriss zu entdecken. Doch nach der Vermessung gab es keine Zweifel mehr: Es existierte kein geheimer Raum, nicht einmal ein versteckter Schrank fand Platz. Das Mauerwerk hatte überall die gleiche Dicke, dort konnte nichts verborgen sein, selbst eine doppelte Wand war ein Ding der Unmöglichkeit.

Clara gab auf. Sie goss sich ein Glas Wein ein und legte sich im Wohnzimmer auf das Sofa. Von dem vielen Treppensteigen fühlte sich ihr Fuß wieder heiß an und klopfte. Erst als sie ihn über der Lehne hochlagerte, ließen der Druck und die Hitze nach. Sie nahm ihr Handy vom Tisch.

Danke, dass du mit Erna gesprochen hast,

schrieb sie an Manuel.

Ich habe mit ihr den Nachmittag verbracht, sie hat viele interessante Dinge erzählt, kam richtig ins Schwelgen beim Gedanken an die Vergangenheit. Aber wo das Rezeptbuch ist, weiß sie auch nicht. Ich lasse mich trotzdem nicht entmutigen, probiere es selbst weiter. Morgen wolltest du zum Mittagessen vorbeikommen. Ich hoffe, du hast es nicht vergessen.

So erschöpft sie auch war, entspannen konnte sich Clara nicht. Zu viele Gedanken rasten in ihrem Kopf herum. Sie ging in den Garten und ließ ihren Blick über das Dorf und weiter zum Schulhaus schweifen. Dann holte sie ihr Smartphone und schrieb eine Nachricht an Louisa:

Wenn du aus dem Fenster guckst, kannst du mir zuwinken. Ich stehe gerade im Garten. Bin bei Erna gewesen. Sie hat viel über Oma erzählt.

Clara hatte es kaum zu hoffen gewagt, aber am Schulhaus öffnete sich wirklich ein Fenster. Die tief stehende Sonne spiegelte sich so sehr in der Scheibe, dass Clara geblendet wurde. Sie erkannte Louisas Silhouette im offenen Fenster und winkte.

Louisa winkte zurück, dann nahm Clara wieder ihr Smartphone.

Ich habe gerade eine Flasche Weißwein aufgemacht. Riesling von der Mosel aus Opas Vorrat. Willst du nicht rüberkommen?

Das Fenster am Schulhaus wurde wieder geschlossen, nun war dort niemand mehr zu sehen. Clara starrte das Display an, als könnte sie auf diese Weise eine schnellere Antwort erzwingen. Doch das Gerät schaltete in den Ruhemodus. Gerade, als sie die Hoffnung auf eine Nachricht von Louisa aufgegeben hatte, blickte sich Clara noch einmal um und bemerkte eine Bewegung auf dem Schulhof. Die langen Haare und der federnde Gang waren unverkennbar: Louisa näherte sich dem Rosenhof.

23.

Das Farbenspiel am Himmel war intensiver als sonst. Clara blickte hoch, wo die Sonne hinter der letzten Kuppe versank – so weit entfernt, dass der Berg in seinem Hellgrau kaum von einer Wolke zu unterscheiden war. Der Himmel wurde erst leuchtend orange, dann blutrot, bis die Farbe ins Violette wechselte, das immer dunkler wurde und schließlich in Grau und Schwarz überging.

Entspannt saßen Clara und Louisa im Garten des Rosenhofs unter hohen Obstbäumen in den Liegestühlen, zwischen ihnen ein niedriger Beistelltisch mit ihren Gläsern und der Weinflasche, dazu noch Chips und Knabbereien, die Louisa mitgebracht hatte. Inzwischen war es vollständig dunkel geworden. Die ersten Sterne tauchten auf. Die Kerze im Glas auf dem Tisch beleuchtete nur die direkte Umgebung, vom Dorf und sogar vom Rosenhof war kaum mehr etwas zu sehen. Kein Lüftchen wehte, nur manchmal geriet das hochgewachsene Gras in Bewegung und kitzelte Clara an den Zehen, die aus dem Gips herausragten.

»Wegen Anton …«, sagte Clara und wünschte sich, Louisas Inneres zu erreichen, sie trösten und ihr Hoffnung geben zu können.

»Ich will nicht darüber reden.«

Clara nickte. »Aber du weißt, dass ich für dich da bin, dass du immer anrufen und vorbeikommen kannst, auch nachts um drei.«

»Es gibt Dinge, die sind, wie sie sind, die werden nicht besser, wenn man darüber redet.«

»Ich bin deine Schwester.«

Louisa lachte. »Trotzdem würde es dir irgendwann auf den Wecker gehen, wenn ich nur jammere. Mich bringt es auch nicht weiter, außer dass ich mich beim Erzählen jedes Mal wieder neu aufrege. Was hilft, ist zum Beispiel, dass wir jetzt hier zusammensitzen. Hörst du die Grillen? Den Wind in den Blättern über uns? Dann die Wärme, obwohl die Sonne längst untergegangen ist. Der Blütenduft ... wow. Niemand, der so etwas mit allen Sinnen auf sich wirken lässt, kann noch frustriert sein.«

Doch so idyllisch es bei Kerzenlicht im Garten auch war, schnell löschten sie die Flamme wieder, da sie ein Anziehungspunkt für Mücken war.

»Kannst du dich noch genau daran erinnern, wie Oma die Rosenbonbons hergestellt hat?«, fragte Clara.

»Sie waren wirklich lecker.«

»Und das Rezept ...«

»Keine Ahnung. Ich habe es mir nie gemerkt, aber ich weiß noch, wie sie immer größere Töpfe verwendet hat, wie ich einmal sogar Muskelkater vom Rühren in der Zuckermasse hatte. Meine Arme haben sich wie Pudding angefühlt.« Louisa lachte.

Eine Weile saßen sie still beieinander, tranken von dem Wein, bedienten sich an den Knabbereien, obwohl Clara sich nach dem ausgiebigen Kuchenessen bei Erna geschworen hatte, an diesem Tag nichts mehr zu essen. Die Grillen wurden stetig lauter, zumindest trat ihr Zirpen immer deutlicher in den Vordergrund, je leiser die Umgebung wurde. Der Mond leuchtete nun so hell, dass er Schatten warf, obwohl noch gar kein Vollmond war. Inzwischen hatten sich Claras Augen so an die Dunkelheit gewöhnt, dass sie ohne Beleuchtung jedes Detail an den Bäumen und den Rosenbüschen im Hintergrund erkannte, genau sah, wo sie die Blüten abgeschnitten hatte.

»Warum fragst du?«, fragte Louisa.

»Frage ich was?«

»Nach den Rezepten – warum willst du das wissen?«

Clara überlegte, wie viel sie von ihren Plänen verraten konnte, über die sie schon seit Tagen nachdachte und die in ihrer Fantasie immer mehr Gestalt annahmen. Sie war immer die Traumtänzerin gewesen, Louisa die Vernünftige. Ihre Idee war alles andere als sinnvoll, trotzdem nahm Clara ihren Mut zusammen. Sie räusperte sich. »Mit dem Gipsfuß kann ich ja nicht viel erledigen, so habe ich probiert, auch Rosenbonbons herzustellen. Wie Oma.« Sie versuchte, es möglichst beiläufig klingen zu lassen. »Es gibt inzwischen sogar Silikonformen für Bonbons. Was meinst du, wie Oma staunen würde, wenn sie eine solche Silikonform zu sehen bekäme. Anstatt jedes Bonbon einzeln zu formen, reicht es, die Bonbonmasse einfach mit einem Kunststoffspatel in die Löcher zu streichen. Und heraus kommen perfekt runde Süßigkeiten.«

»Oma hätte sie trotzdem nur mit dem Messer und ihren Händen geformt, wetten?«

Clara konnte Louisas Gesichtsausdruck nicht genau erkennen, stellte sich aber vor, dass Louisa ihr zuzwinkerte.

»Ich überlege, ob man Omas Geschäft nicht wiederbeleben könnte«, sagte Clara. »Rosenwasser in Flaschen abgefüllt, Rosenbonbons, dann das baiserartige Gebäck mit Rosengeschmack – das Ganze als Verkauf in der Scheune. Wie früher. Ich könnte auch einen Onlineshop erstellen und dich an dem Gewinn beteiligen. Langfristig gesehen könnte das sogar noch lukrativer sein als der Direktverkauf am Hof.«

»Clara, Clara!«

»Ja, was denn?«

Louisa prustete laut auf. »Eine absolute Schnapsidee!«

»Warum?« Clara hatte mit Skepsis gerechnet, aber diese deutliche Ablehnung schmerzte sie mehr, als sie erwartet hatte. Ihr wurde es kalt. Sie ärgerte sich, dass sie das Thema überhaupt aufgeworfen hatte, trotzdem konnte sie es nicht lassen, noch einmal zu fragen: »Warum?«

»Manuel hat mir voller Begeisterung erzählt, wie du Rezepte aus dem Internet ausprobierst. Das mag ja ganz nett sein für den Übergang, bis du den Gips endlich los bist. Mit irgendetwas musst du dich ja beschäftigen, weil das Nichtstun dir einfach nicht liegt. Aber guck dir mal all die Baustellen an, die du aufmachst. Die Restaurierung. Dann dein Job in der Stadt. Zusätzlich noch einen Verkauf? So etwas braucht Zeit, bis das Geschäft auf stabilen Säulen steht. Hinzu kommt ...« Louisa schwieg.

»Kommt was?« Sie wusste, dass sie sich nur selbst quälte, wenn sie weiter nachfragte. Denn Louisa war wie die leibhaftig gewordene innere Stimme all ihrer eigenen Zweifel und Bedenken, dabei sehnte sich Clara nach nichts mehr als nach Unterstützung und Ermutigung. Doch sie wusste, wenn sie Louisa überzeugte, würde sie auch gleichzeitig ihre eigene innere Stimme zum Schweigen bringen.

»Jeder kann irgendwelche Rezepte aus dem Internet heraussuchen, sie umsetzen und die Ergebnisse verkaufen. Das ist nicht das, was Oma getan hat. Nicht das, weswegen die Leute von weither gekommen sind, um ihr die Tüten mit den Bonbons aus den Händen zu reißen.« Louisa streckte ihren Arm zur Seite und berührte Clara.

Clara erschrak so sehr, dass sie zusammenzuckte.

»Du bist unabhängig«, sagte Louisa. »Du brauchst das Entdecken, willst immer wieder Neues erleben. Du sehnst dich nach der Ferne, das war schon dein Leben lang so. In meinem Zimmer hingen früher Pferdeposter an den Wänden. Was habe ich gequengelt, weil ich mich nach einem eigenen Pferd gesehnt habe. Oma wollte keine Tiere im Haus haben, trotzdem war ich immer pferdevernarrt, wie Anton auch. An deinen Wänden hingen Weltkarten. Weißt du noch, was für einen Ärger du auf dem Gymnasium gekriegt hast, als dein Atlas zerfleddert war, weil du mit den Abbildungen dein Zimmer tapeziert hast?«

Clara lachte. Und wie sie sich daran erinnern konnte! Sie wusste auch noch, wie sie geweint hatte, als sie von ihrem Taschengeld einen neuen Atlas kaufen musste, der sündhaft teuer gewesen war. »Das stimmt, und trotzdem hast du unrecht mit deiner Beurteilung«, sagte Clara. »Menschen ändern sich. Ich will nicht mehr immer unterwegs sein. Ich möchte auch einmal ankommen.«

»Und heiraten und Kinder kriegen?«

»Okay, das jetzt nicht unbedingt.«

Sie mussten beide lachen. Und mit der Anspannung, die zwischen ihnen verschwand, war auch die Kälte verschwunden. Clara stand trotzdem auf, nahm ihre Krücken und holte zwei Wolldecken aus dem Wohnzimmer, eine für Louisa und eine für sich. Dann setzte sie sich zurück auf die Liege, schob die Decke über ihren Oberkörper und ihre Füße.

»Du glaubst nicht, wie einsam es hier manchmal im Dorf werden kann«, sagte Louisa. Ihre Stimme war so leise, dass Clara sich konzentrieren musste, um die Worte zu verstehen. »Ja, hier ist es schön. Aber dieser gleichförmige Alltag fällt auch mir immer schwerer. Das habe ich früher nie so wahrgenommen. Wie wird es dir dann erst gehen, wenn du dauerhaft hierbleibst?«

Louisa holte tief Luft. Clara wollte ihr widersprechen, doch dann hielt sie inne und wartete, dass Louisa weitersprach.

»Ich gehe jeden Morgen die gleiche Runde«, sagte Louisa, »am Rosenhof vorbei, an den Kuhweiden bis zu den Pferdewiesen. Jeden Tag bleibe ich am Gatter bei den Pferden stehen, bis sie kommen. Inzwischen warten sie schon dicht am Zaun, dabei stecken sie ihre Köpfe eng zusammen und schauen mich an, bis ich ein paar Grasbüschel vom Wegesrand ausrupfe und ihnen gebe. Ich sehe ihnen zu, wie sie sich mit ihrem weißen Fell bewegen und sich in der Farbe kaum vom Nebel unterscheiden. Wenn dann die Sonne herauskommt, ist es, als würden sie leuchten, als würde auch der Nebel strahlen, als wäre alles voller Licht. Sie laufen herum und kommen immer wieder, lassen sich an der Stirn berühren, an der Brust streicheln, dann stupsen sie mich an, und ihr Atem kitzelt an meinem Hals und meinem nackten Arm. Sie sind so ungeheuer warm!

Es ist jeden Morgen gleich. Unterschiedlich sind nur die Details. Früher hätte ich gedacht, es macht mir nichts aus, diese Reizarmut, die Gleichförmigkeit. Inzwischen bin ich mir nicht mehr sicher. Ich rede inzwischen sogar mit den Pferden, erzähle ihnen von meinem Tag, meinen Überlegungen, als wären es Menschen.«

»Willst du, dass ich das Handtuch werfe? Dass ich wieder aufbreche?«

»Nein. Ich will nur sagen, dass das Leben hier auf Dauer nicht leicht ist. Dass auch ich hadere. Du bist so voller Ideen und Pläne, dein Tatendrang ist enorm. Das ist ja gut so, aber manchmal macht es glücklicher, die Wünsche einfach Wünsche sein zu lassen. Ich denke, du halst dir das alles auf, um dich von irgendetwas abzulenken. Diese Bonbonproduktion. Deine Arbeit in der Stadt, um die Renovierung zu finanzieren. Dann der Plan mit der Modernisierung des Rosenhofs insgesamt. Das kann doch kein Mensch stemmen. Warum tust du dir das an?«

Clara schwieg.

»Wir könnten verkaufen«, sagte Louisa, »du könntest vorübergehend bei mir in der Lehrerwohnung leben, dir in Ruhe etwas Eigenes suchen, dich dann auf deinen Balkon setzen, dich entspannen und die Beine hochlegen. Was hält dich davon ab?«

»Ich kann das nicht. So bin ich nicht.«

24.

Die Wochen vergingen durch all die Treffen mit Manuel so schnell, wie Clara es noch nie zuvor erlebt hatte. Sie freute sich von Tag zu Tag, mit ihm die Sommerabende auf der Terrasse oder im Garten des Rosenhofs zu verbringen, mit ihm gemeinsam Filme anzuschauen, ausgiebig zu kochen oder einfach nur zusammenzusitzen und zu reden. Sie wünschte sich, ihr Leben würde genauso endlos weitergehen. Manchmal kamen Nachrichten von Jennifer, die noch immer im Van unterwegs war, aktuell in Italien. Sie berichtete von einem Leben, von dem Clara sich nicht mehr vorstellen konnte, dass sie es mehr als zwei Jahre lang geteilt hatte. Clara stellte sich vor, sich in einer Großstadt wie Rom durch Menschenmassen zu schieben, zwischen Geschäften und überfüllten Straßencafés hindurch, an Reisenden und Bettlern vorbei. Jennifers Bilder zeigten große Säle, gefüllt mit tanzenden Menschen, bunten Lichtern, von denen man ahnen konnte, wie sie flackerten und den Raum in unterschiedliche Farben tauchten. Wenn Clara die Fotos betrachtete, glaubte sie, die laute Musik zu hören und den süßen Geschmack der Cocktails auf ihren Lippen zu schmecken.

Manchmal schickte Clara Fotos zurück, morgens von den Pferden auf der Wiese, die im Morgennebel mit ihrem Schimmelfell wie Geisterpferde wirkten. Sie fotografierte den Bach, der aufgrund der immer stärkeren Temperaturunterschiede zwischen Tag und Nacht allmorgendlich von Dunst bedeckt war, der aussah wie Flammen, die auf dem Wasser züngelten. Doch da Jennifer auf die Fotos rund um den Rosenhof kaum reagierte, wurden die Nachrichten, die die beiden austauschten, seltener.

Vorsichtig betrat Clara ohne Gips, aber noch immer mit Krücken, den Garten des Rosenhofs. Zwar war das Laufen noch ungewohnt, und der Fuß fühlte sich zerbrechlich an, doch sie konnte sich deutlich besser fortbewegen als erwartet, sodass sie schon plante, in den nächsten Tagen ihre Arbeit am Rosenhof und in Annemaries Werkstatt wieder aufzunehmen.

Clara blickte zum Schulhaus hinüber und hoffte, eine Bewegung hinter den Fenstern zu entdecken, denn seit dem Ende der Sommerferien waren die Treffen der Schwestern seltener geworden. Von Louisa war nichts zu sehen, wahrscheinlich saß sie an ihrem Schreibtisch im Arbeitszimmer und bereitete sich auf den Unterricht vor. Auch für Louisa war die Umstellung enorm. Meistens bekam sie beim Unterrichten Unterstützung von einer zusätzlichen Lehrerin, die jeden Morgen aus der Stadt hergefahren kam. Aber manchmal war Louisa allein mit allen Kindern, die in zwei nebeneinanderliegenden Klassenräumen unterrichtet wurden – in einem Raum die Klassen eins und zwei, im anderen Raum, zu dem es eine Verbindungstür gab, die Klassen drei und vier.

Doch obwohl die Ringe unter Louisas Augen dunkler und größer geworden waren und die Gesichtsfarbe bleicher, war Louisa glücklich, wieder die Tätigkeit auszuüben, die für sie immer ihr Traumberuf gewesen war. Wahrscheinlich stürzte sie sich auch so sehr in die Arbeit, um nicht an Anton denken zu müssen. Anfangs hatte Clara ihre Schwester nicht verstanden: Wie hatte sie überhaupt auf einen solchen Angeber hereinfallen können? Doch die Antwort kannte Clara inzwischen. Manchmal war die Sehnsucht nach Halt und Unterstützung so übermächtig, dass sie schnell mit Liebe verwechselt werden konnte, wenn jemand auftauchte, der dieses Verlangen stillte.

Eigentlich hatte Clara sich vorgenommen, die Arbeiten ruhig angehen zu lassen. Doch ihre Ungeduld war stärker als die Vernunft. Sie kehrte ins Haus zurück und zog sich ihre mit Stahlkappen verstärkten Arbeitsstiefel an. Alles drängte sie danach, dem brüchigen und in die Jahre gekommenen Fundament zu Leibe zu rücken. Der Stiefel saß durch all die Wochen der Unbeweglichkeit an dem ehemals gebrochenen Fuß so locker, als wäre er zwei Nummern zu groß. Sie versuchte vergeblich, den Schuh durch eine festere Schnürung anzupassen, zog dann eine zusätzliche Wandersocke an und startete mit der Arbeit.

Zuerst wählte sie das Stemmeisen, doch schnell legte sie es wieder beiseite, weil sie damit kaum Fortschritte erzielte. Anschließend benutzte sie die Schlagbohrmaschine. Trotz der dick gepolsterten Gehörschützer dröhnte das Hämmern in ihrem Kopf und im gesamten Körper viel intensiver als die Musik in jeder überlauten Disco. Mit ihrem Körpergewicht stemmte sie sich auf das Gerät und rammte es in den Boden. Bald schon spürte sie durch die Vibrationen ihre Arme kaum noch, trotzdem arbeitete sie weiter, bis der ehemalige Wäschekeller zu einer Ansammlung aus Staub und Schutt geworden war.

Erst dann trennte sie den Schlagbohrer vom Strom, lehnte ihn an die Wand und gönnte sich eine Pause. Es hatte unerwartet gut funktioniert, ihr gerade genesenes Bein weniger zu belasten als das gesunde. Sie spürte keine Schmerzen im Fuß. Nur ihr Rücken und die Arme waren ein einziges Pulsieren. Doch das hielt Clara nicht davon ab, nach einer schnellen Mahlzeit mit den Arbeiten fortzufahren und auch die folgenden Punkte auf ihrer Arbeitsliste anzugehen.

Drei Tage später waren die undichten Fenster mit den verwitterten und teilweise schimmelbefallenen Rahmen im Erdgeschoss entfernt, die Löcher mit Folien, im vorderen Bereich mit Brettern verdeckt. Noch war die Temperatur draußen ideal für diese Riesenaktion: Es blieb trocken, die Monate voller Schnee und Regen waren weit weg.

Clara arbeitete, als wollte sie die vergangenen Wochen aufholen. Allein legte sie das Fachwerk im Eingangsbereich frei, befreite es von feucht gewordenem Lehm, schlug Steine aus den Wänden, wo Feuchtigkeit eingedrungen war. Zumindest das jahrhundertealte Gebälk im Dach, das sie für das Hauptproblem gehalten hatte, erwies sich als extrem stabil, trocken und belastbar. Sie hatte es innen von der alten Isolation befreit, sodass es nun wie ein Gerippe aussah.

Schon immer war der Rosenhof etwas Besonderes gewesen, weil er allein durch seine exponierte Höhenlage aus den anderen Gebäuden des Dorfes hervorstach. Auf den ersten Blick mochte er erscheinen, als wäre er aus der Zeit gefallen, ein Relikt, das nicht mehr in die Moderne passte. Doch langsam entwickelte sich vor Claras Augen ein immer deutlicheres Bild, wie der Rosenhof nach der Restaurierung aussehen würde: renoviert mit Naturmaterialien, in warmen, erdigen Tönen, die Wände nicht mehr tapeziert, sondern einfach in der Wischtechnik gestrichen, ohne die natürlichen Ungleichheiten des Lehmputzes auszugleichen.

Als am zweiten Wochenende endlich Lena, Hannes und Manuel kamen, um wieder zu helfen, war Clara so erschöpft, dass sie sich darauf beschränkte, Erklärungen und Anweisungen zu geben, ansonsten kümmerte sie sich nur in der Küche um das leibliche Wohl ihrer Freunde. Ihre Arme zitterten so sehr, dass sie es kaum schaffte, einen mit Wasser gefüllten Kochtopf auf den Ofen zu stellen, ohne dass er überschwappte.

Während Clara kochte, füllten sich die Räume des Rosenhofs immer mehr mit dem Geruch von feuchtem Lehmputz, der mit einem großen Laster angeliefert worden war.

»Bist du dir sicher, dass du dich nicht übernimmst?«, fragte Lena vorsichtig.

»Annemarie rechnet bald wieder mit mir. Die Zeit, bis ich mehrmals in der Woche in die Stadt fahren muss, will ich nutzen.«

»Dir ist aber schon klar, dass der Rosenhof in dieser Form ohne Fenster den Winter nicht übersteht?«

Clara schwieg. Natürlich wusste sie das, wie sie auch mitbekommen hatte, dass sie nach ihrer impulsiven Aktion, die alten Fenster zu entfernen, zum Dorfgespräch geworden war. Es stimmte: Sie konnte keinen Plan liefern, mit welchem Geld und von welchem Schreiner sie überhaupt neue Fenster beschaffen wollte.

»Anton überschlägt sich vor Spott«, sagte Lena.

»War das nicht zu erwarten?«

»Überall posaunt er herum, dass du den Rosenhof in eine Ruine verwan…«

»Tu mir einen Gefallen. Lass ihn einfach reden. Ignorier ihn.«

»Hör mir doch erst mal zu. Anton erzählt es jedem, ob es ihn nun interessiert oder nicht. Er hat sich auch beim Schreiner aus dem Nachbardorf darüber ausgelassen, als er für sich eine neue Eingangstür in Auftrag gegeben hat. Er hat es sich nicht nehmen lassen, zu lästern. Dass ich danebenstand, um ihm ein Paket zu bringen, das bei uns an der Tankstelle für ihn abgegeben worden war, hat ihn nicht abgehalten. Jedenfalls erzählte der Schreiner daraufhin von den Abbruchcontainern auf der Deponie. In der Stadt werden wohl mehrere Altbauten saniert, die aus derselben Zeit stammen wie der Rosenhof. Dort soll es Fenster und Türen in Massen geben, die in einem fantastischen Zustand sind. Sie sind nur entfernt worden, weil sie einer modernen Dreifachverglasung weichen mussten.«

»Das sagst du mir erst jetzt?« Clara drehte die Hitze am Herd herunter. Das Nudelwasser hörte auf zu kochen. Sie zog die Töpfe an die Seite. »Was, wenn sich jemand anderes schon bedient hat?«, fragte Clara. »Warum hast du mir das nicht eher gesagt?«

»Ich habe es vergessen, nicht mehr daran gedacht. Aber da nimmt niemand irgendetwas weg.«

»Bist du dir sicher?« Clara schaute nach draußen. Langsam wurde es dunkel. Sie hatten geplant, den Tag mit einem gemeinsamen Essen ausklingen zu lassen, doch nun packte sie die Ungeduld. »Würdest du dich weiter um unser Abendessen kümmern?«

Sie ließ Lena keine Zeit, sich zu entscheiden, sondern eilte nach oben, wo Hannes und Manuel an der Isolierung der Dachkonstruktion arbeiteten.

Hannes widersetzte sich allen Versuchen Claras, sie auf die Deponie zu begleiten, aber Manuel stimmte sofort zu.

»Wenn ihr zurückkommt und von den Spaghetti und der Soße nichts mehr übrig ist, seid ihr selbst schuld«, scherzte Hannes.

Clara konnte es kaum abwarten. Am liebsten wäre sie mit ihrem eigenen Wagen aufgebrochen, doch sie wusste, dass der Kofferraum viel zu wenig Platz bot, um größere Gegenstände zu transportieren. So lieh sie sich einen Traktor mit Anhänger. Auf der Fahrt hielt sie Manuel an, schneller zu fahren. Es kam ihr vor, als bewegten sie sich wie Schnecken vorwärts, während andere Fahrzeuge mit hoher Geschwindigkeit überholten und an ihnen vorbeirauschten.

Doch schon als sie das Tor zur Deponie durchquerten, beruhigte sich Clara. Die Container waren so überfüllt, dass die Türen und Fenster der Altbauten oben herausragten.

Zusammen mit Manuel schleppten sie im Licht der Scheinwerfer zwei Türen und fünfzehn Fenster auf die Ladefläche des Treckeranhängers und fuhren mit ihrer Ausbeute zurück zum Rosenhof. Als Fachfrau brauchte Clara kein Tageslicht, um zu erkennen, welch genialer Coup ihr gelungen war: Die Fenster waren leicht aufzuarbeiten, nur einige Glasflächen mussten ersetzt werden. Sprossenfenster in dieser Art waren ansonsten nur zu horrenden Preisen auf dem Antiquitätenmarkt zu bekommen.

25.

Um den Überraschungseffekt beim Anblick des sanierten Gebäudes noch zu verstärken, verbot Clara ihrer Schwester monatelang, den Rosenhof zu betreten. Nach und nach konnte Clara beginnen, sich nicht nur um Notwendigkeiten zu kümmern, sondern sich Gedanken über zusätzliche Veränderungen zu machen, um den Rosenhof in ganz neuer Pracht erstrahlen zu lassen. Sie stellte sich ein Badezimmer vor mit einer großen, frei stehenden Badewanne, mit einem Mosaik aus alten und hinzugekauften Fliesen an Boden und Wänden. Dann musste unbedingt ein Dachdurchbruch geschaffen werden mit einem Panoramafenster, um vom Speicher aus einen Blick weit über die Landschaft bis zu den Maaren zu bekommen. Wenn der Rosengarten im kommenden Sommer erst wieder neu erblühte … Clara lächelte bei dem Gedanken.

Zwei Tage blieben noch bis zur großen Hausbesichtigung mit Louisa. Als hätte die Natur das Ihrige dazu beigetragen, den Rosenhof von seiner besten Seite zu zeigen, war über Nacht Schnee gefallen. Es sah aus, als wären die Bäume und Sträucher um den Rosenhof herum mit einer Diamantschicht überzogen, so sehr glänzte die Sonne im Weiß des Schnees. Die Helligkeit ließ das Bad mit seinem bunten Mosaik märchenhaft strahlen. Die Gardinen und Vorhänge waren neu, der abgeschliffene Holzboden roch nach Bohnerwachs. Die Tische und Fensterbänke waren weihnachtlich dekoriert. Zwar musste der neue Lehmputz im Keller noch trocknen und eine zweite Schicht bekommen, auch wollte Clara den Boden dort noch neu gestalten, doch das war zweitrangig. Denn einzig wichtig war: Sie hatte es geschafft, vor dem Ende der Frist, die Louisa ihr gesetzt hatte, die Arbeiten abzuschließen.

Noch zwei Tage – die Clara nutzen wollte, um ein Menü für Louisa und ihre drei Freunde zu kochen, dann konnte die Einweihungsfeier des frisch restaurierten Rosenhofs stattfinden. Nach all den arbeits- und pannenreichen Monaten war es Zeit, einmal durchzuatmen und das Erreichte wertzuschätzen.

Nach dem Frühstück zog sich Clara nicht ihre schmutzige Arbeitskleidung an, sondern blieb in Schlafanzug und Bademantel, um Rezepte für die Feier herauszusuchen und eine Einkaufsliste zu erstellen. Dazu gönnte sie sich noch eine zusätzliche Tasse Milchkaffee.

Gerade als sie am großen Tisch im Esszimmer Platz genommen hatte, läutete es an der Haustür. Clara stutzte. Sie erwartete keinen Besuch, hatte auch Lena, Hannes und Manuel gesagt, dass sie mit den Vorbereitungen für das Treffen beschäftigt sei. Und Louisa hatte sowieso »Hausverbot«, wie Clara es scherzhaft bezeichnete. Sie freute sich bei dem Gedanken daran, wie Louisas Reaktion aussehen würde.

Es läutete direkt noch einmal, dann erklang ein Klopfen. »Hallo«, rief ein Mann, dessen Stimme Clara nicht kannte.

Langsam richtete sie sich auf, wickelte den Bademantel fester um ihren Körper und betrachtete ihre nackten Füße. Schnell schlüpfte sie in Schuhe, die neben der Eingangstür bereitstanden, und öffnete.

Vor ihr wartete eine Familie wie aus dem Bilderbuch: der Vater mit der Tochter an der Hand, die Mutter mit einem Kleinkind auf dem Arm.

»Ja?«, fragte Clara.

»Wir kommen wegen der Besichtigung. Anfangs waren wir etwas skeptisch. Die Alleinlage, dann die große Entfernung zur Stadt. Deswegen haben wir nicht angerufen, wollten uns das Gebäude erst einmal von außen ansehen«, sagte der Mann. »Aber als wir es gesehen haben, haben wir uns direkt verliebt. Es ist wunderschön!«

Die Frau versuchte, an Clara vorbei ins Innere zu sehen. Clara schloss die Tür daraufhin weiter, sodass sie sich zwar noch unterhalten konnte, alles Weitere aber verborgen blieb.

»Besichtigung?«, fragte Clara.

»Das Inserat. Online. Oder haben Sie schon verkauft? Sind Sie die neue Besitzerin?«

»Inserat?« Noch bevor Clara das Wort ausgesprochen hatte, erinnerte sie sich wieder. Wie sie mit Lena und Hannes durchs Haus gegangen war, um die Lage der Leitungen zu orten. Wie Manuel währenddessen die Räume für eine Verkaufsanzeige im Internet fotografiert hatte. *Um den Marktwert jetzt schon einmal festzustellen,* klang es in ihr nach. Doch sie konnte sich nicht daran erinnern, dass Manuel die Anzeige wirklich online gestellt hatte. Oder war das nur ein typisches Zeichen von Verdrängung, weil sie davon nichts hatte wissen wollen?

»Das ist aber lange her, seit das Inserat geschaltet wurde«, sagte Clara.

»Wir sind durch die Suchfunktion darauf gestoßen.« Die Frau lächelte. »Beziehungsweise ich habe es gefunden, hatte vorgeschlagen, etwas ländlicher zu suchen, damit es finanzierbar wird.«

Ein Windzug schob die Tür auf, bevor Clara sie zu packen bekam.

Die Frau öffnete den Mund und schloss ihn wieder. »Wow!«

»Steht denn der Hof noch zum Verkauf?«, fragte der Mann.

Clara zögerte. Dann ermahnte sie sich, an ihren ursprünglichen Plan zu denken. Es ging hier nicht um ihre Befindlichkeiten, sondern darum, für ihre Schwester einen Ausgleich für die

Jahre zu schaffen, in denen sie sich um die Großeltern gekümmert hatte.

»Ja.« Ihr Hals fühlte sich heiser und trocken an, als wäre sie stark erkältet. »Ja, es stimmt. Sie sind nicht umsonst gekommen. Das Haus steht zum Verkauf. Allerdings stammt das Inserat aus der Zeit vor den umfangreichen Renovierungen. Über den Preis müssten wir noch einmal reden und uns einigen.«

»Dürfen wir reinkommen, oder passt es Ihnen gerade nicht? Wir hatten eine Anfahrt von zweihundert Kilometern, und als wir innen Licht gesehen haben …«

»Es ist okay«, sagte Clara. Ihr Halskratzen wurde nicht besser, sondern verstärkte sich. Sie trat beiseite und bat die Familie, die vom Schnee durchnässten Schuhe auszuziehen. Sie hängte die feuchten Jacken und Mäntel an der Garderobe auf. Sofort stürmten die Kinder ins Innere, tollten durch das Wohnzimmer und spielten Fangen, bis ihr Vater sie ermahnte und an die Hand nahm.

»Wir haben uns noch gar nicht vorgestellt«, sagte er. »Rasmussen. Oh, das sind die originalen historischen Böden, oder?«

»Ja. Abgeschliffen und neu versiegelt. Der Boden ist sehr widerstandsfähig, auch wenn man das auf den ersten Blick nicht glauben würde.«

Es war, als würde sie die Situation von außen betrachten, während sie die Familie wie automatisch von einem Raum zum anderen geleitete. Zur größten Begeisterung führte der Ausblick vom Speicher über die Umgebung, auch ansonsten sparten weder Kinder noch Eltern mit Begeisterungsausrufen.

»Oh.«

»Ah!«

»Das ist mein Zimmer«, entschied das Mädchen.

Die Mutter strich ihr lächelnd über den Kopf.

»Es ist unverkennbar, mit wie viel Sachverstand, Liebe und Zeitaufwand Sie die Renovierungen durchgeführt haben. Wir brauchen nichts, aber gar nichts zu ändern«, sagte Herr Rasmussen. »Alles Handarbeit, oder? Ich kenne mich aus. Auch das Bad – da ist nichts von der Stange. Hochwertige Materialien. Langlebig und geschmackvoll. Dann das gesamte Gebäude mit dieser Aussicht – hier muss sich niemand eine Achtsamkeitsapp herunterladen. Phänomenal! Es reicht, einfach aus dem Fenster zu sehen.«

Clara bedankte sich für all die Komplimente, weil sie nicht wusste, was sie sagen sollte.

»Ich bin mir sicher, wir finden finanziell eine Übereinkunft. Die Zinsen sind ja aktuell so niedrig. Wenn wir unser Wochenendhaus verkaufen, dürfte die Finanzierung kein Problem sein. Es ist einfach unglaublich! Monatelang sind wir schon auf der Suche. Wir kamen ohne große Erwartungen hierher und stoßen dann auf ein solches Kleinod! Das hat mit den eingestellten Fotos ja kaum etwas zu tun. Dort wirkte es wie ein verfallenes Gebäude.« Er wandte sich an seine Frau und strich ihr sanft über den Rücken. »Wenn ich meine bessere Hälfte nicht hätte … Ich wollte es mir gar nicht ansehen, aber meine Frau hat ein Faible für Historisches. Bei all den vorhergehenden Besichtigungen haben wir nur erlebt, dass die Fotos bearbeitet und gestellt waren. Wenn man es dann real sieht – die reinste Enttäuschung. Weitwinkelaufnahmen lassen kleine Kammern groß erscheinen. Wussten Sie, dass es inzwischen sogar Makler gibt, die sich auf das Aufhübschen spezialisiert haben? Die mit Bildbearbeitungsprogrammen andere Möbel in die Aufnahmen montieren? Oder die ganze Häuser neu einrichten, mit Küchenzeilen, die nur Attrappen sind? Es ist inzwischen auf dem Wohnungsmarkt wie in der Werbung: viel Schein, wenig Sein. Aber hier ist es umgekehrt. Es macht mich sprachlos. Wogegen …« Er lachte. »Die Sprache verschlägt es mir nicht, im Gegenteil. Bei all meinem begeisterten Geplapper müssen Sie mich ja für völlig verrückt halten.« Er schaute sich um und zog sein Handy hervor. »Sie haben doch nichts dagegen, wenn ich ein paar Aufnahmen mache?«

Ohne eine Antwort abzuwarten, begann er, durch die Räume zu gehen und zu fotografieren.

»Das Wohnhaus kann so bleiben, ohne jede Änderung. Die Scheune muss natürlich weg. Das ist ein ideales Objekt, um uns mit Alina und Rolf zusammenzutun.« Er nickte seiner Frau zu. »Anstelle der Scheune bauen wir Parkplätze. Im Garten kann Rolf dann sein Seminarzentrum planen, dazu noch ein Wohnhaus für seine Familie. Platz gibt es hier ja mehr als genug.«

Claras Hände wurden kalt und taub bei der Vorstellung, wie der gerade neu hergerichtete Rosengarten Baggern weichen musste.

Doch war das nicht von Anfang an absehbar gewesen? War sie verrückt zu glauben, kommende Besitzer würden alles beim Alten lassen und die Traditionen fortführen? Hatte nicht auch ihre Großmutter dem Hof eine ganz neue Richtung gegeben, indem sie mit ihren Rosenspezialitäten den Betrieb von der Viehzucht weggeführt hatte? Hatte nicht in Zukunft jeder andere genauso das Recht, an diesem Ort seine Träume auszuleben?

Doch ihre rationale Stimme erreichte ihr Herz nicht. Clara fiel das Atmen schwer, hinter ihren Augen drückte es, als kündigte sich eine Migräne an. Wie angewurzelt blieb sie im Wohnzimmer stehen, während die Familie noch einmal das Haus durchschritt und anschließend den Garten betrat, um die Lage des Seminargebäudes zu diskutieren.

»Kennen Sie hier jemanden vom Bauamt?«, fragte der Mann.

Clara zuckte zusammen, so sehr war sie in Gedanken. »Bauamt«, wiederholte sie und mahnte sich zur Konzentration. »Damit habe ich keine Erfahrung, kenne niemanden dort. Ich weiß nur, dass Veränderungen unkompliziert sind. Viele Gebäude im Ort stehen unter Denkmalschutz, dieses hier aber nicht.« Sie fragte sich, was sie da sprach, ohne nachzudenken, obwohl alles in ihr danach schrie zu sagen: *Stopp! Es ist ein Irrtum! Der Rosenhof steht nicht mehr zum Verkauf.*

Sie plauderten noch über Einkaufsmöglichkeiten. Die kleine Dorfschule mit zwei Klassenstufen, die gemeinsam unterrichtet wurden, fand die Frau »ganz entzückend«, die Vorstellung, am Bach spazieren zu gehen, »idyllisch«, die Nähe zum Maar kommentierte sie mit: »Dann brauchen wir keinen Urlaub mehr.«

Clara atmete auf, als sie endlich wieder allein war. Nach dem Besuch fühlte sie sich, als wäre ein Orkan über sie hinweggefegt. Noch immer begriff sie kaum, was geschehen war. So viel Geld würde sie für den Rosenhof bekommen! Und dass die Käufer hofften, bereits in ein paar Tagen oder spätestens einer Woche einen Termin bei einem befreundeten Notar ausmachen zu können … dass der Verkauf dann schneller gehen würde, als andere über den Kauf eines Autos nachdachten … In Claras Kopf rauschte es, und es fühlte sich an, als würden von innen Wellen gegen ihre Stirn branden. Es war nicht schmerzhaft, aber unangenehm.

Sie brauchte ein paar Minuten, um sich zu erinnern, was sie eigentlich tun wollte: Rezepte heraussuchen für die anberaumte Feier. Die Stille im Haus war ungewohnt, weil der Schnee die Geräusche von außen schluckte. Das gesamte Gebäude schien die Luft anzuhalten. Dann knackte es oben im Gebälk. Die Heizung gurgelte. Der Wasserhahn begann zu tropfen. Ein Windzug ließ ein gekipptes Fenster so laut zuknallen, dass Clara zusammenzuckte. Es war, als wollte ihr das Gebäude etwas sagen, das sie nicht entschlüsseln konnte.

Clara drehte den Wasserhahn fester zu, schloss alle gekippten Fenster und stellte die Heizung höher, weil sie fror. Dann fiel ihr auf, dass sie noch immer ihre Wanderschuhe trug, in die sie hineingeschlüpft war, bevor sie die Tür geöffnet hatte. Sie schlug sich gegen die Stirn bei so viel Unbedachtheit: Die Familie hatte sie gebeten, die Schuhe auszuziehen, aber selbst das gesamte Haus mit getrocknetem Matsch von den dicken Profilsohlen überzogen.

Sie zog die Schuhe aus, nahm den Sauger aus der Kammer und säuberte eine Etage nach der anderen von den braunen Krümeln. Noch immer kam sie sich vor, als stünde sie neben sich. Eigentlich sollte sie sich freuen, sagte sie sich, hatte sie doch ihr Ziel viel schneller als geplant erreicht. Der Rosenhof konnte in diesem Jahr verkauft werden, vielleicht wären die Verträge sogar noch vor Weihnachten unterzeichnet. Gab es ein besseres Weihnachtsgeschenk für Louisa?

Doch noch immer stellte sich keine Freude ein, im Gegenteil. Claras Herz raste. Ihr war übel, und hinter ihrer Stirn und hinter ihren Augen hämmerte es stärker, sodass sie nun wirklich daran glaubte, dass sich eine Migräne ankündigte. Am liebsten hätte Clara sich sofort ins Bett gelegt, die Decke über sich gezogen und wäre nie wieder aufgestanden. Sie wünschte sich, eine Pausentaste drücken zu können, um die Zeit anzuhalten. Stattdessen schrieb sie ihrer Schwester eine Nachricht, weil sie befürchtete, in Tränen auszubrechen, wenn sie persönlich mit Louisa spräche.

Habe einen Käufer für den Rosenhof. 650 000 wollen sie zahlen und sind so begeistert, dass sie einen befreundeten Notar anrufen wollen, der den Vertrag schon in ein paar Tagen aufsetzt.

Clara wünschte so sehr, dass Louisa antwortete, ihr ginge das zu schnell, dass sie die Renovierungen ja noch gar nicht alle gesehen hatte, dass sie irgendetwas sagte, was das scheinbar Unvermeidliche aufhielte.

Beide Häkchen auf dem Display färbten sich blau. Drei blinkende Punkte erschienen, und kurz darauf Louisas Antwort:

Wie fantastisch ist das denn? WOW! Besser geht es nicht. Wenn der Termin feststeht, brauche ich ja nur noch zu unterschreiben. Wenn ich sonst noch irgendwie helfen kann, sag Bescheid.

26.

Monatelang hatte sie mit all ihrer Kraft auf dieses Ziel hingearbeitet, hatte geschuftet, um den Rosenhof zu einem guten Preis verkaufen zu können. Sie hatte sich so sehr mit den Arbeiten beeilt, dass sie nun sogar Wochen eher als geplant mit dem Umbau fertig geworden war. Die Frist von einem halben Jahr war längst nicht verstrichen. Clara wusste nicht, woran es lag, aber sie konnte sich nicht freuen, obwohl sie über eine halbe Million Euro bekäme, deutlich mehr als erhofft. Die Migräne, die sich schon angekündigt hatte, fesselte sie zwei Tage lang ans Bett, so fiel die Einweihungsfeier aus. Sie dachte daran, Louisa, Lena, Hannes und Manuel anzurufen, um sie für den nächsten oder übernächsten Abend einzuladen und das gemeinsame Treffen nachzuholen. Stattdessen blieb sie auch nach den zwei Tagen weiter im Bett liegen und fühlte sich wie betäubt. Eigentlich hatte Clara geplant, Louisa all die fertigen Renovierungsarbeiten als große Überraschung zu präsentieren. Sie hatte Louisas staunenden Gesichtsausdruck sehen wollen, beobachten, wie ihre Schwester durch all die Räume ging, die kaum wiederzuerkennen waren. Auch dieser Plan hatte sich zerschlagen, denn Louisa ließ sich nicht davon abhalten, vorbeizukommen und nach Clara zu sehen.

»Überraschung hin oder her«, sagte Louisa, »wichtig ist doch allein, dass es dir bald wieder besser geht. Ich kann dich doch hier nicht allein im Bett liegen lassen und so tun, als wäre es mir egal!«

Das Einzige, wozu Clara sich motivieren konnte, war, im Internet nach Rosenrezepten zu recherchieren. Sie ließ sich von Suchergebnis zu Suchergebnis leiten, klickte von einer Webseite zur anderen.

Obwohl es bereits fast Mittag war, hatte sie noch nichts gegessen und nur auf die Schnelle Wasser aus dem Hahn im Badezimmer getrunken.

Von draußen strahlte durch den Schnee verstärkt das Sonnenlicht herein, aus dem Dorf waren Stimmen von Kindern zu hören, die lachend und plaudernd an der Straße entlanggingen, hin zum Hügel bei den Ferienhäusern, um dort Schlitten zu fahren. Zwischendurch glaubte Clara, Louisas Stimme zwischen all den Kinderstimmen zu erkennen. Bestimmt hatte sie sich von den Schülern überreden lassen, an diesem Tag die Pflicht beiseitezuschieben und gemeinsam an der frischen Luft die Sonne und den Schnee zu genießen, anstatt den Vormittag so knapp vor Weihnachten im überhitzten Klassenzimmer zu verbringen.

Obwohl der Notartermin gemeinsam mit Louisa bereits für den Folgetag festgelegt war, rasten Claras Gedanken bei den Überlegungen, ob es nicht irgendeine Chance gab, den Rosenhof zu behalten. Sie sah keine Perspektive, trotzdem hörte es in Clara nicht auf zu denken, als würde ihre innere Stimme überlaut wie ein Radio pausenlos auf sie einplappern. Es musste doch möglich sein, das Geschäft der Großmutter um die Rosenspezialitäten wiederzubeleben! Irgendwo in den unendlichen Weiten des Internets mussten sich doch die Rosenrezepte finden lassen! Clara hatte ihre Suche auf fremdsprachige Webseiten ausgeweitet, mit dem Übersetzer gearbeitet, sich durch stümperhaftes Deutsch gekämpft, ohne jedoch auf den Kern zu stoßen, warum ihre Kochversuche so viel schlechtere Ergebnisse brachten, als sie es sich erhoffte.

Doch so groß ihr Sehnen nach einer Alternative auch war: Die Tatsachen sprachen für sich. Langsam musste sich Clara eingestehen: Louisa hatte anscheinend recht, wenn sie immer betonte, dass mit den Rezepten aus dem Internet kein Durchbruch zu erzielen war. Die Weiterführung des Rosenhofs war reine Traumtänzerei, das Gebäude für eine Einzelperson überdimensioniert.

Trotzdem gelang es ihr auch mit aller Logik nicht, ihre innere Stimme zum Schweigen zu bringen.

Sie sagte sich, dass sie aufstehen und sich wenigstens einen Kaffee kochen, dazu ein Brot belegen und essen sollte. Das war eine schnelle Alternative, weil sie sich erst recht nicht motivieren konnte, ein vollständiges Mittagessen herzurichten.

In ihrer Frustration über die Ausweglosigkeit des geplanten Verkaufs blieb Clara im Bett liegen, bis sie dringend auf die Toilette musste. Dort trank sie wieder etwas Wasser aus dem Zahnputzbecher und legte sich erneut hin. Die Kopfschmerzen der vergangenen Tage kehrten nicht zurück, trotzdem fühlte ihr gesamter Körper sich an, als würde sie gerade aus einer langen Narkose erwachen. Alle Glieder waren schwer, alle Bewegungen empfand sie als zäh und mühsam.

Wäre sie mit diesen Empfindungen nach einer Partynacht aufgewacht, hätte sie die Polizei gerufen in dem Verdacht, jemand hätte ihr eine Partydroge verabreicht. Doch sie hatte nichts eingenommen außer den Kopfschmerztabletten, die für diesen Zustand nicht verantwortlich sein konnten. Sie war zu müde zum Lesen, und allein der Gedanke, im Internet sinnlos Videos zur Unterhaltung anzusehen, strengte sie an. Sie wünschte sich nur, im Bett liegen zu bleiben und sich die Decke über den Kopf zu ziehen, um die Außenwelt so lang wie möglich auszuschließen.

Irgendwann am Nachmittag schlief sie ein, um mitten in der Nacht wieder aufzuwachen. Sie schaltete das Display ihres Handys ein. Es zeigte 3:48 Uhr an und wies sie auf acht verpasste Anrufe von Manuel hin. Eisige Luft wehte durch das gekippte Fenster herein, Sturm rüttelte an den Fensterläden und ließ sie klappern.

Nun war es zu spät, Manuel zurückzurufen. Clara stand auf, schloss das Fenster und legte sich wieder hin. Inzwischen war ihr Hunger verschwunden.

Sie stellte den Wecker des Handys auf sieben Uhr, um genügend Zeit zu haben, sich für den Notartermin herzurichten. Nun gab es kein Zurück mehr. Die Entscheidungen vom Sommer hatten eine Eigendynamik entwickelt, der Clara sich nicht entziehen konnte.

Doch anstatt wieder einzuschlafen, lauschte sie in die Stille, auf das Knacken der Heizung und das Knarren im Gebälk über ihr. Irgendwo tropfte Wasser. Zwischendurch war es, als könnte sie die Stimmen ihrer Großeltern wahrnehmen, als würden sie im Wohnzimmer sitzen und sich unterhalten, wie sie es zu Lebzeiten jeden Abend vor dem Zubettgehen getan hatten. Sie glaubte, ihre Schwester im gegenüberliegenden Zimmer atmen zu hören, unterbrochen von dem Louisa-typischen Seufzen, wenn diese sich im Halbschlaf von einer Seite zu anderen drehte.

Clara schaltete eine halbe Stunde vor dem geplanten Läuten den Alarm am Handy ab und stand auf. Als sie ins Bad ging, kam sie sich vor wie ein Zombie. Der Blick in den Spiegel verstärkte den Eindruck noch: Dunkle Ringe hatten sich um ihren Augen gebildet, die Wangen waren bleich, die Lippen bläulich. Auch die heiße Dusche schaffte es nicht, sie aufzuwärmen. Schon beim Abtrocknen kehrte die Kälte zurück, die nicht von außen, sondern tief aus ihrem Innern zu kommen schien. Mit mehreren Schichten Make-up gelang es ihr, zumindest ihrem Gesicht einen wachen Ausdruck zu verleihen. Dann zog sie eine ihrer weißen Blusen und eine schwarze Jeans an, darüber ein anthrazitfarbenes Jackett. Mit Blick in den Spiegel zwang sie sich, die Schultern zurückzunehmen, aufrecht zu stehen und zu lächeln.

Sie hatte alles erreicht, wofür sie die vergangenen Monate gekämpft hatte, doch noch immer spürte sie nichts als Traurigkeit, Leere und Frustration. Um nicht allein zu frühstücken und sich vor dem Termin beim Notar abzulenken, rief sie Manuel an, um ihn zu fragen, ob er ihr Gesellschaft leisten wolle. Zum Notar wollte er sie neben Louisa sowieso begleiten, doch die Zeit bis zum geplanten Aufbruch erschien unendlich lang.

»Wie gut, dass du zurückrufst, ich habe eine Neuigkeit für dich«, meldete er sich anstelle einer Begrüßung.

»Hast du Lust, zum Frühstück zu kommen?«

»Ich habe noch einmal mit Erna gesprochen, als ich ihr Einkäufe mitgebracht habe. Sie weiß, wo sich das Rezeptbuch befindet. Und, was sagst du?«

Clara schwieg. Ihr gegenüber hatte Erna das ja auch geäußert, woraufhin sie das ganze Haus dreimal erfolglos durchgegangen war.

»Hinter der Tapetentür im Flur«, sagte Manuel.

Clara ließ vom Esszimmer aus den Blick in den Flur gleiten, dann schüttelte sie den Kopf. »Es gibt keine Tapetentür. Ich habe nach meinem Besuch bei Erna schon alles nach einer geheimen Kammer durchsucht.«

»Die muss es geben. Sie hat es mir genau beschrieben. Sie war sich vollkommen sicher!«

»Erna ist verwirrt. Bei meinem Besuch fiel es ihr ungeheuer schwer, bei einem Thema zu bleiben, sie schweifte immer wieder ab. Sie hat dir auch einen Bären aufgebunden. Es gibt keine Geheimtür, die kann es gar nicht geben. Ich habe sogar alle Zimmer genau vermessen, um nichts zu übersehen.«

»Am besten komme ich vorbei, wir kümmern uns zusammen darum. Und dann können wir ja auch frühstücken.«

»Wo genau hat sie noch einmal gesagt?« Clara blickte sich um.

»An der Treppe zwischen Esszimmer und erstem Stock. Eine Tapetentür.«

Sie verabschiedete sich verwirrt und versuchte vergeblich, hinter Ernas Worten einen Sinn zu erkennen. Vom Esszimmer im

Erdgeschoss ging keine Tür ab. Der Flur war offen gestaltet, er verlief über alle Etagen, verbunden durch die Treppen. Vom Flur aus zweigten dann auf jeder Etage die verschiedenen Zimmer ab. Möglichkeiten, etwas aufzubewahren oder gar zu verstecken, boten weder das Treppenhaus noch der Flur.

Es dauerte nur ein paar Minuten, bis Manuel an der Tür klopfte. Sie küsste ihn zur Begrüßung. Seine Wangen und Ohren waren von der Kälte rot und eisig, seine Mütze und seine Jacke voller Schnee. Er schüttelte die Kleidungsstücke vor der Tür aus, Clara hängte sie dann an die Garderobe.

»Kaffee oder Tee?«, fragte sie.

»Hast du dir schon den Flur angesehen?«

»Da ist nichts.«

Manuel zog sich die verschneiten Schuhe aus, stellte sie neben der Tür auf eine Matte und ging an ihr vorbei zur Treppe. »Es ist relativ frisch tapeziert«, sagte er. »Hast du das gemacht?«

»Louisa hat es in Auftrag gegeben. Sie hat mir am Telefon davon erzählt. Vor einem Jahr – glaube ich. Deswegen habe ich auch nichts verändert, das sieht ja noch richtig gut aus.« Überall sonst im Haus hatte sie die Tapeten entfernt, doch im Flur gefiel ihr die weiße Raufasertapete sogar, denn sie ließ den Treppenaufgang heller wirken und weitläufiger. Die Tapete minderte den düsteren Eindruck, den die alten dunklen Holzstufen hinterließen. »Es ist natürlich vom historischen Standpunkt aus betrachtet eine Panne. Hell lasierter Lehmputz, das wäre das perfekte Material. Dazu ein paar Leuchten aufgehängt … Aber die Entscheidung liegt nun nicht mehr in meinen Händen.«

Manuel klopfte gegen die Wand, während er langsam Stufe für Stufe hinaufging.

»Da ist nichts. Da kann gar nichts sein«, sagte Clara. »Ich habe das alles vermessen. Einen Plan gezeichnet vom gesamten Gebäude.«

»Jetzt sei doch mal still.«

Viermal lief er die Treppe hoch und wieder runter, die letzten beiden Male blieb er genau in der Mitte zwischen Erdgeschoss und erstem Stock stehen.

»Hast du das gehört?«, fragte er.

»Was konkret?« Sie schüttelte den Kopf. »Da ist nichts. Da kann nichts sein.«

»Dahinter …«, meinte er und klopfte noch einmal.

Clara beendete seinen Satz: »… liegt die Scheune. Ein separates Gebäude mit eigenen Außenwänden, weshalb es auch problemlos möglich ist, sie abzureißen. So ist der Plan des Käufers.«

Vorsichtig tastete Manuel über die Wand und klopfte immer wieder. »Das Problem ist, dass wir den Flur neu tapezieren müssen, wenn ich meine Vermutung überprüfen will. Die Tapete muss ab.«

»Da kann nichts sein.« Clara schüttelte den Kopf. »Was denkst du, was der Käufer sagt, wenn wir jetzt anfangen, die Tapete abzureißen? Komm mit in die Küche, lass uns gemeinsam Kaffee trinken.«

»Wir wetten. Wenn ich etwas finde …«

Claras Neugier war geweckt. Schon früher hatte sie nicht widerstehen können, wenn jemand ihr eine Wette vorgeschlagen hatte. »Okay.« Sie seufzte. »Um fünfzig Euro. Und wenn du dich irrst, zahlst du die Handwerker, um das Chaos wieder zu richten.«

Manuel reichte ihr die Hand, und sie schlug ein. Er blickte sich um. »Dann brauche ich jetzt einen Cutter, ein Skalpell oder ein sehr scharfes Messer.«

Clara ging in die Küche und kramte in der Besteckschublade. Das Messer mit der besten Klinge und ohne Rundung an der Spitze war das Obst- und Gemüsemesser. Sie kehrte zur Treppe zurück und reichte es Manuel.

Er erklärte nicht, was er vorhatte, tastete noch einmal die Wand ab und setzte dann mitten auf einer Tapetenbahn einen Schnitt an. Das Messer glitt tief zwischen den Putz, als würde Manuel Butter schneiden.

»Dachte ich es mir doch«, sagte er, lachte laut auf, drehte sich zu ihr und grinste.

Erst fuhr er mit dem Messer abwärts bis zur Treppenstufe, dann wieder aufwärts, um in einem rechten Winkel nach links abzubiegen. Geschickt schlitzte er ein Viereck in die Wand, das deutlich kleiner war als eine Tür.

»Dass die Lücke, die ich zuerst gefunden habe, direkt den Einstieg markiert, das war Glück. Wobei der Schnippelkurs an der Uni ja zu irgendetwas gut sein muss.«

»Schnippelkurs?« Sie runzelte die Stirn.

»Der Präparierkurs. Wer dort gute Leistung bringen will, muss auch durch die Haut Veränderungen sicher ertasten. Nichts anderes war diese Suchaufgabe hier.«

Clara starrte auf das Messer in seiner Hand. »Wie ekelig! Du schneidest durch die Tapete und denkst an eine Leiche?« Es schüttelte sie. Schnell schob sie die Vorstellung beiseite, was Manuel konkret in diesem Kurs getan hatte.

»Meinst du, wir lernen nur aus Büchern?«, fragte er.

»Trotzdem ist es ekelig.«

»Wir alle können froh sein, dass es diese Möglichkeit gibt, denn wer will für einen Studenten als Versuchsobjekt … Tadaaa!« Er steckte das Messer in die Ritze und öffnete eine kleine Tür, die Clara nie zuvor wahrgenommen hatte, obwohl sie in diesem Gebäude die meiste Zeit ihres Lebens verbracht hatte.

»Wie haben wir das alle nur übersehen können?«, fragte sie und wusste, dass es Louisa auch so ergangen war, sonst hätte sie die Malerarbeiten an dieser Stelle gar nicht beauftragt. »Aber was ich noch weniger verstehe: Warum hat Oma nichts gesagt? Warum hat sie die Renovierung an dieser Stelle zugelassen?«

Manuel griff durch die Tür, die gerade groß genug war, dass man auf allen vieren hindurchkriechen konnte. Er tastete im Innern der Kammer an der Wand entlang, dann ertönte ein Klicken, und eine Glühbirne entzündete sich flackernd.

Clara begriff, was sie vor sich hatte: einen weiteren Durchgang zur Scheune, der in einen abgetrennten Bereich führte, der direkt neben dem Heuboden liegen musste. Dass es dort Unstimmigkeiten im Grundriss geben könnte, hatte sie gar nicht in Erwägung gezogen, weil der Heuboden nur über eine Leiter erreichbar war, die Balken morsch waren. Auch war sie von einer vollständigen Trennung von Scheune und Wohngebäude ausgegangen.

»Dass sich dort etwas findet! Weißt du, dass der alte Heuboden schon nicht mehr in Verwendung war, als ich hier eingezogen bin? Oma hat immer wieder betont, wie morsch das Gebälk sei.«

»Jetzt komm endlich«, sagte Manuel. Er ging ein Stück beiseite, um ihr den Vortritt zu lassen.

Langsam bewegte sich Clara vorwärts, streckte zuerst den Kopf in die dämmrige Abseite. Die Luft roch abgestanden, aber nicht feucht oder muffig. Der Boden war mit grau gemasertem Kunststofflaminat überzogen, das an die Sechziger- oder Siebzigerjahre des vorherigen Jahrhunderts erinnerte, an alte Klassenzimmer oder Krankenhausflure.

An der Wand stand ein Regal, davor befand sich ein Stuhl, ansonsten war der Raum bis auf die nackte, von der Decke hängende Glühbirne vollständig leer. Vorsichtig setzte Clara einen Schritt vor den anderen, dachte dabei unentwegt daran, wie ihre Großeltern vehement betont hatten, sie dürften den Heuboden wegen der morschen Balken auf keinen Fall betreten. Es waren genau dieselben Balken, die sich nun unter ihren Füßen unter dem Laminat befanden. Sie wünschte sich, unter den Kunststoffbelag blicken zu können. So kam sie sich vor wie ein Pilot, der seine Maschine im Blindflug steuerte. Vorsichtig verlagerte sie das Gewicht, setzte langsam einen Fuß vor den anderen, doch das Gebälk knarrte nicht, es gab keinen Laut von sich.

Mit wenigen Schritten erreichte sie das Regal. Längst schon hatten sich ihre Augen an das Halbdunkel gewöhnt, so erkannte sie, was sie vor sich hatte: Fotoalben, schwarze Schreibhefte, wie sie früher für Klassenarbeiten verwendet worden waren, verschiedene Schuhkartons und das Rezeptbuch, das unverkennbar durch den mehrfach überklebten Buchrücken hervorstach.

Clara zog das Rezeptbuch aus dem Regal, klappte es kurz auf, um sich dessen zu vergewissern, was unzweifelhaft war: Alle Rezepte der Großmutter, auch die der Rosenspezialitäten, lagen vor ihr. Sie sagte sich, dass es vernünftig wäre, so schnell wie möglich wieder zur Treppe zurückzukehren, um sicheren Grund unter den Füßen zu haben, doch sie konnte nicht anders, als das Rezeptbuch aufzuschlagen und die Anleitung zur Herstellung der Bonbons zu lesen. Es dauerte nur ein paar Sekunden, in denen sie die Handschrift ihrer Oma überflog, um ihren Fehler zu erkennen – und es war nicht nur einer gewesen: Vor der Verarbeitung der Rosenblüten mussten mit einem scharfen Messer keilförmig die hellen Blütenansätze herausgeschnitten werden. Sonst schmeckte es bitter. Dann enthielten die Rezepte zusätzlich entweder Traubenzucker oder Glukosesirup! Wahrscheinlich hatte es am Fehlen dieser Zutaten gelegen, dass ihre Bonbons nicht richtig ausgehärtet waren!

Clara schlug sich an den Kopf. Wie hatte sie das nur vergessen können?

»Soll ich dir tragen helfen?«, fragte Manuel.

»Bleib du besser, wo du bist«, sagte Clara und hielt Manuel mit einer Handbewegung zurück. »Wenn die Balken meinem Gewicht standhalten, heißt das nicht, dass sie für dich stabil genug sind, noch weniger, dass sie uns beide halten.«

Nach und nach reichte sie Manuel erst das Rezeptbuch durch die Tür, dann die Fotoalben, anschließend die Schuhkartons, in denen sich weitere Fotos befanden. Es waren Aufnahmen zu finden, die noch aus den Anfängen der Fotografie stammten. Sie zeigten Familien in seltsam steifen Posen und dunklen Sonntagsanzügen, von denen Clara nicht wusste, um wen es sich handelte. Dann reichte sie Manuel die alten Hefte, die voller Zeichnungen waren. Wie in einem Biologiebuch hatte jemand akribisch Pflanzen mit all ihren Bestandteilen gezeichnet – erst mit Tusche, anschließend waren die Blumen vorsichtig mit Aquarellfarbe koloriert worden. Die Abbildungen waren so detailreich, dass es stundenlang gedauert haben musste, um nur eine dieser Zeichnungen anzufertigen. Achtundzwanzig dieser Hefte mit Blumenbildern zählte Clara, konnte sich aber nicht vorstellen, wem sie einmal gehört hatten.

27.

Warum freust du dich gar nicht?«, fragte Manuel. »Ist es etwa wegen der Wette? Weil du verloren hast?«

Clara betrachtete all die Fundstücke, die sie auf dem großen Esstisch gestapelt hatte. Noch immer hatte sie keine Idee, welche Bedeutung die alten Fotografien aus den Kisten und die Pflanzenzeichnungen für ihre Großmutter gehabt hatten.

»Hey, guck nicht so bedröppelt.« Manuel zwickte sie in die Seite, was sie früher immer zum Lachen gebracht hatte. »Das ist das, was du dir gewünscht hast. Die Rezepte liegen vor dir. Du kannst das Geschäft des Rosenhofs wieder aufnehmen und weiterentwickeln.«

Sie schwieg.

»Das ist es doch, wovon du seit deiner Ankunft hier geträumt hast. Einen eigenen Laden mit deinen Schreinerarbeiten und mit den Rosenspezialitäten. Der Rosengarten kann wieder zum Zentrum werden.«

Clara presste die Lippen aufeinander. Es fühlte sich an, als würde jemand ein feuchtes, eisgekühltes Handtuch um ihren Oberkörper wickeln. Als würde der innere Zwiespalt sie erstarren lassen. Sicher, Manuel hatte recht, ihre Wünsche waren in Erfüllung gegangen. Zum ersten Mal erschien ihr das Dorf nicht mehr beengt, sondern mit Blick auf das Rezeptbuch wie eine Ansammlung von unzähligen wunderbaren Möglichkeiten. Als müsste sie nur zugreifen, sich einen Ruck geben.

Doch es war zu spät. »In ein paar Stunden wird der Verkauf des Rosenhofs besiegelt«, sagte Clara. »Und ich werde das Dorf wieder verlassen.« Allein die Vorstellung schmerzte. Clara straffte ihren Körper, drehte sich vom Esstisch weg, um die Fundstücke nicht länger betrachten zu müssen. »Der Notartermin steht«, sagte sie. »Ich habe Louisa etwas versprochen, und sie hat sich den Erlös aus dem Verkauf mehr als verdient. Was sie geleistet hat, lässt sich in Geld gar nicht aufwiegen.«

»Aber …«

Clara brachte Manuel mit einer Handbewegung zum Schweigen. »Wir machen alles weiter wie geplant.«

»Merkst du nicht, dass du dich verrennst? Wie kann man nur so stur sein!« Manuel wurde laut, sodass Clara zusammenzuckte. Immer hatte sie ihn besonnen und kontrolliert erlebt.

»Louisa geht es doch gar nicht ums Geld«, sagte Manuel. »Ja, dein Verzicht auf das Erbe ist ein riesiger symbolischer Akt. Filmreif. Ganz großes Kino. Mit viel Brimborium. Beeindruckend. Alle, die davon hören, werden mit den Ohren schlackern. Und? Wem bringt das was? Beim Verkauf ging es doch nur darum, dass Louisa und Anton neu bauen wollten. Im Grunde hat Anton gedrängt, weil er den Pferdehof erweitern will. Was soll Louisa denn mit dem Geld machen? Sie wohnt im Schulhaus. Es gefällt ihr dort. Weil die Lehrerwohnung für ihre Träume steht, die sie jetzt endlich verwirklichen kann. Sie freut sich, wieder zu unterrichten, mehr will sie doch gar nicht. Sie kauft sich sowieso kein anderes Haus. Abgesehen davon – find mal etwas Schöneres als den Rosenhof! Na?« Er umfasste ihre Schultern. »Tu es nicht. Zieh das jetzt nicht durch. Sag den Termin ab.«

»Bist du fertig?« Sie packte seine Hände und schob ihn von sich. »Louisa ist es wichtig, dass verkauft wird. Das hat sie immer wieder betont. Anfangs wollte sie nicht mal das halbe Jahr warten. Abgesehen davon: Wie meinst du, reagiert Louisa, wenn ich ihr jetzt absage? Sie hat sich auch auf den Termin eingerichtet.«

»Und weswegen war es Louisa wichtig? Nur wegen Anton. Hörst du mir überhaupt zu? Das hat sich wohl erledigt.«

»Ich ziehe das durch mit dem Notar. Einen besseren Preis kriegen wir nicht.« Abgesehen davon: Was, wenn sie es wirklich täte, wenn sie den Notartermin platzen ließe, wenn sie all ihr Herzblut und ihre Arbeitskraft in das Geschäft mit den Rosen steckte und dann trotzdem scheiterte? »Nein, ich ändere nichts.«

»Ganz sicher?«

»Ganz sicher.« Sie zwang sich, das Zittern in ihrer Stimme zu unterdrücken.

Manuel trat ein paar Schritte zurück und verschränkte die Arme. »Dann zieh das ohne mich durch. Ja, ich habe dir versprochen, mitzukommen. Aber unter diesen Umständen – nein. Ich sehe nicht zu, wie du den Fehler deines Lebens machst.«

Clara lachte. »Du wirfst mir vor, melodramatisch zu sein. Und du?« Sie schüttelte den Kopf. »Fehler meines Lebens«, wiederholte sie. »Du lässt mich also hängen?«

»Ja.« Manuel ging in den Flur, zog Schuhe und Jacke an, setzte sich seine Mütze auf und drehte sich noch einmal zu ihr um. Sie wusste, dass er von ihr erwartete, ihn aufzuhalten, ihm recht zu geben. Aber das konnte sie nicht.

»Viel Erfolg«, sagte er.

Durch die geöffnete Tür wehte Schnee ins Innere. Das Schneegestöber war so stark, dass er schon nach wenigen Schritten nicht mehr sichtbar, sondern in der weißen Masse draußen verschwunden war.

Clara fluchte laut, rannte zur Tür und stieß sie zu. Der gesamte Flur war mit Schnee bedeckt.

Erst mit einem Handbesen, dann mit einem Wischtuch reinigte sie den Boden. Sie blickte auf die Uhr. Zwei Stunden blieben ihr, bis sie aufbrechen musste.

Die Luft im Wohnzimmer kam ihr stickig und abgestanden vor, obwohl sie bereits gelüftet hatte. Clara blickte zur Terrassentür. Die Windrichtung hatte gedreht, die Schneeflocken wurden nun gegen die Scheiben geweht. Auch hatte der Wind an Stärke zugenommen, sodass vor der Glastür auf der Terrasse ein Wall aus Schnee entstanden war.

Die Fußspuren, die Manuel hinterlassen hatte, waren längst verschwunden. Wie unberührt lag die weiße Pracht vor ihr. Das Dorf erinnerte sie an die Schneekugel, die sie sich als Kind so innig gewünscht hatte, in deren Innerem die weißen Flocken bei jeder Bewegung aufgeschüttelt wurden.

Die Hauptstraße war zu weit weg, um zu erkennen, ob in dem Gestöber überhaupt Autos fuhren, ob bereits ein Räumfahrzeug die Fahrbahn vom gröbsten Schnee befreit hatte. Während in der Stadt der Schnee immer direkt beseitigt wurde, lag Claras Heimatdorf so abgelegen, dass niemand dem Bus, der viermal täglich an diesem Ort hielt, Priorität einräumte. So geschah es zwar nicht regelmäßig, aber immer wieder, dass das Dorf bei starkem Schneefall vom Verkehr abgeschnitten wurde. Einige Bewohner nutzten dann ihre Traktoren, um die wichtigsten Besorgungen zu erledigen, andere besaßen schwere Allradfahrzeuge. Doch die meisten genossen die Stille, die sich über die Häuser legte, um die alltäglichen Pflichten einfach mal Pflichten sein zu lassen und stattdessen die Tage mit Gesellschaftsspielen, gemeinsamem Kochen und Backen zu verbringen oder mit den Kindern Schlitten fahren zu gehen.

Langsam näherte sich über den Hügel auf der Straße etwas Gelbes, das Clara bald als den Bus erkannte, der aus der Stadt kam. In einer Stunde würde der Bus in die andere Richtung losfahren. An einem solchen Unwettertag war es wahrscheinlich die bessere Möglichkeit, den Bus zu nehmen, solange er noch fuhr, anstatt sich selbst ins Auto zu setzen.

Ein Geräusch, das sie nicht zuordnen konnte, ließ sie innehalten, bis ihr klar wurde, dass es Stimmen waren, die sie wahrnahm. Mehrere Menschen befanden sich nahe dem Küchenfenster. Clara ging in die Küche, öffnete das Fenster und lehnte sich hinaus. Niemand war zu erkennen.

»Du bist die Einzige, die Clara noch aufhalten kann«, hörte sie Manuel sagen, dann war es still.

Schon dachte sie, dass Manuel weitergegangen war, als seine Stimme wieder erklang. Clara hielt vor Anspannung den Atem an.

»Ich glaube, du hast es gar nicht bemerkt. Wie sie sich verändert hat. Sie tut es nur für dich. Das Weiterreisen hat für sie doch überhaupt keine Priorität«, sagte Manuel.

»Manuel?«, rief Clara.

»Ich muss auflegen. Aber bitte, überleg es dir.« Er trat aus dem Unterstand vor der Scheune, steckte sein Handy in die Tasche, blickte zu ihr hoch, während Flocken auf sein Gesicht fielen und dort schmolzen. Manuel blinzelte.

»Du hast mit Louisa telefoniert?« Clara hatte nicht lauschen wollen, doch bereits nach den wenigen Sätzen waren für sie die Zusammenhänge offensichtlich.

Manuel zuckte mit den Schultern. Seine Kleidung war mit Schnee bedeckt.

»Ich will nicht, dass du dich einmischst«, sagte Clara. »Das ist eine Sache zwischen Louisa und mir.« Dann gab sie sich einen Ruck. »Hier stehen bleiben kannst du nicht. Willst du wieder reinkommen?«

»Ja.«

Clara schloss das Fenster. Zum zweiten Mal half sie ihm, seine Kleidungsstücke auszuschütteln, hängte sie zum Trocknen in der Küche neben dem Ofen auf, an der wärmsten Stelle des Hauses.

»Es gibt keine Möglichkeit, dich von dem Schritt abzuhalten?«, fragte er.

Clara kochte zwei Tassen Tee. Mit der Antwort ließ sie sich Zeit.

»Ich habe mich entschieden«, sagte sie schließlich. »Schon als ich mit den Renovierungsarbeiten angefangen habe, war das der Plan. Der Verkauf.«

»Nur haben sich die Grundannahmen geändert. Das Rezeptbuch ist aufgetaucht. Du hast dich eingelebt. Du hast dich verändert. Zum ersten Mal, seit ich dich kenne, ruhst du in dir. Du bist angekommen.« Immer wieder blickte sich Manuel um in Richtung Küchenfenster.

»Glaubst du etwa, dass Louisa nach deinem Anruf hierherkommt, um mich vom Gegenteil zu überzeugen?«, fragte Clara. Sie nahm die beiden Teetassen und trug sie zu dem kleinen Tisch in der Küche.

»Sie wird kommen.«

»Hat sie das gesagt?«

»Sie muss einfach!«

»Warum setzt du Himmel und Hölle in Bewegung, um den Verkauf zu verhindern?«

Manuel nahm ihr gegenüber Platz und blickte sie so intensiv an, dass sie merkte, wie ihr die Hitze in die Wangen stieg.

»Wir haben so viele Stunden zusammen an der Renovierung gearbeitet«, sagte er. »Haben auch sonst viel Zeit miteinander verbracht. Ich werde jetzt mal deutlicher: Du bedeutest mir viel. Ich will dich nicht verlieren. Ich ertrage es nicht, wenn du aufbrichst und nicht mehr wiederkommst.«

Clara wartete, ob er noch etwas sagen wollte, aber Manuel schwieg. Er griff über den Tisch und umfasste ihre Hände mit seinen.

»Deshalb willst du, dass ich den Rosenhof behalte?«, fragte sie. »Weil es hier so viel Arbeit gibt, dass ich nicht mehr wegkönnte? Als eine Art Fußfessel?« Sie lachte.

»Weil ich möchte, dass du glücklich bist. Weil ich glaube, dass du mit dem Verkauf einen Fehler machst. Weil ich gesehen habe, wie es dich begeistert hat, mit den Rezepten herumzuprobieren. Die Renovierung war für dich längst mehr als eine Pflicht, um den Wert des Hauses zu ...« Er hielt inne, beugte sich zur Seite, um an ihr vorbei zum Fenster zu sehen.

»Louisa kommt nicht. Sie wartet darauf, dass ich komme und sie wie verabredet mit zum Notar nehme.« Clara schüttelte den Kopf. »Manuel, bitte. Wenn ich dir wichtig bin, dann musst du meine Entscheidungen respektieren, wie ich auch deine Entscheidungen respektiere.«

»Obwohl sie falsch sind?«

»Falsch und richtig sind subjektiv.«

Manuel ließ ihre Hände los und umklammerte die Tasse so fest, dass er von der Hitze zurückzuckte und fluchte. Langsam trank er Schluck für Schluck. »Okay, dann halte ich meinen Mund und rede dir nicht mehr rein. Falls du nach dem Verkauf kurzfristig eine Unterkunft suchst, würde es mich freuen, wenn ich dir bei der Suche helfen kann.«

Sie nickte. Gemeinsam tranken sie ihren Tee, versuchten dabei abwechselnd, ein anderes Thema aufzuwerfen, über irgendetwas Beiläufiges zu plaudern. Manuel sprach über sein anstehendes Jahr im Krankenhaus, sie darüber, wie sie sich ärgerte, dass sich Jennifer selten zurückmeldete, obwohl sie so eine lange Zeit gemeinsam gereist waren. Doch welches Thema sie auch aufwarfen, es wollte sich kein Gespräch entwickeln.

Dass Manuel nicht mehr versuchte, sie umzustimmen, beruhigte sie nicht. Im Gegenteil, es steigerte ihre Anspannung, weil ihre innere Stimme dafür umso lauter tönte: *Tu es nicht.* Doch auch davon würde sie sich nicht abhalten lassen, den Schritt zu gehen, auf den sie monatelang hingearbeitet hatte.

28.

Clara zog ihren Mantel über, so langsam, dass es im Spiegel aussah, als betrachtete sie eine Zeitlupenaufnahme von sich selbst. Unter der Haustür zog eisige Luft in den Flur. Sie spürte, wie die Kälte von den Zehen und Füßen ausgehend ihre Beine emporkroch und sie frieren ließ. Trotzdem beeilte sie sich nicht beim Anziehen der Schuhe. Vorher ging sie noch die paar Schritte zum kleinen Badezimmer neben der Eingangstür, um Lipgloss nachzutragen und die Hände anzufeuchten, um hoch- und querstehende Strähnen ihrer Frisur zu bändigen. Seit ihrer Ankunft am Rosenhof hatte sie die Haare nur selbst über der Stirn etwas zurechtgestutzt, ansonsten aber wachsen gelassen. Nun hatten sie eine Länge erreicht, in der sie störrischer waren als je zuvor – zu kurz, um einen Zopf zu binden, und zu lang, um eine Form zu finden, die man »Frisur« nennen konnte.

»Du trödelst«, hörte sie aus der Erinnerung die Stimme ihrer Großmutter so deutlich, als stünde ihre Oma direkt neben ihr.

Es stimmte, sie schindete Zeit. Es kostete sie mehr Überwindung als erwartet, den gefassten Entschluss in die Tat umzusetzen.

Noch einmal befeuchtete sie ihre Hände am Waschbecken, sortierte ihre Haare, legte die Ponysträhnen von der rechten zur linken Seite und wieder zurück. Sie war so in Gedanken vertieft, dass sie vom Klingeln an der Haustür zusammenzuckte. Der Ton war schrill, durchdringend und lang anhaltend.

»Ist ja gut, ich komme schon«, rief sie, was das Läuten stoppte.

Das Geräusch der Klingel war für sie noch immer ungewohnt, weil die Tür zu Lebzeiten der Großeltern niemals verschlossen gewesen war. Tagsüber hatte jeder hinein- und hinausgehen können.

Clara öffnete und musste zweimal hinsehen, bevor sie Louisa unter der tief über den Kopf gezogenen Kapuze erkannte, die mehr als das halbe Gesicht bedeckte. Ihr Mantel war von einer Schneeschicht überzogen. Louisa trat eilig unter den Unterstand der Scheune. »So ein Wetter!«, sagte sie. »Du musst mir helfen, sonst gibt es eine Riesensauerei.«

Unter der Überdachung zog sie den Mantel aus, schüttelte ihn aus und warf ihn Clara zu. Clara fing den Mantel und hängte ihn über die Tür zum Badezimmer, wo sich das Schmelzwasser auf den Bodenfliesen leicht abwischen ließ und nicht in den Holzboden einsickern konnte.

Mit den Stiefeln trat Louisa gegen die Scheunenwand, um sie vom Schnee zu befreien. Ihre Wangen waren von der Kälte gerötet, die Lippen bleich.

»Leg am besten ein Handtuch auf den Boden, dann ziehe ich die Schuhe direkt im Flur aus.« Louisa umarmte ihren Oberkörper, ihr Kinn zitterte.

Die Temperatur war noch weiter gefallen, sodass auch Clara neben der geöffneten Haustür fror, obwohl sie bereits ihren Mantel übergezogen hatte. Auch ihre Füße fühlten sich inzwischen taub und eisig an. Sie griff nach dem Handtuch aus dem kleinen Bad, legte es an die Tür und trat einen Schritt zurück.

Mit einem Sprung kam Louisa ins Innere, drückte schnell die Tür hinter sich zu. »Du bist schon im Aufbruch«, sagte Louisa. »Dann habe ich ja Glück, dass ich dich noch erwische, bevor du losfährst, um mich abzuholen. Du hättest mir wirklich von all den Neuigkeiten nichts gesagt, wärst zu mir gekommen, um den Verkauf durchzuziehen? Manuel hat angerufen. Du hast die

Rezepte gefunden, auch alte Fotoalben und sogar das Manuskript.«

Clara schüttelte den Kopf. »Kein Manuskript. Zeichnungen von Blumen und Pflanzen.«

»Das ist das Manuskript. Oma hat Bilder für den Apotheker gezeichnet, es sollte ein Buch über Heilpflanzen werden. Davon hat sie doch so oft erzählt. Es war fast fertig, eine Heidenarbeit, dann ist der Verleger gestorben, und sie haben sich mit seinem Nachfolger zerstritten.«

Nun erinnerte sich Clara. Sie hatte die alte Geschichte schon längst vergessen.

»Was ich dir unbedingt sagen muss …« Louisa rieb ihre vor Kälte roten Hände aneinander. »Wir gehen besser ins Esszimmer. Oder ins Wohnzimmer, da ist es wärmer.«

»Wir müssen los. Der Notar wartet.«

»Komm und setz dich.«

Louisa ließ keinen Widerspruch zu, so folgte Clara ihrer Schwester ins Wohnzimmer. Louisa nahm die zusammengefaltete Fleecedecke vom Sofa und wickelte sich darin ein, dann setzte sie sich.

»Manuel hat recht«, sagte Louisa. »Du musst der Sache mit dem Süßigkeitenverkauf eine Chance geben. Es wenigstens probieren. Dass du das Rezeptbuch gefunden hast, war mehr als ein Glücksfall. Das glaube ich auch. So eine Gelegenheit darfst du nicht ungenutzt verstreichen lassen.«

»Der Notartermin …« Clara sah auf die Uhr. »Er ist in weniger als zwei Stunden. Es ist alles geklärt. Wir können nicht mehr zurück, selbst wenn wir es wollten.«

»Quatsch. Man kann immer zurück. Nur der Tod ist unwiderruflich.«

»Was soll der Käufer denken?«

»Hängt dein Leben von ihm ab? Wirst du ihm je wieder begegnen? Wichtig ist doch nur, was du selbst denkst und willst.«

Clara musste die Worte ihrer Schwester mehrfach in Gedanken wiederholen, um zu begreifen, dass Louisa wirklich ihre Meinung geändert hatte.

»Eine mündliche Zusage ist wie ein Vertrag – juristisch betrachtet«, sagte Clara. »Daraus ergeben sich Pflichten.«

»Die Sache mit den Pflichten habe ich bereits erledigt.« Louisa räusperte sich, hauchte gegen ihre Finger und rieb sie aneinander, dann schob sie sie unter ihre Oberschenkel, um sie zu wärmen. »Ich habe beim Notar angerufen, gerade eben. Dass der Termin leider nicht stattfinden kann. Ich habe nur mit dem Angestellten gesprochen, nicht mit dem Notar selbst. Der ist auch im Schnee stecken geblieben und war an diesem Tag noch gar nicht in der Kanzlei. Der Angestellte am Telefon dachte erst, ich riefe wegen des Schnees an, dass sich die Unterzeichnung verspätet. Dann habe ich ihm erklärt, dass ich einem Verkauf nicht mehr zustimme, dass ich nicht unterschreiben werde. Damit ist der gesamte Vertrag hinfällig, wir sind beide Erbinnen zur Hälfte. Ich habe mein Einverständnis zurückgezogen.« Louisa lachte. »Als ich das gesagt habe, war es so still am anderen Ende der Leitung, dass ich erst dachte, das Gespräch wäre unterbrochen. Diese Nachricht hat ihm anscheinend die Sprache verschlagen.«

Clara verschluckte sich an ihrem eigenen Atem und musste husten, sodass nur noch ein Pfeifen aus ihrer Lunge kam. Sie stand auf und rannte in die Küche, so schnell sie konnte. Unter dem geöffneten Wasserhahn trank sie in kleinen Schlucken, bis der Hustenreiz nachließ.

Dann kehrte sie langsam ins Wohnzimmer zurück. »Was hast du getan?«, fragte sie.

»Den Termin für uns beide abgesagt. Und dabei bleibe ich auch. Es wäre ein Fehler. Noch dazu jetzt kurz vor Weihnachten.«

»Was hat der Verkauf mit Weihnachten zu tun?«

»Nichts direkt, aber …« Sie hielt inne. »Ja, es hat auch mit Weihnachten zu tun. Ich habe mir nie wirklich vorgestellt, was es bedeuten würde, wenn wir hier nicht mehr alle gemeinsam um den Tisch sitzen können. Ich habe unsere alten Fotos angeschaut. Schon als wir noch Babys waren, sind Mama und Papa mit uns über die Feiertage hierhergefahren. Die ersten Weihnachtsfotos, die es von uns gibt, sind auf dem Rosenhof entstanden.

Ist dir das alles jetzt plötzlich egal? Oder war es das die ganze Zeit? Ging es dir von Anfang an nur darum, mit dem Geld aus dem Verkauf dein schlechtes Gewissen zu beruhigen? Damit du mich auszahlen kannst und dich wieder vom Acker machen?«

»So ist es nicht. Aber du lässt mich ja nicht einmal zu Wort kommen!«

»Wie ist es dann?«

Clara schwieg. Bilder ploppten vor ihrem inneren Auge auf, die sie erstarren ließen. Sie musste blinzeln, um das Bild des dunklen Kapuzenpullovers zum Verschwinden zu bringen. Sie glaubte, eine Hand zu spüren, fest auf ihren Mund gepresst, ein Messer mit gezackter Klinge an ihrer Kehle. Wie unzählige kleine Nadeln. Mit einem Mal war es, als befände sie sich wieder in dem Hotelzimmer. Die reale Umgebung verschwamm hinter Tränen.

»Dann erklär es mir!«, sagte Louisa.

»Es ist etwas passiert in Afrika. Jennifer und ich fuhren nach Luanda, um ein paar Tage in der Großstadt zu genießen, einmal wieder Zivilisation und nicht nur Natur. Den Van hatten wir außerhalb geparkt …« Clara sprach weiter, obwohl ihr Kinn zitterte und es ihr eiskalt wurde, als stünde sie nur in Unterwäsche bekleidet draußen im Schnee. Ihr Atem ging flach und stoßweise. Dass sich Louisa dicht zu ihr setzte, einen Arm um ihre Schultern legte, nahm Clara wie aus der Ferne wahr, als befände sie sich weit weg, in einer Zwischenwelt zwischen damals und heute.

Clara war froh, dass Louisa sie nicht unterbrach, keine Zwischenfragen stellte, sondern einfach nur zuhörte. »Er hat sich nicht einmal mehr nach mir umgedreht, als er aus dem Fenster verschwunden ist, während ich nicht wegsehen konnte. Jede seiner Bewegungen habe ich noch jetzt vor Augen, wie in einem Film, mit Geräuschen und Gerüchen. Er hat es bestimmt längst vergessen.«

»Du hast das die ganze Zeit mit dir rumgetragen und nichts gesagt.« Tränen liefen über Louisas Gesicht, tropften von ihrer Nasenspitze auf die Hose, was sie gar nicht zu bemerken schien.

Clara musste sich zwingen, die Umgebung bewusst wahrzunehmen, um aus der Erinnerung aufzutauchen. Sie schaute zur Terrassentür, auf der die Sonne stand, betrachtete das warme Licht, in das das Wohnzimmer dadurch getaucht wurde. Wenn sie sich konzentrierte, konnte sie sogar den Sonnengeruch riechen, denn die Sonneneinstrahlung verstärkte den Holzgeruch. Langsam wich die Kälte von ihr.

»Daher die Veränderung«, sagte Louisa. »Ich war so eine Idiotin! Hab mir so oft gewünscht, an deiner Stelle zu sein, nur für einen Tag mit dir tauschen zu können.«

»Das habe ich mir auch so oft gedacht. Was, wenn ich gar nicht aufgebrochen wäre? Einfach zu Hause geblieben wie du? Was habe ich mich danach gesehnt, an deiner Stelle zu sein, in der gewohnten Umgebung, in Sicherheit. Nach diesem Vorfall war von meiner Begeisterung nichts, aber auch gar nichts mehr übrig.« Clara versuchte, das unpassende Lachen zu unterdrücken, doch es brach aus ihr heraus und ließ sich nicht kontrollieren. Sie lachte, um nicht zu weinen, weil das Weinen noch schwerer zu stoppen wäre als das Lachen. Sie hatte Angst, dass sie, wenn sie einmal begänne, ihren Tränen freien Lauf zu lassen, nie mehr aufhören könnte zu weinen.

Louisas Umarmung fühlte sich an, als würde deren Körper Clara den Halt geben, den sie verloren hatte. Langsam beruhigte sich Claras Atem, und sie konnte aufhören zu lachen. Nach dem Ausbruch war sie so erschöpft, als hätte sie zwei Nächte hintereinander nicht geschlafen. Jede Bewegung war mit Anstrengung verbunden, selbst das Herausfischen des Taschentuchs aus der Hosentasche, um sich die Nase zu putzen, schien mühsam. Sie konnte sich nicht vorstellen, jemals wieder von diesem Sofa aufzustehen, auf dem sie gerade saß.

»Seltsamerweise ist meine Rastlosigkeit seitdem völlig verschwunden«, sagte Clara. »Dieses Suchen, ohne zu wissen, wonach ich suche. Dieses Drängen, ohne dass es mich in eine bestimmte Richtung führt.«

»Du solltest dir Hilfe suchen. Mit jemandem darüber reden.«

»Das habe ich doch gerade. Auch Hannes weiß es.«

»Du weißt, was ich meine. Keiner von uns. Jemand, der sich mit so etwas auskennt.«

Clara schüttelte den Kopf. Sicher hatte sie daran gedacht, eine Psychologin aufzusuchen – eine Frau, keinen Mann –, um über das Geschehene zu sprechen. »Was mir hilft, ist das Leben, genau das, welches ich jetzt habe. Die Renovierungsarbeiten. Die To-do-Liste, die ich Punkt für Punkt abhaken konnte.« Langsam beruhigte sich ihr Atem. »Das hat mehr geholfen als alles Reden. Es hat gutgetan, dass du zugehört hast. Dass ich jetzt und hier merke, dass es vorbei ist. Es ist nur eine Erinnerung, keine Gegenwart. Weißt du, was ich meine? Es rückt von selbst immer weiter weg.« Clara ließ beim Blick in die Vergangenheit noch einmal in Gedanken vorbeiziehen, was sie seit ihrer Ankunft am Rosenhof vor einem knappen halben Jahr hatte bewirken können. »Gerade Lena, Hannes und natürlich Manuel haben mir geholfen. Es war so viel wert, dass sie mich unterstützt haben. Sie waren da, sind immer gekommen. Ich wusste, dass ich mich auf sie verlassen kann. Sie haben mich nicht nur bei der Arbeit unterstützt, sondern so etwas wie eine Schutzhülle um mich herum gebildet. Das hört sich jetzt vielleicht lächerlich an.«

»Das tut es überhaupt nicht.«

»Manchmal, wenn ich allein war, fühlte es sich an, als würde es mich von innen heraus zerreißen. Als würde ich wie ein kaputtes Glas in tausend Splitter zerfallen. Wenn sie bei mir waren, konnte ich mich wieder ganz und vollständig fühlen. Nicht mehr verletzt, nicht mehr zerbrechlich. Das hat mir mehr geholfen, als eine Therapie es hätte tun können.«

Nie war sie so erleichtert wie in diesem Moment, als sie begriff, dass der Verkauf abgesagt war. Dass sie nicht ausziehen musste, sondern wirklich im Rosenhof wohnen bleiben durfte, in ihrem eigenen Zimmer.

»Lass uns hier zusammenleben«, sagte Clara, »in diesem Dorf. Wo wir hingehören. Auch wenn du im Schulhaus wohnst, können wir doch unsere Leben teilen. Wir haben uns in den letzten Jahren viel zu weit voneinander entfernt.«

29.

Die Beschaulichkeit und Abgeschiedenheit des Dorfes verstärkten sich noch, als sie erneut eingeschneit wurden. Zwar hatte der Schneepflug die Hauptstraße zwischendurch freigeräumt, doch in der darauffolgenden Nacht war sie wieder unter einer neuen Schneedecke verschwunden.

Eingekuschelt in die karierte Fleecedecke, saß Clara auf dem Sofa, Manuel neben ihr. Die Tage schienen durch die Wolken, die dicht über der Landschaft hingen, noch kürzer geworden zu sein. Der Schnee verbreitete eine diffuse, gedämpfte Helligkeit, sowohl am Tag als auch in der Nacht, wenn er die Lichter verstärkte, die durch die Fenster drangen.

Auf dem Wohnzimmertisch neben Clara standen zwei gefüllte Teller mit Resten von Kartoffelsalat, Nudelsalat und Brot, die vom gestrigen Fondueessen übrig geblieben waren. Den Weißwein in ihren Gläsern hatten sie bisher kaum angerührt. Inzwischen war er bestimmt warm geworden, doch das störte Clara nicht. Auch wenn sich langsam der Hunger meldete, wollte sie ihre Position nicht wechseln – zu angenehm war es, wie Manuel ihre in dicke Stricksocken gepackten Füße hielt.

Clara blickte sich um, betrachtete die brennenden Kerzen auf der Fensterbank im Esszimmer, und wie es draußen erneut zu schneien begann. Immer wieder glitt ihr Blick über Manuel. Früher hatte sie nie begriffen, wie ihre Großeltern all die Abende einfach nur im Wohnzimmer sitzen konnten, ohne sich zu langweilen. Ohne Fernseher. Sie hatten nicht einmal etwas gelesen oder diskutiert.

Nun verbrachte sie auf genau dieselbe Weise diesen Abend mit einem Nichtstun, vor dem ihr früher bereits bei der Vorstellung gegraut hatte. Eigentlich hatten sie sich zu einem Filmabend verabredet. Doch dass sie die DVD bisher nicht einmal ausgepackt hatten, störte Clara nicht, im Gegenteil. Es erschien ihr so wunderschön, dass sie Angst hatte, irgendjemand würde mit den Fingern schnippen und sie in die Realität zurückstoßen. Doch das, was sie erlebte, die Wärme von Manuels Händen an ihren Füßen, die Weichheit der Decke um sie, der Duft nach Bienenwachs – all das war die Wirklichkeit.

Sie würde dieses und auch noch viele kommende Weihnachtsfeste gemeinsam mit Louisa, Lena, Hannes und Manuel auf dem Rosenhof verbringen! Clara kam sich in ihrer Freude vor wie ein kleines Kind, das zum ersten Mal in seinem Leben Schnee sah und Weihnachten erlebte. Es kamen ihr so viele Ideen, wie sie die Räume für die Feiertage schmücken wollte! Bisher hatte sie immer in Gedanken an einen Verkauf gearbeitet, nun würde sie es sich gönnen, bei der weiteren Verschönerung des Rosenhofs auf all die Kleinigkeiten zu achten, die nur für sie persönlich bestimmt waren.

»Erinnerst du dich an die Papiersterne an den Fenstern?«, fragte Clara und nickte in Richtung der Terrassentür. »Die ich früher jedes Jahr mit meinen Großeltern und Louisa zusammen gebastelt habe?« Sie wusste noch genau, wie man das Papier falten und schneiden musste, damit im Innern des Sternes Muster entstanden. »Mit solchen Sternen aus buntem Pergamentpapier will ich auch in diesem Jahr die Fenster wieder schmücken. Hast du oder haben deine Eltern Pergamentpapier vorrätig? Ich glaube, hier im Haus gibt es nur noch wenige Reste davon.«

Er lachte. »Nein.«

»In die Stadt zu fahren, um welches zu besorgen, das wäre wohl ein zu großer Aufwand.«

»Und ob es das wäre! Bei dem Schneetreiben?«

Sie dachte nach. »Ich muss mir eine Alternative überlegen.« Wenn das Pergamentpapier nicht reichte, würde sie sich mit braunem Packpapier aus dem Keller behelfen. Dann fiel ihr ein, dass auch die Rollen mit Geschenkpapier eine gute Wahl wären.

Draußen war es inzwischen vollständig dunkel geworden. Die Wolken hatten sich noch weiter gesenkt, sodass vom Garten nichts mehr zu erkennen war. Sie hatte das Gefühl, es wäre schon tiefste Nacht, doch als sie auf die Uhr sah, war es erst wenige Minuten nach sieben.

»Lass uns essen«, schlug sie vor. Mit einem kurzen Bedauern richtete sie sich auf und stellte ihre Füße, die so angenehm warm waren, auf den Boden. Clara reichte Manuel seinen Teller, dann nahm sie sich den anderen, legte ihn sich auf die Oberschenkel und begann zu essen. Noch immer kam ihr die Realität wie ein Traum vor, zu schön, um wahr zu sein.

Sie umfasste Manuels Hand und drückte sie fest, spürte die Wärme seiner Haut, roch seinen Rasierschaum – ein Geruch, der intensiver wurde, als auch er sich zu ihr beugte. Seine Berührung, seine Nähe, das war so real, dass keine Zweifel bestanden: Sie träumte nicht.

»Wollten wir nicht noch den Film gucken?«, fragte Manuel nach dem Essen.

»Oder wir bleiben einfach sitzen.«

»Und reden?«

»Zum Beispiel.« Clara schob den Ärmel seines Pullovers höher und streichelte seine Hand und seinen Arm. Fuhr mit der Fingerspitze über die Härchen an seinem Unterarm, die sich aufstellten, als er eine Gänsehaut bekam. Sie spürte das Kitzeln unter ihren Fingerkuppen, obwohl sie gar nicht mehr seine Haut berührte, sondern einige Millimeter darüber mit den Fingern tanzte. Dann intensivierte sie die Berührung wieder, bis seine Gänsehaut verschwand.

Sie stellte sich vor, ihn zu fragen, ob sie zusammen hochgehen wollten, ins Schlafzimmer, sich aneinanderkuscheln. Oder gemeinsam die neue Badewanne einweihen. Noch hatte Clara sie nicht benutzt, weil sie sich während der Umbauarbeiten mehr als Gast in diesem Haus gefühlt und es vermieden hatte, sich auszubreiten und die Annehmlichkeiten zu intensiv zu genießen, um sich den Abschied nicht noch schwerer zu machen. Nun würde sie bleiben.

Sie hob an, etwas zu sagen, doch dann schwieg sie. So sehr sie es sich wünschte, sie behielt ihre Gedanken für sich. Sie beide hatten noch so viel Zeit miteinander. Es gab keinen Grund, irgendetwas zu überstürzen.

»Nachtisch?«, fragte Clara stattdessen. »Ich habe Eis. Selbst gebackene Plätzchen. Rosenkonfekt. Rosen…« Sie unterbrach sich und lauschte. Der Postkasten hatte geklackert.

»Erwartest du noch jemanden?«, fragte Manuel.

»Nein.« Kopfschüttelnd hörte sie das Knirschen von Schritten, die sich wieder entfernten. »Warte mal.« Sie ging zur Tür und öffnete.

Der Postbote winkte und lief zu Fuß weiter ins Dorf hinunter. Sie winkte zurück, wünschte ihm schöne Weihnachten.

»Die Hauptstraße ist wohl wieder frei. Post«, sagte sie und griff in den Kasten. »Wenn auch später als sonst.«

Sie zog den Stapel Post heraus, der nun besonders umfangreich war, da er die Briefe und Werbesendungen der letzten drei Tage enthielt. Sie warf einen Werbebrief nach dem anderen in die Altpapierkiste, stutzte dann beim Anblick des Umschlags, der von einer Anwaltskanzlei stammte. Irritiert öffnete sie die Lasche und schloss die Haustür.

Dreimal musste sie die Sätze in dem verklausulierten Juristendeutsch lesen, bevor sie begriff, was sie bedeuteten. Auch war der Inhalt zu unglaublich, um ihn für wahr zu halten. »Der Brief ist von einem Anwalt«, sagte sie. Ihre Stimme klang heiser. »Der Vogtländer ist zu einem Anwalt gegangen. Weil wir den Notartermin haben platzen lassen und den Verkauf abgesagt haben. Er will Schadensersatz von Louisa und mir.«

Langsam kehrte Clara ins Wohnzimmer zurück, dabei bemerkte sie, wie ihr das Blut in die Beine sackte, wie ihre Füße kribbelten und es in ihren Ohren rauschte. Bevor es ihr schwindelig werden konnte, setzte sie sich wieder neben Manuel und schloss für einen Moment die Augen. Das durfte nicht wahr sein!

Sie schob ihm den Brief zu. »Lies mal.« Dann schaute sie sich nach ihrem Handy um, von dem sie dachte, dass es sich am Ladekabel in der Küche befand. Doch es war nicht am Kabel angeschlossen, lag auch nicht auf der Anrichte in der Küche, obwohl sie sich noch genau daran erinnerte, dass sie es zuletzt dort benutzt hatte, um das Rezept für Kartoffelpuffer aus dem alten Kochbuch zu fotografieren und es an Lena weiterzuschicken.

Clara lief durch das Wohnzimmer, ging treppauf und suchte in ihrem Schlafzimmer, schüttelte sogar Kissen und Decken auf, um zu schauen, ob das Gerät sich darunter verbarg, obwohl sie wusste, dass sie nach dem Kochen das Erdgeschoss gar nicht mehr verlassen hatte. Sie durchsuchte auch die übrigen Zimmer – vergeblich.

Frustriert kehrte sie ins Erdgeschoss zurück. »Ich drehe gleich durch!« Clara stöhnte.

»Damit kommt dieser Vogtländer niemals durch«, sagte Manuel. »Du brauchst dich gar nicht aufzuregen.«

»Hast du mein Handy gesehen? Es kann doch nicht verschwunden sein!«

»In deiner Hosentasche? Hinten?«

Sie fasste sich an die hintere Hosentasche und fühlte das Handy. Clara stöhnte, zog es hervor, fotografierte den Brief und schickte eine Nachricht mit dem Foto als Anhang an Louisa. *Jetzt haben wir den Salat,* tippte sie. »Warum muss immer alles kaputtgehen, wenn es gerade am schönsten ist?«

»Es gibt kein ›Immer‹.«

»Jetzt bitte keine philosophischen Betrachtungen!« Clara erschrak selbst über ihre Gereiztheit. »Entschuldige. Trotzdem. Das darf doch nicht wahr sein! Was soll denn dieser Mist?«

»Damit kommt der niemals durch.«

»Das sagtest du schon. Und woher nimmst du deinen Optimismus?«

»Es gab keinen Kaufvertrag.«

»Aber eine mündliche Zusage.«

»Der Kaufvertrag lag dir noch nicht einmal zur Prüfung vor! Die Unterschrift hätte sowieso verschoben werden müssen, wenn einer von euch Änderungen gewollt hätte. Und wenn ihr euch bei den Änderungen nicht einig geworden …«

»Es macht mich einfach nur fertig! Warum jetzt? Warum gerade jetzt?« Clara lief unruhig um den Tisch, vom Tisch zum Sofa und wieder zurück, dann zwischen Eingangstür und Terrassentür hin und her wie ein eingesperrtes Tier.

Sie zuckte von dem Signalton zusammen, den das Handy mitsamt Vibrationsalarm von sich gab.

Zerreiß den Brief und ignorier ihn,

schrieb Louisa.

Da ist jemand einfach nur wütend. Soll dieser Vogtländer dich doch verklagen. Ich würde auf gar nichts reagieren, nur auf ein Schreiben vom Gericht. Sein Anwalt wird ihm schon bald klarmachen, dass sich ein Prozess nicht lohnt. Reine Drohgebärden sind das, nicht mehr. Genieß den Abend mit Manuel und lass dich nicht aus dem Konzept bringen.

Clara atmete geräuschvoll ein und wieder aus. Sie schob das Handy zurück in ihre Hosentasche, ohne zu antworten.

»Und?«, fragte Manuel.

»Louisa spielt die Angelegenheit runter. Kein Wunder, sie hat es mir erst eingebrockt! Jetzt habe ich den Ärger am Hals und muss am Ende den Rosenhof doch abgeben.«

»Reg dich nicht so auf.«

»Ich will mich aber aufregen!« Clara wurde laut. Dann schwieg sie. »Es tut mir leid. Es ist nicht fair, wenn ich meine Wut an dir auslasse.«

»Komm mal her.«

Sie blieb stehen. Ihr Körper fühlte sich wie gelähmt an. Sie fragte sich, wie sie so naiv gewesen sein konnte, anzunehmen, dass sich der Verkauf so einfach absagen ließe. Dass sie sich schon um Weihnachtsdekorationen Gedanken gemacht hatte, anstatt das Problem zu ahnen, das sie nun zu überrollen drohte.

Manuel stand auf, ging auf sie zu und umarmte sie fest. »Jetzt lass dir doch von so einem Idioten die Stimmung nicht verderben«, sagte er.

»Dieser Idiot hat Geld, richtig viel Geld. Was meinst du, was es kosten würde, die Scheune abzureißen, stattdessen einen Parkplatz und im Garten ein Seminarzentrum zu bauen? Wenn er sich das leisten kann, wird er auch die besten Anwälte bezahlen können. Die machen mich fertig. Wer bin ich denn? Ein Niemand. Was kann ich denn dagegen ausrichten, wenn der …«

Manuel legte seinen Zeigefinger auf ihre Lippen.

Clara verstummte.

»Wir finden eine Lösung. Zusammen«, sagte er.

»Wie soll die aussehen?«

»Setz dich hin.« Er führte sie zurück ins Wohnzimmer zum Sofa, ließ sie erst los, als sie sich gesetzt hatte, und breitete die Fleecedecke wieder über ihren Oberkörper. Dadurch merkte sie, wie ihre Beine zitterten und wie sehr sie fror.

»Zuerst rufe ich Annemarie an und sage ihr, dass du morgen nicht kommst«, sagte Manuel. »Du bist ja völlig fertig. Und dann noch der Schnee …«

»Das schaffe ich schon. Ich fahre morgen zu ihr und arbeite.«

»Weißt du, dass das so typisch für dich ist, Clara? Dein Problem ist, dass du denkst, du musst immer alles schaffen. Am besten allein.« Er nahm ihre Hände und drückte sie fest. »Aber so ist das nicht. Niemand auf der Welt muss dauernd etwas leisten, anderen etwas beweisen. Du darfst auch einfach mal sagen: Ich kann nicht mehr.«

»Es ist nicht so schlimm.«

»Deine Beine zittern. Du kippst hier fast um, verlierst die Nerven, liegst wahrscheinlich sowieso die ganze Nacht wach, und das ist nicht schlimm? Genau das sind die Patienten, die dann mit dem Rettungswagen in die Notaufnahme eingeliefert werden, die fast sterben, weil sie jahrelang gesagt haben, dass alle Signale, die ihr Körper ihnen sendet, nicht so schlimm sind. Ich habe es so oft gesehen. Ich will nicht, dass du so weitermachst. Merkst du nicht, in was für eine Erschöpfung du dich hineinmanövrierst mit deinem dauernden Funktionierenmüssen?«

Clara zog die Decke enger um ihren Körper, bis das Zittern aufhörte. »Ich kriege das schon hin.«

»Wir. Wir, Clara.«

»Wir«, sagte sie und begann zu weinen, obwohl sie nicht einmal den Grund für ihre plötzliche Traurigkeit begriff. Wie sie es hasste, wenn die Gefühle sie so überwältigten. Wenn ihre Stimmungen so chaotisch waren, dass sie sich mit Worten nicht beschreiben ließen, wenn sich Trauer mit Freude, Liebe und Verzweiflung zu einem Mix verbanden, sodass ihr Inneres zu einem Vulkan wurde und sie einen Ausbruch kaum noch verhindern konnte.

»Ich rufe für dich einen Anwalt an, wenn es dich beruhigt!«, sagte Manuel. »Den Anwalt, der meinem Vater damals geholfen hat, als die neue Straße geplant wurde und der Bach unterirdisch verlegt werden sollte. Weißt du noch? Dann hätten wir die Fischteiche verloren.«

Clara erinnerte sich an den Rechtsstreit, der sich jahrelang hingezogen hatte, bis endlich ein Gerichtsurteil vorlag, das die Umleitung des Baches aus Naturschutzgründen verbot. Bei dem Gedanken, wie lange sich Gerichtsverfahren hinziehen konnten, wurde ihr übel.

Sie schüttelte den Kopf. »Es ist spät. Jetzt geht kein Anwalt mehr ans Telefon.«

»Stimmt.« Nun war es Manuel, der ziellos um den Esstisch lief. »Dann rufe ich morgen früh direkt an. Und wir setzen uns jetzt vor den Fernseher und fangen an, irgendeine Serie zu gucken, die wir beide noch nicht kennen. Wir trinken Wein, essen Chips und warten, bis uns die Augen zufallen.«

»Du musst nicht hierbleiben.«

»Ich weiß, dass ich es nicht muss. Ich will es aber.«

30.

Im Halbschlaf nahm Clara wahr, wie Manuel ihren Kopf hob, um seine Oberschenkel darunter zu befreien, wie er aufstand und durchs Wohnzimmer ging, dann den Fernseher ausschaltete, der noch immer lief. Warmes Licht drang durch ihre geschlossenen Lider. Kurz blinzelte sie, nahm die durch den Schnee verstärkte Sonne wahr, die ins Innere des Rosenhofs strahlte, roch den Duft des abgeschliffenen Holzbodens, der durch die Wärme sehr intensiv war. Dann schloss sie die Augen wieder, um auf Manuels Rückkehr zu warten.

Das leise Klacken der Tür zur Küche bemerkte sie kaum, weil sie wieder einnickte, breit ausgestreckt auf der Couch. Noch immer nahm sie seinen Geruch um sich wahr, so intensiv, als läge er weiterhin neben ihr. Die Polster an der Seite, wo er gelegen hatte, waren warm. Seine Decke war zu einem Knäuel gepresst, das sie nun als Kopfkissen nutzte.

Sie sank so schnell in den Schlaf, dass Manuels laute Worte sie aus einem Traum herausrissen, in dem sie gerade ein Loch in der Wand betrachtete, das ihr den Zugang zu einem ihr völlig unbekannten Teil des Rosenhofs ermöglichte. Dort konnte man sich mit Leitern über verschiedene Ebenen bewegen, immer eröffneten sich neue Räume.

»Keine Deckungszusage, sind Sie absolut sicher?«, fragte Manuel. Seine Schritte waren trotz geschlossener Tür zu hören. Die Dielen knarrten. »Welche Nummer hatten Sie denn gewählt? … Das ist die alte Festnetznummer, dann ist es kein Wunder, dass Sie niemanden erreicht haben.«

Das Telefonat dauerte noch einige Minuten, anschließend kam Manuel mit federndem Schritt aus der Küche. Nun achtete er nicht mehr darauf, leise zu sein. Er setzte sich neben sie auf die Couch, umarmte sie fest und küsste sie.

»Hey, guten Morgen«, erwiderte sie seine überschwängliche Begrüßung.

»Louisa war völlig fertig, obwohl der Brief sie ja anfangs kaltgelassen hat. Die ganze Nacht hat sie wach gelegen. Sie ist damit einverstanden, dass ich mich um die Angelegenheit kümmere. Aber um einen Plan zu schmieden, wollte ich erst einmal den Stand der Dinge feststellen und habe deswegen mit dem Notar telefoniert.« Er strich ihr über den Kopf und lächelte so breit, dass auch sie lachen musste.

»Er hat nach der Terminabsage mehrfach probiert, dich anzurufen, aber er hatte deine aktuelle Telefonnummer nicht, sondern nur die vom Festnetz. Vom alten Festnetz, das es ja gar nicht mehr gibt.«

Clara versuchte, sich zu erinnern, was sie beim Ausfüllen der Formulare eingetragen hatte.

»Weswegen der Notar euch anrufen wollte: Er wollte sowieso vorschlagen, den Termin zu verschieben. Die Deckungszusage von der Bank lag nicht vor. Obwohl der Notar mehrfach nachgefragt hatte, wurde sie nicht nachgereicht. Er – also der Notar – befürchtet, dass die Kreditzusage von der Bank noch gar nicht existiert, trotz anfänglich positiver Auskunft. Ist wohl zurzeit keine Seltenheit, dass die Banken mit ihren Zusagen immer vorsichtiger werden, wenn man einen Kredit mit wirklich guten Konditionen beantragt hat.«

Clara zuckte mit den Schultern. »Was willst du damit sagen?«

»Du hättest sowieso allen Grund gehabt, den Vertrag nicht zu unterschreiben. Ohne Deckungszusage keine Unterschrift. So weit die Kurzform.« Er lehnte sich zurück. »Was fast noch interessanter ist, ist die Einschätzung des Anwalts, den ich auch erreicht habe: Der übernimmt den Fall gern, sieht aber keinen großen Aufwand und ist sich sicher, dass er nur ein Schreiben verfassen und es an den lieben Herrn Vogtländer schicken muss, dann hat sich die Angelegenheit erledigt. Anwälte drücken sich ja immer vorsichtig aus, aber wie er es erklärt hat, bestehen keine Zweifel, dass du auf der sicheren Seite bist. Einmal fehlt Vogtländers Deckungszusage der Bank, der Zeitplan war damit sowieso nicht einzuhalten. Andererseits gab es im Vertrag noch so viele ungeklärte Punkte, sowohl beim Finanziellen als auch beim Zeitpunkt der Übergabe, dass eine Einigung generell fraglich gewesen wäre.

Wobei ein weiteres Problem für ihn auftaucht: Der Rosenhof steht zwar nicht offiziell unter Denkmalschutz, es dürfte aber trotzdem fast unmöglich sein, dieses Projekt vom Bauamt genehmigt zu bekommen. Die historische Scheune kann er nicht abreißen, ohne die Grundmauern des Hofs zu beschädigen. Dann die Genehmigung für einen modernen Klotz in direkter Nachbarschaft des Hofs? Klar ist das Grundstück groß genug, aber für das Bauamt ist das kein Argument.«

»Das heißt ...« Clara strahlte.

»Es gibt kein Problem. Du kannst die ganze Sache im Grunde aus deinem Kopf streichen. Der Anwalt verfasst sein Schreiben und kümmert sich um alles Weitere. Falls dieser Vogtländer bei dir anruft, brauchst du das Gespräch gar nicht anzunehmen, davon rät dir der Anwalt sowieso ab. Bitte keine Absprachen ohne ihn, auch keine Diskussionen.«

»Was ich nicht verstehe: Warum ist dieser Vogtländer dann so offensiv vorgegangen? Schadensersatzforderungen. Drohungen. Anwalt. Das Schreiben von seinem Anwalt mit all diesen Formulierungen war schon der Hammer.«

»Probieren kann man es ja mal. Mit Annemarie habe ich auch telefoniert. Sie hat dich sowieso nur bis Weihnachten eingeplant, so war es ja abgesprochen. Da es in den nächsten Tagen nur um den Verkauf geht, nichts mehr restauriert werden muss, hat sie dir schon jetzt freigegeben. Sie würde sich aber freuen, wenn du irgendwann einfach noch mal so bei ihr vorbeikommst und erzählst, wie es dir geht.«

»Das alles hast du geregelt, auf eigene Faust, ohne es mit mir abzusprechen?« Sie stemmte die Hände in gespielter Empörung in die Hüften.

Er lachte. »Wir sollten darauf einen Sekt trinken. Ich fahre zur Bäckerei, und du legst kurz eine Flasche Sekt ins Gefrierfach. Was hältst du davon?«

Clara rieb sich den Schlafsand aus den Augen und streckte sich. »So früh am Morgen? Zum Frühstück?«

»Wenn das kein Grund zum Feiern ist, was ist es dann?« Manuel küsste sie und stand auf. Er wusch sich kurz unter dem Hahn in der Küche, richtete im Flur am Garderobenspiegel seine Haare, zog sich Jacke und Schuhe an und brach zur Bäckerei auf.

»Bleib einfach liegen«, sagte er zum Abschied.

Clara lauschte seinen Schritten, die draußen im Schnee knirschten, wie er viermal starten musste, bis der Motor in der Kälte endlich ansprang, wie er losfuhr und das Motorengeräusch immer leiser wurde.

Doch um weiter liegen zu bleiben, war sie zu aufgekratzt. So viele Ideen kamen ihr, wenn sie all die Möglichkeiten betrachtete, die nun vor ihr lagen.

Sie stand auf, holte ihren Laptop und kehrte ins Wohnzimmer zurück. Mit der Fleecedecke über den Schultern recherchierte sie nach einer Möglichkeit, Denkmalschutz für den Rosenhof zu beantragen, damit er in Zukunft vor solchen Umbauarbeiten geschützt wäre. Bei dem Gedanken, dass sie mit dem Verkauf fast den größten Fehler ihres bisherigen Lebens begangen hätte, wurde ihr trotz der Fleecedecke kalt.

Langsam merkte sie, wie die Anspannung der vergangenen Monate von ihr abfiel. Sie hatte es wirklich geschafft, den Zeitrahmen für die Renovierung einzuhalten. Der Verkauf war nun abgesagt, die Arbeit in Annemaries Werkstatt abgeschlossen.

So spürte sie zum ersten Mal wieder die Freiheit, die sie zuletzt vor ihrem Aufbruch zur Reise mit Jennifer gespürt hatte. Es gab nichts, was sie tun musste, keinen Druck, der auf ihr lastete. Alles, was sie plante, konnte sie selbst entscheiden. Niemand drängte sie zu irgendetwas.

Nach einem ausgiebigen Sektfrühstück mit Manuel räumte Clara die Küche auf. Dann wollte sie eigentlich nur kurz das Bonbonrezept ihrer Oma ausprobieren, doch dabei vergaß sie die Zeit. Frische Rosen gab es um diese Jahreszeit nicht, aber das kühl und dunkel gelagerte Rosenwasser in den Apothekerflaschen war so aromatisch, dass schon wenige Minuten nachdem sie die erste Flasche geöffnet hatte, die gesamte Küche nach Rosen duftete.

Bis zum späten Nachmittag hatte sie vier Portionen Bonbons gekocht, geformt und zum Trocknen ausgebreitet und auch den großen Esstisch dabei belegt, sodass für eine fünfte Portion kein Platz mehr war.

Diesmal schmeckten die Bonbons perfekt! Genauso, wie sie es in Erinnerung hatte. Trotzdem wollte sie sich nicht ausruhen, zu sehr genoss sie den Tatendrang und die Unbeschwertheit, die nun von ihr Besitz ergriffen hatten.

Sie setzte sich ins Wohnzimmer und fuhr ihren Computer hoch, um einen Onlineshop zu programmieren. Schnell wurde ihr klar, dass sie tagelang vor dem Bildschirm sitzen oder mit vorgefertigten Bausteinen einfach einen Shop erstellen konnte, der zwar nicht sonderlich originell und ausgetüftelt war, aber seinen Zweck erfüllte. Clara entschied sich für einen schnellen Probelauf, sodass sie weniger als zwei Stunden brauchte, um das Grundgerüst für ihre Webseite zu gestalten.

Zufrieden schlief sie ein, um am folgenden Vormittag direkt nach dem Frühstück mit der Arbeit fortzufahren: Sie packte die Bonbons ab, fotografierte sie und startete den Upload-Vorgang, bis die Bilder im Netz sichtbar waren. Sie kalkulierte und richtete eine Mengenbeschränkung bei der Bestellmöglichkeit ein. Für ihr Angebot plante sie drei verschiedene Bonbonpakete, von denen je fünfzig Stück verkauft werden konnten, bis das System den Kaufbutton automatisch sperrte. Die Lieferfrist setzte sie auf zwei Wochen.

So würde sie nur Aufträge annehmen, die sich problemlos innerhalb einer Woche erledigen ließen. Mit dem Zeitpuffer könnte sie theoretisch jeden zweiten Tag freinehmen. Das klang erst einmal wenig ehrgeizig, doch sie wollte nicht in Panik geraten, falls sie krank würde.

Nun konnte sie sich für ihren Lebensunterhalt nicht mehr wie nach ihrer Schulzeit auf ein festes Ausbildungsgehalt und auch nicht wie zu ihren Zeiten in Annemaries Werkstatt auf einen bestimmten monatlichen Betrag verlassen. Sie überschlug die Einnahmen bei drei verschiedenen Sorten, die sich aus den Möglichkeiten der Rotfärbung ergaben, je nachdem, ob sie Hibiskus, Hagebutte oder Kirschsaft verwendete. Je fünfzig Portionen zu je 9,99 Euro bei drei Varianten – Clara hielt die Luft an. Das wären 1500 Euro pro Woche!

Das klang erst einmal so fantastisch, dass sie es nicht glauben konnte, doch schnell wurde ihr klar: Die Schwierigkeit lag in der Menge der Pakete. Es waren ein paar Klicks auf der Webseite eines Paketdienstes, um eine regelmäßige Abholung zu vereinbaren. Trotzdem würde sie viel Raum für die Lagerung der Verpackungsmaterialien brauchen. Ohne die Scheune zu nutzen, würde es nicht funktionieren. Und bei der Scheune war das Dach noch undicht. Bevor sie ihren Plan starten konnte, musste sie noch einiges an Renovierungsarbeit investieren. Der neue Verkaufsraum für die Laufkundschaft, den sie eigentlich erst später in Angriff nehmen wollte, würde auf diese Weise automatisch mit entstehen. Aber die Umbauarbeiten würden die Einnahmen schnell zusammenschrumpfen lassen.

Clara nahm einen Zettel und notierte darauf alle Gedanken, um den Überblick nicht zu verlieren. Klar war jetzt schon: Es würde dauern, bis sie den Onlineshop vollständig freischalten konnte.

Nach wenigen Minuten hatte sie eine Liste vor sich, deren Anblick sie die Luft anhalten ließ. Das vor ihr liegende Projekt war mindestens so umfangreich wie die Restauration des Rosenhofs. Wobei sie sich mit handwerklichen Tätigkeiten auskannte, das war ihr Beruf. Ein Geschäft zu eröffnen, mit dem sie ihren Lebensunterhalt verdienen wollte, war eine ganz andere Herausforderung.

Doch auch, wenn bis zur richtigen Geschäftseröffnung noch einige Zeit vergehen würde, konnte Clara ihre Ungeduld nicht zügeln. Wenigstens einen Probelauf wollte sie starten und im Shop die Bonbons anbieten, die sie am vorherigen Tag gekocht hatte.

Es brauchte nur wenige Minuten, um die Mengenangaben der vorhandenen Bonbontüten und dazu die Preise einzutragen. Bis der Shop online war, vergingen nur Sekunden. Kurz berichtete sie auf Facebook, Twitter und Instagram von ihrem Projekt, das nun für alle sichtbar war, und stellte ein Foto all der Bonbontüten auf dem Esstisch dazu ein.

Zufrieden lehnte sie sich zurück. Sie war von der Arbeit am Computer so erschöpft, als hätte sie zwei Tage ununterbrochen in Annemaries Werkstatt gearbeitet.

Doch Zeit, um sich auszuruhen, blieb nicht. Die erste Bestellung traf ein. Dann die zweite. Die dritte. Die vierte. Nun füllte sich ihr Postfach so schnell, als gäbe es irgendwo einen Automatismus. Sie klickte irritiert auf ihre Shopseite, um zu erkennen, dass alle Bonbonvariationen mit dem Vermerk »ausverkauft« versehen waren. Anstatt dass weitere Bestellungen ihr Mailpostfach füllten, trafen nun Anfragen ein, wann die Rosenbonbons wieder erhältlich wären.

Sie zuckte zusammen, als neben all den eintreffenden Mails auch noch ihr Handy eine Nachricht vermeldete:

Ich bin gerade online gegangen. Dein Posting vom Shop geht viral!
Herzlichen Glückwunsch,

schrieb Louisa.

Morgen früh komme ich vorbei, dann feiern wir deinen Erfolg.

31.

Zuerst begriff sie nicht, was sie immer wieder mitten in der Nacht aus dem Schlaf riss, gerade, wenn sie erneut eingeschlafen war. Clara drehte sich von einer Seite auf die andere, musste husten. Dann nahm sie den Rauchgeruch bewusst wahr. Sie öffnete die Augen und setzte sich ruckartig im Bett auf. Licht schien so hell durch die geschlossenen Fensterläden, als würde bereits der Morgen dämmern. Sie sah auf ihren Wecker. Kurz nach ein Uhr. Die Stimmen, die sie anfangs für ein entferntes Raunen des Windes gehalten hatte, wurden lauter.

»Feuer!«, schrie jemand. »Feuer!«

Die Kirchenglocken wurden geläutet, schrill durchbrachen sie die Nacht.

Clara taumelte aus dem Bett, öffnete erst das Fenster, dann die Fensterläden und erstarrte. Das Schulhaus brannte. Aus den Fenstern der Vorderseite quollen Feuerzungen. Der alte, hölzerne Dachstuhl warf an allen Ecken Flammen in die Höhe, als wäre das Gebäude eine überdimensionierte Kerze mit vier Dochten. Der Himmel über dem gesamten Dorf war mit einem dunklen Nebel bedeckt, in dem Funken und herumfliegende Holzteile aufglommen.

Über die Hauptstraße näherten sich immer mehr Menschen, die Nebenstraßen konnte Clara von ihrem Standort aus nicht einsehen. Doch was sie am meisten erschreckte: Nirgends war die Feuerwehr zu sehen!

Nur mit T-Shirt und Jogginghose bekleidet, stürmte sie treppab, so schnell, dass sie sich immer wieder an der Wand abstützen musste, um in den Kurven der Treppe nicht zu fallen. Barfuß schlüpfte sie in die Turnschuhe, die als einzige Schuhe nicht im Schuhschrank verstaut waren, sondern offen herumstanden, und rannte durch den Schnee nach draußen und weiter bergab auf das Dorf zu. Als wäre ihr Körper gar nicht der eigene, registrierte sie wie aus der Ferne, dass sich beim Laufen schmerzhaft Schneebrocken zwischen Schuh und Knöchel festsetzten. Sie fror nicht, obwohl sie keine Jacke trug, nicht einmal einen warmen Pullover.

Schnell näherte sie sich dem Feuer. Hitze schlug ihr entgegen, der Rauch trieb ihr Tränen in die Augen. Sie zog sich ihr Shirt als Atemschutz höher über die Nase, trotzdem war es kaum möglich, zu atmen, bis der Wind die Richtung wechselte und den Qualm in eine Seitenstraße wehte. Es knackte, knarrte, zischte, stöhnte und ächzte. Es war ein mehrstimmiger Chor des Feuers, dessen Geräusche sich überlappten und ihr den Atem stocken ließen. Es hörte sich an, als würde das Gebäude selbst seinen Tod beklagen.

Die Menschen aus dem Dorf hatten bereits zwei Löschketten gebildet, vom Bach zum Schulhaus und vom Brunnen zum Gebäude. Auch waren mehrere Wasserschläuche auf das Feuer gerichtet, das sich jedoch, anstatt abzunehmen, weiter auf den Lagerschuppen ausbreitete. Nur weil das Schulhaus vom Schulhof umgeben war und dadurch in einiger Entfernung zu den anderen Gebäuden stand, hatte sich das Feuer noch nicht auf das gesamte Dorf ausbreiten können. Doch durch den Brand des Schuppens verringerte sich nun der Sicherheitsabstand.

Hektisch blickte sich Clara in dem Durcheinander nach ihrer Schwester um. Irgendwo in der Ferne waren nun Martinshörner zu hören, die immer lauter wurden. Dann tauchten hinter dem Berg in einigen Kilometern Entfernung die ersten Blaulichter auf. So schnell sie konnte, lief Clara über den Schulhof, doch wen sie auch ansprach, niemand konnte ihr Auskunft geben. Keiner hatte in dem allseitigen Gewimmel den Überblick.

Dann fand Clara, was sie suchte: Louisa saß in sich zusammengesunken auf der Tischtennisplatte. Sie trug nur T-Shirt und Unterhose, dazu Gummistiefel. Um ihre Schultern war eine Decke gelegt, die schlaff herunterhing und den vorderen Bereich des Körpers weiterhin dem Wetter preisgab. Clara rief nach ihrer Schwester, doch die reagierte gar nicht. *Warum kümmert sich denn niemand um sie?*

Clara rannte zu Louisa, die ihre Anwesenheit gar nicht zu bemerken schien. Sanft strich Clara über Louisas Kopf. Kurz zuckte Louisa zusammen, zeigte aber keine Reaktion, als Clara die Decke enger um den Körper ihrer Schwester wickelte. Wieder drehte die Windrichtung, sodass es nun so heiß wurde, dass Claras Frieren innerhalb weniger Sekunden in ein Schwitzen überging. Doch Louisa zitterte weiterhin.

Ein Funken sprühender Balken löste sich vom Dachstuhl und donnerte mit lautem Krachen einige Meter neben der Tischtennisplatte zu Boden. Das brennende Holz rutschte in einen Schneehaufen und zischte.

Clara packte Louisa, um sie beiseitezuziehen. Doch wohin? Wo gab es einen Ort in der Nähe, der Schutz bot? Der Schulhof war zu verraucht. An der anderen Seite parkten nun vier Einsatzwagen der Feuerwehr, gefolgt von zwei Rettungswagen. Auch hier gab es keinen geschützten Ort, an dem sie sich ausruhen konnten, ohne die Einsatzkräfte zu behindern.

»Der Rettungswagen ist da«, sagte Anton, der sich nun näherte. Er fasste Louisa am Arm, die ihn wegstieß.

»Mir geht es gut«, sagte sie, obwohl ihr Zittern eher zu- als abnahm.

»Du musst dich untersuchen lassen.« Anton versuchte, Louisas Hand zu nehmen. »Eine Rauchgasvergiftung ist gefährlich. Sie kann zu Krampfanfällen führen. Bewusst…«

»Halt einfach deinen Mund!« Louisa wurde so laut und wütend, wie Clara sie nie vorher erlebt hatte. »Ich habe keine Rauchgasvergiftung. Ich bin direkt nach draußen, als die Explosion erfolgte.«

»Explosion?«, fragte Clara. Sie konnte nicht glauben, was sie hörte.

»Hast du Kopfschmerzen?«, hakte Anton nach. »Ist dir übel? Schwindelig? Deine Lippen kommen mir bläulich vor, das ist ein deutliches Zeichen …«

»Mir ist kalt! Du hast auch blaue Lippen. Wir alle haben blaue Lippen. Und jetzt tu mir den Gefallen und geh.« Als Anton sich nicht abwandte, schrie Louisa laut: »Geh!«

Anton wandte sich ab, blieb aber einige Meter entfernt stehen.

»Es gab eine Explosion?«, fragte Clara noch einmal.

»Wahrscheinlich war es eine der alten Gasleitungen. Im Keller. Das Treppenhaus stand schon in Flammen, als ich nachsehen wollte, was geknallt hat. Ich bin über den Notausgang raus.«

»Auch wenn ich sonst nicht viel von dem halte, was Anton sagt – diesmal hat er recht. Lass dich wenigstens untersuchen. Ein Arzt ist da. Guck, er steht am Krankenwagen. Ich komme mit.«

»Nein.« Louisas Abwehr mündete in einem Hustenanfall. »Ich habe es doch schon erklärt. Ich bin direkt ins Freie gelaufen.«

»Ich besorge dir etwas zu trinken.« Clara schaute sich um. Der Feuerwehr gelang es nun, das Feuer einzudämmen. Alle anfänglichen Löschmaßnahmen der Dorfbewohner hatten kaum Wirkung gezeigt, doch nun war im Erdgeschoss bereits kein Feuer mehr zu sehen.

So sehr es Clara widerstrebte, wandte sie sich trotzdem an Anton. »Du bleibst hier und behältst Louisa im Blick? Am besten wie jetzt aus einiger Entfernung. Im Zweifelsfall bringst du die Rettungskräfte zu ihr.«

»Was denkst du denn?«

Auch wenn sie sich über Anton ärgerte, dass er nicht mit einem einfachen »Ja« antworten konnte, sondern keine Gelegenheit ausließ, ihr zu zeigen, was er von ihr hielt, war sie froh, dass er aufpasste, damit Louisa, die ihre Umgebung kaum zu registrieren schien, nichts passierte.

Zuerst wollte Clara etwas zu trinken besorgen. Orientierungslos blickte sie sich um. Die meisten Bewohner des Dorfes waren mit dem Löschen beschäftigt, in einiger Entfernung standen die Kinder Hand in Hand in den Gärten oder auf der Straße und starrten mit offenen Mündern auf das Geschehen.

Ohne weiter nachzudenken, ging Clara auf das Nachbarhaus zu, das entgegen der Windrichtung lag. Dazu überquerte sie schräg die Straße. Das Haus gehörte dem alten August, den Clara nie wirklich kennengelernt hatte, weil sie sich als Kind vor ihm gegruselt hatte. Er grinste in allen Situationen, auch wenn etwas Trauriges geschah, er hatte sogar gegrinst, als sein Hund weggelaufen und überfahren worden war. Dazu führte er andauernd Selbstgespräche. Die Männer des Skatklubs kümmerten sich um ihn, doch Clara fand, dass August ärztliche Behandlung brauchte, was dieser aber ablehnte und seine Skatfreunde genauso heftig abstritten. August sei nicht krank, nur etwas eigensinnig, so war das allgemeine Fazit.

Seine Haustür stand offen. An den Nachbarhäusern waren die Türen ins Schloss gezogen. Clara überlegte kurz, doch dann entschied sie, dass es das Wichtigste war, keine Zeit zu verlieren. Louisa brauchte etwas zu trinken.

Ohne Zögern betrat sie den Flur. Direkt vor ihr lag das Wohnzimmer, rechts ging die Küche ab. Nach ihrer Einschätzung von August hatte Clara ein Chaos erwartet, doch die Räume waren sehr sauber und aufgeräumt.

Sie betrat die Küche, nahm ein Glas, füllte es mit Wasser und kehrte in den Flur zurück. Dort fiel ihr Blick auf den Garderobenständer, an dem mehrere Mäntel hingen. Erst jetzt registrierte Clara die Kälte, die von außen hereinwehte, wie eisig ihre Füße sich in den durchnässten Turnschuhen anfühlten. Sie hoffte, dass August es ihr nicht übel nehmen würde, dann nahm sie einen seiner Mäntel, zog ihn über und erstarrte.

»Clara«, sagte August. Er stand in der Eingangstür, sodass sie nicht an ihm vorbeikam. Er lächelte breit. »Was machst du hier?«

»Es tut mir leid, dass ich einfach reingegangen bin bei dir.« Sie hielt das Wasserglas höher. »Das ist für Louisa. Meine Schwester. Ich wollte für sie Wasser holen. Zum Trinken. Und weil mir so kalt war, weil ich vergessen habe, mir etwas überzuziehen. Deshalb habe ich deinen Mantel … weil ich nicht daran gedacht habe …«

»Den Mantel bringst du mir bei Gelegenheit zurück.«

»Ja.« Sie kam sich wie eine Idiotin vor.

»Und jetzt beeil dich. Du wolltest deiner Schwester etwas zu trinken bringen.« Er trat beiseite.

Clara lief mit dem Wasserglas auf den Schulhof.

Sobald sie die Straße überquert hatte, spürte sie wieder die Wärme des Feuers. Nun drehte der Wind und blies ihr schwarze Rauchschwaden entgegen. Clara hustete und beschleunigte ihre Schritte. Sie sehnte sich danach, einen Schluck von dem Wasser zu trinken, zwang sich aber, ruhig und langsam weiterzuatmen.

Mit lautem Zischen schrumpfte das Feuer nun auch im oberen Teil des Hauses in sich zusammen, es war kaum noch zu sehen. Trotzdem strahlte das Gebäude eine enorme Hitze ab, und auch die Rauchentwicklung hatte nicht abgenommen. Es war schon jetzt deutlich, dass am Schulhaus nichts mehr zu retten war. Es müsste vollständig abgerissen und neu aufgebaut werden.

Als Clara an der Tischtennisplatte ankam, waren weder Louisa noch Anton zu sehen. Clara fluchte, dann wandte sie sich an einen Polizisten, der neben einem Streifenwagen stand.

»Haben Sie meine Schwester gesehen?«, fragte Clara. »Sie hat gerade noch hier auf der Platte gesessen. In eine Decke gehüllt.«

»Die ist mit dem Rettungswagen ins Krankenhaus gebracht worden. Ihr Mann begleitet sie.«

Clara schloss kurz die Augen. Dann trank sie in einem Zug das Wasser aus und warf das Glas wütend in den Mülleimer.

»Haben Sie ein Handy dabei, das Sie mir kurz leihen können?«, fragte Clara den Polizisten.

Er zog sein Smartphone hervor, entsperrte es und reichte es Clara.

Sie wählte Louisas Nummer. Die Mailbox sprang an. Frustriert verzichtete sie darauf, eine Nachricht zu hinterlassen. Es wäre zu schön gewesen, wenn Louisa ihr Handy dabeigehabt hätte, aber wahrscheinlich lag es irgendwo unter dem Schutt des Schulhauses und war längst geschmolzen. Nun ärgerte sie sich, dass sie Anton nie nach seiner privaten Handynummer gefragt hatte.

Mit einem Dank gab sie dem Polizisten sein Smartphone zurück, dann wandte sie sich von all dem Chaos ab. Hier konnte sie nun nicht mehr helfen. So kehrte sie zum Rosenhof zurück, um ihren Wagen zu holen und dem Rettungswagen hinterherzufahren.

Nun war sie froh, dass sie nicht in einer Großstadt lebte, sodass es nur ein Krankenhaus gab, in dem Louisa sich befinden konnte.

Die Scheinwerfer ließen den Schnee vor ihr auf der Straße glitzern, während die weiter entfernte Landschaft durch die tief liegende Bewölkung in absoluter Schwärze verschwand. Noch waren die Räumfahrzeuge nicht gefahren, das würde erst kurz vor Beginn des Berufsverkehrs geschehen. So musste sie besonders in den Kurven den Wagen fast zum Stehen bringen, weil sie nicht sehen konnte, ob es unter dem Neuschnee Vereisungen gab.

Nach einer Dreiviertelstunde fuhr sie auf den leeren Besucherparkplatz der Klinik. Erst jetzt fiel ihr auf, dass sie noch immer Augusts viel zu großen Mantel und ihre durchnässten Turnschuhe trug. Kurz zögerte Clara, dann ging sie weiter auf das Gebäude zu. An einem Tag wie diesem war es nicht wichtig, was andere von ihr dachten.

Die automatische Tür am Haupteingang blieb geschlossen, als sie davor wartete, doch daneben stand eine Hinweistafel, die den Weg zur Notaufnahme wies.

Clara schaute sich um. Auch hier war der Weg verschneit, es waren keine Trittspuren erkennbar. Sie folgte dem Wegweiser und musste das Gebäude vollständig umrunden. Eisiger Wind blies ihr ins Gesicht. Dann entdeckte sie drei Rettungswagen, die in einer hell beleuchteten Einfahrt parkten, die mit dem geöffneten Tor mehr an eine Autowerkstatt erinnerte. Sanitäter standen in einer Runde zusammen und rauchten.

Clara grüßte sie und ließ sich bestätigen, dass sie auf dem richtigen Weg war. Sie musste nur das geöffnete Tor durchschreiten, sich dann links halten. Dort lag der Eingang zur Notaufnahme.

Inzwischen war es fast vier Uhr.

Hinter der Anmeldung saß eine Krankenschwester mit blassen Lippen und geröteten Augen, die in einer Zeitschrift blätterte.

»Kann ich Ihnen helfen?«

Clara wollte ihr Anliegen erklären, doch dann entdeckte sie hinter einer Birkenfeige Anton. Er saß auf einem der Plastikstühle, ansonsten war der Warteraum wie ausgestorben. Er war auf der Sitzfläche so weit nach vorn gerutscht, dass er fast auf den Boden fiel. Dabei hatte er seine Beine lang ausgestreckt, die Arme vor dem Körper verschränkt. Sein Kopf war mit dem Kinn auf die Brust gesunken, seine Augen waren geschlossen, der Mund leicht geöffnet. Von Claras Ankunft bemerkte er nichts.

»Ich suche meine Schwester«, sagte Clara. »Sie muss vor Kurzem nach dem Brand im Schulhaus mit einem Rettungswagen hier angekommen sein. Es ging wahrscheinlich um die Abklärung einer Rauchgasvergiftung.«

»Sie wartet in einem der Untersuchungsräume, bis ein Zimmer hergerichtet wird. Gern kann ich Sie zu Ihrer Schwester bringen. Sie wird allerdings die Nacht noch zur Beobachtung hierbleiben müssen.«

»Das wäre nett.« Clara lächelte der sichtbar übermüdeten Krankenschwester zu.

Nun richtete sich auch Anton auf und kam auf Clara zu. Breitbeinig versperrte er ihr den Weg, stellte sich mitten in den Gang.

»Ich habe Sie doch schon vor einer knappen halben Stunde gebeten, mich zu Louisa zu bringen!«

Die Krankenschwester zog die Augenbrauen hoch und presste die Lippen aneinander. »Ich werde die Patientin fragen, ob sie Sie nun sehen möchte«, sagte sie. »Gerade war das ja nicht der Fall.«

»Ich bin …«, begann Anton.

»Kein Verwandter, kein Ehepartner, wie Sie schon bei Ihrer Ankunft sagten«, unterbrach ihn die Krankenschwester.

Clara konnte ein Grinsen nicht unterdrücken. Hier stieß er mit seinem polternden und fordernden Auftreten auf taube Ohren.

»Ich werde mich beim Chefarzt über Sie beschweren«, sagte Anton. »Sie lassen mich warten, während Sie diese Frau hier …«, er legte eine Pause ein und zeigte auf Clara, »… bevorzugt behandeln. Ich möchte mit dem Chefarzt reden.«

»Er ist nicht im Haus.«

»Was ist denn das hier für ein Saftladen? Dann möchte ich jemand anderen sprechen, der die Kompetenz besitzt …«

»Ich kümmere mich darum.« Sie eilte an Anton vorbei, öffnete mit einer Magnetkarte den Zugang zum Untersuchungsbereich, ließ Clara durchtreten und folgte ihr dann.

Mit einem Krachen fiel die Metalltür wieder ins Schloss.

Die meisten Türen waren geöffnet, keine Menschenseele war zu sehen. Das Neonlicht blendete so hell, dass Clara auf das graue Linoleum am Boden blickte.

Die vierte Tür rechts war geschlossen. Kurz klopfte die Krankenschwester, dann öffnete sie, nickte Clara zu und wandte sich wieder ab. Langsam ging sie den Gang entlang in Richtung der Rezeption.

Clara zuckte beim Anblick von Louisa zusammen. In sich zusammengesunken saß sie auf der Untersuchungsliege, eingewickelt in die Decke, die auch schon auf der Tischtennisplatte über ihren Schultern gelegen hatte.

»Bring mich zum Rosenhof«, sagte Louisa anstelle einer Begrüßung. Tränen liefen ihr übers Gesicht. »Ich entlasse mich selbst. Auf eigene Gefahr. Es ist mir egal, was irgendjemand dazu meint. Mir fehlt nichts. Körperlich gesehen.«

32.

Komm, ich bringe dich hintenherum nach draußen, wir sagen nur kurz der Krankenschwester bei der Anmeldung Bescheid«, sagte Clara. »Geht es dir wirklich gut?« Was, wenn ihre Schwester ernsthaft verletzt war? Sie war keine Medizinerin und wollte kein Risiko eingehen.

»Ich bin direkt, als ich den Brand bemerkt habe, als sich das Feuer im Haupttreppenhaus ausgebreitet hat, zu den anderen Treppen gegangen.« Louisa zog die Decke enger um ihren Körper. »Wie hätte ich mir da eine Rauchgasvergiftung zuziehen können? Die Tischtennisplatte lag entgegen der Windrichtung.«

»Dir geht es nicht schlecht?«

»Wie würde es dir gehen, wenn alle deine Sachen verbrannt wären? Computer. Papiere. Tagebücher. Fotoalben. Kleidung.«

Clara stützte Louisa auf dem Weg aus dem Behandlungsraum und weiter durch den Gang. Dann öffnete sie zögernd die Tür zum Wartebereich und blickte sich um. Die Notaufnahme war immer noch wie ausgestorben.

»Du bist dir wirklich sicher?«, hakte Clara noch einmal nach.

»Ich will mit dir zum Rosenhof. Was soll ich denn im Krankenhaus? Ich hätte gar nicht mitfahren sollen, war in dem Moment aber nicht fähig, überhaupt einen Gedanken zu Ende zu führen. Anton hat gedrängt, und ehe mir klar wurde, was passiert, lag ich auch schon im Rettungswagen. Mir geht es wieder gut. Sicher.« Louisa drängte sich an Clara vorbei. Ihre Schritte waren fest und zielstrebig, als sie durch die Tür zur Anmeldung ging und erklärte, dass sie sich nun selbst entlassen wolle, sich gut fühle. Ohne Zögern unterschrieb sie den Zettel, dass sie das Krankenhaus auf eigene Gefahr verließ.

»Und dir geht es wirklich gut?«, vergewisserte sich Clara erneut.

»Jetzt hör auf, mich wie ein rohes Ei zu behandeln. Wie oft habe ich es dir schon gesagt? Wenn du mich noch einmal fragst, musst du mir hundert Euro zahlen. Wo steht denn dein Wagen?«

»Stopp!«, rief Anton.

Clara und Louisa drehten sich um. Reflexartig blieben sie stehen, während Anton auf sie zueilte.

»Louisa!« Er ging vor ihr auf die Knie. »Verzeih mir. Unser Streit. Meine Sturheit. Durch das Feuer habe ich gemerkt …«

»Bitte, Anton, steh auf!«, sagte Louisa. Sie blickte sich um.

Die Krankenschwester schmunzelte. Ihre Müdigkeit schien von einer Sekunde auf die andere wie aus ihrem Gesicht gewischt. Nun schaute sie aufmerksam und wach.

»Zieh wieder bei mir ein. Der Pferdehof ist doch unser Zuhause. Wir haben zusammen umgebaut. Nach unseren Wünschen. Als es gebrannt hat, ich das Feuer gesehen habe, der Gedanke auftauchte, dass du es vielleicht nicht rechtzeitig aus dem Feuer herausschaffst, dass du schon schläfst und es gar nicht …« Er weinte. »Heirate mich. Wir vereinbaren morgen direkt einen Termin beim Standesamt. Mit Glück kann man das inzwischen auch online …«

»Nein.« Louisa verschränkte die Arme. »Und jetzt steh auf.«

Er reagierte nicht, sah sie nur verdutzt an.

»Bitte, steh auf.« Louisa reichte ihm die Hand und half ihm, sich aufzurichten. »Es wäre unfair. Ich kann dir keine Hoffnungen machen. Ich möchte einfach nur noch zum Rosenhof.«

»Das kannst du mir nicht antun! Weißt du, welche Ängste ich deinetwegen ausgestanden habe? Weißt du, dass ich mir wegen dir die ganze Nacht um die Ohren geschlagen habe? Dass ich nicht einmal meinen Wagen dabeihabe?«

Am liebsten hätte Clara ihm Geld für ein Taxi in die Hand gedrückt, doch sie wusste, dass das ungerecht wäre. Er hatte sich um Louisa gesorgt wie sie auch. Sie hatten den gleichen Weg.

»Du kannst mit uns fahren.« Trotz aller Logik war es für Clara eine Überwindung, das auszusprechen. »Unter einer Bedingung.«

»Und die lautet?« Antons Stimme war voller Sarkasmus.

»Du redest nicht von Heirat, nicht von Zusammenziehen. Du akzeptierst, dass Louisa mit mir zum Rosenhof kommt.«

Anton schwieg.

»Du stimmst zu, oder du steigst nicht in meinen Wagen«, sagte Clara. Ihr war es unangenehm, wieder und wieder zu drängen, sie wusste aber, dass Anton ansonsten die gesamte Fahrt über auf Louisa einreden würde.

»Du kannst mich hier nicht stehen lassen.« Anton lachte. »Du musst mich mitnehmen. Es ist deine Pflicht.«

»Bist du dir da so sicher?«, fragte Clara.

Anton blickte zwischen Louisa und Clara hin und her, dann zuckte er mit den Schultern. »Ihr lasst mir wohl keine Wahl.«

Clara beschloss, das als Zustimmung zu nehmen und nicht weiter zu insistieren. Sie ging voran, führte die beiden an den wartenden Krankenwagen vorbei auf den Besucherparkplatz, auf dem noch immer nur ein einziger Wagen stand. Die Blinker leuchteten auf, als Clara am Schlüssel die Fernbedienung der Zentralverriegelung betätigte.

Louisa setzte sich auf den Beifahrersitz, Anton auf den Rücksitz.

Clara beeilte sich, loszufahren, damit die Heizung ansprang. Sie musste mehrfach blinzeln, bis sie die Umgebung vor sich klar sah. Die Müdigkeit, die sie bisher gar nicht wahrgenommen hatte, packte sie mit einer Intensität, dass es schwer war, dagegen anzukämpfen. Die Wärme, die sich durch die Lüftung im Wagen ausbreitete, zusammen mit der Entspannung, weil es Louisa körperlich wirklich gut ging, verstärkte die Erschöpfung. Kurz überlegte sie, mit Anton den Platz zu tauschen und ihn fahren zu lassen, verwarf den Gedanken aber wieder. Sie kramte aus der Ablage Kaugummis heraus. Deren Geschmack war so intensiv, dass das Pfefferminzaroma beim Atmen die Nase kühlte, bis es im Rachen brannte. Es war unangenehm, weckte sie aber innerhalb von Sekunden wieder auf.

Noch immer war die Straße, die sich durch die Dörfer schlängelte, menschenleer. Niemand war unterwegs, doch das Räumfahrzeug hatte die Fahrbahn bereits vom Schnee befreit. So konnte sie doppelt so schnell fahren wie auf dem Hinweg.

Lange schwiegen sie. Das Motorengeräusch klang gleichmäßig und ruhig.

Louisas Kopf sackte zur Seite. Clara glaubte schon, dass auch Anton eingeschlafen war, als er sich räusperte.

»Weißt du übrigens, was ich mir für Sorgen um dich gemacht habe?«, fragte Anton.

»Louisa schläft«, sagte Clara. »Sie hört dich nicht.«

Louisa richtete sich auf, massierte mit einer Hand ihren Nacken. »Jetzt nicht mehr.«

»Weißt du noch, wie wir all die Monate jeden Abend gemeinsam verbracht haben, gerade in der schweren Phase, als es deinen Großeltern immer schlechter ging? Dass es keinen, wirklich keinen einzigen Tag gegeben hat, an dem wir nicht mindestens miteinander telefoniert und uns Gute Nacht gewünscht haben? Wir gehören zusammen! Das ist mir durch den Brand bewusst geworden. Wie viel du mir bedeutest. Dass wir nicht nur Liebende, sondern auch Seelenverwandte sind. Ohne dich hätte ich all die Gemeinheiten gar nicht überstanden, die im Zuge der Bürgermeisterwahl hochgekocht wurden. Du bist meine Stütze. Mein Halt. Mein Alles. Vergessen wir doch einfach die Diskussionen der letzten Zeit. Was sind sie gegenüber dem Jahr davor?

Ich will damit auch nicht ausdrücken, dass du sofort zu mir ziehen musst. Es ist okay, wenn du dich erst mal im Rosenhof einrichtest. Wir müssen nichts überstürzen. Du hast alle Zeit der Welt. Aber gib mir noch eine Chance. Lass es uns langsam angehen. Uns wieder annähern.«

Claras Kehle fühlte sich trocken an. Vergeblich versuchte sie, den Kloß in ihrem Hals hinunterzuschlucken. Sie sah kurz nach rechts zu Louisa. Da sich nun die Straßen füllten und der Berufsverkehr in Richtung Stadt einsetzte, kamen immer häufiger andere Autos entgegen, sodass Louisas Gesicht angestrahlt wurde. Sie sah bleich und erschöpft aus, starrte wie versteinert nach vorn.

Clara versuchte, im Licht der entgegenkommenden Wagen im Rückspiegel Antons Gesicht zu erkennen. Zusammengesunken saß er auf dem Rücksitz. Seine Rede hatte Clara berührt, er hatte eine so zärtliche und liebevolle Seite gezeigt, die sie an ihm nie zuvor wahrgenommen hatte.

»Das geht nicht«, sagte Louisa.

»Was geht nicht?«, fragte Anton.

»Deine Pläne. Den Rosenhof als Erweiterung des Pferdehofs zu nehmen. Die schnelle Planung der Heirat …«

»Das mit dem Rosenhof ist doch längst vom Tisch.«

Louisa verschränkte die Arme und schüttelte den Kopf. Sie rieb sich über die Stirn. Dann wandte sie den Blick zur Seite, trotzdem hatte Clara gesehen, dass Louisa weinte.

»Du warst immer da für mich, besonders in der schweren Zeit, das stimmt.« Louisas Stimme klang erstickt. »Du hast mir zugehört. Ich habe mich an dir festgeklammert. Vielleicht hätte ich das nicht tun …«

»Sag so etwas nicht.« Anton berührte Louisa an der Schulter, die daraufhin zusammenzuckte.

»Lass mich bitte ausreden.« Louisas Stimme war nur noch ein Flüstern, das sich kaum mehr vom Motorengeräusch abhob. »Liebe … es ist oft gar nicht so leicht zu unterscheiden, was Liebe und was Bedürftigkeit ist.« Louisa hob die Hand, um Anton, der sich räusperte, ein Zeichen zu geben, dass sie noch weitersprechen wollte. »Ich meine das nicht abwertend, im Gegenteil, ich bin dir unendlich dankbar und werde auch niemals vergessen, was du für mich getan hast. Aber die Gefühle …«

»Halt an!«, schrie Anton.

Clara erschrak so, dass sie das Lenkrad verriss und kurz den Graben streifte, zum Glück aber nicht hineinrutschte.

»Halt an!« Anton lehnte sich nach vorn.

»Das geht nicht.« Panisch sah Clara sich nach einem Feldweg um, der von der Straße abzweigte, nach irgendeiner Haltebucht, doch es gab keine Möglichkeit für einen Stopp. »Wir können hier nicht anhalten.«

»Ich will zu Fuß weitergehen. Ich will hier raus. Halt an.« Anton lehnte sich weiter nach vorn, als wollte er sie vom Fahrersitz wegdrängen.

»Es sind noch mindestens fünfzehn Kilometer.« Clara versuchte, ruhig zu klingen.

Dann geschah alles so schnell, dass Clara erst hinterher begriff, was geschehen war. Anton packte die Handbremse und zog sie an. Der Wagen drehte sich um die eigene Achse, rutschte, schleuderte, blieb stehen. Auf beiden Seiten hupten und bremsten Autos. Nur knapp waren sie einem Unfall entkommen.

Anton stieg so ruhig aus, als wäre nichts geschehen.

»Du hättest uns alle umbringen können!«, schrie Clara. »Ist dir das egal?« Sie zitterte wie Louisa am gesamten Körper. »Bist du denn völlig verrückt geworden?«

»Reg dich ab. Es ist nichts passiert.« Anton knallte die hintere Tür zu, dann stapfte er durch den hohen Schnee über die Felder auf das Waldgebiet zu.

Clara überlegte kurz, ihm zu folgen, ihn zu packen und zur Rede zu stellen, doch sie wusste, dass er sich niemals bewegen ließe, wieder bei ihnen einzusteigen. Auch stauten sich auf beiden Seiten der Straße die Autos.

Ihre Hände zitterten so, dass es ihr erst im vierten Anlauf gelang, den Wagen zu starten. Sie konnte ihr Glück kaum fassen, dass sich der Wagen nicht überschlagen hatte oder Schlimmeres geschehen war.

Anton war bereits in der Dunkelheit verschwunden, als sie Gas gab und wieder in Richtung Rosenhof anfuhr. Nur noch die Fußspuren zeigten den Weg, den er genommen hatte.

Entgegen ihren Befürchtungen gelang es Clara, das Auto in der Spur zu halten. Noch immer begriff sie nicht, wie Anton sich zu einer solchen Kurzschlussaktion hatte hinreißen lassen können.

Als könnte Louisa Gedanken lesen, sagte sie: »Anton kann nicht verlieren. Ein Scheitern einzugestehen, ist für ihn schlimmer als der Tod.«

»Aber das ist doch kein Scheitern.«

»Aus seiner Sicht schon.«

»Was willst du jetzt tun?«, fragte Clara. Langsam näherten sie sich dem Dorf. Hoch oben am Berg sahen sie den erleuchteten Rosenhof. Vom Schulgebäude war nichts übrig außer einem Haufen Schutt, der nun auch nicht mehr glühte.

»Mir mein altes Kinderzimmer wieder herrichten. Sehen, was die Versicherung von den Schäden bezahlt. Aber erst einmal duschen, mich umziehen und schlafen. Hast du etwas dagegen, wenn ich mich an deinem Kleiderschrank bediene?«

33.

Beschämt kehrte Clara von ihrem Besuch bei August zurück. Er hatte sich überschwänglich bedankt, dass sie seinen Mantel vor dem Zurückgeben gewaschen hatte. Doch das war für sie eine Selbstverständlichkeit gewesen. Anfangs war es ihr schwergefallen, ihm in die Augen zu sehen. Ja, er war etwas seltsam mit seinem Grinsen und seinen Gesprächen mit unsichtbaren Freunden. Doch war er ihr zuvorkommend, höflich und hilfsbereit begegnet.

Als sie die Haustür des Rosenhofs aufschloss, sah sie schnell, dass Louisa noch immer am Esstisch saß und arbeitete.

»Wir haben August unrecht getan«, sagte Clara. »Die Lästereien, der Spott – ja, wir waren Kinder und wussten es nicht besser. Aber jetzt sind wir erwachsen. Wir sind dafür verantwortlich, dass die Sticheleien gegen ihn aufhören.«

»Ich verstehe nicht, warum ich so eine Unmenge an Formularen für die Versicherung ausfüllen muss!«

»Hast du gehört, was ich gesagt habe?«

»Ich begreife es nicht. Ich soll so viele Belege beifügen, wo doch jedem klar sein dürfte, was es bedeutet, wenn die Wohnung vollständig ausgebrannt ist. Seit dem Brand habe ich keine Nacht mehr richtig geschlafen. Das macht mich alles einfach nur fertig.« Louisa schob den Stapel Papiere in den Briefumschlag. Nur mit einem zusätzlichen Klebeband ließ er sich schließen. »Meinen die etwa, ich würde die Steuerunterlagen und Kaufbelege als Erstes retten?«

Clara sah darüber hinweg, dass Louisa nach dem Schock noch immer in ihrer eigenen Welt war. Sie verstand Louisas Ärger gut und die Anspannung, die Louisa nicht abstreifen konnte wie ein altes Kleidungsstück.

Neben der Mühe, sich die für ihre Arbeit wichtigsten Gegenstände so schnell wie möglich wiederzubeschaffen, hatte sie nun so viele Formalien zu erledigen, dass jede Jahressteuererklärung dagegen ein Kinderspiel war. Auch ihre Ausweise waren verbrannt, die Scheckkarten, einfach alles. Eine Büroausstattung mit Computer und Drucker hatte sie von Manuels Vater bekommen. Die Geräte funktionierten, auch wenn sie auf dem technischen Stand von vor zehn Jahren waren.

»Wenn du willst, kann ich den Brief für dich zur Post oder direkt zur Versicherung bringen. Ich wollte am Nachmittag kurz bei Annemarie vorbei, um mir verschiedene Schleifpapiere zu besorgen. Für die Fensterrahmen. Sie hat auch die Lasuren vorrätig, die ich brauche. Und dann will ich ihr natürlich noch ein Geschenk vorbeibringen.«

»Ich fahre selbst. Wenigstens der Wagen ist nicht verbrannt. Wie soll ich nur vor Weihnachten dieses gesamte Chaos ordnen?«

»Du hast alle Zeit der Welt. Wen stört es denn, ob dein Ausweis ein paar Tage früher oder später fertig wird?«

»Ich will den Ärger einfach schnell hinter mir haben.«

»Aber wir frühstücken doch noch in Ruhe, oder?«, fragte Clara. »Wobei es eher ein Brunch wird, es ist ja schon fast Mittag.«

Louisa adressierte den Briefumschlag, dann ging sie zur Garderobe und zog sich Schuhe und Mantel an. »Was ein Glück, dass wir dieselbe Kleider- und Schuhgröße haben! Mach dir keine Mühe, wir brauchen hier nichts herzurichten. Ich esse unterwegs etwas, hole mir irgendwo einen Kaffee und ein Teilchen für zwischendurch.«

Clara versuchte erst gar nicht, Louisa aufzuhalten, die die Eingangstür schon geöffnet hatte. Kalte Luft wehte bis ins Wohnzimmer herein. Obwohl die Temperaturen wieder über den Gefrierpunkt gestiegen waren, ließ der Wind es draußen ungemütlicher als zuvor erscheinen.

Neuer Schnee fiel nicht mehr, stattdessen war Tauwetter angebrochen. Vom Dach tropfte am Tag das Wasser, in der Nacht bildeten sich lange Eiszapfen. Neben der Straße vor dem Rosenhof hatte sich vom Schmelzwasser ein Bach entwickelt.

Eine eintreffende Nachricht auf ihrem Handy ließ Clara aufmerken:

Habe ich ganz vergessen, dir zu sagen: Bin erst gegen Abend zurück. Ich habe am Nachmittag noch einen Termin im Gemeindehaus. Wegen des Umbaus.

Clara hatte nicht gedacht, dass auch diese Planungen so schnell voranschreiten würden, war es doch bis gestern nur eine von vielen Optionen gewesen, das Gemeindehaus zum Unterrichten zu nutzen, als vorübergehenden Ersatz für das Schulgebäude. Nun schien es bereits eine abgesprochene Sache zu sein.

Clara schloss kurz die Augen. Wie ungewohnt die Ruhe im Rosenhof war! Auch nach ihrer Rückkehr von Annemarie würde sie noch einige Stunden für sich haben, allein auf dem Hof. Die konnte Clara gut gebrauchen, denn was Louisa völlig aus den Augen verloren hatte: In drei Tagen war Heiligabend. Auf dem Rückweg aus der Stadt würde Clara einen Baum besorgen, klein genug, um ihn im Keller versteckt zwischenlagern zu können. Die Plätzchen würde sie bei Lena backen, damit sich im Rosenhof kein verräterischer Geruch ausbreitete. Und das Wichtigste durfte sie nicht vergessen: Noch heute würde sie Einladungskarten schreiben. Auch wenn es das erste Weihnachtsfest nach dem Tod der Großeltern war, wollte sie alles tun, um keine Trauer oder Melancholie aufkommen zu lassen. Und was könnte eine bessere Garantie dafür sein, als Hannes, Manuel und Lena einzuladen?

Selbst am 23. Dezember ahnte Louisa noch nichts von Claras Vorbereitungen. Die Geschenke waren im Keller versteckt, ebenso der Weihnachtsbaum. Die Plätzchen lagerten geruchsdicht in Dosen, das vorbereitete Essen war auf die Kühlschränke in den Wohnungen von Hannes, Manuel und Lena verteilt.

Auch diesen Tag hatte Louisa vollständig für die Arbeiten im Gemeindehaus eingeplant. »Bis später«, sagte Louisa, streifte die Falten aus ihrer Kleidung und ging zum Flur.

»Du willst wirklich nicht hierbleiben?«, fragte Clara nach dem Frühstück. »Es gibt so viele Hände, die mit anpacken. Du bist doch Lehrerin und keine Hausmeisterin.«

»Ich muss mich in dem Raum zurechtfinden und will mich beim Unterrichten wohlfühlen. Hinzu kommt: Wir haben nur einen großen Saal für vier Klassenstufen. Wir brauchen unbedingt Regale als Raumtrenner. Es ist zum Beispiel noch gar nicht geklärt, woher die Regale kommen sollen. Wie auch immer: Ich will mich selbst drum kümmern, dann weiß ich, dass bei Schulbeginn alles steht.« Sie zog sich Stiefel, Mantel, Mütze und Handschuhe an, betrachtete sich vor dem Garderobenspiegel und straffte dabei ihren Oberkörper. Dann verabschiedete sie sich noch einmal und verließ das Haus.

Kurz zögerte Clara, dann rief sie Manuel an. Seit dem Brand hatten sie sich nicht mehr verabredet, keinen einzigen Abend gemeinsam verbracht.

Manuels Stimme klang verschlafen, er atmete tief ein und mit einem Seufzen aus, als er sich meldete.

»Sag bloß, ich habe dich geweckt«, sagte Clara.

»Hast du. Was ein Wunder, dass du dich auch mal wieder meldest.«

»Du bist sauer.«

»Um den Tannenbaum zu schleppen, bin ich dir gut genug, aber auf meine Nachrichten reagierst du nicht?«

»Du hast recht. Seit Louisa wieder hier ist, wusste ich einfach nicht, wie … Es war blöd von mir. Was hältst du davon, wenn ich mich mit einem ausgiebigen Brunch bei dir entschuldige? Hier im Rosenhof?«

Manuel lachte. »Angenommen.« Er verabschiedete sich und versprach, in einer Viertelstunde da zu sein.

Schon beim Gedanken an Essen spürte Clara einen unbändigen Hunger, als hätte sie wie während der Renovierungsphase bereits schwere körperliche Arbeit verrichtet.

Sie ging in die Küche, kochte Eier mit Speck, schnippelte Gemüse und Obst, toastete die Brötchen vom Vortag auf, damit sie warm waren.

Vom Anruf bis zu Manuels Ankunft vergingen nur zehn Minuten.

»Bist du geflogen?«, fragte Clara scherzhaft und umarmte ihn lang zur Begrüßung. Erst jetzt merkte sie, wie sie die ungestörte Zeit mit ihm vermisst hatte.

»Wie willst du es morgen organisieren, dass Louisa nichts mitbekommt, wenn du das Wohnzimmer weihnachtlich vorbereitest? Irgendwann müssen wir auch das Büfett aufbauen, und das geht nicht von einer Minute zur anderen. Wir brauchen einen Zusatztisch und …«

Sie küsste ihn und drückte ihn fester an sich. »Gerade hast du dich noch beschwert, dass du seit dem Brand nur zum Arbeiten hergekommen bist.«

»Morgen ist Heiligabend. Das ist nicht mehr viel Zeit.«

»Ich weiß.«

Noch immer standen sie im Flur. Clara registrierte beim Blick auf ihr Spiegelbild zum ersten Mal, wie bleich sie geworden war, die Haut ganz hell, die Haare fast braun nachgedunkelt, weil sie in den letzten Monaten bei all den Arbeiten im Innern kaum Sonne zu Gesicht bekommen hatte. Ihre Arme und Oberschenkel waren von den Renovierungsarbeiten breiter geworden, doch das störte sie nicht. Dass ihre Haare wieder gewachsen waren und ihr bis über das Kinn reichten, ließ ihr Gesicht weicher erscheinen.

Sie küssten sich mit einer solchen Intensität, dass die Zeit und alles Vergangene an Bedeutung verloren. Die Umgebung löste sich in ihrer Wahrnehmung auf. Es war, als würden Gegenwart mit Vergangenheit und Zukunft verschmelzen, als wäre sie wieder die übermütige Fünfzehnjährige, die sich gemeinsam mit Louisa und Hannes in dessen Kleiderschrank versteckt hatte, weil sie sich entgegen dem Verbot seiner Mutter zu einem Filmeabend verabredet hatten. Hatte sich wirklich etwas verändert, bloß weil sie älter und erwachsen geworden waren? Oder waren sie nicht im tiefsten Innern die Gleichen geblieben? Zum ersten Mal seit Langem spürte sie, während sie Manuel küsste, beim Gedanken an Weihnachten wieder die Freiheit, die sie als Jugendliche gehabt hatte. Diese Aufbruchsstimmung, die Vorfreude auf das, was noch kommen mochte. Doch zum ersten Mal in ihrem Leben konnte sie sagen, dass sie all das um sich hatte, was sie glücklich machte. Sie war die, die sie sein wollte, auch wenn sie es nicht in Worte fassen konnte.

Sie gab sich einen Ruck und musste sich zwingen, Manuel loszulassen. »Ich habe Eier mit Speck gebraten, extra für dich«, sagte sie und spürte seine Finger unter ihrem T-Shirt. Seine Hände tasteten sich von ihrem unteren Rücken langsam empor, dann glitten sie nach vorn, bis sie ihre Brüste fanden.

Das Frühstück konnte warten, die Pläne und Verpflichtungen auch, selbst Hunger und Durst verloren an Bedeutung. Sie erwiderte seine Berührung und schmiegte sich enger an ihn. Intensiver denn je spürte sie, dass sie lebendig war. Die jahrelange Unruhe war verschwunden. Ihr wurde klar, dass nicht nur der Rosenhof für sie Ankommen und ein Zuhause bedeutete, sondern dass auch Manuel mit seiner Anwesenheit ihr das schenkte, wonach sie immer gesucht hatte: eine Heimat.

34.

Louisa hatte angekündigt, vor der Weihnachtsmesse einen Spaziergang zu unternehmen. Doch obwohl nur noch eine Stunde Zeit blieb, saß sie in eine Fleecedecke eingewickelt auf dem Sofa und las einen Roman.

»Wolltest du dir nicht die Beine vertreten?«, fragte Clara.

»Allein habe ich keine Lust. Kommst du mit?« Sie richtete sich auf, legte den Roman mit aufgeschlagenen Seiten umgekehrt auf den Wohnzimmertisch.

»Ich würde ja gern, aber ich habe mich mit Manuel abgesprochen. Wir wollen noch kurz zu Erna. Einen Tannenbaum aufstellen.« Das beschrieb einen so kleinen Ausschnitt der Wahrheit, dass Clara ein schlechtes Gewissen bekam, als hätte sie gelogen. Es ging nicht um »einen« Tannenbaum, sondern um den Baum für den Rosenhof. Ernas Garage war das perfekte Versteck gewesen. Irgendwie musste es Manuel und ihr gelingen, den Baum in der kurzen verbliebenen Zeit unbemerkt zum Rosenhof zu transportieren, denn gleich nach der Messe sollte die Feier starten. Noch ahnte Louisa nichts von all den Vorbereitungen, die im Hintergrund stattgefunden hatten.

»Was hältst du davon, wenn ich hier einmal gründlich durchsauge und du dir währenddessen den Spaziergang gönnst?«, fragte Clara. Sie nickte in Richtung Staubsauger. »Anschließend gehe ich kurz bei Erna vorbei. Wir treffen uns dann vor der Kirche.«

»Ich habe gestern erst gesaugt.«

»Aber guck mal unter den Tisch, was da alles vom letzten Frühstück rumliegt. Ich erledige das auf die Schnelle.« Clara blickte nach draußen. »Jetzt hat es auch aufgehört zu regnen.«

»Ich habe immer mehr das Gefühl, dass du mich loswerden willst.«

Clara merkte, wie ihr die Hitze ins Gesicht stieg, wie ihre Wangen und Ohren kribbelten.

»Okay.« Clara knetete ihre Hände. »Es stimmt. Ich will dich loswerden.« Wenn sie noch länger versuchte, Louisa unter irgendwelchen Vorwänden zum Verlassen des Hauses zu bewegen, verlor sie zu viel Zeit. »Ich habe mir eine kleine Überraschung ausgedacht. Für dich. Und um die herzurichten, muss ich kurz allein sein. Bitte!«

»Ich dachte, wir lassen Weihnachten ausfallen. Ich habe für dich nicht mal ein Geschenk. Bei dem ganzen Theater drumherum ist mir auch nicht nach einer Feier. Lass uns einfach nach der Messe einen Film angucken.«

»Bitte, Louisa. Tu mir den Gefallen. Es ist wichtig, dass du jetzt kurz spazieren gehst.«

»Wenn es unbedingt sein muss ...« Louisa streifte ihre Hausschuhe ab, stellte sie neben die Küchentür, um dann im Flur langsam die Stiefel anzuziehen. Clara befürchtete schon, dass ihre Schwester doch noch zögern und es sich anders überlegen würde, aber Louisa zog sich zügig einen Mantel über und verließ das Haus.

Louisa ist draußen,

schrieb sie eine Nachricht an Manuel.

Jetzt bleibt uns nur noch knapp eine halbe Stunde. Schaffst du das mit dem Baum allein, oder brauchst du meine Hilfe?

Clara wartete nicht, bis die Schritte im Vorgarten verklungen waren. Sie sprintete in den Keller, um den Baumschmuck hervorzuholen und die abgedeckten Essensplatten nach oben zu tragen.

Kurz darauf kam die Bestätigung von Manuel, dass er den Baum problemlos allein transportieren könne.

Clara atmete auf. Nun war es ein Leichtes, alle Punkte, die sie noch geplant hatte, zu erledigen. Anstelle eines zweiten Tisches für das Essen räumte sie die Kommode im Esszimmer ab, deckte sie zum Schutz und zur Dekoration mit weihnachtlichem Geschenkpapier ab und drapierte darauf die Speisen. Noch bevor sie fertig war, hörte sie das Motorengeräusch von Manuels Wagen in der Einfahrt. Sie eilte ihm entgegen und half, den Baum ins Innere und weiter ins Wohnzimmer zu transportieren, ihn anschließend auf einem Ständer zu befestigen.

Während sie noch die restlichen Speisen vom Keller nach oben trug, schmückte Manuel den Baum. Sie arbeiteten Hand in Hand, ohne dass es einer Absprache bedurfte.

Nur zwanzig Minuten nachdem Louisa das Haus verlassen hatte, waren alle Weihnachtsvorbereitungen abgeschlossen. Das Büfett war aufgebaut, der Baum geschmückt, sogar die selbst gebastelten Papiersterne hatte Clara noch schnell an den Fenstern befestigt. Am liebsten hätte sie auch schon alle Kerzen angezündet, doch das musste warten.

Zufrieden schaute sie sich um und betrachtete ihr Werk. Der Duft des Tannenbaums vermischte sich mit dem der Speisen. Alles war perfekt. Trotzdem wurde Clara von einer Trauer gepackt, die sie flacher atmen ließ.

»Was ist?«, fragte Manuel.

Ihre Gedanken rasten. »Hätte ich doch nur vor meinem Aufbruch mit Jennifer geahnt, dass Oma und Opa dieses Weihnachten nicht mehr da wären! Ich hätte mich schon letztes Jahr in den Flieger gesetzt, um mit ihnen zu feiern. Und wäre anschließend nicht wieder weggefahren.« Sie schluckte. Doch das Gefühl von Trockenheit im Mund verschwand nicht. »Ich vermisse sie so sehr.«

»Du bist keine Hellseherin. Du hast es nicht wissen können. Es ist grausam. Aber grausamer wäre es, wenn wir immer wüssten, was auf uns zukommt, oder?« Er nahm sie in den Arm und drückte sie an sich. »Stell dir vor, du wüsstest, wie lange du noch genau zu leben hast.«

Clara nickte. Es stimmte, was er sagte, doch die Trauer blieb. Gerade zu Weihnachten hatten sie zu viert immer im Wohnzimmer gesessen. Ihr Großvater hatte seine alte Weihnachtsschallplatte hervorgeholt, mit dem lauten Knistern im Hintergrund, weil sie so voller Kratzer war. Außerdem hatte sie an zwei Stellen einen Sprung: bei »Stille Nacht« und bei »O du fröhliche«. Sie wusste nicht, wo sich die Platte befand, hatte sie bei ihren Auf- und Umräumarbeiten nirgends gesehen. Alles hätte sie gegeben, um jetzt, in diesem Moment, die Weihnachtsplatte in ihren Händen zu halten!

»Komm, los, zieh dich um, sonst sind wir zu spät an der Kirche«, sagte Manuel, drückte sie noch einmal, küsste sie intensiv auf den Mund und schob sie dann in Richtung Garderobe.

Clara hielt inne und blickte sich um. Das Untergeschoss war wirklich wunderschön geschmückt! Noch konnte sie sich nicht vorstellen, dass sie in weniger als zwei Stunden mit ihren Freunden zusammensitzen und ausgelassen feiern könnte. In Gedanken an die vergangenen Weihnachtsfeste verließ sie mit Manuel das Haus.

Clara musste sich beeilen, um Louisa nach der Messe einzuholen, zu schnell hatte ihre Schwester die Kirche verlassen. Das letzte Orgelstück war noch nicht verklungen.

»Louisa! Warte!« Clara eilte die Stufen zum Kirchhof hinab, die trotz des Streusplitts rutschig waren, sodass sie kurz strauchelte, zum Glück aber gleich das Gleichgewicht wiederfand.

»Es tut mir leid«, sagte Louisa. »Heute ist nicht mein Tag. Ich gehe schon vor. Lasse mir vielleicht ein Bad ein. Oder verkrümle mich früh ins Bett.«

»Ich habe eine Überraschung vorbereitet. Du denkst doch nicht, dass Weihnachten auf dem Rosenhof einfach ausfällt?«

»Aber ... jetzt ist es ... ich habe gar kein Geschenk für dich.«

»Darauf kommt es doch gar nicht an!«

Clara merkte, dass Louisa widersprechen wollte. Sie wusste, dass es keinen Zweck hatte, zu diskutieren oder zu versuchen, Louisa zu überzeugen. So nahm sie ihre Schwester einfach in den Arm und drückte sie fest an sich. »Heute soll für uns ein wunderschöner Tag sein. Egal, was war, und egal, was für Schwierigkeiten in Zukunft auftauchen. Heute ist unser Weihnachten.«

Erst gesellte sich Hannes dazu, dann kamen Lena und Manuel die Stufen herunter.

Louisa sah von einem zum anderen, bis ihr Blick an Clara hängen blieb. »Das war also der Grund, warum du mich unbedingt aus dem Haus scheuchen wolltest.«

Clara nickte. »Sonst wäre es ja keine Überraschung gewesen.«

»Dann habe ich wohl keine Chance mehr, mich dagegen zu wehren«, sagte Louisa mit gespielter Empörung.

Gemeinsam plaudernd gingen sie bergauf die Straße entlang.

Ihre Kleidung roch noch nach Weihrauch, als Clara, Louisa, Lena, Hannes und Manuel den Rosenhof betraten. Der Duft breitete sich im Flur aus, wo sie ihre Jacken und Mäntel an den Garderobenhaken aufhängten. Clara zündete eine Kerze nach der anderen am Tannenbaum an, bis das Wohnzimmer von dem warmen Licht erfüllt wurde. Sie feuerte noch den Kamin an, dann legte sie das Feuerzeug weg und umarmte Louisa fest, der Tränen in die Augen traten. Erst als auf Louisas Gesicht ein Lächeln erschien, ließ sie ihre Schwester los.

»Fröhliche Weihnachten euch allen«, sagte Clara, holte Gläser und Sekt aus der Küche, um mit den anderen anzustoßen. Vorsichtig öffnete sie die Flasche. Sie befüllte fünf Gläser und nickte auffordernd in die Runde, damit sich jeder sein Glas nahm. »Auf uns. Auf ein gutes neues Jahr. Und auf den Rosenhof.« Sie hob ihr Glas und stieß mit den anderen an. Nun war auch von Louisas kurzem Anflug von Melancholie nichts mehr zu merken.

Anschließend tauschten sie Geschenke und setzten sich zum Auspacken ins Wohnzimmer. Clara hatte für jeden eine Tüte mit Rosenbonbons verpackt und für Louisa ein Fotoalbum mit Kinderbildern gestaltet, die sie während der Umbauarbeiten gefunden hatte.

Für Manuel hatte sie rotes Duschgel gekauft, das in einem Beutel mit Aufschrift wie eine Blutkonserve abgepackt war. Beim Blick auf das Päckchen mit der blutroten Flüssigkeit schrie Louisa kurz auf, bevor sie erkannte, worum es sich handelte, und auflachte.

Lenas Geschenk waren vier Playmobilmännchen, die wie Automechaniker gekleidet waren. »Damit sich dein Kabelsalat in der Werkstatt ordnet. Die Männchen kannst du mit Doppelklebeband auf das Regal an der Steckdose kleben, wo du immer deine Geräte lädst. Die USB-Kabel kommen dann in die Hand der Männchen. Wusstest du, dass die Hände der Figuren die perfekte Größe als Kabelhalter haben?«

Lena nahm eins der Ladekabel aus der Ecke des Wohnzimmers, um es auszuprobieren. »Stimmt!« Noch immer klang sie verwundert, obwohl sie es mit eigenen Augen sah.

Hannes bekam von Clara ein Brettspiel mit dem Namen »Lass die Kirche im Dorf!«, was ihn schmunzeln ließ.

Lena überraschte Clara mit einem Gutschein für zwei Personen in einem Wellnesshotel. »Damit Manuel und du auch mal wieder rauskommen«, sagte sie mit einem Augenzwinkern.

Von Hannes bekam Clara ein Gewürzset, von Manuel die dunkelblaue Winterjacke, die sie bei jedem Stadtbesuch im Schaufenster bewundert hatte. Selbst hätte sie sich dieses Kleidungsstück nie gegönnt, war die Jacke doch sehr teuer. Und abgesehen davon: Besaß sie mit ihren drei Jacken nicht bereits mehr als genug?

»Du bist verrückt«, sagte sie und küsste Manuel. Für einen Moment schloss sie die Augen, lauschte den Stimmen um sich herum, dem Knistern des Papiers beim Auspacken der Geschenke, dem Wind, der die Fenster beben ließ, dem Feuer, das in unregelmäßigen Abständen laut knackte. Wenn sie an das Büfett dachte, grummelte ihr Magen, und das Wasser lief ihr im Mund zusammen.

Sie stellte sich vor, ihre Großeltern säßen mit im Raum und beobachteten sie alle. Clara wusste, dass beide dächten: *Es ist gut so, wie es ist.*

Ein Gefühl von Wärme und Entspannung breitete sich tief in ihr aus und umhüllte sie wie eine Schutzschicht, die ihr die Sicherheit gab, dass sie auch in Zukunft alle Widrigkeiten bewältigen würde. *Es ist gut so, wie es gerade in diesem Moment ist,* dachte sie. Eine Zuversicht, die ungewohnt war, aber wunderschön.

35.

Rezepte

Im Anhang finden Sie alles, was Sie zur Herstellung von Rosenbonbons brauchen, beginnend mit der Destillation bis zu verschiedenen Rezeptvarianten.

Hierbei gibt es mehrere Möglichkeiten, mit diesem Projekt zu starten. Am einfachsten ist es, Sie verzichten anfangs auf die Destillation, kaufen das Rosenwasser fertig in einer Apotheke, einer Drogerie, im Supermarkt oder online. Dann können Sie direkt mit dem Hauptteil, der Bonbonherstellung, starten.

Spannend wird es allerdings erst richtig, wenn Sie selbst destillieren. Daraus ergeben sich viele kreative Möglichkeiten der Abwandlung, denn Rosen sind nur eine Variante von unzähligen weiteren.

Warum nicht den nächsten Sommerspaziergang nutzen und in der Natur die Augen offen halten, ob in der Nähe etwas wächst, das sich für eine Portion Bonbons eignet? Achten Sie hierbei darauf, nur Ungespritztes abseits von Straßen zu sammeln.

Empfehlenswert sind:

- Salbei
- Jasmin
- Lavendel
- Veilchen
- Löwenzahn (Die Blüten schmecken pur eher bitter-herb, in Bonbons überwiegt dagegen die Süße durch den Zucker.)
- Gänseblümchen
- Kornblumen (besonders schön durch die Blaufärbung)

Daneben gibt es noch viel mehr essbare Blüten. Eine ausführliche Übersicht bieten Internetseiten neben verschiedenen Lexika und Büchern zum Thema Wildkräuter/Blütenapotheke.

Bitte beschränken Sie sich auf die Blüten, die Sie definitiv bestimmen können!

Wasser destillieren/Aufbau der Destillationsvorrichtung

Destilliertes Wasser können Sie günstig in der Drogerie oder im Supermarkt kaufen. Doch die Herstellung ist einfach, der Zeitaufwand beträgt nur rund eine Viertelstunde. Die Destillationsvorrichtung brauchen Sie auch für den nächsten Arbeitsschritt, die Zubereitung von Rosenwasser.

Die Destillationsvorrichtung besteht aus sechs Elementen:

- ein großer *Topf*
- als *Abstandhalter* eine umgedrehte Müslischüssel oder der Metalleinsatz des Schnellkochtopfs
- eine *Schüssel* zum Auffangen des Destillats, die Sie auf dem Abstandhalter platzieren
- ein umgedrehter *Deckel* auf dem Topf
- *Eiswürfel*
- eine *Schöpfkelle*, um das geschmolzene Eis vom Deckel zu schöpfen

Den Abstandhalter platzieren Sie auf dem Boden des Topfes und füllen so viel Wasser auf, bis der Abstandhalter vollständig bedeckt ist.

Anschließend stellen Sie die Schüssel zum Auffangen des Destillats auf den Abstandhalter und legen den Deckel umgedreht auf den Topf.

Nun beginnen Sie mit dem Erhitzen.

Sobald innen am Topfdeckel der Dampf zu Wasser kondensiert und in die Schüssel tropft, können Sie den Prozess beschleunigen, indem Sie Eiswürfel auf den Deckel legen. Das geschmolzene Wasser schöpfen Sie bei Bedarf ab und füllen neue Eiswürfel nach.

Wichtig ist, dass Sie das Wasser im Topf nicht überkochen lassen und die Hitze so regulieren, dass das kochende Wasser auch nicht von unten in die Müslischale schwappt. In der Müslischale soll sich nur Wasser befinden, das vom Deckel hineintropft.

Rosenwasser zubereiten

1. Ernte

Zur Herstellung von Rosenwasser werden die Blüten am besten am frühen Morgen geerntet, da gerade in heißen Sommern die Blüten im Verlauf des Tages durch Austrocknung an Aroma verlieren.

Wichtig ist hierbei, nur ungespritzte Rosen zu verwenden, keine Rosen aus dem Blumengeschäft, da die verwendeten Chemikalien sonst mitgegessen würden. Fragen Sie in Ihrem Nachbarschafts- und Bekanntenkreis nach, wenn es dort Gartenbesitzer gibt. Ansonsten diesen Arbeitsschritt lieber überspringen und stattdessen fertiges Rosenwasser kaufen.

Pro Tasse Wasser werden zwei bis drei Rosenblüten benötigt.

2. Vorbereiten der Blüten

Säubern Sie die Rosenblüten mit einem Pinsel von sichtbaren Verunreinigungen.

Schneiden Sie mit einem scharfen Messer keilförmig die hellen Blütenansätze am Übergang zum Stängel heraus, denn die Ansätze schmecken zu bitter.

3. Destillation

Verwenden Sie die im ersten Arbeitsschritt beschriebene Destillationsvorrichtung. Der einzige Unterschied zur Destillation von Wasser ist, dass nun der Boden mit Rosenblüten gefüllt und dann das destillierte Wasser hinzugegeben wird, bis die Blüten vollständig bedeckt sind.

Abbildung 1

4. Abschluss

Fertig sind Sie, wenn das Wasser im Topf verdunstet ist. In der Müslischale befindet sich nun Rosenwasser.

5. Lagerung
Aufbewahren können Sie das Rosenwasser mindestens drei Monate geschlossen abgefüllt ihm Kühlschrank, ohne dass es an Geschmack verliert.

Bonbons herstellen

Zutaten:
A) Variante mit Teeaufguss
~ 1 EL Sonnenblumenöl
~ 1 Fläschchen Mandelaroma
~ 400 g Zucker (gesiebt)
~ 2 EL Glukosesirup oder 40 g Traubenzucker
~ 9 EL Rosenwasser
~ 1 EL getrocknete Malven- oder Hibiskusblüten oder getrocknete und gehackte Hagebutten/alternativ: 4–5 Teebeutel eines roten Tees
~ Puderzucker zum Bestäuben

Tipp: Verwenden Sie nicht zu viele der getrockneten Hibiskus- oder Malvenblüten, sonst überlagern diese den Rosengeschmack. 1 EL ist genug. Sie erreichen mit einer höheren Menge zwar eine intensive Rotfärbung, aber die Bonbons schmecken dann zu säuerlich.

oder

B) Variante mit Fruchtsaft
~ 1 EL Sonnenblumenöl
~ 1 Fläschchen Mandelaroma
~ 400 g Zucker (gesiebt)
~ 2 EL Glukosesirup oder 40 g Traubenzucker

- 4 EL Rosenwasser
- 1 EL Kirschsaft (alternativ Johannisbeer- oder Himbeersaft zur Rotfärbung)
- Puderzucker zum Bestäuben

Zur Verarbeitung brauchen Sie in jedem Fall zusätzlich:

Backpapier (oder Alufolie) und scharfes Messer oder Silikonform (lebensmittelechte Silikonform für Hundeleckerli mit halbkugelförmigen Hohlräumen, Durchmesser der Hohlräume: 1–2 cm) und Bratenheber.

Die Silikonform ist eine enorme Erleichterung!

Zubereitung:

1) Mischen Sie das Mandelaroma mit dem Sonnenblumenöl. Damit fetten Sie die Silikonform ein oder nutzen Sie die Mischung, um später das Messer zum Portionieren und Abteilen darin einzufetten.

2a) bei Verwendung von getrockneten Blüten:
Kochen Sie das Rosenwasser mit den getrockneten Blüten (oder den Teebeuteln) kurz auf, lassen Sie die Flüssigkeit anschließend 5 Minuten ziehen. Dann entfernen Sie mit einem Löffel die Reste der Blüten und versuchen, die restliche Feuchtigkeit herauszupressen. Gut eignet sich für diesen Zweck ein Teesieb.
Wundern Sie sich nicht, dass die Flüssigkeit bei diesem Arbeitsschritt stark abnimmt und sich ungefähr auf die Hälfte reduziert, denn die getrockneten Blüten ziehen Feuchtigkeit.

2b) bei Verwendung von Saft:
Mischen Sie das Rosenwasser mit dem Saft.

3) Flüssigkeit aus dem 2. Arbeitsschritt mit dem Zucker unter dauerndem Rühren bei geringer Hitze kochen. Den Zucker dabei nach und nach hinzugeben.

Tipp: Die Konsistenz muss beim Erwärmen wie Honig sein. Ist sie zu fest, fügen Sie vorsichtig teelöffelweise Rosenwasser hinzu. Ist sie zu weich, nehmen Sie mehr Zucker.

Falls Sie ein Braten- oder Zuckerthermometer verwenden, können Sie kontrollieren, ob die Temperatur bei ungefähr 110–120 °C liegt. Sie muss über dem Siedepunkt liegen, darf aber nicht zu stark kochen. Im Zweifelsfall ist es gut, den Topf immer wieder von der Platte zu ziehen.

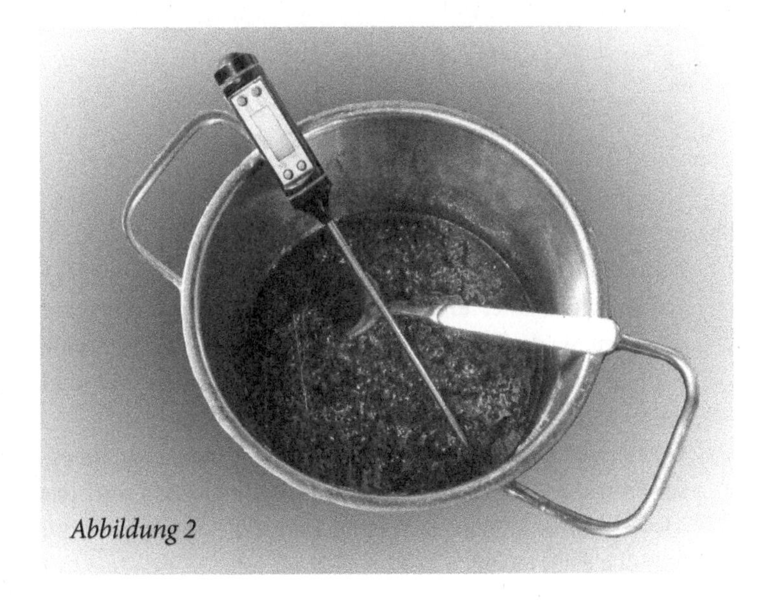

Abbildung 2

4) Nach 4–6 Minuten Kochzeit hat die Masse die gewünschte Konsistenz erreicht. Nehmen Sie den Topf vom Herd.

5a) bei Verwendung der Silikonform:
Füllen Sie die heiße Bonbonmasse in die gefettete Silikonform und streichen Sie die Masse mit einem Bratenheber (gefettet oder aus Silikon) glatt.

Abbildung 3

5b) bei Verwendung von Backpapier/Alufolie:
Nun kühlen Sie die Masse im Wasserbad auf ungefähr 70–80 °C herunter und rühren dabei weiter. Anschließend streichen Sie die Bonbonmasse auf Backpapier (die gefettete Alufolie). Vorsicht: Die Masse kühlt nun zügig aus und wird damit hart, deshalb müssen Sie schnell arbeiten.
Formen Sie aus der Bonbonmasse kleine Rollen (Durchmesser ca. 1 cm), die Sie dann in Stücke schneiden. Dabei das Messer immer wieder nachfetten, damit die Masse nicht am Metall kleben bleibt.
Soweit die Zeit reicht, können Sie die Stücke mit den Fingern zu Bonbons rollen. Wenn Sie allein arbeiten, werden Sie es wohl nicht schaffen, diesen Arbeitsprozess abzuschließen, denn die Aushärtung geht zu schnell.

6) Um nach dem Auskühlen und Aushärten ein Aneinanderkleben der fertigen Bonbons zu vermeiden, bestäuben Sie die Bonbons mit Puderzucker.

Abbildung 4

7) In jedem Fall ist es hilfreich, die frischen Bonbons nach dem vollständigen Abkühlen zügig in einer luftdichten Dose oder einem gut schließenden Glas zu verpacken, damit sie nicht erneut aus der Luft Feuchtigkeit ziehen und zusammenkleben.
8) Falls die Bonbons in der Dose doch nach einigen Stunden zusammenkleben, liegt das daran, dass sie beim Bestreuen mit Puderzucker nicht vollständig ausgehärtet waren. Das ist aber kein Problem. Breiten Sie die Bonbons einfach noch einmal aus und bestreuen sie erneut mit Puderzucker. Nun dürfte nichts mehr kleben.
9) Genießen Sie Ihre selbst hergestellten Rosenbonbons. Sie eignen sich auch perfekt als Mitbringsel für Geburtstage und Weihnachten!

Wellenrauschen mit Herzklopfen:
In ihrem Wohlfühlroman »Die Liebe tanzt barfuß am Strand«
entführt Bestseller-Autorin Gabriella Engelmann
an die Nordsee in die zauberhafte Kleinstadt Lütteby.

GABRIELLA ENGELMANN

Die Liebe tanzt barfuß am Strand

Roman

Idyllisch, charmant und ein bisschen aus der Zeit gefallen – das ist Lütteby an der Nordsee. Hier wohnt die 35-jährige Lina Hansen zusammen mit ihrer sagenkundigen Großmutter Henrikje in einem hyggeligen Giebelhäuschen am Marktplatz. Linas beste Freundin, die lebhafte Sinje, ist Lüttebys Pastorin – und verwickelt Lina gern in schräge Abenteuer, vor allem, wenn es um die alte Kapitänsvilla am Waldrand geht, in der es angeblich spukt. Eine historische Fehde entzweite einst die Kleinstädte Lütteby und Grotersum, und es geht die Legende, dass Liebende aus den beiden Orten niemals zueinander finden werden. Doch was bedeutet das für Lina, deren attraktiver neuer Chef Jonas Carstensen ausgerechnet aus Grotersum entsandt wurde? Richtig trubelig wird es, als Lina ein Glückstagebuch ihrer Mutter Florence findet, die als junge Frau einfach verschwand und Lina als Baby bei der Großmutter ließ. Und als dann auch noch Linas alte Liebe Olaf auftaucht und ihr Avancen macht, ist das Gefühlschaos perfekt.